Nikolai Semjonowitsch
Ljesskow

Der versiegelte Engel
und andere ausgewählte Erzählungen

www.elv-verlag.de

Ljesskow, Nikolai Semjonowitsch
Der versiegelte Engel
Und andere ausgewählte Erzählungen
ISBN: 978-3-86267-151-9
Auflage: 1
Erscheinungsjahr: 2011
Erscheinungsort: Bremen, Deutschland
Europäischer Literaturverlag GmbH, Fahrenheitstr. 1, 28359 Bremen (www.elv-verlag.de).

Der versiegelte Engel

und andere ausgewählte Erzählungen

www.elv-verlag.de

Inhalt:

Anlässlich der Kreutzersonate 2

Das Tier 21

Der Toupetkünstler 42

Der unsterbliche Golowan 66

Der versiegelte Engel 117

Der Waldteufel 187

Die Epopöe von Wischnewskij und seiner Sippe 241

Anlässlich der Kreutzersonate

Aus dem Nachlass
»Jedes Mädchen steht moralisch höher als der Mann, weil es unvergleichlich reiner ist. Ein Mädchen, das geheiratet hat, steht immer höher als sein Mann. Sie steht höher als er, als Mädchen und auch als Frau in unserm Leben.«

L. Tolstoi

Erstes Kapitel

Man begrub Fjodor Michailowitsch Dostojewskij. Das Wetter war rau und trübe. Ich fühlte mich an diesem Tage krank und vermochte dem Sarg nur mit Mühe bis zum Tor des Newskij-Klosters zu folgen. Vor dem Tor herrschte ein großes Gedränge. In der Menge hörte man Stöhnen und Schreien. Auf einer Erhöhung erschien der Dramendichter Awerkijew und schrie irgendetwas. Er hatte eine laute Stimme, aber man konnte seine Worte nicht verstehen. Die einen sagten, er wolle Ordnung schaffen, und lobten ihn dafür, die anderen ärgerten sich über ihn. Ich war unter denen, die keinen Einlass gefunden hatten, und da ich keinen Sinn sah, noch länger hier zu bleiben, ging ich nach Hause, trank heißen Tee und schlief ein. Von der Kälte und den verschiedenartigen Eindrücken fühlte ich mich sehr müde. Ich schlief lange und so fest, dass ich zum Mittagessen nicht aufstand. So kam ich an jenem Tag nicht dazu, zu Mittag zu essen, weil zu der Summe verschiedenartiger Eindrücke noch ein neuer, unerwarteter hinzukam, der mich äußerst erregte.

In der späten Dämmerung weckte mich mein Mädchen und sagte, dass eine unbekannte Dame gekommen sei, die nicht weggehen wolle und beharrlich bitte, ich möge sie empfangen. Damenbesuche bei unsereinem, einem bejahrten Schriftsteller, sind eine ganz gewöhnliche Sache. Zahlreiche Damen und Mädchen kommen zu uns, um sich mit uns über ihre literarischen Versuche zu beraten oder uns um unsere Unterstützung beim Unterbringen ihrer Erzeugnisse bei ihnen unbekannten Redaktionen zu bitten. Deshalb kamen mir der Besuch der Dame und ihre Hartnäckigkeit durchaus nicht erstaunlich vor. Wenn das Leid groß ist und die Not nicht weichen will, ist es nicht verwunderlich, wenn man hartnäckig wird.

Ich sagte dem Mädchen, sie solle die Dame ins Arbeitszimmer bitten, und machte mich zurecht. Als ich mein Kabinett betrat, brannte auf dem großen Tisch die Arbeitslampe. Ihr heller Schein beleuchtete nur ihn und ließ das Zimmer im Halbdunkel. Die unbekannte Dame, die mich diesmal besuchte, war mir in der Tat nicht bekannt.

Als ich sie genauer betrachtete und sie bitten wollte, im Sessel Platz zu nehmen, schien es mir, als wiche sie den erleuchteten Zimmerstellen aus und trachte danach, im Schatten zu bleiben. Das kam mir sonderbar vor. Auf solche Weise zieren und genieren sich manchmal schüchterne, ungewandte Leute, aber am sonderbarsten erschien mir die bevorzugte gesellschaftliche Stellung der Dame, die sich mir irgendwie fühlbar mitteilte. Sie war entzückend gekleidet, ganz einfach, aber alles an ihr war kostspielig und elegant: der reizende Plüschmantel, den sie nicht im Vorzimmer abgelegt hatte und während unseres ganzen Gespräches anbehielt; das elegante schwarze Hütchen, anscheinend kein russisches Erzeugnis, sondern Pariser Modell; der hinten geknotete schwarze Schleier, durch dessen doppeltes Netz ich nur das weiße, runde Kinn und manchmal das Aufleuchten der Augen sehen konnte. Statt mir ihren Namen und den Zweck ihres Besuches zu sagen, begann sie mit folgenden Worten: »Darf ich darauf rechnen, dass Sie sich für meinen Namen nicht interessieren werden?«

Ich antwortete ihr, dass sie durchaus darauf rechnen dürfe. Darauf bat sie, ich möchte mich auf den Stuhl vor der Lampe setzen, und schob dann ungeniert den grünen Taftschirm so zurecht, dass das ganze Licht auf mich fiel und ihr Gesicht im Schatten blieb.

Dann setzte sie sich an das andere Ende des Tisches und fragte von Neuem: »Sie haben keine Familie?«

Ich antwortete, sie irre sich nicht, ich sei alleinstehend.

»Kann ich ganz offen mit Ihnen sprechen?«

Ich antwortete, dass ich keinen Grund sähe, der sie hindern könnte, zu sprechen, wie es ihr beliebe, wenn sie Vertrauen zu mir habe.

»Wir sind hier allein?« – »Ganz allein!«

Die Dame stand auf und machte zwei Schritte in der Richtung des Zimmers, in dem sich meine Bibliothek befand und hinter dem mein Schlafzimmer lag. In der Bibliothek brannte eine matte Lampe, bei deren Schein man das ganze Zimmer überschauen konnte. Ich rührte mich nicht von der Stelle, sagte aber zur Beruhigung der Dame, sie sähe doch selbst, dass bei mir niemand sei, außer der Bedienung und einer kleinen Waise, die bei ihren Erwägungen keinerlei Rolle spielen könnten. Hierauf setzte sie sich von Neuem auf ihren Platz, rückte wieder an dem grünen Schirm und sagte: »Sie entschuldigen mich, ich bin in großer Erregung, und mein Benehmen mag sonderbar erscheinen, aber haben Sie Mitleid mit mir!«

Ihre Hand, die sie wieder zum Taftschirm der Lampe erhoben hatte, stak in einem schwarzen Glacéhandschuh und zitterte heftig.

Statt zu antworten, bot ich ihr Wasser an. Sie hielt mich zurück und sagte: »Es ist nicht nötig, ich bin nicht so nervös, ich bin zu Ihnen gekommen, weil dieses Begräbnis, diese Menschenketten ..., dieser Mensch, der auf mich einen so außergewöhnlich starken, zwingenden Eindruck gemacht hat, dieses Gesicht und die Erinnerung an all das, was ich zweimal im Leben erzählen musste, alle meine Gedanken verwirrt haben. Wundern Sie sich nicht, dass ich zu Ihnen gekommen bin. Ich werde Ihnen erzählen, warum ich es getan habe; es macht nichts, dass wir einander nicht kennen: Ich habe viel von Ihnen gelesen, und vieles war mir so sympathisch, so verwandt, dass ich es mir nicht versagen kann, mit Ihnen zu sprechen. Vielleicht ist das, was ich vorhabe, eine ganz große Dummheit. Ich will Sie vorher fragen, und Sie müssen mir aufrichtig antworten. Was Sie mir raten, das werde ich tun.«

Ihre tiefe Altstimme bebte, und ihre Hände, für die sie keinen Platz fand, zitterten.

Zweites Kapitel

Besuche und Anliegen dieser Art waren im Laufe meines literarischen Lebens zwar nicht gerade häufig, kamen aber doch vor.

Am häufigsten waren es Menschen mit politischem Temperament, die ziemlich schwer zu beruhigen sind und denen zu helfen doppelt riskant und unangenehm ist, um so mehr, als man in solchen Fällen fast nie weiß, mit wem man es zu tun hat. Auch diesmal ging mir zuerst durch den Kopf, die Dame möge von politischen Leidenschaften umstürmt sein und habe irgendetwas vor, was sie unglücklicherweise mir anvertrauen wolle. Die Einleitung klang ganz danach, und darum sagte ich unangenehm berührt: »Ich weiß nicht, worüber Sie sprechen werden. Ich wage nicht, Ihnen etwas zu versprechen, aber wenn Sie Ihre Gefühle hergeführt haben, in dem Vertrauen, das Ihnen mein Leben und mein Ruf einflößen, so werde ich keinesfalls Missbrauch davon machen, was Sie mir anscheinend als Geheimnis anvertrauen wollen.«

»Ja«, sagte sie, »als Geheimnis, als absolutes Geheimnis, und ich bin überzeugt, dass Sie es für sich behalten werden. Ich brauche Ihnen nicht zu wiederholen, warum es geheim bleiben muss. Ich weiß, dass Sie es fühlen, ich kann mich nicht täuschen; Ihr Gesicht sagt es mir deutlicher als alle Worte, und außerdem habe ich keine andere Wahl. Ich wiederhole Ihnen, dass ich bereit bin, eine Handlung zu begehen, die mir in diesem Augenblick ehrenhaft erscheint, und doch gleich wieder als eine Taktlosigkeit: Die Wahl muss sofort getroffen werden, in diesem Augenblick, sie hängt von Ihnen ab.«

Ich zweifelte nicht, dass nun ein politisches Geständnis folgen würde, und sagte unwillig: »Ich höre zu.«

Trotz des doppelten Schleiers fühlte ich den aufmerksamen Blick meines Gastes auf mir ruhen, sie sah mich unverwandt an und sagte fest: »Ich bin eine ungetreue Frau! Ich betrüge meinen Mann.«

Zu meiner Schande muss ich gestehen, dass mir bei diesem Geständnis eine schwere Last vom Herzen fiel; von Politik war anscheinend nicht die Rede.

»Ich betrüge meinen prächtigen, gütigen Mann. Und das sind nun sechs – nein, mehr! ... Ich muss die Wahrheit sagen, sonst lohnt es sich nicht, zu sprechen ... Es sind jetzt acht Jahre her – und dauert noch an ... Es begann im dritten Monat meiner Ehe. Etwas Schmählicheres gibt es in der Welt nicht. Ich bin nicht alt, aber ich habe Kinder, verstehen Sie?«

Ich nickte zustimmend.

»Sie verstehen, was das heißt. Zweimal in meinem Leben kam ich zu ihm, wie heute zu Ihnen, den wir heute begraben haben und dessen Tod mich ganz durchwühlt, und gestand ihm, was mich bewegte. Einmal behandelte er mich barsch, das andere Mal zart, wie ein Freund. Wenn ich jetzt auch nicht mehr in der Verfassung bin, in der ich zu ihm kam, so bitte ich Sie schließlich doch, mir den Rat zu geben, den ich brauche. Das Schlimmste im Leben ist der Betrug, und ich glaube zu fühlen, dass es besser ist, seine Niedrigkeit zu bekennen, die Strafe zu tragen, demütig und zerknirscht auf die Straße geworfen zu sein – ich weiß nicht, was mit mir geschehen wird, aber ich fühle das unbezwingbare Verlangen, hinzugehen und meinem Manne alles zu erzählen. Ich fühle dieses Bedürfnis seit sechs Jahren. Nach dem Beginn meines Verbrechens waren zwei Jahre vergangen, in denen ich ihn nicht sah. Dann begann es von Neuem, wie früher. Sechs Jahre habe ich die Absicht, es zu sagen, und habe es doch nicht gesagt, aber heute, als ich dem Sarg Dostojewskijs folgte, beschloss ich, ein Ende zu machen, und zwar so, wie Sie mir raten werden.«

Da ich die Geschichte nicht verstanden hatte, schwieg ich und konnte ihr durchaus keinen Rat erteilen. Sie sah es an meinem Gesichtsausdruck.

»Sie müssen natürlich mehr wissen. Ich bin nicht gekommen, um Rätsel aufzugeben, sondern um zu sprechen, um alles auszusprechen. Ich müsste schamlos lügen, wenn ich mich rechtfertigen wollte. – Ich habe niemals Not gekannt, ich bin im Wohlstand geboren und lebe im Wohlstand. Die Natur hat mir meinen Anteil Verstand nicht versagt. Man gab mir eine gute Bildung, und ich hatte die Freiheit, meinen Ehegenossen selbst zu wählen – ich brauche darüber keine Worte zu verlieren. Ich heiratete einen Mann, der bis zur Stunde seinen guten Ruf mehr als bewahrt hat. Meine Lage war vortrefflich, als dieser Mensch, das heißt, ich wollte sagen, mein legitimer Gatte, mir seinen Antrag machte. Mir schien es, als gefalle er mir, und ich glaubte, dass ich ihn lieben könnte; keinesfalls dachte ich, dass ich ihn betrügen würde, ihn auf die niedrigste Weise betrügen, während ich den Ruf einer ehrenhaften Frau und guten Mutter genieße. Zu dem Betrug hat mich der Teufel selbst gebracht: Wenn Sie wollen, glaube ich an den Teufel ... Im Leben hängt so viel von den Umständen ab. Man sagt, in den Städten sei viel Schmutz, auf dem Land dagegen Reinheit: Aber es war auf dem Lande geschehen, wo ich mit diesem Menschen, mit diesem verfluchten Menschen allein zusammen war, den mein Mann selbst zu mir gebracht und meiner Sorge überlassen hatte. Wenn Reue nicht nutzlos wäre, so müsste ich bereuen, müsste endlos diese Tat bereuen, die ich meinem Mann zu verdanken habe. Aber die Sache trug sich so zu, dass ich mich nicht an den Augenblick erinnere, ich erinnere mich nur an ein Gewitter, an eines der schrecklichen Gewitter, die ich seit meiner Kindheit immer gefürchtet habe. Ich liebte ihn damals nicht, ich hatte einfach Angst, und als uns in dem großen Saal ein Blitz erhellte, ergriff ich seine Hand ... Später, ich habe keine Erinnerung daran, ging es weiter. Dann machte er eine Weltreise, kehrte zurück, und es begann von Neuem: Aber jetzt will ich, dass es ein Ende nimmt, und diesmal für immer. Ich wollte es schon mehrmals, aber nie reichte mein Wille aus, es zu ertragen. Die Entschlüsse, die ich gefasst hatte, verflogen immer eine Stunde nach seinem Erscheinen, und das Schlimmste ist – ich will nichts verheimlichen –, dass nicht er, sondern ich die Ursache war: Ich selbst sagte und erreichte es und ärgerte mich, wenn es mir schwerfiel, es zu erreichen – und wenn ich es weiter fortsetze, so wird der Betrug, meine Erniedrigung niemals ein Ende haben ... «

»Was wollen Sie nun tun?«, fragte ich.

»Ich will meinem Mann alles bekennen, ich will es noch heute tun, wenn ich von Ihnen nach Hause komme.«

Ich fragte sie, wie ihr Mann sei und was für einen Charakter er habe.

»Mein Mann«, antwortete die Dame, »genießt den besten Ruf, hat einen guten Posten und ist ziemlich bemittelt; alle halten ihn für einen ehrenwerten und edlen Menschen.«

»Und Sie teilen diese Meinung?«, fragte ich.

»Nicht ganz, man schreibt ihm zu viel zu. Er ist allzu verständig und ordentlich, aber er hat wenig von dem, was man Herz nennt, so ungeschickt diese Bezeichnung auch ist, die an die sogenannte Seelenharmonie erinnert, aber ich kann es nicht anders sagen. Seine Herzensregungen sind abgezirkelt, geregelt, korrekt und eintönig.«

»Und jener, den Sie lieben?«

»Was wollen Sie über ihn wissen?«

»Flößt er Ihnen Achtung ein?«

»Oh!«, rief die Dame und machte eine Bewegung mit der Hand.

»Ich verstehe nicht ganz, was ich von dieser Bewegung denken soll?«

»Sie sollen denken, dass er der herzloseste, elendeste Egoist ist, der niemanden Achtung einflößt, sich nicht einmal die Mühe gibt, es zu tun.«

»Sie lieben ihn?«

Sie zuckte die Achseln und sagte: »Ich liebe ihn. Wissen Sie, es ist ein seltsames Wort, das auf aller Lippen ist und das nur sehr wenige verstehen. Lieben ist dasselbe wie zur Poesie bestimmt sein oder zur Rechtschaffenheit. Nur sehr wenige sind zu diesem Gefühl befähigt. Unsere Bäuerinnen gebrauchen an Stelle des Wortes lieben das Wort bemitleiden und sagen nicht: Er liebt mich, sondern: Er bemitleidet mich. Das ist, meiner Ansicht nach, eine viel bessere und auch viel einfachere Erklärung. Das Wort lieben-bemitleiden heißt eben lieben im alltäglichen Sinn. Und dann gibt es noch: sich sehnen. Man sagt: mein Ersehnter, mein lieber Ersehnter ... verstehen Sie – sich sehnen ... «

Sie hielt inne und atmete schwer. Ich reichte ihr ein Glas Wasser, das sie diesmal aus meinen Händen nahm und sich dabei nicht fortwandte, aber sie war anscheinend dankbar, dass ich sie nicht genauer anblickte.

Wir schwiegen beide. Ich wusste nichts zu sagen. Sie hatte anscheinend alles Wesentliche gesagt, es konnten nur mehr Details folgen. Sie erriet meinen Gedanken genau und sagte mit leiser Stimme: »Nun denn, wenn Sie mir raten, dass ich es meinem Mann gestehen soll, so werde ich es tun, aber vielleicht können Sie mir etwas anderes sagen? Abgesehen von dem, was mir an Ihnen Sympathie und Vertrauen einflößt, haben Sie auch Erfahrung, ich bin Ihre aufmerksame Leserin. Wir Frauen fühlen auch das, was die berufsmäßigen Kritiker nicht fühlen. Sie können, wenn Sie wollen, Ihre aufrichtige Meinung sagen: Soll oder soll ich nicht zu meinem Mann gehen und ihm meine schmachvolle, langjährige Sünde gestehen?«

Drittes Kapitel

Wie interessant diese Geschichte auch war, ich fühlte doch meine schwierige Lage. Wenn es auch viel leichter wäre, eine solche Antwort zu geben, wie sie mein Gast forderte, als einen politisch Tätigen zu beruhigen oder ihm einen gewünschten Dienst zu erweisen, so fühlte ich doch mein Gewissen hier zu einer sehr ernsten Entscheidung berufen. Ich hatte lange genug gelebt und genug Frauen gesehen, die ihre Sünden dieser Art kunstvoll zu verbergen wussten, oder sie jedenfalls nicht eingestanden. Ich habe auch zwei oder drei aufrichtige Frauen gekannt und entsinne mich, dass sie mir weniger wahrheitsliebend als grausam und affektiert erschienen. Ich fand dabei immer, dass die Frau mit ihrer ganzen Aufrichtigkeit voreilig sei und dass sie es sich ordentlich überlegen solle, bevor sie ihr Verbrechen dem mitteilt, dem sie damit vielleicht schweres Leid zufügt. Ich kümmerte mich niemals darum, wie sich die Welt zum Innenleben des Einzelnen verhält. Nicht die Welt, sondern der Mensch selbst ist mir teuer, und wenn ein Leid nicht unbedingt verursacht werden muss, warum es dann tun? Wenn die Frau ebensolch ein Mensch ist wie der Mann, ein gleichberechtigtes Glied der Gemeinschaft, und ihr dieselben Empfindungen zugänglich sind, dasselbe menschliche Gefühl wie dem Mann, was auch Christus sagt und was die Besten meines Jahrhunderts gesagt haben, was jetzt auch Leo Tolstoi sagt und worin ich eine unumstößliche Wahrheit fühle – weshalb kann dann die Frau nicht dasselbe tun wie der Mann, der das Gelübde der Keuschheit der Frau gegenüber, der er durch Treue verbunden ist, bricht und schweigt, schweigt, obwohl er sein Vergehen fühlt und dadurch manchmal die ganze Unwürdigkeit seiner Verfehlungen fast ungeschehen macht? Ich bin überzeugt, dass die Frau es ebenso tun kann. Zweifellos übersteigt die Zahl der Männer, die ihren Frauen untreu sind, die Zahl der untreuen Frauen, und die Frauen wissen es. Es gibt nicht eine, oder kaum eine Frau, die nach einer mehr oder weniger langen Trennung von ihrem Mann die Überzeugung hätte, dass der Mann ihr während dieser Trennung treu geblieben sei. Dessen ungeachtet vergibt sie ihm nach seiner Rückkehr großmütig. Die Vergebung drückt sich darin aus, dass sie gar nicht danach fragt, und seine Aufrichtigkeit würde für sie keinen Dienst, sondern eine Kränkung bedeuten. Es wäre eine Handlung, durch die etwas an den Tag gebracht wird, was sie gar nicht wissen will. In der Ungewissheit findet sie die Kraft, ihre Beziehungen fortzusetzen, als seien sie nur versehentlich unterbrochen gewesen. Ich sehe ein, dass in meinen Betrachtungen mehr praktischer Sinn steckt als abstrakte Philosophie oder hohe, Moral, aber ich bin trotzdem geneigt, so zu denken, wie ich eben denke.

In dieser Richtung setzte ich also die Unterhaltung mit meinem Gaste fort und fragte: »Die schlechten Eigenschaften des Menschen, den sie lieben, flößen Ihnen doch Verachtung ein?«

»Eine sehr starke und beständige.«

»Aber Sie geben sich doch die Mühe, ihn manchmal zu rechtfertigen?«

»Zu meinem Bedauern ist das unmöglich: Es gibt für ihn keine Rechtfertigung.«

»Dann erlaube ich mir die Frage: Wie steht es mit Ihrer Entrüstung über ihn? Bleibt sie stets gleich, oder nimmt sie manchmal ab und manchmal zu?«

»Sie wird immer stärker.«

»Nun will ich Sie fragen – Sie erlauben doch, dass ich Sie frage?« – »Bitte sehr.«

»Wo befindet sich jetzt ihr Mann, während Sie bei mir sitzen?«

»Zu Hause.«

»Was tut er?«

»Er schläft in seinem Zimmer.«

»Und dann, wenn er aufsteht?«

»Er steht um acht Uhr auf.«

»Und was tut er dann?«

Mein Gast lächelte. »Er wird sich waschen, sich anziehen, zu den Kindern gehen und mit Ihnen eine halbe Stunde spielen, dann bringt man den Samowar, aus dem ich ihm ein Glas Tee einschenke.«

»So«, sagte ich, »ein Glas Tee, der Samowar, die Hauslampe, das sind prächtige Dinge, bei denen wir bleiben wollen.«

»Gut gesagt.«

»Und das verläuft mehr oder weniger – angenehm?«

»Für ihn schon, glaube ich.«

»Verzeihen Sie, in dieser Angelegenheit, die Sie die Liebenswürdigkeit hatten, mir aufzudecken, hat er allein Recht auf Rücksicht – nicht die Kinder, die niemals etwas erfahren sollen, und schließlich auch nicht Sie. Nein, auch Sie nicht, weil Sie ihm das Leid zugefügt haben, während er der leidende Teil ist. Deshalb muss man an ihn denken, dass er nicht leide; nun stellen Sie sich vor, dass er, statt seiner Gewohnheit gemäß, Tee zu trinken und vielleicht respektvoll Ihre Hand zu küssen ... «

»Nun?«

» ... und dann an seine Geschäfte zu gehen, zu Abend zu essen und Ihnen eine gute Nacht zu wünschen – stellen Sie sich vor, wenn er statt dessen Ihr Geständnis hört, aus dem er erfährt, dass sein ganzes Leben vom ersten Monat an oder vielleicht sogar vom ersten Tag der Ehe an in einen derartig sinnlosen Rahmen gestellt war? Sagen Sie, erweisen Sie ihm damit einen guten oder schlechten Dienst?«

»Ich weiß es nicht. Wenn ich das wüsste, wenn ich diese Entscheidung treffen könnte, so wäre ich nicht hier und würde nicht darüber sprechen. Ich frage Sie um Rat, was ich tun soll.«

»Einen Rat kann ich Ihnen nicht geben, aber ich kann Ihnen die Meinung sagen, die ich mir gebildet habe. Damit sie aber eine Form annimmt, erlaube ich mir, eine Frage an Sie zu richten: Die Gefühle bleiben im Menschen nie in ein und derselben Stärke ... Vermindert sich ihre Abneigung gegen jenen?«

»Nein, sie verschärft sich.«

Sie schrie es förmlich aus ihrem wehen Herzen, ja, sie schien aufspringen zu wollen, um etwas aus dem Weg zu gehen, was ich in meiner Vorstellung sah. Obwohl ich ihr Gesicht nicht sehen konnte, fühlte ich, dass sie entsetzlich litt und dass ihr Schmerz einen Grad erreicht hatte, dem eine Entspannung folgen musste.

»Folglich«, sagte ich, »verurteilen Sie ihn immer strenger ... «

»Ja, immer mehr und mehr.«

»Schön«, sagte ich, »jetzt erlaube ich mir Ihnen zu sagen, dass ich es für das Verständigste hielte, wenn Sie sich, nach Hause zurückgekehrt, an Ihren Samowar setzen würden wie bisher.«

Sie hörte schweigend zu. Ihre Augen waren auf mich gerichtet, ich sah sie durch den Schleier glänzen und hörte ihr Herz laut und schnell schlagen.

»Sie raten mir, mein Schweigen fortzusetzen?«

»Ich rate Ihnen nicht, aber ich denke, dass es für Sie, für ihn und für Ihre Kinder das Beste wäre.«

»Aber warum das Beste? Das heißt doch, es endlos in die Länge ziehen?«

»Darum das Beste, weil durch Offenheit alles nur noch schlimmer würde, und diese Endlosigkeit wäre noch trauriger als jene, von der Sie sprachen.«

»Meine Seele würde durch Leiden geläutert werden.«

Mir schien, als sähe ich ihre Seele: Sie war lebendig und triebhaft, aber keine von jenen, die vom Leid geläutert werden. Deshalb sagte ich nichts mehr über ihre Seele, sondern erwähnte wieder die Kinder.

Sie rang die Hände, dass die Finger knackten, und senkte langsam den Kopf.

»Und was wird das Ende dieses Liedes sein?«

»Ein gutes Ende.«

»Auf was hoffen Sie?«

»Darauf, dass Ihnen dieser Mensch, den Sie lieben, oder, Ihren Worten nach, nicht lieben, aber an den Sie sich gewöhnt haben, von Tag zu Tag verhasster werden wird.«

»Ach, er ist mir schon so verhasst.«

»Er wird es noch mehr werden, und dann ... «

»Ich verstehe Sie.«

»Ich bin sehr froh darüber.«

»Sie wollen, dass ich ihn schweigend fallen lasse?«

»Ich glaube, dass es der glücklichste Ausweg aus Ihrem Leid wäre.«

»Und dann ... «

»Und dann werden Sie alles wieder gutmachen ... «

»Wieder gutmachen ... Das ist unmöglich.«

»Verzeihen Sie, ich wollte damit sagen, Sie werden ihre Sorgfalt für Ihren Mann und Ihre Kinder verdoppeln. Sie sollen die Vergangenheit nicht vergessen, sondern die Erinnerung an das Vergangene bewahren und darüber genügend Anlass finden, für andere zu leben.«

Sie stand auf, stand unerwartet auf, zog ihren Schleier noch tiefer, streckte mir die Hand entgegen und sagte: »Ich danke Ihnen, ich bin froh, dass ich meinem inneren Gefühl gefolgt habe, das mir riet, zu Ihnen zu gehen, als mich der schreckliche Eindruck der Beerdigung so erregt hatte. Ich kam wie eine Verrückte nach Hause, und wie gut ist es, dass ich nichts von all dem getan habe, was ich tun wollte. Leben Sie wohl.« Sie gab mir wieder die Hand und drückte sie so fest, als wolle sie mich auf dem Platz zurückhalten, auf dem wir standen. Dann verneigte sie sich und ging.

Viertes Kapitel

Ich wiederhole, dass ich das Gesicht dieser Frau nicht gesehen habe; nur nach dem Kinn und dem durch den Schleier wie durch eine Maske verhüllten Gesicht zu urteilen war schwierig, aber von ihrer Gestalt hatte ich, trotz des Plüschmantels und des Hütchens, den Eindruck von etwas Graziösem. Es war eine elegante, leichte Gestalt, die einen ungewöhnlich lebhaften und starken Eindruck in meinem Gedächtnis hinterließ.

Ich hatte diese Dame bisher noch nirgends getroffen, und auch der Stimme nach war sie mir unbekannt. Sie sprach mit ihrer unverstellten Stimme, einem klangvollen, tiefen, sehr angenehmen Alt. Ihre Bewegungen waren elegant, man konnte annehmen, dass sie den hohen Gesellschaftskreisen angehörte, noch genauer, dem höchsten Beamtenkreis, dass sie die Frau eines Direktors oder Vize-Direktors eines Departements war oder etwas in dieser Art. Mit einem Wort, die Dame war und blieb mir unbekannt.

Seit dem Begräbnis Dostojewskijs und der von mir erzählten Begebenheit waren drei Jahre vergangen. In diesem Winter war ich erkrankt und im Frühjahr darauf reiste ich in ein ausländisches Bad. Ein Freund und eine meiner Verwandten begleiteten mich zum Bahnhof. Wir fuhren in einem Wagen, ich hatte mein Gepäck bei mir.

An der Kreuzung einer der in den Newskij-Prospekt mündenden Straßen vor der Auffahrt eines großen staatlichen Gebäudes erblickte ich eine Dame. Trotz meiner Kurzsichtigkeit erkannte ich meine Unbekannte. Ich war ganz unvorbereitet, dachte gar nicht an sie, und deshalb frappierte mich diese Begegnung. Mich durchzuckte der Gedanke, aufzustehen, an sie heranzutreten, sie etwas zu fragen, aber da fremde Leute dabei waren, tat ich es zum Glück nicht und rief nur aus: »Bei Gott, das ist sie!«, und gab damit meinen Begleitern Anlass zur Heiterkeit. Sie war es in der Tat gewesen.

Nach der Gewohnheit aller Russen oder wenigstens der meisten Russen machte ich eine Rundreise. Zunächst fuhr ich nach Paris, im Juli trank ich Heilquellen, und erst später im August erschien ich dort, wo ich im Juni hätte sein sollen. Ich lernte bald die übrigen dort zur Kur weilenden Russen kennen, so dass mir die Ankunft neuer Landsleute auffiel. Als ich eines Tages auf einer Parkbank saß, an der die Straße zum Bahnhof vorüberführte, erblickte ich eine Kalesche, in der ein Herr in hellem Überzieher und Hut, eine Dame mit Schleier und ihnen gegenüber ein neunjähriger Knabe saßen.

Und wieder geschah mir dasselbe, wie bei meiner Abreise aus Petersburg: »Mein Gott, das ist sie!«

Sie war es in der Tat.

Am anderen Tag im Parkhotel sah ich beim Kaffee ihren wohlanständig, aber etwas abgelebt aussehenden Mann und ihr ungewöhnlich schönes Kind. Der Knabe hatte etwas Zigeunerhaftes, er war gebräunt, hatte schwarze Locken und große, himmelblaue Augen.

Ich erlaubte mir eine kleine Keckheit und bestach den Kellner, damit er mir einen Tisch in ihrer Nähe gebe. Ich wollte ihr Gesicht betrachten. Sie war hübsch und hatte weiche, angenehme Züge, die aber einen etwas unbedeutenden Ausdruck zeigten. Sie erkannte mich zweifellos und gab sich zwei-, dreimal Mühe, sich so zu setzen, dass ich sie nicht beobachten konnte. Später stand sie auf, blieb neben einer mir bekannten Dame stehen, sprach mit ihr und ging zu ihrem Mann zurück.

Abends, nach dem Nachtischkaffee, sagte mir meine Bekannte, an die die Dame herangetreten war, dass sie mich Frau N. vorstellen wolle, was sie auch gleich tat. Ich sagte ihr eine herkömmliche Phrase, die sie mit ebenso herkömmlichen Worten beantwortete, aber an diesen Worten, an dieser Stimme, an ihren Bewegungen erkannte ich sie wieder. Sie war es zweifellos, und sie war klug genug, zu begreifen, dass ich sie erkannt hatte; trotzdem entschloss sie sich, meine Bekanntschaft zu machen. Sie konnte mit meiner Anständigkeit rechnen und auf das Versprechen, das ich ihr damals gegeben hatte, bauen.

Seit der Zeit trafen wir uns und unternahmen sogar einige gemeinsame Ausflüge mit bekannten Damen und mit ihrem Sohn. Ihr Mann liebte diese Unternehmungen nicht, er hatte Schmerzen im Knie und hinkte leicht. Ich hatte keine Vorstellung davon, was mit ihm vorging: Entweder war ihm seine Frau lästig, oder er wollte frei sein und sich einer, vielleicht mehr als einer der zugereisten Damen zweifelhaften Rufes widmen.

Bei allen unseren Begegnungen und Gesprächen machte sie nie eine Andeutung, doch ich fühlte wohl, dass wir einander verstünden. In dieser Situation trat mit einem Mal ein ganz unvorhergesehener Fall ein.

An einem prächtigen Morgen war sie nicht erschienen, um ihren Mann zum Brunnen zu begleiten. Er war auch beim Kaffee allein und erzählte, dass ihr Anatol erkrankt und seine Frau vor Kummer außer sich sei.

Um acht Uhr abends brachte mir mein Portier die erschreckende Nachricht, dass in einem der Hotels ein Kind an Diphtherie gestorben sei. Es war natürlich der Sohn meiner Unbekannten.

Ich gehöre nicht zu den überängstlichen Menschen, nahm also gleich meinen Hut und ging in das Hotel. Mir schien aus irgendeinem Grund, dass sich ihr Gemahl allzu teilnahmslos verhalte, und dachte, wenn das kranke Kind ihr Sohn sei, könne ihr vielleicht meine Hilfe oder mein Beistand dienlich sein.

Ich kam in ihr Hotel. Niemals werde ich vergessen, was ich dort sah. Sie hatte zwei Zimmer. In dem ersten, dem Empfangszimmer mit den roten Plüschmöbeln stand mit aufgelöstem Haar und starren Augen meine Unbekannte. Sie streckte ihre beiden Hände mit gespreizten Fingern vor sich hin und verteidigte mit ihrem Körper den Diwan, auf dem etwas mit einem weißen Laken Bedecktes lag. Aus dem Laken sah ein kleiner, blau angelaufener Fuß hervor, das war er

– der tote Anatol. An der Tür standen zwei Männer in grauen Mänteln, vor ihnen eine Kiste, kein Sarg, sondern eine Kiste von etwa zwei Arschin Tiefe, die bis zur Hälfte mit etwas Weißem angefüllt war, das ich erst für Milch oder Stärke hielt. Vor ihr standen ein Polizeikommissar und ein Bürger mit irgendeinem Abzeichen. Alle sprachen laut. Der Gatte der Dame war nicht zu Hause, sie war allein, stritt, leistete Widerstand und rief, als sie mich sah: »Mein Gott! Schützen Sie mich! Helfen Sie mir! Sie wollen mir das Kind nehmen, sie wollen es nicht beerdigen lassen. Es ist eben gestorben.«

Ich wollte für sie eintreten, aber es wäre ganz zwecklos gewesen, auch wenn wir die vier Menschen hätten überwältigen können, die sie nun ohne alle Umstände und ziemlich grob in das andere Zimmer stießen und die Tür abschlossen, gegen die sie dann vergeblich unter entsetzlichem Stöhnen mit den Fäusten schlug. Inzwischen nahmen die Männer das Kind, das noch eben so blühend gewesen war, versenkten es in die Kalklauge und gingen eilig mit der Kiste fort.

Fünftes Kapitel

In den kleinen Badeorten und Städtchen sind Todesfälle äußerst unbeliebt. Die Inhaber der Hotels und möblierten Zimmer suchen solche Mieter zu meiden, deren Gesundheitszustand sie einen baldigen Tod befürchten lässt.

In keinem dieser Städtchen sind Beerdigungsprozessionen gestattet, und wenn ein Todesfall eintritt, so wird er vor allen Unbeteiligten verheimlicht, und der Tote wird ohne jede Beerdigungsfeier mit der Bahn fortgebracht.

Ansteckende Krankheiten mit tödlichem Ausgang kommen nur sehr selten vor, und in dem Ort, wo der Sohn meiner Bekannten gestorben war, geschah es zum ersten Mal. Die Nachricht darüber verbreitete sich mit unglaublicher Geschwindigkeit unter dem Publikum und rief, besonders unter den Damen, panischen Schrecken hervor.

Die Ärzte des Ortes, die an einem solchen Platz stets den führenden Stand ausmachen, gaben sich alle Mühe, die aufgeregten Gemüter zu beruhigen, überboten einander an Eifer, verzankten sich und bildeten zwei Lager. Die einen, zu denen die beiden Ärzte gehörten, die das Kind behandelt hatten, gaben zu, dass die Todesursache tatsächlich Diphtherie gewesen sei, erklärten aber, dass gegen die Ansteckungsgefahr alle notwendigen Maßnahmen getroffen worden, dass sie in besonderen Kleidern zu dem Kind gegangen seien und dass sie sich nachher sorgfältig desinfiziert hätten. Zwei von ihnen ließen sich sogar die Bärte abnehmen, um zu beweisen, wie ernst sie die Sache nähmen. Die anderen aber, die überwiegende Mehrzahl, behaupteten, der Fall sei ziemlich zweifelhaft gewesen, führten sogar Gegenbeweise an und beschuldigten ihre Kollegen, die Krankheit des Kindes übertrieben zu haben. Daraus entstand eine große, nutzlose Unruhe, die die Kranken um ihre Ruhe brachte und mehr als alles andere die wirtschaftlichen Interessen der Einwohner bedrohte. Diese zweite medizinische Fraktion missbilligte das rücksichtslose und schroffe Vorgehen der Stadtverwaltung gegen Frau N., der man das Kind mit räuberischer Gewalt entrissen hatte, fast noch im Augenblick des Todes, ja vielleicht noch früher, noch bevor die letzten Lebensfunken erloschen waren. Mit dem Hinweis auf diese Rücksichtslosigkeit wollten die Ärzte die Aufmerksamkeit des Publikums von sich auf die anderen ablenken, deren Benehmen in der Tat ungewöhnlich roh gewesen war. Aber das gelang ihnen nicht. Der menschliche Egoismus pflegt in Augenblicken der Gefahr besonders widerwärtig zu werden. Unter dem Publikum fand sich niemand, der der traurigen Lage der unglücklichen Mutter auch nur ein wenig Aufmerksamkeit geschenkt hätte. – War es tatsächlich Diphtherie gewesen, so waren keine Umstände am Platz, und je entschlossener und fester die Beamten gehandelt hatten, um so besser war es. Man darf doch nicht die anderen der Gefahr aussetzen! Man interessierte sich nur für das eine: Wohin hatte man die Kiste mit dem gefährlichen Toten gebracht. Aber die Nachricht darüber war beruhigend. Man hatte die Kiste in den schwarzen Sumpf gebracht, aus dem man früher den Heilschlamm für die Bäder holte. Sie war an einer der tiefen Stellen des Sumpfes versenkt, mit Steinen überschüttet und nochmals mit Kalklauge übergossen worden. Sorgfältiger und energischer konnte man wohl mit einer solchen Leiche kaum verfahren. Nun begann aber die Vergeltung an dem Hotel, aus dem fast die gesamten Insassen geflüchtet waren, mit Ausnahme der Ärmeren, die sich den Luxus nicht leisten konnten, das für den Monat vorausbezahlte Zimmer aufzugeben. Das ganze Hotel musste desinfiziert werden, jedenfalls die Zimmer, die die Familie N. bewohnt hatte, sowie die anstoßenden Räume. Ebenso musste der Korridor desinfiziert werden, durch den der Knabe gelaufen war, und die Ecke des Speisesaales, in der die Familie N. ihre Mahlzeiten eingenommen hatte. Das alles machte eine sehr bedeutende Rechnung, wenn ich nicht irre, über dreihundert Gulden, weil man es auch für notwendig hielt, die Polstermöbel der drei Appartements zu verbrennen und in den anderen Räumen die Gardinen, Teppiche und Portieren durch neue zu ersetzen. Aus diesem Anlass wurden an Herrn N. vom Hotelinhaber Geldforderungen gestellt. Die Stadtvertreter unterstützten die Rechte des Besitzers und behaupteten, dass er trotz der geforderten Entschädigung einen Verlust erleiden werde, da viele Räume während der ganzen Saison leer stehen würden. Auch für die Zukunft verliere der Wirt einen großen Teil seiner Gäste, da die meisten Besucher das Hotel meiden würden, weil in dem Haus ein Diphtheriefall vorgekommen sei.

Forderungen dieser Art waren für die Kurgäste neu, und alle interessierten sich für den Ausgang dieser Angelegenheit. Die einen fanden die Forderung schikanös, die anderen gerecht, jedoch viel zu hoch. Überall sprach man darüber, und Herr N. wurde zu einer interessanten Persönlichkeit. Es war erstaunlich, dass man ihn nicht fürchtete. Aber man sprach mit ihm, weil man wusste, dass er als kranker Mann sofort nach der Erkrankung seines Sohnes sein Zimmer verlassen hatte und bis zu dessen Tode nicht zurückgekehrt war. Nach seiner Frau erkundigte sich niemand, und sie war einige Tage lang nicht zu sehen. Man nahm an, dass sie abgereist oder krank sei. Für die Leute, die sich für die Sitten des Auslandes interessierten, war Herr N. eine sehr interessante Persönlichkeit. Jeden Tag berichtete er, welche Forderungen an ihn gestellt wurden und was er auf sie geantwortet hätte. Er stellte nicht in Abrede, dass der Hotelinhaber Verluste erlitten habe und dass der Tod des Knaben tatsächlich die Ursache dieser Verluste sei, aber er bestritt das Recht einer willkürlichen Zahlungsforderung an ihn, die er nicht ohne Gerichtsbeschluss begleichen wolle.

»Nehmen wir an«, sagte er, »dass ich bezahlen muss, aber das darf mir nicht durch irgendeinen Kommissar und drei Kleinbürger erklärt werden, sondern durch einen formellen Gerichtsbeschluss, dem ich mich unterwerfen kann. Und außerdem, was bedeutet dieses Urteil: zahlen – schön, wenn ich die Mittel habe zu zahlen. Man kann mir meinen Koffer nehmen, aber nicht mehr. Wäre ein Armer an meiner Stelle gewesen, so würde man mit ihm überhaupt nicht reden.«

Alle waren mit dieser komplizierten Frage beschäftigt, und um Herrn N. bildeten sich in einem fort Kreise, die über seine Rechte und seine Unannehmlichkeiten diskutierten. Die Angelegenheit aber wurde bald darauf friedlich beigelegt. Die Stadt wollte die Sache nicht vor Gericht kommen lassen, weil dadurch das Gerede über den Diphtheriefall noch größeren Umfang angenommen hätte, und man entschloss sich, die Angelegenheit durch ein Übereinkommen zu erledigen, nach dem Herr N. nur die Rechnung des Desinfektionsunternehmers bezahlen sollte. Damit wäre die Angelegenheit erledigt gewesen, doch da trat plötzlich ein neues Ereignis ein: Frau N., die acht Tage in dem großen Hotelzimmer verbracht hatte, ging täglich an den Sumpf, in den man die Kiste mit dem Körper ihres Kindes geworfen hatte. Am neunten Tag kehrte sie von diesem Gang nicht zurück. Man suchte sie vergeblich, niemand hatte sie im Park oder im Wald gesehen. Sie kam zu keiner ihrer Bekannten, trank in keinem der Restaurants ihren Tee, sondern war einfach verschwunden. Mit ihr waren auch die gusseisernen Hanteln verschwunden, mit denen ihr Mann Zimmergymnastik trieb. Vergeblich suchte man sie drei, vier Tage und begann dann Verdacht zu schöpfen, sie habe sich vielleicht im Sumpfe ertränkt. Wie es heißt, hat sich diese Annahme später auch bestätigt. Ihren Leichnam, als er an die Oberfläche gekommen war, hatte der Sumpf wieder hinuntergezogen. So kam sie um.

Das Ereignis war durch seine Tragik bemerkenswert, vor allem durch die Ruhe, mit der alles vor sich gegangen war. Die verschwundene Frau N. hatte weder etwas Schriftliches noch sonst irgendwelche Anzeichen ihres Entschlusses hinterlassen; Herr N. erregte viel Mitgefühl. Er selbst hüllte sich bescheiden in ein kaltes und verschlossenes Schweigen. Er sagte, es sei am besten für ihn, wenn er abreise, reiste aber seiner schwachen Gesundheit halber, die die Fortsetzung der Kur an dieser Heilquelle erforderte, nicht ab.

Wir vertrugen uns nur schlecht miteinander, wahrscheinlich waren wir Menschen mit sehr ungleichen Charakteren. Ungeachtet dessen, dass ich um das Geheimnis seiner Ehe wusste, das mich hätte veranlassen sollen, ihn zu bemitleiden, war er mir weit widerwärtiger als seine Frau, die sich an ihm als Ehemann vergangen hatte. Ich hatte keinen Grund, eine Annäherung mit ihm zu wünschen, aber in einer für mich unverständlichen Anwandlung würdigte er mich plötzlich seiner Aufmerksamkeit und erwähnte in den Gesprächen, die sich zwischen uns entspannen, oft und gern seine verstorbene Frau.

Das Tier

I

Mein Vater war ein seinerzeit sehr bekannter Untersuchungsrichter. Ihm wurden viele wichtige Fälle anvertraut, und er war darum meistens auf Reisen. Zu Hause blieben nur Mutter, ich und die Dienstboten.

Meine Mutter war damals noch sehr jung, und ich ein kleiner Bengel.

Als sich die Geschichte, von der ich hier erzähle, abspielte, war ich erst fünf Jahre alt.

Es war zur Winterszeit. Der Winter war in jenem Jahre so streng, dass die Schafe oft nachts in ihren Ställen erfroren und Dohlen erstarrt auf die hart gefrorene Erde niederfielen. Mein Vater befand sich damals in einer dienstlichen Angelegenheit in Jelez und konnte nicht einmal zu Weihnachten nach Hause kommen. Meine Mutter wollte daher selbst zu ihm hinüberfahren, damit er das schöne und freudige Fest nicht allein verbringe. Der fürchterlichen Kälte wegen nahm sie mich nicht mit, sondern ließ mich bei ihrer Schwester und meiner Tante zurück, die mit einem Gutsbesitzer aus Orjol verheiratet war. Dieser Onkel hatte nicht den besten Ruf. Er war reich, alt und grausam. Seine hervorragendsten Charaktereigenschaften waren Gehässigkeit und Unnachsichtigkeit; er war darüber durchaus nicht unglücklich, sondern prahlte gerne mit diesen Eigenschaften, die seiner Ansicht nach den Ausdruck männlicher Kraft und unbeugsamer Seelenstärke darstellten.

Er war bestrebt, auch seine Kinder zu der gleichen Manneskraft und Seelenstärke zu erziehen. Einer seiner Söhne war übrigens mein Altersgenosse.

Alle fürchteten den Onkel; ich aber fürchtete ihn noch mehr als alle, weil er auch mich zur »Manneskraft« erziehen wollte. Als ich drei Jahre alt war und unheimliche Angst vor Gewittern hatte, stellte er mich einmal bei einem heftigen Gewitter auf den Balkon hinaus und sperrte die Türe ab, um mir auf diese Weise meine Angst auszutreiben.

Natürlich war ich im Hause eines solchen Onkels sehr ungern zu Gast. Ich war damals aber, wie gesagt, erst fünf Jahre alt, und meine Wünsche und Neigungen wurden bei den Entscheidungen, denen ich mich fügen musste, in keiner Weise in Betracht gezogen.

II

Auf dem Gute meines Onkels befand sich ein riesiges, steinernes, schlossartiges Gebäude. Es war ein prätentiöser, doch unschöner und sogar hässlicher zweistöckiger Bau mit einer runden Kuppel und einem Turm, über den allerlei scheußliche Geschichten erzählt wurden. Hier hatte einst der verrückte Vater des jetzigen Gutsbesitzers gewohnt; später wurde in diesen Räumen eine Apotheke eingerichtet. Auch das Letztere galt aus irgendeinem Grunde als unheimlich; am unheimlichsten war aber die sogenannte Äolsharfe, die in einem offenen geschwungenen Fenster oben auf dem Turme angebracht war. Wenn der Wind durch die Saiten dieses launischen Instrumentes fuhr, gab es ebenso unerwartete wie seltsame Töne von sich, die aus einem leisen Girren in unruhige, wilde Seufzer und in ein wahnsinniges Getöse übergingen, das sich so anhörte, wie wenn ein ganzer Schwarm von Angst getriebener Geister durch die Saiten zöge. Alle Bewohner des Hauses konnten diese Harfe nicht leiden und glaubten, dass sie dem gestrengen Gutsherrn etwas sagte, wogegen er sich nicht aufzulehnen wagte, das ihn aber noch grausamer und unbeugsamer machte ... Eines stand jedenfalls fest: Wenn nachts ein Sturm losbrach und die Harfe auf dem Turme so laut dröhnte, dass die Töne über den Park und die Teiche hinweg bis ins Dorf drangen, tat der Herr die ganze Nacht kein Auge zu und war am Morgen noch finsterer und strenger als sonst; dann pflegte er irgendeinen grausamen Befehl zu erteilen, der die Herzen aller seiner Sklaven erbeben machte.

In diesem Hause war es Gesetz, dass jedes Vergehen unnachsichtliche Sühne fand und niemand und unter keinen Umständen Verzeihung erlangte. Dieses Gesetz galt ebenso für die Menschen wie für die Tiere und selbst für die kleinsten Geschöpfe. Der Onkel kannte keine Barmherzigkeit, liebte sie nicht und hielt sie für Schwäche. Unnachsichtige Strenge setzte er über alle Nachsicht. Daher herrschte im Hause und in den zahlreichen Dörfern, die diesem reichen Gutsbesitzer gehörten, eine ewige Trauer, die mit den Menschen auch die Tiere teilten.

III

Mein seliger Onkel war ein leidenschaftlicher Liebhaber der Hetzjagd. Er pflegte oft mit seiner Meute auszureiten und Wölfe, Hasen und Füchse zu jagen. In seinem Zwinger gab es auch eigens für die Bärenjagd bestimmte Hunde. Diese Hunde nannte man »Blutegel«. Sie bissen sich in das Tier dermaßen fest, dass man sie nicht wieder losreißen konnte. Es kam vor, dass der Bär, in den sich so ein Blutegel festgebissen hatte, ihn mit einem Schlag seiner schrecklichen Tatze totschlug oder zerriss, es kam aber niemals vor, dass der Blutegel lebend vom Tiere abließ.

Heute, wo die Bärenjagd nur noch mit dem Spieß und als Klapperjagd betrieben wird, scheint die Rasse der Blutegel in Russland ausgestorben zu sein; aber in der Zeit, als sich diese Geschichte zutrug, gehörten sie zum Bestande eines jeden Zwingers: In unserer Gegend gab es damals auch sehr viele Bären, und die Bärenjagd zählte zu den beliebtesten Vergnügungen.

Wenn es gelang, ein ganzes Bärennest auszuheben, nahm man die Jungen oft lebend nach Hause mit. Sie wurden gewöhnlich in einem großen gemauerten Stall mit kleinen, ganz oben unter dem Dach angebrachten Fenstern gehalten. In den Fenstern gab es keine Scheiben, sondern nur feste Eisengitter. Die Bärenjungen kletterten manchmal übereinander bis zu den Fenstern hinauf und hielten sich mit ihren kräftigen Krallen an den Gittern fest. Nur auf diese Weise konnten sie aus dem Kerker in Gottes freie Welt hinausschauen.

Wenn man uns am Vormittag spazieren führte, gingen wir gerne an diesem Stall vorbei, um uns die drolligen Bären, die durch die Gitter herausschauten, anzusehen. Unser deutscher Hauslehrer Kolberg pflegte ihnen mittels eines langen Stockes Brotstücke zu reichen, die wir uns zu diesem Zweck beim Frühstück aufsparten.

Die Bären pflegte und fütterte ein junger Jäger namens Ferapont; das einfache Volk konnte diesen Namen schwer aussprechen und nannte ihn »Chrapon« oder noch öfter »Chraposchka«. Ich kann mich seiner noch gut erinnern. Chraposchka war von mittlerem Wuchs, gelenkig, kräftig und etwa fünfundzwanzig Jahre alt. Er galt als hübscher Bursche: Er hatte ein weißes Gesicht, rosige Wangen, schwarze Locken und große, schwarze etwas hervorquellende Augen. Dazu zeichnete er sich durch ungewöhnlichen Mut aus. Seine Schwester Annuschka, die die Gehilfin der Kinderfrau war, erzählte uns oft höchst unterhaltende Dinge über den ungewöhnlichen Mut ihres kühnen Bruders und über seine Freundschaft mit den Bären, in deren Stall er im Sommer wie im Winter zu schlafen pflegte, wobei sie sich um ihn drängten und ihre Köpfe auf ihn wie auf ein Kissen legten.

Vor dem Hause meines Onkels befand sich ein großes rundes, von einem Schmuckgitter eingefasstes Blumenbeet, dahinter erhob sich das breite Tor; in der Mitte des Beetes, dem Tor gegenüber, ragte eine hohe, glatt gehobelte Stange, die man den »Mastbaum« nannte. An der Spitze des Mastbaumes war eine kleine Plattform angebracht.

Unter den gefangenen jungen Bären wurde immer der »klügste«, das heißt einer, der den zuverlässigsten und intelligentesten Eindruck machte, gewählt. Dieser Bär wurde von der übrigen Gesellschaft getrennt und durfte ganz frei auf dem Hofe und im Park herumspazieren, hatte aber die Obliegenheit, am Mastbaum vor dem Tore Posten zu stehen. Auf diesem Posten verbrachte er den größten Teil des Tages. Er lag oft auf dem Stroh am Fuße des Mastbaumes und hielt sich mit besonderer Vorliebe oben auf der Plattform auf, wo er vor der Zudringlichkeit der Menschen und Hunde sicher war.

Nicht alle Bären hatten ein Anrecht auf dieses schöne freie Leben, sondern nur die klügsten und gutmütigsten unter ihnen und selbst diese nicht ihr Leben lang, sondern nur solange sie nicht ihre tierischen, für das Zusammenleben mit anderen Geschöpfen ungeeigneten Eigenschaften zeigten, d. h. solange sie sich ruhig verhielten und weder Gänse noch Hühner, weder Kälber noch Menschen anrührten.

Wenn ein Bär auch nur einmal den Burgfrieden störte, wurde er sofort zum Tode verurteilt, und keine Macht der Welt konnte ihm Begnadigung erwirken.

IV

Mit der Auswahl dieses »klügsten« Bären wurde Chrapon betraut. Da er mehr als alle andern mit den Bären zu tun hatte und als großer Kenner ihres Charakters galt, wurde natürlich angenommen, dass er besser als jemand anderer diese Wahl vornehmen könne. Chrapon hatte auch die volle Verantwortung für die Folgen seiner Wahl zu tragen. Er wählte gleich das erste Mal einen ungewöhnlich gelehrigen und klugen Bären, der einen sehr seltsamen Namen erhielt; während fast alle Bären in Russland »Mischka« heißen, wurde dieser mit dem spanischen Namen »Sganarell« ausgezeichnet. Er hatte bereits fünf Jahre in Freiheit gelebt und noch keinen einzigen dummen Streich verübt. Wenn man von einem Bären sagte, dass er »Streiche mache«, so meinte man, dass er seine Tiernatur bereits irgendwie gezeigt habe.

Einen solchen »Streichemacher« setzte man zunächst in den »Graben«, der auf der geräumigen Wiese zwischen der Tenne und dem Wald angelegt war; nach einiger Zeit ließ man ihn auf die Wiese hinaus, indem man einen Balken in den Graben steckte, über den er dann selbst herauskletterte, und hetzte ihn mit jungen »Blutegeln«. Wenn die jungen Hunde mit dem Bären nicht fertig werden konnten und die Gefahr bestand, dass er in den Wald entrinnen könnte, traten zwei geschickte Jäger, die im Hinterhalt aufgestellt waren, mit ihren ausgewählten Meuten in Aktion und machten dem Bären ein schnelles Ende.

Und wenn auch diese Hunde sich so ungeschickt anstellten, dass der Bär sich auf die »Insel«, d. h. in den Wald, der mit den weiten Brjansker Wäldern zusammenhing, flüchten konnte, so feuerte auf ihn ein eigens bereitgestellter Schütze aus einer langen schweren Kuchenreuterschen Gabelmuskete die tödliche Kugel ab.

Es war noch nie vorgekommen, dass ein Bär allen diesen Gefahren entronnen wäre; das wäre auch zu schrecklich gewesen, denn die Schuldigen wären wohl kaum mit dem Leben davongekommen.

V

Die kluge und solide Natur Sganarells hatte zur Folge, dass es eine solche Hetzjagd oder Bärenhinrichtung schon seit fünf Jahren nicht mehr gegeben hatte. Sganarell war in dieser Zeit zu einem großen Bären von ungewöhnlicher Kraft, Schönheit und Gelenkigkeit herangewachsen. Er hatte eine runde, stumpfe Schnauze und einen recht schlanken Körperbau, so dass er eher einem riesengroßen Griffon oder Pudel als einem Bären ähnlich sah. Sein Hinterteil war etwas schmächtig und von kurzem, glänzendem Fell bedeckt, aber die Schultern und das Genick waren stark entwickelt und üppig behaart. Sganarell war so gescheit wie ein Pudel und konnte einige, bei Bären sehr seltene Kunststücke: Er verstand gut und schnell auf den Hinterbeinen vorwärts und auch rückwärts zu laufen, eine Trommel zu schlagen und mit einem langen Stock, der wie ein Gewehr angemalt war, zu exerzieren; ebenso gerne und sogar mit größerer Freude schleppte er mit den Bauern die schwersten Säcke zur Mühle und trug mit unnachahmlicher drolliger Eleganz einen hohen, spitzen, mit einer Pfauenfeder oder einem Strohwisch geschmückten Filzhut auf dem Kopfe.

Aber auch für Sganarell schlug einmal die Schicksalsstunde: Die Tiernatur gewann die Oberhand. Kurz vor meinem Besuch im Hause des Onkels hatte sich Sganarell mehrere Verfehlungen zu schulden kommen lassen, von denen eine schwerer war als die andere.

Das Programm der verbrecherischen Handlungen Sganarells war dasselbe wie bei allen seinen Vorgängern: Als erste Kraftprobe riss er einer Gans einen Flügel ab, dann legte er seine Tatze einem Füllen, das seiner Mutter nachlief, auf den Rücken und brach ihm das Rückgrat, zuletzt erregten irgendein blinder alter Bettler und dessen Führer sein Missfallen; er wälzte sich mit ihnen im Schnee und zerquetschte ihnen Arme und Beine.

Der Blinde und sein Führer kamen ins Krankenhaus, Chrapon aber erhielt den Befehl, Sganarell in den Graben zu bringen, aus dem es nur den Weg in den Tod gab.

Als Annuschka mich und meinen kleinen Vetter abends zu Bett legte, erzählte sie uns, dass es bei der Überführung Sganarells in den Graben, wo er auf die Todesstrafe zu warten hatte, allerlei Rührendes gegeben habe. Chrapon habe ihm nicht den üblichen Ring durch die Nase gezogen und überhaupt nicht die geringste Gewalt angewandt, sondern nur gesagt:

»Tier, komm mit!«

Der Bär erhob sich und ging sofort mit. Besonders komisch wirkte es, dass er seinen Hut mit dem Strohwisch aufsetzte, Chrapon wie einen Freund umarmte und mit ihm so bis zum Graben ging.

Sie waren ja auch wirkliche Freunde.

VI

Chrapon hatte mit Sganarell natürlich das größte Mitleid, konnte ihm aber gar nicht helfen. In dem Hause, wo sich dies abspielte, wurde, wie schon gesagt, kein einziges Vergehen verziehen, und Sganarell, der sich dermaßen kompromittiert hatte, musste seine Streiche mit einem grausamen Tode büßen.

Die Hetzjagd sollte als eine Nachmittagszerstreuung für die Gäste, die sich bei meinem Onkel zu Weihnachten versammelten, stattfinden. Die Anordnungen zu dieser Jagd wurden zur gleichen Zeit gegeben, als Chrapon den Befehl bekam, den schuldigen Sganarell in den Graben zu bringen.

VII

Man pflegte die Bären auf eine höchst einfache Weise in den Graben zu setzen. Man legte quer über die Öffnung einige leichte, schwache Stangen, überdeckte diese mit Reisig und schüttete darüber Schnee. Das Loch wurde so geschickt maskiert, dass der Bär die Falle gar nicht merken konnte. Man brachte das folgsame Tier bis zu dieser Stelle und ließ es weitergehen. Es machte einen oder zwei Schritte und stürzte plötzlich in den tiefen Graben, aus dem es nicht mehr herauskommen konnte. Der Bär saß hier bis zu der für die Hetzjagd angesetzten Stunde. Dann legte man schräg in den Graben einen etwa sieben Ellen langen Balken, und der Bär kletterte heraus, worauf sofort die Hetzjagd begann. Wenn aber das kluge Tier Unheil witterte und nicht herauskommen wollte, zwang man es, den Graben zu verlassen, indem man mit langen, mit eisernen Spitzen versehenen Stangen nach ihm stach, brennendes Stroh in den Graben warf, oder blinde Schüsse aus Gewehren und Pistolen abfeuerte.

Nachdem Chrapon den Bären auf die beschriebene Weise in den Graben gebracht hatte, kehrte er tief betrübt nach Hause zurück. Unbedachterweise erzählte er seiner Schwester und unserer Wärterin, wie willig ihm das Tier gefolgt war, wie es, nachdem es durch den Reisig in den Graben gestürzt war, sich auf den Boden hingesetzt, die Vordertatzen wie Hände zusammengelegt und zu weinen angefangen hatte.

Chrapon sagte seiner Schwester, dass er vom Graben, so schnell er konnte, weggelaufen sei, um das jämmerliche Stöhnen Sganarells nicht zu hören, das ihm ins Herz geschnitten habe.

»Ich danke nur Gott«, fügte er hinzu, »dass es jemand anderem und nicht mir befohlen wird, auf ihn zu schießen, wenn er Reißaus nimmt. Wenn diese Pflicht mir zufiele, würde ich alle Strafen über mich ergehen lassen, aber um nichts in der Welt auf das Tier schießen.«

VIII

Annuschka teilte uns das alles mit, und wir gaben es unserem Hauslehrer Kolberg weiter. Kolberg aber erzählte es dem Onkel, um ihn zu amüsieren. Als der Onkel es hörte, sagte er: »Der Chraposchka ist gut!« und klatschte dreimal in die Hände.

Das war das Signal für den alten französischen Kammerdiener Ustin Petrowitsch, einen ehemaligen Kriegsgefangenen vom Jahre 1812.

Ustin Petrowitsch, oder eigentlich Justin, erschien in seinem sauber gebürsteten lila Frack mit silbernen Knöpfen, und mein Onkel gab ihm den Befehl, dass man bei der bevorstehenden Bärenjagd als Reserveschützen einen gewissen Flegont, der niemals sein Ziel verfehlte, und Chrapon aufstellen solle.

Der Onkel erwartete sich offenbar vom Kampfe der widerstrebenden Gefühle in der Seele des armen Burschen eine große Belustigung. Wenn es ihm einfiele, auf den Bären entweder überhaupt nicht zu schießen oder ihn absichtlich nicht zu treffen, so würde es ihm teuer zu stehen kommen; Flegont würde aber das Tier mit dem zweiten Schuss sicher erlegen.

Ustin verbeugte sich und ging hinaus, um den Befehl weiterzugeben. Wir Kinder sahen aber erst jetzt ein, was wir angestellt hatten, und fühlten, dass etwas Schreckliches im Anzuge sei. Gott weiß, wie das enden sollte. Unter diesen Umständen hatten wir weder an dem schmackhaften Weihnachtsessen, das der Sitte gemäß spät abends eingenommen wurde, noch an den vielen Gästen, die zum Teil mit ihren Kindern gekommen waren, rechte Freude.

Sganarell und Ferapont taten uns leid, und wir wussten nicht, mit wem von beiden wir mehr Mitleid hatten.

Wir beide, d. h. ich und mein kleiner Vetter, wälzten uns lange in unseren Bettchen. Wir schliefen spät ein, träumten von dem Bären und fuhren einige Mal schreiend aus dem Schlaf. Und als die Kinderfrau sagte, dass wir vor dem Bären keine Angst zu haben brauchten, weil er im Graben sitze und morgen erschossen werden solle, wurde meine Unruhe noch größer.

Ich erkundigte mich sogar bei der Alten, ob es erlaubt sei, für Sganarell zu beten. Diese Frage lag aber außerhalb ihrer religiösen Kompetenz, und sie antwortete, in einem fort gähnend und sich den Mund bekreuzigend, dass sie es nicht sicher wisse, weil sie sich danach noch niemals beim Geistlichen erkundigt habe; der Bär sei aber sicher ein Geschöpf Gottes und habe sich auch in der Arche Noahs befunden.

Die Erwähnung der Arche Noahs brachte mich auf den Gedanken, dass die grenzenlose Barmherzigkeit Gottes sich nicht nur auf die Menschen, sondern auch auf alle andern Geschöpfe erstrecke. Ich kniete in kindlicher Andacht in meinem Bettchen nieder, drückte mein Gesicht in das Kissen und flehte Gottes Majestät an, mir meine Bitte nicht als Sünde anzurechnen und Sganarell zu retten.

IX

Der erste Weihnachtstag brach an. Wir kamen in unseren Festtagskleidern in Begleitung unserer Hauslehrer und Erzieherinnen zum Frühstückstisch. Außer den zahlreichen Verwandten und Gästen befanden sich im Saal auch der Geistliche, der Diakon und zwei Küster.

Als der Onkel in den Saal trat, stimmte die Geistlichkeit einen Weihnachtschoral an. Dann nahm man den Tee und gleich darauf ein leichtes Frühstück ein. Zu Mittag wurde früher als sonst, nämlich um zwei Uhr, gegessen. Gleich nach dem Essen sollte die Bärenjagd beginnen: Man durfte sie nicht auf eine spätere Stunde hinausschieben, weil es um diese Jahreszeit früh Abend wurde und der Bär im Dunkeln leicht Reißaus nehmen konnte. Alles spielte sich genau nach dem festgesetzten Programm ab. Gleich nach dem Essen zog man uns Hasenfellpelze und zottige, aus Ziegenwolle gestrickte Stiefel an und setzte uns in die Schlitten, um zur Jagd zu fahren. Rechts und links vom Hause standen schon viele lange, mit je drei Pferden bespannte und mit Teppichen belegte Schlitten bereit. Zwei Reitknechte hielten die englische Fuchsstute »Modedame« an den Zügeln fest.

Der Onkel trat in einem kurzen Fuchspelz und einer spitzen Fuchsfellmütze aus dem Haus, und sobald er in den mit einem schwarzen Bärenfell bedeckten und mit Türkisen und Schlangenköpfen geschmückten Sattel stieg, setzte sich unser ganzer langer Zug in Bewegung. In zehn oder fünfzehn Minuten waren wir schon am Ziel. Alle Schlitten stellten sich im Halbkreise auf dem glatten schneebedeckten Felde auf, das von einer Kette berittener Jäger umstellt und in einiger Entfernung vom Walde abgeschlossen war.

Dicht am Walde war im Gesträuch das Versteck für die Schützen eingerichtet, unter denen sich auch Flegont und Chraposchka befinden mussten.

Die Schützen selbst waren nicht zu sehen; einige zeigten auf die kaum sichtbaren Büchsenstützen, von denen auf Sganarell gezielt werden sollte.

Der Graben, in dem der Bär saß, war unsichtbar, und wir lenkten daher unsere Aufmerksamkeit auf die schmucken Reiter, die mit den schönsten Waffen ausgerüstet waren; es waren die Erzeugnisse der berühmtesten Büchsenmacher: des Schweden Strabus, des Deutschen Morgenrath, des Engländers Mortimer und des Warschauers Kolett.

Mein Onkel stellte sich mit seinem Pferde vor der Kette auf. Man gab ihm die Leine zweier zusammengekoppelter junger »Blutegel« in die Hand und legte auf den Sattel vor ihn ein weißes Tuch.

Die vielen jungen Hunde, die ihre Künste an dem zum Tode verurteilten Sganarell üben sollten, benahmen sich höchst selbstbewusst und zeigten brennende Ungeduld und Mangel an Selbstbeherrschung. Sie winselten, bellten und sprangen um die Pferde herum; die uniformierten Piqueure knallten mit ihren Peitschen, um die außer Rand und Band geratenen Hunde zur Vernunft zu bringen. Alles brannte vor Ungeduld, sich über das Tier zu stürzen, dessen Nähe die Hunde mit ihren feinen Nasen sofort witterten. Nun kam der Zeitpunkt, wo Sganarell aus dem Graben heraus gelassen und den Hunden preisgegeben werden sollte.

Mein Onkel winkte mit dem weißen Tuch, das vor ihm auf dem Sattel lag, und sagte: »Los!«

X

Von der Schar der Jäger, die den Stab des Onkels bildeten, trennten sich an die zehn Mann und gingen quer über das Feld.

Als sie etwa zweihundert Schritte weit gegangen waren, blieben sie stehen, und hoben vom Schnee einen langen, nicht sehr dicken Balken auf, der uns bis dahin unsichtbar gewesen war.

Das spielte sich unmittelbar an dem von unserem Standpunkt aus gleichfalls nicht sichtbaren Graben ab, in dem Sganarell saß.

Der Balken wurde in die Höhe gehoben und mit dem einen Ende in den Graben versenkt. Er lag etwas schräg, so dass das Tier ohne besondere Mühe wie über eine Treppe herauskommen konnte.

Das andere Ende des Balkens ruhte auf dem Rande des Grabens und ragte etwa eine Elle weit heraus.

Alle Augen verfolgten mit Spannung diese Vorbereitungen, die uns dem interessantesten Augenblick näher brachten. Man erwartete, dass Sganarell sofort zum Vorschein kommen würde; er witterte aber wohl Unheil und blieb im Graben.

Nun begann man ihn mit Schneebällen zu bewerfen und mit langen Stangen in dem Graben herumzutreiben; man hörte sein Gebrüll, er ließ sich aber noch immer nicht blicken. Man gab einige blinde Schüsse in den Graben ab; Sganarell brüllte noch wütender, kam aber noch immer nicht heraus.

Nun erschien hinter der Schützenkette ein einfacher, mit nur einem Pferd bespannter Schlitten, wie man ihn zum Mistfahren gebraucht, und raste in der Richtung zum Graben. Auf dem Schlitten lag ein großer Haufen Stroh.

Das Pferd war groß und mager, eines von den Pferden, die sonst Futter von der Tenne fahren; trotz seines Alters und seiner Magerkeit galoppierte es mit erhobenem Schweif und gesträubter Mähne. Es war nicht recht klar, ob dieser Feuereifer nur ein Überbleibsel seiner Jugendkraft oder eine Folge der Angst und Verzweiflung war, die dem alten Pferd die Nähe des Bären einflößte. Das Letztere war wohl wahrscheinlicher; das Pferd war außer der Kandare noch mit einer festen Schnur aufgezäumt, die in seine vor Alter grauen Lippen einschnitt und sie bereits blutig gerieben hatte. Der Stallknecht, der es lenkte, riss erbarmungslos an der Schnur und bearbeitete gleichzeitig den Rücken des Pferdes mit einer dicken Peitsche; das Pferd rannte wie wild und warf sich nach allen Seiten.

Das Stroh wurde in drei Haufen geteilt, angezündet und im gleichen Augenblick von drei verschiedenen Seiten in den Graben geworfen. Vom Feuer unberührt blieb nur die eine Stelle am Rande, wo der Balken herausragte.

Nun ertönte ein betäubendes, rasendes, mit Stöhnen untermengtes Brüllen, der Bär kam aber noch immer nicht heraus.

Man erzählte sich, dass Sganarells Fell schon versengt sei; er hätte sich die Tatzen auf die Augen gedrückt und liege so fest in einer Ecke des Grabens, dass man ihn unmöglich heraustreiben könne.

Das Pferd mit den blutig geriebenen Lippen lief im gleichen Galopp wieder zurück ... Alle glaubten, dass es eine neue Portion Stroh holen sollte. Unter den Zuschauern wurden Vorwürfe laut: Warum hat man nicht eine genügende Menge Stroh vorbereitet? Mein Onkel wütete und schrie etwas, was ich im allgemeinen Lärm, Hundegewinsel und Peitschenknall nicht verstehen konnte.

Das Ganze hatte aber eine gewisse Stimmung und eine eigene Harmonie. Das alte Pferd galoppierte, sich wieder nach allen Seiten werfend und keuchend, zum Graben, in dem Sganarell lag. Diesmal war es aber kein Stroh: Auf dem Schlitten saß Ferapont.

Der Befehl, den mein Onkel in seiner Wut gegeben hatte, lautete, dass Chraposchka in den Graben steigen und seinen Freund selbst herausführen sollte ...

XI

Ferapont stand nun vor dem Graben. Er schien aufs Höchste erregt, handelte aber entschlossen und energisch. Ohne gegen den Befehl zu mucksen, nahm er vom Schlitten den Strick, mit dem vorhin das Stroh zusammengebunden war, und band ihn an das herausragende Ende des Balkens, wo sich eine Einkerbung befand. Das andere Ende des Strickes nahm er in die Hand und begann langsam in den Graben zu steigen. Das schreckliche Gebrüll Sganarells hörte sofort auf, und man vernahm nur noch ein dumpfes Brummen.

Es klang, wie wenn sich das Tier bei seinem Freunde über die grausame Behandlung beklagte; nun verstummte aber auch dieses Brummen, und es wurde ganz still.

»Er umarmt und leckt Chraposchka!«, meldete einer der Männer, die am Grabenrand standen.

Unter den Leuten, die in den Schlitten saßen, holten die einen tief Atem, und die andern verzogen das Gesicht.

Viele hatten offenbar mit dem Bären Mitleid und erwarteten von der Hetzjagd kein Vergnügen mehr. Alle diese flüchtigen Eindrücke wurden plötzlich von einem Ereignis unterbrochen, das noch unerwarteter als alles Vorhergehende und ungewöhnlich rührend war.

Aus der Öffnung des Grabens tauchte wie aus der Unterwelt Chraposchkas lockiger Kopf in der runden Jägermütze auf. Er stieg auf die gleiche Weise heraus, wie er hinuntergestiegen war; er schritt über den Balken, sich an dem einen Ende des gespannten Strickes festhaltend, Ferapont kam aber nicht allein: An seiner Seite war Sganarell, der ihm seine große zottige Tatze auf die Schulter gelegt hatte. Der Bär war übler Laune und sah recht jämmerlich aus. Matt und abgemagert, wohl weniger durch die körperlichen Leiden, als durch die moralische Erschütterung erschöpft, erinnerte er auffallend an König Lear. Seine blutunterlaufenen Augen brannten vor Zorn und Empörung. Er war ebenso wie König Lear zerzaust, voller Strohhalme und stellenweise versengt. Seltsamerweise hatte sich Sganarell, ebenso wie jener unglückliche König, eine Art Krone bewahrt. Vielleicht Ferapont zu gefallen, vielleicht auch rein zufällig trug er unter der Tatze den Hut, den ihm Chraposchka einst geschenkt und den er in den Graben mitgenommen hatte. Der Bär hatte dieses Freundesgeschenk aufbewahrt; als sein Herz nun in der Umarmung des Freundes eine plötzliche Erleichterung fühlte, holte er, sobald er oben war, den arg zerknitterten Hut aus der Achselhöhle hervor und setzte ihn sich auf.

Viele lachten über den Anblick, vielen erschien er aber auch schmerzlich. Manche wandten sich sogar weg, um das unvermeidliche grausame Ende des Tieres nicht mit ansehen zu müssen.

XII

Die Aufregung der Hunde erreichte nun ihren Höhepunkt, und sie waren nicht mehr zu halten. Selbst die Peitschen machten auf sie keinen Eindruck mehr. Die jungen und die alten Blutegel stellten sich, als sie Sganarell erblickten, auf die Hinterbeine, heulten, keuchten und erstickten beinahe in ihren Halsbändern. Chraposchka fuhr aber schon im gleichen Wagen auf seinen Posten am Waldrande zurück. Sganarell, der allein geblieben war, fuchtelte ungeduldig mit der Tatze, um die sich zufällig der von Chraposchka vergessene, an das Ende des Balkens befestigte Strick geschlungen hatte. Das Tier wollte sich offenbar aus der Schlinge befreien oder den Strick zerreißen, um seinem Freund nachzulaufen; er war aber trotz seiner Klugheit doch so ungeschickt wie jeder andere Bär: Statt die Schlinge zu lösen, zog er sie nur noch fester an.

Als er sah, dass er die Schlinge nicht lösen konnte, begann er am Strick zu zupfen, um ihn zu zerreißen; der Strick war aber viel zu fest und riss nicht, der Balken jedoch sprang in die Höhe und ragte plötzlich senkrecht aus dem Graben. Während sich Sganarell umsah, stürzten zwei Blutegel, die man in diesem Augenblick losgekoppelt hatte, über ihn her und bissen sich mit ihren scharfen Zähnen in sein Genick fest.

Sganarell war so sehr mit dem Strick beschäftigt, dass er im ersten Augenblick über diese Überrumpelung weniger erbost als erstaunt war; aber schon nach einer halben Sekunde, als einer der Blutegel ihn losließ, um die Zähne noch tiefer in ihn zu bohren, holte er mit der Tatze aus und schleuderte den Hund mit zerrissenem Bauch weit von sich weg. Während die Gedärme des Hundes auf den blutbefleckten Schnee fielen, zertrat er den andern Hund mit einer Hintertatze ... Weit schrecklicher und unerwarteter war aber das, was mit dem Balken geschah. Als Sganarell zum Schlage ausholte, um den Blutegel von sich zu schleudern, zog er mit der gleichen Bewegung den Balken, an dem das andere Ende des Strickes befestigt war, aus dem Graben heraus, und der Balken sauste, eine flache Bahn beschreibend, durch die Luft. Er flog nun um Sganarell im Kreise herum und erschlug schon in der ersten Runde nicht etwa zwei oder drei, sondern eine ganze Menge von Hunden. Die einen von ihnen winselten noch im Todeskampfe, die andern aber lagen gleich leblos da.

XIII

Der Bär war wohl zu klug, um nicht einzusehen, was für eine nützliche Waffe der Balken für ihn war; oder war es nur der Schmerz in der vom Strick umschlungenen Tatze? – Jedenfalls brüllte er auf und zog den Strick noch fester an, so dass der Balken in der gleichen horizontalen Ebene mit seiner Tatze zu liegen kam und wie ein riesenhafter Kreisel zu surren begann. Er musste alles, was ihm in den Weg trat, niederschlagen und zermalmen. Wenn aber der gespannte Strick an einer Stelle nicht genügend stark wäre und zerrisse, so würde der Balken durch die Zentrifugalkraft weit hinausgeschleudert werden. Gott allein weiß, wie weit er fliegen und was er alles unterwegs zermalmen würde.

Wir alle – Menschen, Pferde und Hunde, die im Kreise herumstanden, schwebten in größter Gefahr, und ein jeder wünschte schon aus Selbsterhaltungstrieb, dass der Strick, an dem Sganarell seine Riesenschleuder schwang, nicht reiße. Womit sollte aber das alles enden? Niemand, außer einigen Jägern und den beiden Schützen, die im Hinterhalte am Waldesrand saßen, hatte Lust, das Ende abzuwarten. Das ganze übrige Publikum aber, die Gäste und die Verwandten des Onkels, die dieser Veranstaltung als Zuschauer beiwohnten, fanden an der Sache gar kein Vergnügen mehr. Alle gaben ihren Kutschern den Befehl, möglichst schnell die gefährliche Stelle zu verlassen, und die Schlitten sausten, einander überrennend und überholend, dem Hause zu.

Bei dieser lächerlichen und unordentlichen Flucht gab es einige Zusammenstöße und Stürze, einiges zum Lachen und sehr viel Schrecken. Die aus den Schlitten Herausgefallenen glaubten, dass der Balken sich schon vom Strick losgerissen habe und über ihre Köpfe surre, während das wütende Tier ihnen nachsetze.

Die Gäste, die das Haus erreichten, konnten sich bald beruhigen; diejenigen aber, die zurückblieben, sahen etwas noch weit Schreckliches.

XIV

Gegen Sganarell konnte man nun keine Blutegel mehr loslassen, denn es war klar, dass er mit seinem Balken mühelos eine Menge von Hunden erschlagen würde. Der Bär bewegte sich aber, den Balken immer noch um sich schwingend, in der Richtung zum Walde, wo Ferapont und der berühmte Schütze Flegont im Hinterhalte saßen und wo ihn der Tod erwartete.

Eine wohlgezielte Kugel konnte der Sache ein schnelles Ende machen.

Das Schicksal war aber dem Bären ungemein günstig: Nachdem es sich schon einmal in diese Sache hineingemischt hatte, wollte es ihn offenbar um jeden Preis retten.

Im gleichen Augenblick, als Sganarell die Stelle erreichte, wo auf ihn hinter Schneewällen die Kuchenreuterschen Musketen Chraposchkas und Flegonts gerichtet waren, riss der Strick. Der Balken flog wie ein Pfeil aus einem Bogen auf die eine Seite, während der Bär das Gleichgewicht verlor und hinpurzelte.

Denen, die auf dem Felde zurückgeblieben waren, bot sich nun ein neues schreckliches Bild: Der Balken fegte die Gewehrstützen und den Schneewall, hinter dem Flegont im Hinterhalte saß, einfach weg und blieb mit dem einen Ende in einem der Schneehaufen stecken, Sganarell verlor aber keine Zeit; er überschlug sich drei- oder viermal und ging direkt auf das Versteck Chraposchkas zu ...

Sganarell erkannte augenblicklich seinen Freund, hauchte ihn aus seinem heißen Rachen an und wollte ihn schon ins Gesicht lecken, als plötzlich von der anderen Seite her ein von Flegont abgegebener Schuss knallte. Der Bär entkam in den Wald, und Chraposchka fiel ohnmächtig um.

Man hob ihn auf und untersuchte ihn: Die Kugel hatte seinen Arm durchbohrt, in der Wunde steckte aber auch ein Büschel Bärenhaare.

Flegont büßte den Ruf des besten Schützen nicht ein: Er hatte ja in großer Hast aus der schweren Büchse ohne Stütze geschossen, es war auch nicht mehr hell genug gewesen, und der Bär und Chraposchka waren allzu eng beieinander gestanden.

Unter diesen Umständen musste auch dieser Schuss, der das Ziel nur um ein Haarbreit verfehlt hatte, als ein Meisterschuss angesehen werden.

So oder anders – Sganarell war jedenfalls entkommen! Ihn noch am gleichen Abend im Walde zu verfolgen, war ganz unmöglich, am nächsten Morgen aber war der Geist dessen, der hier allein zu befehlen hatte, von einer ganz neuen Stimmung erleuchtet.

XV

Als der Onkel nach den geschilderten Misserfolgen nach Hause zurückkehrte, war er zorniger und härter als je. Noch ehe er aus dem Sattel sprang, gab er den Befehl, morgen in aller Frühe die Spuren des Bären im Walde zu suchen und ihn so zu umstellen, dass er nicht mehr entrinnen könnte.

Eine richtig durchgeführte Jagd hätte natürlich zu einem ganz anderen Resultate führen müssen.

Alle warteten nun darauf, was der Onkel wegen des verwundeten Chraposchka befehlen würde. Alle glaubten, dass ihn etwas Schreckliches erwarte. Er hatte sich zumindest die Nachlässigkeit zuschulden kommen lassen, dass er dem Bären nicht in dem Augenblick sein Jagdmesser in die Brust gestoßen hatte, als ihn dieser in seinen Tatzen hielt. Es bestand außerdem noch der schwere und wohl auch begründete Verdacht, dass Chraposchka die Hand gegen seinen zottigen Freund nicht hatte erheben wollen und ihn absichtlich, laufen ließ.

Die allen bekannte Freundschaft zwischen Chraposchka und Sganarell machte diese letztere Hypothese sehr wahrscheinlich.

So dachten nicht nur die Jagdteilnehmer, sondern auch alle übrigen Gäste.

Wir lauschten den Gesprächen der Erwachsenen, die sich abends im großen Saal um den für uns angezündeten Weihnachtsbaum versammelt hatten, und teilten den allgemeinen Verdacht bezüglich Chraposchkas wie auch die Angst um sein Los.

Aus dem Vorzimmer, durch das der Onkel vom Flur in seine Gemächer gegangen war, drang in den Saal das Gerücht, dass er Chraposchkas Namen überhaupt noch nicht erwähnt hatte.

»Ist das ein gutes oder ein schlechtes Zeichen?«, flüsterte jemand, und dieses Flüstern weckte bei der allgemein gedrückten Stimmung einen Widerhall in jedem Herzen.

Es erreichte auch den alten, mit dem Bronzekreuz für das Jahr 1812 ausgezeichneten Dorfgeistlichen P. Alexej. Dieser seufzte auf und sagte leise:

»Betet zum Heiland, der uns heute geboren wurde!«

Mit diesen Worten bekreuzigte er sich, und alle Anwesenden, die Erwachsenen wie die Kinder, die Herrschaften wie die Leibeigenen, taten dasselbe. Es war auch just die höchste Zeit. Kaum hatten wir unsere Hände, mit denen wir das Zeichen des Kreuzes machten, sinken lassen, als die Türe weit aufging und der Onkel mit einem Stöckchen in der Hand in den Saal trat. Ihn begleiteten seine beiden Lieblingswindspiele und der Kammerdiener Justin. Der Letztere trug auf einem silbernen Teller das weiße Foulardtuch und die mit dem Bildnisse Pauls I. geschmückte Schnupftabaksdose seines Herrn.

XVI

Der Lehnstuhl für den Onkel war auf einem kleinen Perserteppich in der Mitte des Zimmers vor dem Weihnachtsbaum aufgestellt. Er setzte sich schweigend in den Sessel und nahm aus Justins Händen das Tuch und die Schnupftabaksdose. Die beiden Windspiele legten sich sofort zu seinen Füßen nieder und streckten ihre langen Schnauzen vor sich aus.

Der Onkel trug einen blauseidenen, reich gestickten, mit silbernen Filigranschnallen und großen Türkisen verzierten Hausrock. In der Hand hatte er einen dünnen, doch kräftigen Stock aus kaukasischer Weichsel.

Diesen Stock brauchte er diesmal als Stütze: Von der allgemeinen Panik, mit der die Bärenjagd geendet hatte, war selbst die vorzüglich zugerittene »Modedame« angesteckt worden; sie hatte sich in wilder Angst auf die Seite geworfen und das Bein ihres Herrn fest gegen einen Baum geklemmt.

Der Onkel fühlte heftigen Schmerz im Bein und hinkte sogar ein wenig. Dieser neue Umstand war selbstverständlich nicht dazu angetan, um sein ohnehin aufgebrachtes und erbostes Herz milder zu stimmen. Auch machte es einen schlechten Eindruck, dass wir alle beim Erscheinen des Onkels plötzlich verstummt waren. Wie alle argwöhnischen Menschen, konnte er so etwas nicht leiden, und P. Alexej beeilte sich, das Wort zu ergreifen, um die unheimliche Stille zu brechen.

Der Geistliche wandte sich an uns Kinder, die um ihn standen, mit der Frage, ob wir den Sinn des Chorals »Christ wird geboren« auch verstünden? Es stellte sich heraus, dass dieser Sinn nicht nur uns Kindern, sondern auch den Erwachsenen nicht recht klar war. Der Geistliche begann uns den Sinn der Worte »Preiset«, »Lobsinget« und »Erhebet euch« zu erklären; als er bei diesem letzten Worte angelangt war, »erhob er sich« selbst mit Herz und Geist. Er sprach von den »Gaben«, die heute ebenso wie damals auch der Ärmste vor die Krippe des göttlichen Knäbleins bringen könne und die würdiger und wertvoller seien als das Gold, der Weihrauch und die Myrrhen der Heiligen Drei Könige. Die schönste Gabe sei ein durch seine Lehre bekehrtes Herz. Der Alte sprach von Liebe, Verzeihung und von der Pflicht eines jeden, Freund und Feind »im Namen Christi« zu trösten.

Seine Worte waren wohl ungemein eindringlich ... Wir alle verstanden, was er damit bezwecken wollte, und hörten ihm mit einem eigentümlichen Gefühl zu: Wir beteten gleichsam, dass seine Worte ihren Zweck erreichen mochten, und manchem von uns waren Tränen in die Augen getreten.

Plötzlich fiel etwas hin. Es war Onkels Stock ... Man hob ihn auf, er rührte ihn aber nicht an: Er saß tief gebückt, seine Hand hing über die Sessellehne herab, und seine Finger hielten einen der großen Türkise. Er ließ den Stein fallen, doch niemand beeilte sich, ihn aufzuheben.

Alle Blicke waren auf sein Gesicht gerichtet. Etwas Ungewöhnliches bot sich unseren Augen: Er weinte!

Der Geistliche schob uns Kinder sanft zur Seite, ging auf den Onkel zu und erteilte ihm den Priestersegen.

Der Onkel hob das Gesicht, ergriff die Hand des Alten, küsste sie ganz unerwartet und sagte leise: »Danke!«

Dann blickte er Justin an und ließ Ferapont rufen.

Dieser erschien, bleich, mit verbundenem Arm.

»Hierher!«, befahl ihm der Onkel, auf den Teppich vor seinem Sessel zeigend.

Chraposchka kam näher und fiel in die Knie.

»Steh auf!«, sagte der Onkel. »Ich verzeihe dir.«

Chraposchka fiel wieder in die Knie. Der Onkel, begann mit nervöser, aufgeregter Stimme: »Du liebtest das Tier so, wie nicht jedermann einen Menschen zu lieben versteht. Du hast mich damit gerührt, und in Großmut übertroffen. Höre nun meine Gnade: Ich lasse dich frei und gebe dir hundert Rubel auf den Weg. Geh, wohin du willst.«

»Ich danke, werde aber nirgendwohin fortgehen«, rief Chraposchka aus.

»Was?«

»Ich gehe nirgendwohin fort«, wiederholte Ferapont.

»Was willst du denn?«

»Für Ihre Gnade will ich Ihnen jetzt als freier Mann noch treuer dienen, als ich es bisher als Leibeigener getan habe.«

Der Onkel drückte mit der einen Hand das weiße Foulardtuch an seine Augen, durch die ein Zucken ging, und umarmte mit der anderen Ferapont.

Wir alle erhoben uns von unseren Plätzen und verhüllten gleichfalls unsere Augen. Uns genügte das Gefühl, dass hier dem höchsten Gott die schönste Ehre erwiesen wurde und an Stelle der drückenden Angst der Friede Christi erblühte.

Dasselbe fühlten auch alle Leute im Dorf, denen der Onkel einige Fässer Bier schicken ließ. Überall wurden Freudenfeuer angezündet, und die Menschen sprachen im Scherz:

»Heute haben wir erlebt, dass auch das Tier in die heilige Stille gegangen ist, um den Heiland zu preisen!«

Sganarells Spuren wurden nicht weiter verfolgt. Ferapont, der die Freiheit bekommen hatte, ersetzte bald den alten Justin und war nicht nur der treueste Diener, sondern auch der treueste Freund meines Onkels bis an dessen Ende. Er drückte ihm mit eigenen Händen die Augen zu und beerdigte ihn auf dem Waganjkowschen Friedhof zu Moskau, wo sich sein Grabstein bis zum heutigen Tag erhalten hat. Zu seinen Füßen ruht Ferapont.

Es gibt heute niemand, der diese Gräber mit Blumen schmücken könnte; aber in den Moskauer Kellerwohnungen und Asylen gibt es noch Menschen, die sich an einen schlanken, weißhaarigen Greis erinnern, der immer zu erraten wusste, wo echtes Leid verborgen war, und rechtzeitig zu Hilfe eilte oder seinen guten Diener mit reichen Gaben schickte.

Diese beiden echten Wohltäter, von denen noch vieles zu sagen wäre, waren mein Onkel und Ferapont, den er im Scherze den »Tierbändiger« zu nennen pflegte.

Der Toupetkünstler

I

Viele glauben bei uns, dass der Titel »Künstler« nur den Malern und Bildhauern zukomme, und auch nur solchen unter ihnen, die ihn von einer Akademie verliehen bekommen haben. Unsere berühmten Silberschmiede Sasikow und Owtschinnikow werden von vielen für einfache Handwerker gehalten. In anderen Ländern ist es sicher nicht so. Heine erzählt von einem Schneider, der ein »Künstler« war und »eigene Ideen« hatte, und die Damenkleider aus dem Atelier von Worth gelten heute als Kunstwerke. Über einen solchen Künstler schrieben neulich die Zeitungen, dass er in seinem Schnitt »eine ungewöhnlich künstlerische Fantasie« beweise.

In Amerika wird das Gebiet des künstlerischen Schaffens noch viel weiter aufgefasst. Der berühmte amerikanische Schriftsteller Bret-Harte erzählt von einem Künstler, dessen Objekt Leichen waren: Er verlieh den Gesichtern der Verstorbenen einen »Ausdruck des Trostes«, der von dem mehr oder weniger glückseligen Zustande der entschwebten Seele zeugen sollte. Dieser Ausdruck hatte mehrere Abstufungen; ich kann mich nur an drei erinnern: 1. »Ruhe«, 2. »erhabene Beschaulichkeit« und 3. »Seligkeit des unmittelbaren Verkehrs mit dem Herrn«. Die Berühmtheit des Künstlers entsprach durchaus der hohen Vollkommenheit seiner Arbeit: Sie war ganz kolossal. Leider fiel der Künstler als Opfer der rohen Menge, die für die Freiheit des künstlerischen Schaffens wenig Verständnis hatte. Er wurde gesteinigt, weil er den Ausdruck des »seligen Verkehrs mit dem Herrn« dem Gesicht eines verstorbenen Bankiers verliehen, der die ganze Stadt ausgeraubt hatte. Die glücklichen Erben des Schwindlers hatten dem Verstorbenen auf diese Weise ihren Dank bezeugen wollen, dem Künstler aber kostete es das Leben ...

Auch bei uns in Russland gab es einen Meister auf diesem nicht ganz gewöhnlichen Gebiete der Kunst.

II

Die Kinderfrau meines jüngsten Bruders war eine lange, ausgetrocknete, doch recht proportioniert gebaute Alte namens Ljubow Onissimowna. Sie war in ihrer Jugend leibeigene Schauspielerin am Haustheater des Grafen Kamenskij zu Orjol gewesen, und alles, was ich hier erzähle, hat sich zu Orjol in den Tagen meiner Kindheit abgespielt.

Mein Bruder war um sieben Jahre jünger als ich: Als er zwei Jahre alt war und von Ljubow Onissimowna gepflegt wurde, war ich schon über neun und konnte die Geschichten, die sie mir erzählte, gut verstehen.

Ljubow Onissimowna war damals noch nicht sehr alt, hatte aber schon schneeweißes Haar. Ihre Gesichtszüge waren fein und zart, die schlanke Figur ungewöhnlich gut gebaut und graziös wie bei einem jungen Mädchen.

Meine Mutter und Tante sagten, wenn sie sie ansahen, dass sie in ihrer Jugend wohl wunderschön gewesen sein musste.

Sie war von einer grenzenlosen Ehrlichkeit, Sanftheit und Empfindsamkeit; sie liebte im Leben alles Tragische, trank sich aber zuweilen einen Rausch an.

Sie führte uns meistens auf den Friedhof bei der Dreifaltigkeitskirche spazieren. Sie setzte sich immer auf das gleiche armselige, mit einem einfachen Holzkreuz geschmückte Grab und erzählte mir oft Geschichten.

So hörte ich hier von ihr einmal die Geschichte vom »Toupetkünstler«.

III

Er war Kollege unserer Kinderfrau am Theater; der Unterschied lag nur darin, dass sie »auf der Bühne Vorstellungen gab und Tänze aufführte«, während er nur ein »Toupetkünstler«, das heißt Friseur und Schminkmeister war und alle leibeigenen Schauspielerinnen des Grafen »anzumalen und zu frisieren« hatte. Er war aber kein alltäglicher Meister mit dem Frisierkamm hinterm Ohr und der Büchse mit der Fettschminke in der Hand, sondern ein Mann mit eigenen Ideen, mit einem Worte ein Künstler.

Ljubow Onissimowna behauptete, dass niemand so gut wie er einem Gesicht »einen Ausdruck« zu verleihen verstanden habe.

Ich kann heute nicht mehr genau sagen, unter welchem von den Grafen Kamenskij diese beiden Künstler gewirkt haben. Es sind drei Grafen dieses Namens bekannt, und alle drei galten in Orjol als »grausame Tyrannen«. Der Feldmarschall Michailo Fedotowisch wurde im Jahre 1809 von seinen eigenen Bauern wegen seiner Grausamkeit erschlagen. Er hatte zwei Söhne: Nikolai und Sergej, von denen der erste im Jahre 1811 und der zweite im Jahre 1835 gestorben war.

Als Kind, in den vierziger Jahren, ging ich oft an einem riesengroßen, hölzernen Gebäude vorbei, auf dessen Fassade mit schwarzer und brauner Farbe falsche Fenster gemalt waren und das von einem langen, halb eingefallenen Bretterzaun umgeben war. Es war das verrufene Herrenhaus des Grafen Kamenskij; gleich daneben befand sich auch das Theater. Das Letztere stand so, dass man es vom Friedhof an der Dreifaltigkeitskirche aus gut sehen konnte, und Ljubow Onissimowna leitete alle ihre Erzählungen mit den Worten ein: »Schau mal hinüber, mein Lieber ... Siehst du das schreckliche Gebäude?«

»Ja, es ist schrecklich, Kinderfrau!«

»Nun will ich dir etwas noch Schrecklicheres erzählen.« Eine ihrer Erzählungen vom Toupetkünstler Arkadij, einem empfindsamen und kühnen jungen Mann, der ihrem Herzen nahestand, will ich hier wiedergeben.

IV

Arkadij hatte nur die Schauspielerinnen »anzumalen und zu frisieren«. Für die männlichen Schauspieler gab es einen eigenen Friseur, und Arkadij betrat nur in jenen seltenen Fällen die Männergarderobe, wenn er vom Grafen selbst den Auftrag hatte, jemanden »in edelster Form anzumalen«. Seine künstlerische Kraft lag darin, dass er einem jeden Gesicht die feinsten und verschiedenartigsten Ausdrücke zu verleihen verstand.

»Man lässt ihn kommen«, berichtete Ljubow Onissimowna, und sagt ihm: ›Dieses Gesicht da soll den und den Ausdruck bekommen.‹

Arkadij tritt etwas zurück, lässt den Schauspieler oder die Schauspielerin sich vor ihn hinsetzen oder hinstellen, kreuzt die Arme auf der Brust und denkt eine Weile nach. In solchen Augenblicken war er schöner als der schönste Mann, denn er war zwar von mittlerem Wuchs, aber so schlank, wie ich es gar nicht beschreiben kann, hatte eine feine und stolze Nase, Augen voller Engelsgüte und einen dichten Haarschopf, der ihm von der Stirn auf die Augen fiel, so dass er zuweilen wie durch eine Nebelwolke hindurch blickte.«

Der Toupetkünstler war, mit einem Wort, ein hübscher Mann und »gefiel allen«. Der »Graf selbst« liebte ihn, zeichnete ihn vor allen anderen aus, ließ ihm schöne Kleider machen, »hielt ihn aber sehr streng«. Er wollte es nicht haben, dass Arkadij außer ihm noch irgendeinen Menschen rasiere oder frisiere. Arkadij musste sich daher immer im gräflichen Ankleidezimmer aufhalten, außer wenn er am Theater beschäftigt war.

Man ließ ihn nicht einmal in die Kirche zur Beichte und zum Abendmahl gehen, denn der Graf selbst glaubte nicht an Gott und konnte die Geistlichen nicht leiden. Einmal ließ er sogar die Popen von der Borissogljeber Kirche, die zu ihm mit dem Kreuze gekommen waren, mit Hunden hetzen.

Der Graf war, berichtete Ljubow Onissimowna, vor lauter Bosheit abstoßend hässlich und sah allen wilden Tieren zugleich ähnlich. Arkadij verstand aber auch diesem tierähnlichen Gesicht, und wenn auch nur für kurze Zeit, einen solchen Ausdruck zu verleihen, dass der Graf, wenn er abends in seiner Loge saß, würdiger als mancher andere aussah.

Der »Natur« des Grafen gingen aber, zu seinem großen Ärger, am meisten die Würde und der »kriegerische Ausdruck« ab.

Damit ein so unvergleichlicher Künstler wie Arkadij niemand andern mit seinen Diensten beglücken könne, »musste er sein Leben lang zu Hause sitzen und bekam niemals bares Geld in die Hand«. Er war aber schon über fünfundzwanzig Jahre alt, und Ljubow Onissimowna stand im neunzehnten. Sie waren natürlich miteinander bekannt, und zwischen ihnen waren Beziehungen entstanden, die in diesem Alter häufig sind: Sie hatten einander lieb. Sie konnten aber von ihrer Liebe nur in entfernten Andeutungen und nur vor fremden Ohren während des Schminkens sprechen.

Zusammenkünfte unter vier Augen waren unmöglich, ja sogar undenkbar.

»Wir Schauspielerinnen«, erzählte Ljubow Onissimowna, »wurden ebenso streng überwacht wie die Ammen in vornehmen Häusern; wir standen unter der Aufsicht älterer Frauen, welche Kinder hatten, und wenn mit einer von uns, Gott behüte, etwas passierte, so wurden jenen Frauen die Kinder weggenommen und furchtbaren Martern unterzogen.«

Das Gebot der Keuschheit durfte nur der übertreten, der es selbst aufgestellt hatte.

V

Ljubow Onissimowna stand um jene Zeit nicht nur in der Blüte ihrer jungfräulichen Schönheit, sondern auch in der interessantesten Entwicklungsperiode ihres vielseitigen Talents: Sie sang in den Chören die »Potpourris«, tanzte »die ersten Pas in der Chinesischen Gärtnerin« und kannte, von einem Drang nach dem Tragischen erfüllt, »alle Rollen vom bloßen Zuschauen«.

Ich weiß nicht mehr genau, in welchen Jahren sich das abspielte. In Orjol würde der Kaiser (ich weiß nicht recht, ob es Alexander Pawlowitsch oder Nikolai Pawlowitsch war) erwartet; er sollte in der Stadt übernachten und am Abend einer Vorstellung im Theater des Grafen Kamenskij beiwohnen.

Der Graf lud zu dieser Veranstaltung den ganzen Adel ein (sein Theater war für Geld überhaupt nicht zugänglich) und gab sich Mühe, die Aufführung möglichst glanzvoll zu gestalten. Ljubow Onissimowna sollte das »Potpourri« singen und die »Chinesische Gärtnerin« tanzen; bei der letzten Probe aber fiel eine Kulisse herab und verletzte die Schauspielerin, die im Stück »Die Herzogin de Bourblanc« die Hauptrolle spielen sollte, am Fuß.

Ich habe noch nie etwas von einem Stück mit diesem Titel gehört, aber Ljubow Onissimowna sprach den Namen der Heldin so aus, wie ich ihn hier wiedergebe.

Die Theaterarbeiter, die die Kulisse fallen ließen, bekamen im Pferdestall ihre Prügel, die Verletzte wurde in ihre Kammer getragen, es gab aber niemand, der die Rolle der Herzogin de Bourblanc hätte übernehmen können.

»Ich erklärte mich bereit«, erzählte Ljubow Onissimowna, »diese Rolle zu spielen, denn es gefiel mir so gut, wie die Herzogin de Bourblanc ihren Vater auf den Knien um Verzeihung bittet und nachher mit aufgelösten Haaren stirbt. Ich hatte schönes, langes, blondes Haar, und Arkadij verstand es wunderbar zu frisieren.«

Der Graf war über die unerwartete Bereitwilligkeit des Mädchens, die Rolle zu spielen, sehr erfreut und sagte dem Regisseur, als dieser bestätigte, dass »Ljuba die Rolle nicht verpatzen werde«: »Wenn sie die Rolle verpatzt, wirst du es mir mit deinem Rücken büßen, ihr aber bringe von mir die Quamarin-Ohrringe.«

Die »Quamarin-Ohrringe« waren ein ebenso schmeichelhaftes wie verhasstes Geschenk. Ihre Verleihung bedeutete die hohe Ehre, für einen Augenblick zur Odaliske des Grafen erhoben zu werden. Einige Zeit oder auch unmittelbar nach der Verleihung der Ohrringe bekam Arkadij den Auftrag, das zum Opfer auserwählte Mädchen gleich nach der Vorstellung als »heilige Cäcilie« zu kostümieren; das Mädchen wurde ganz weiß gekleidet, bekam den Heiligenschein um den Kopf und eine Lilie, das Symbol der Unschuld, in die Hand und wurde so in die Gemächer des Grafen geschafft.

»Das kannst du in deinem Alter noch nicht verstehen«, sagte die Kinderfrau, »es war aber das Schrecklichste, besonders für mich, denn ich sehnte mich damals nur nach Arkadij. Also begann ich zu weinen. Ich warf die Ohrringe auf den Tisch und konnte mir gar nicht denken, wie ich am Abend spielen würde.«

Um dieselbe Stunde trat an Arkadij eine ebenso verhängnisvolle Versuchung heran.

Ein Bruder des Grafen, der immer auf seinem Gut lebte, kam in die Stadt, um sich dem Kaiser vorzustellen. Dieser Bruder war noch viel hässlicher als der andere: Er hielt sich ständig auf dem Lande auf, zog nie die Uniform an und ließ sich niemals rasieren, weil sein Gesicht voller Beulen und Höcker war. Bei dieser außergewöhnlichen Gelegenheit musste er aber die Uniform anlegen, sein Äußeres in Ordnung bringen und jenen »kriegerischen Ausdruck« annehmen, der damals verlangt wurde.

Es wurde aber sehr viel verlangt.

»Heute weiß man gar nicht mehr, wie streng damals alles war«, sagte die Kinderfrau. »In allen Dingen wurde damals viel auf die Form gesehen, und den vornehmen Herren war sowohl der Gesichtsausdruck als auch die Haartracht genau vorgeschrieben. Manchem stand aber dieses vorschriftsmäßige Aussehen gar nicht: Wenn man ihn nach der Vorschrift mit dem aufrecht stehenden Schopf über der Stirne und den an den Schläfen nach vorn gekämmten Haaren frisierte, so sah er wie eine Bauern-Balalaika ohne Saiten aus.«

Die vornehmen Herren hatten davor große Angst. Alles kam auf die Kunst des Friseurs und Raseurs an: von der Art und Weise, wie die Stege zwischen dem Backenbart und dem Schnurrbart ausrasiert, wie die Locken gebrannt und wie sie angeordnet waren, hing der ganze Gesichtsausdruck ab. Die Herren vom Zivil hatten es, wie die Kinderfrau sagte, viel leichter, denn man schenkte ihnen weniger Beachtung und verlangte von ihnen nur ein bescheidenes Aussehen; die Militärpersonen sollten aber den Vorgesetzten gegenüber Bescheidenheit und allen anderen Menschen gegenüber maßlosen Kampfesmut ausdrücken.

Arkadij verstand aber mit seiner wunderbaren Kunst, dem hässlichen und unbedeutenden Gesicht des Grafen eben diesen Ausdruck zu verleihen.

VI

Der ländliche Graf aber war noch viel hässlicher als der städtische und so furchtbar verwachsen und verroht, dass er es auch selbst fühlte. Er hatte aber niemand, der sein Äußeres in Stand hätte halten können; seinen eigenen Friseur hatte er aus lauter Geiz gegen Zins nach Moskau entlassen, auch hatte er so viele Höcker im Gesicht, dass man ihn unmöglich rasieren konnte, ohne ihm die ganze Haut zu zerschinden.

Er kommt also nach Orjol, beruft alle Barbiere der Stadt zu sich und sagt ihnen: »Wer von euch mich so herrichten kann, dass ich meinem Bruder, dem Grafen Kamenskij gleiche, bekommt zwei Dukaten. Für denjenigen aber, der mich dabei schneidet, lege ich zwei Pistolen auf den Tisch. Wer seine Sache gut macht, kann das Gold nehmen und gehen; wer mir aber auch nur ein Pickelchen verletzt oder den Backenbart auch nur um ein Haar verschneidet, den töte ich auf der Stelle.«

Er wollte den Leuten nur Angst machen, denn die Pistolen waren gar nicht geladen.

In Orjol gab es damals nur sehr wenige Barbiere, und diese hielten sich meistens in den Bädern auf, um Schröpfköpfe und Blutegel anzusetzen, hatten aber weder Geschmack noch Fantasie. Das sahen sie auch selbst ein und weigerten sich, den Grafen Kamenskij umzuwandeln. Gott sei mit dir und deinem Gold!, dachten sie sich. »Was Sie von uns verlangen«, sagen sie ihm, »können wir gar nicht machen, denn wir sind nicht wert, eine so erhabene Person auch nur anzurühren. Uns fehlen auch die richtigen Rasiermesser; wir haben nur gewöhnliche russische Messer, für Ihr Gesicht braucht man aber ein englisches. Nur des Grafen Barbier Arkadij allein könnte so was fertigbringen.«

Der Graf lässt die städtischen Barbiere hinauswerfen, und die sind froh, dass sie mit heiler Haut davongekommen sind. Er selbst aber fährt zu seinem älteren Bruder und sagt: »Lieber Bruder, ich komme zu dir mit einer großen Bitte: Überlasse mir vor dem Abend deinen Arkadij, damit er mich in einen ordentlichen Zustand bringt. Ich habe mich schon lange nicht mehr rasieren lassen, und die hiesigen Barbiere können das nicht machen.«

Und der Graf antwortet seinem Bruder: »Die hiesigen Barbiere taugen selbstverständlich den Teufel. Ich wusste gar nicht, dass es hier welche gibt: Ich lasse selbst meine Hunde von eigenen Leuten scheren. Was aber deine Bitte betrifft, so verlangst du von mir etwas Unmögliches, denn ich habe den Eid geleistet, dass Arkadij, solange ich lebe, keinen Menschen außer mir anrühren wird. Glaubst du denn, dass ich mein Wort vor meinem leibeigenen Sklaven brechen kann?«

Der andere antwortet: »Warum denn nicht? Du hast es so angeordnet und kannst es auch selbst wieder abschaffen.«

Der ältere Graf sagt aber, dass er diese Ansicht sehr merkwürdig finde: »Wenn ich das tue, was kann ich dann von meinen Leuten verlangen? Arkadij weiß, dass ich es einmal so festgesetzt habe, und alle wissen es, dafür wird er auch, viel besser als die anderen, behandelt. Wenn er sich aber untersteht, seine Kunst auf jemand andern anzuwenden, so muss ich ihn zu Tode prügeln und unter die Rekruten stecken.«

Der Bruder erwidert darauf: »Du kannst ja nur das eine von beiden tun: ihn entweder zu Tode prügeln oder unter die Rekruten stecken; beides zugleich kannst du gar nicht machen.«

»Gut«, sagt der Ältere, »ich will deinen Wunsch erfüllen. Ich werde ihn aber nicht zu Tode, sondern nur halb tot prügeln und dann unter die Rekruten stecken.«

»Ist das dein letztes Wort, Bruder?«

»Ja, das allerletzte.«

»Ist das dein einziges Bedenken?«

»Ja, das einzige.«

»Dann ist es wunderschön; ich hatte schon geglaubt, dass dein leiblicher Bruder dir weniger wert ist als ein leibeigener Sklave. Du brauchst also deinen Befehl gar nicht aufzuheben, schick' mir nur deinen Arkadij, damit er mir meinen Pudel schert. Das weitere ist dann schon meine Sache.«

Der Bruder konnte ihm diese Bitte nicht gut abschlagen.

»Gut«, sagte er, »deinen Pudel darf er wohl scheren.«

»Das ist alles, was ich brauche.«

Er drückte dem Bruder die Hand und fuhr heim.

VII

Das war um die Dämmerstunde im Winter, wo man eben die Lampen anzündet.

Der Graf lässt Arkadij kommen und sagt ihm: »Geh zu meinem Bruder ins Haus und scher ihm seinen Pudel.«

Arkadij fragt: »Ist das alles, was Sie mir befehlen?«

»Das ist alles«, sagt der Graf. »Komm aber bald zurück, denn du musst noch die Schauspielerinnen frisieren. Ljuba wird heute in drei Rollen spielen, nach dem Theater aber sollst du sie mir als heilige Cäcilie einkleiden.«

Arkadij Iljitsch fiel beinahe um.

Der Graf fragte: »Was hast du denn?«

Arkadij aber antwortete: »Verzeihung, ich bin auf dem Teppich ausgeglitten.«

Der Graf witterte wohl etwas: »Pass auf, dass es kein Unglück gibt!«

Arkadij war es aber schon so zumute, dass er nicht mehr an Glück und Unglück dachte.

Als er den Befehl hörte, mich als heilige Cäcilie einzukleiden, verging ihm Hören und Sehen. Er nahm das Lederfutteral mit dem Rasierbesteck und ging hinaus.

VIII

Er kommt zum Bruder des Grafen. Vor dem Spiegel brennen schon die Kerzen, und auf dem Tisch liegen wieder zwei Pistolen und daneben Dukaten, aber nicht zwei, sondern zehn, und die Pistolen sind diesmal mit tscherkessischen Kugeln geladen.

Der Bruder des Grafen sagt: »Ich habe gar keinen Pudel, verlange von dir aber folgendes: Richte mich so her, dass ich ein mutiges Aussehen bekomme. Du kriegst dafür zehn Dukaten, wenn du mich aber schneidest, bist du auf der Stelle tot.«

Arkadij überlegte sich die Sache und machte sich plötzlich daran – Gott allein weiß, was über ihn gekommen war –, den Bruder des Grafen zu frisieren und zu rasieren. Im Nu war er mit seiner Arbeit fertig, steckte das Geld in seine Tasche und sagte: »Leben Sie wohl.«

Jener antwortet: »Geh! Ich möchte aber nur das eine wissen: Wie hast du dich dazu entschließen können?«

Arkadij aber sagt: »Warum ich mich dazu entschlossen habe, das weiß nur mein Herz.«

»Oder bist du vielleicht kugelfest oder kennst irgendeinen Zauber, dass du selbst die Pistolen nicht fürchtest?«

»Die Pistolen sind das wenigste, an die habe ich gar nicht gedacht.«

»Was? Wagtest du denn zu denken, dass das Wort deines Grafen mehr gelte als das Meinige und dass ich dich, wenn du mich schneidest, nicht erschösse? Wenn du nicht kugelfest bist, so wärest du auf der Stelle tot.«

Als Arkadij den Namen seines Herrn hörte, fuhr er zusammen und sagte wie aus dem Schlaf: »Ich bin nicht kugelfest, Gott hat mir aber Vernunft verliehen: Noch eh du die Hand nach der Pistole ausstrecktest, hätte ich dir mit dem Rasiermesser die Gurgel durchschnitten.«

Mit diesen Worten stürzt er hinaus und kommt ins Theater, gerade noch zur rechten Zeit, um mich herzurichten. Er zittert am ganzen Leibe, und wie er sich über mich beugt, um eine Locke zu wickeln, flüstert er mir zu: »Hab nur keine Angst, ich werde dich entführen.«

IX

Die Aufführung gelang vortrefflich, denn wir alle waren gut abgerichtet und alle Ängste und alle Marter gewohnt. Wir machten unsere Sache so gut, wie wenn wir aus Stein gewesen wären, so dass niemand sehen konnte, wie uns dabei zumute war.

Wir sahen von der Bühne aus den Grafen und seinen Bruder: Sie waren einander sehr ähnlich. Selbst als sie hinter die Kulissen kamen, konnte man sie schwer voneinander unterscheiden. Der Unsrige war aber auf einmal ganz still und sanft geworden. So war er immer vor seinen grausamsten Wutausbrüchen.

Wir zittern alle und bekreuzigen uns: »Herr, errette uns und sei uns gnädig! Wen wird diesmal sein Zorn treffen?«

Wir wussten noch nichts von der verzweifelten Tat Arkaschas; er selbst aber wusste natürlich, dass er keine Gnade zu erwarten hatte, und erbleichte, als der Bruder des Grafen ihn anblickte und unserm Grafen etwas zuflüsterte. Ich aber hatte scharfe Ohren und hörte, was er ihm sagte: »Bruder, ich rate dir, nimm dich vor ihm in Acht, wenn er dich rasiert.«

Der Unsrige lächelte nur leise.

Ich glaube, dass auch Arkadij etwas gehört hatte, denn er war außer sich vor Aufregung: Als er mich für die letzte Rolle der Herzogin herrichtete, legte er mir – was ihm sonst nie passierte – soviel Puder an, dass der Franzose, der Garderobier, sagte: »Trop beaucoup, trop beaucoup!« Und er nahm mit einem Bürstchen den überschüssigen Puder von mir ab.

X

Als aber die Vorstellung zu Ende war, zog man mir das Kleid der Herzogin von Bourblanc aus und kleidete mich als Cäcilie ein: Es war ein einfaches, weißes Gewand ohne Ärmel, das an den Achseln nur von den Schleifen gehalten wurde. Wir konnten diese Tracht nicht ausstehen. Und nun kommt auch schon Arkadij, um mir die Frisur der heiligen Cäcilie zu machen, wie sie auf den Bildern dargestellt wird, und mir einen dünnen Reifen als Heiligenschein im Haare zu befestigen. Und er sieht, dass vor der Tür meiner Kammer sechs Mann stehen. Die sollten ihn, sobald er mit mir fertig sein und aus meiner Kammer wieder herauskommen würde, ergreifen und zum Foltern schleppen, Es gab bei uns im Hause Foltern, die schlimmer waren als jeder Tod. Es gab da Wippen, Spannböcke und die fürchterlichsten Instrumente. Wer das einmal durchgemacht hatte, hatte vor gerichtlichen Strafen gar keinen Respekt mehr. Unter dem ganzen Haus gab es geheime Verliese, wo lebendige Menschen wie die Bären an Ketten saßen. Wenn man vorbeikam, hörte man zuweilen die Ketten klirren und die Menschen stöhnen. Die Eingekerkerten wollten wohl, dass die Obrigkeit etwas davon erführe; die Obrigkeit wagte aber nicht, für sie einzutreten. Viele Leute saßen hier lebenslänglich. Einer von ihnen verfasste, nachdem er viele Jahre gesessen hatte, den Vers:

Es kommen die Schlangen und fressen die Augen,
Und Skorpione das Blut aus den Adern saugen.

Wenn man an den Kellern vorbeiging, flüsterte man den Vers vor sich hin und zitterte am ganzen Leibe.

Manche waren neben lebendigen Bären so angekettet, dass diese sie gerade noch mit den Tatzen berühren konnten.

Es gelang ihnen aber nicht, Arkadij Iljitsch zum Foltern zu holen: Als er zu mir in die Kammer trat, packte er im gleichen Augenblick den Tisch, schlug das Fenster ein, und was weiter geschah, weiß ich nicht mehr ...

Ich kam zum Bewusstsein, als ich Kälte in den Füßen fühlte. Ich will die Beine anziehen und merke, dass ich in einen Pelz aus Wolfs- und Bärenfell eingewickelt bin. Um mich herum ist es stockfinster, und ich rase auf einer Troika dahin ... Ich weiß gar nicht, wohin. Neben mir sitzen im breiten Schlitten zwei Männer: Der eine – es ist Arkadij Iljitsch – hält mich fest, der andere aber treibt die Pferde an ... Der Schnee sprüht nur so unter den Hufen der Pferde empor, und der Schlitten schüttelt mächtig: Wenn wir nicht auf dem Boden des Schlittens gesessen und uns nicht mit den Händen festgehalten hätten, wären wir längst hinausgeflogen.

Und ich höre sie ängstlich miteinander reden und verstehe nur das eine: »Man setzt uns nach! Jage, was du jagen kannst!«

Wie Arkadij Iljitsch sieht, dass ich zum Bewusstsein gekommen bin, beugt er sich über mich und sagt: »Ljuba, mein Täubchen! Man jagt uns nach, bist du bereit zu sterben, wenn sie uns einholen?«

Ich antworte, dass ich mit Freuden sterben werde.

Er hoffte, nach der türkischen Stadt Rustschuk zu entkommen, wohin schon viele von unseren Leuten vor dem Grafen Kamenskij geflohen waren.

Wir sausten plötzlich über eine Brücke, in der Ferne tauchte etwas wie eine menschliche Behausung auf, und wir hörten Hundegebell. Der Kutscher hieb tüchtig auf die Pferde ein, warf plötzlich den Schlitten um, Arkadij und ich fielen in den Schnee hinaus, der Schlitten, die Pferde und der Kutscher waren aber im Nu verschwunden.

Arkadij sagt: »Fürchte nichts, so muss es sein, denn ich kenne den Kutscher, der uns gefahren hat, nicht, und er kennt uns nicht. Er hat es für drei Dukaten übernommen, dich zu entführen, und muss jetzt an die Rettung seiner eigenen Seele denken. Wir sind in Gottes Hand: Da ist das Dorf Suchaja-Orliza, und hier wohnt ein kühner Pope, der die gewagtesten Ehen traut und der schon vielen von unseren Leuten zur Flucht verholfen hat. Wir geben ihm ein Geschenk, er wird uns die Nacht über bei sich behalten und morgen trauen; am Abend wird aber der gleiche Kutscher wiederkommen, und wir werden uns davonmachen.«

XI

Wir klopfen an und treten in den Flur. Der Pope selbst lässt uns ein – er ist ein kleiner, alter Mann, und vorne fehlt ihm ein Zahn. Seine alte Frau macht Licht. Wir stürzen ihnen zu Füßen: »Rettet uns, lasst uns in die warme Stube ein und versteckt uns bis morgen Abend!«

Der Pope fragt: »Habt ihr was gestohlen, oder seid ihr einfach durchgebrannt?«

»Nichts haben wir gestohlen; wir sind auf der Flucht vor dem grausamen Grafen Kamenskij und wollen nach der türkischen Stadt Rustschuk, wo nicht wenige von unsern Leuten wohnen. Man wird uns nicht finden, wir haben aber Geld bei uns und wollen Ihnen für das Übernachten einen goldenen Dukaten geben und für das Trauen – drei Dukaten. Wenn Sie es können, trauen Sie uns, sonst werden wir uns in Rustschuk trauen lassen.«

Und er antwortet: »Warum sollte ich es nicht können? Ich kann es sehr wohl. Was braucht ihr euer Geld nach Rustschuk zu schleppen? Gebt mir für alles zusammen fünf Dukaten, und ich werde euch gleich hier zusammenkoppeln.«

Arkadij gab ihm die fünf Dukaten, und ich nahm mir die Quamarin-Ohrringe ab und gab sie der Popenfrau.

Der Pope nahm das Geld und sagte: »Ach, meine Lieben, ich habe schon ganz andere Paare getraut, es ist aber nicht gut, dass ihr von des Grafen Leuten seid. Und wenn ich auch Pope bin, so habe ich doch Angst vor seiner Grausamkeit. Aber ich will es schon machen, komme, was kommen mag. Gebt mir noch einen Dukaten, und wenn auch einen beschnittenen, dazu und versteckt euch.«

Arkadij gibt ihm den sechsten Dukaten, sogar einen guten, und er sagt zu seiner Popenfrau: »Alte, was stehst du noch da? Gib der Entlaufenen irgendeinen Rock und eine Jacke, denn es ist eine Schande, sie anzuschauen – sie ist ja nackt.« Dann wollte er uns in die Kirche führen und in den Kasten mit Kirchengewändern verstecken. Kaum hatte aber die Popenfrau begonnen, mich hinter dem Vorhang umzukleiden, als an die Tür geklopft wurde.

XII

Uns beiden standen die Herzen still. Der Pope aber flüstert Arkadij zu: »Mein Lieber, in den Kasten mit den Kirchengewändern werdet ihr ja jetzt nicht mehr kommen können, schlüpfe aber unter das Federbett.«

Und zu mir spricht er: »Und du, meine Liebe, komm einmal hier.«

Er stellt mich ins Gehäuse der großen Standuhr, sperrt es zu und steckt den Schlüssel in die Tasche. Und dann geht er die Tür aufmachen. Ich höre, dass es viele Menschen sind. Die einen stehen in der Türe, und zweie schauen von außen durchs Fenster herein.

Sieben Mann von den Jägern des Grafen kommen in die Stube. Alle haben Mordwaffen und Peitschen in der Hand und Stricke im Gürtel; der achte im langen Wolfspelz und hoher Mütze aber ist der Haushofmeister.

Das Uhrgehäuse, in dem ich stand, war vorne wie ein Gitter durchbrochen und mit altem Tüll bespannt. Durch diesen Tüll konnte ich alles sehen.

Der alte Pope merkt wohl, dass die Sache schlimm steht: Er zittert vor dem Haushofmeister, bekreuzigt sich in einem fort und stammelt: »Ach, meine Lieben, meine Lieben! Ich weiß wohl, was ihr hier sucht, ich stehe vor dem durchlauchtigsten Grafen unschuldig da! Ich bin unschuldig, bei Gott, unschuldig!«

Während er sich aber bekreuzigt, zeigt er immer mit den Fingern über die linke Schulter auf das Uhrgehäuse, in dem ich eingesperrt bin.

Ich bin verloren!, dachte ich mir, als ich diesen Zauber sah.

Auch der Haushofmeister verstand den Wink und sagte: »Uns ist alles bekannt. Gib mal den Schlüssel von dieser Uhr her.«

Der Pope begann wieder mit den Händen zu fuchteln: »Ach, meine Lieben! Verzeiht, straft mich nicht, ich habe vergessen, wo ich den Schlüssel habe, bei Gott, ich habe es vergessen!« Und dabei fuhr er sich immer mit der Hand über die Tasche.

Der Haushofmeister merkte auch diesen Zauber. Er nahm ihm den Schlüssel aus der Tasche und holte mich aus der Uhr heraus.

»Komm mal heraus, Täubchen«, sagt er mir, »der Täuberich wird sich schon von selbst melden.«

Arkascha meldet sich auch gleich: Er wirft das Popenbett von sich und spricht: »Es ist wohl nichts zu machen, ihr habt gewonnen. Nun könnt ihr mich wieder zurückbringen und den Folterknechten überliefern. Sie aber ist unschuldig: Ich habe sie mit Gewalt entführt.«

Dann wendet er sich zum Popen um und spuckt ihm nur ins Gesicht.

Dieser aber sagt: »Meine Lieben, seht ihr, wie er mein Priesteramt und meine Treue beschimpft? Meldet es doch dem durchlauchtigsten Grafen!«

Der Haushofmeister antwortet: »Hab nur keine Angst: Alles wird ihm angerechnet werden!« Und er gibt seinen Leuten den Befehl, mich und Arkadij hinauszuführen.

Wir setzten uns in drei Schlitten: In den vorderen Schlitten kam der gebundene Arkadij mit den Jägern, mich setzte man unter der gleichen Bewachung in den letzten Schlitten, und die übrigen fuhren in der Mitte.

Als das Volk uns so fahren sah, machte es Platz: Alle glaubten, dass es ein Hochzeitszug sei.

XIII

Wir waren sehr bald wieder zu Hause. Als wir in den Hof einfuhren, war vom ersten Schlitten, auf dem man Arkadij gebracht hatte, nichts mehr zu sehen. Man sperrte mich in meine alte Kammer und nahm mich ins Verhör: Wie lange ich mit Arkadij allein gewesen sei?

Ich sage ihnen: »Auch nicht einen Augenblick!«

Das war mir wohl schon so vom Himmel beschieden, dass mich nicht der Geliebte, sondern der Verhasste bekam. Diesem Schicksal entging ich nicht. Als ich in meine Kammer zurückkehrte und den Kopf in die Kissen vergrub, um mein Unglück zu beweinen, hörte ich von unten furchtbares Stöhnen.

Bei uns war das so eingerichtet: Wir Mädchen wohnten im ersten Stock des hölzernen Hauses, unten aber war ein großes, hohes Zimmer, in dem wir singen und tanzen lernten. Oben konnte man alles, was unten vorging, hören. Und der Fürst der Hölle, Satanas, gab den Grausamen den Gedanken ein, Arkadij gerade unter meiner Kammer zu foltern.

Als ich hörte, wie man ihn peinigte, stürzte ich zur Türe, um zu ihm zu laufen. Die Türe aber war verschlossen ... Ich wusste selbst nicht, was ich tun wollte, und ich fiel hin ... Auf dem Boden war aber alles noch viel deutlicher zu hören. Und ich hatte keinen Nagel und kein Messer, ich hatte gar nichts, um mich zu töten. Und ich nahm meinen Zopf, und wickelte ihn mir um den Hals, und ich drehte ihn mir um den Hals, und ich drehte ihn immer fester zusammen.

Zuletzt hörte ich nur ein Klingen in den Ohren und sah Kreise vor den Augen, und alles erstarb in mir ...

Und als ich zum Bewusstsein kam, sah ich mich an einem Ort, den ich gar nicht kannte, in einer großen hellen Stube. Kälber waren um mich her, viele Kälber, mehr als zehn Stück ... So freundlich waren sie: Eines nach dem andern kam auf mich zu, schnupperte mit kalten Lippen an meiner Hand, glaubte wohl, das Euter der Mutter zu saugen. Ich war auch darum erwacht, weil das so kitzelte. Ich sehe mich um und frage mich: Wo bin ich? Und ich sehe: Eine ältere große Frau kommt herein, ist ganz in blaue Leinwand gekleidet, hat ein sauberes Tuch um den Kopf, und das Gesicht ist so freundlich und liebevoll. Wie die Frau sieht, dass ich zum Bewusstsein gekommen bin, fängt sie freundlich zu sprechen an und erzählt mir, dass ich mich im Kälberstall am Grafenhaus befände.

Siehst du, dort stand dieser Stall – erklärte Ljubow Onissimowna, mit der Hand auf den entferntesten Winkel des halb zerfallenen Bretterzaunes zeigend.

XIV

Man hatte sie auf den Viehhof gebracht, weil man glaubte, sie sei verrückt geworden. Geisteskranke Leibeigene, die zum Vieh herabgesunken waren, pflegte man »zwecks Prüfung« auf den Viehhof zu schaffen, denn die Viehwärter, lauter ältere und solide Leute, galten als berufen, Geisteskranke zu beobachten.

Die Frau in blauer Leinwand, bei der Ljubow Onissimowna zu sich kam, hieß Drossida und war sehr gutherzig.

Am Abend – fuhr die Kinderfrau fort – machte sie mir ein Lager aus frischem Haferstroh. Sie zerfaserte es, dass es weich wie Daunen war, und sagte mir: »Ich will dir alles eröffnen, Mädchen, komme, was kommen mag. Ich bin ebenso wie du und habe nicht immer diese blaue Leinwand getragen. Auch ich habe schon ein anderes Leben gesehen. Ich mag daran gar nicht zurückdenken, dir aber will ich nur dieses sagen: Gräme dich nicht, dass du auf den Viehhof verbannt worden bist, in der Verbannung ist es viel besser, nimm dich aber vor diesem schrecklichen Placon in Acht ... «

Und sie holt aus dem Busentuch ein weißes Fläschchen und zeigt es mir.

Ich frage: »Was ist das?«

Und sie antwortet: »Trink es nicht: Es ist Schnaps. Ich habe mich einmal nicht beherrschen können. Gute Menschen hatten es mir gegeben. Jetzt kann ich ohne das Placon gar nicht leben ... Du aber enthalte dich, solange du kannst, und verurteile mich nicht, wenn ich ein wenig davon sauge, denn es ist mir gar zu weh ums Herz. Du sollst aber noch einen Trost im Leben erfahren: Gott hat ihn schon von der Tyrannei erlöst ... «

Ich schrie auf: »Er ist tot!«, und griff mir an die Haare. Ich erkenne meine Haare nicht: Ganz weiß sind sie geworden ... Was ist das?

Und sie sagt mir: »Erschrecke nicht, deine Haare sind dort, als man dich aus deinem Zopf befreite, weiß geworden. Er aber lebt und ist von der Tyrannei erlöst: Der Graf hat ihm eine Gnade erwiesen, die noch niemand erlebt hat. Wenn die Nacht kommt, werde ich dir alles erzählen, jetzt will ich noch ein wenig an meinem Placon saugen. Das Herz brennt mir so ... «

Und sie sog so lange daran, bis sie einschlief.

Nachts aber, als alle schon schliefen, stand Tantchen Drossida wieder auf, ging ans Fenster, sog wieder am Placon, versteckte es und fragte mich leise: »Schläft der Gram oder schläft er nicht?«

Und ich antwortete: »Der Gram schläft nicht.«

Sie kam an mein Bett und erzählte mir, dass der Graf den Arkadij nach der Züchtigung zu sich berufen und ihm gesagt hatte: »Du musstest alles durchmachen, was ich für dich festgesetzt hatte. Da du aber mein Favorit warst, werde ich dir meine Gnade erweisen: Morgen stecke ich dich unter die Soldaten. Da du nun meinen Bruder, den durchlauchtigsten Grafen, trotz seiner Pistolen nicht gefürchtet hast, will ich dir den Weg der Ehre eröffnen – ich will nicht, dass du tiefer stehst als auf der Stufe, auf die du dich mit deinem edlen Geist selbst gestellt hast. Ich will einen Brief schreiben, dass man dich sofort in den Krieg schickt, und du wirst nicht als gewöhnlicher Soldat, sondern als Sergeant kämpfen. Zeige nun deinen Mut. Und du stehst jetzt nicht mehr unter meinem Willen, sondern unter dem Willen des Zaren.«

»Jetzt hat er es leichter«, sagte Tantchen Drossida, »und hat nichts zu fürchten. Jetzt droht ihm nur eine Gefahr: in der Schlacht zu fallen. Die Tyrannei des Grafen aber ist er los.«

Ich glaubte ihr jedes Wort und träumte drei Jahre lang jede Nacht von Arkadij Iljitsch, wie er kämpfte.

So vergingen die drei Jahre, und Gott war mir gnädig: Man schickte mich nicht mehr ans Theater, sondern ließ mich bei der Tante Drossida im Kälberstall als ihre Gehilfin. Hier hatte ich es gut, und die Frau tat mir sehr leid. Wenn sie nicht allzu viel getrunken hatte, erzählte sie mir nachts Geschichten, und ich hörte ihr gerne zu. Sie konnte sich noch erinnern, wie der alte Graf von seinen eigenen Leuten erstochen worden war. Sein Kammerdiener war der Haupttäter gewesen – die Leute hatten seine Grausamkeit einfach nicht länger ertragen können. Ich trank aber noch immer nicht und tat mit großer Freude die Arbeit für Tantchen Drossida: Die Kälbchen waren mir wie Kinder. Ich hatte sie so lieb, dass ich sie bekreuzigte und dann drei Tage lang beweinte, wenn man sie aus dem Stalle nahm, um sie für den gräflichen Tisch zu schlachten. Fürs Theater taugte ich nicht mehr, denn ich konnte die Beine nicht mehr richtig bewegen. Einst hatte ich einen wunderschönen leichten Gang. Auf der Flucht mit Arkadij Iljitsch hatte ich mir wohl die Beine erkältet und hatte nicht mehr die einstige Kraft in den Spitzen. Ich kleidete mich in die gleiche blaue Leinwand wie Drossida, und Gott allein weiß, wie ich mein Leben beschlossen hätte. Aber eines Abends bei Sonnenuntergang, als ich in der Stube sitze und Garn aufwickele, fliegt ein Steinchen zum Fenster herein, und das Steinchen ist in ein Papier eingeschlagen.

XV

Ich schaue hin, ich schaue her, blicke zum Fenster hinaus – niemand ist da.

Jemand hat wohl den Stein aus der freien Welt hereingeworfen, denke ich mir, hat aber aus Versehen unser Fenster getroffen. Und ich frage mich: Soll ich das Papier aufmachen oder nicht? Es ist wohl besser, dass ich es aufmache, denn es ist sicher etwas darauf geschrieben. Vielleicht eine wichtige Nachricht. Ich kann das Geheimnis für mich behalten und den Stein mit dem Zettel demjenigen zuwerfen, für den er bestimmt ist. Ich mache das Papier auf, beginne zu lesen und traue meinen Augen nicht ...

XVI

Und ich lese: »Meine treue Ljuba! Ich war im Krieg, habe für meinen Kaiser gefochten, habe mehr als einmal mein Blut vergossen und bin dafür mit dem Offiziersrang und dem Adel belohnt worden. Jetzt habe ich Urlaub zur Heilung meiner Wunden bekommen und wohne im Gasthof in der Kanoniervorstadt. Morgen lege ich alle meine Orden und Kreuze an, gehe zum Grafen, gebe ihm mein ganzes Geld, die fünfhundert Rubel, die man mir zur Heilung meiner Wunden gegeben hat, und bitte ihn, dich freizulassen, in der Hoffnung, dass wir uns nun vor dem Altar des Höchsten trauen lassen können.«

Und weiter hieß es in dem Brief, fuhr Ljubow Onissimowna mit unterdrückter Erregung fort: »Was aber die Schmach betrifft, die Sie über sich ergehen lassen mussten, so halte ich sie für ein bloßes Unglück und rechne sie Ihnen nicht als Sünde und Schwäche an. Gott allein mag Sie richten, ich aber empfinde Ihnen gegenüber nur Achtung.« Und der Brief ist unterschrieben: »Arkadij Iljin.«

Ljubow Onissimowna verbrannte den Brief sofort im Ofen, sagte keinem Menschen etwas davon, selbst der Alten nicht, und betete die ganze Nacht zu Gott. Sie betete aber nicht für sich, sondern nur für ihn: Er war zwar Offizier, mit Wunden und Ehrenzeichen bedeckt, sie konnte sich aber gar nicht denken, dass der Graf ihn anders behandeln würde als früher.

Sie fürchtete einfach, dass man ihn schlagen würde.

XVII

Am nächsten Morgen führte Ljubow Onissimowna die Kälbchen in aller Frühe in die Sonne und gab ihnen Milch und eingeweichte Brotrinden. Plötzlich hörte sie draußen, hinter dem Zaun, »in der Freiheit« viele Menschen rennen und laut sprechen.

Was sie sprachen, erzählte sie, hörte ich nicht, aber ihre Worte schnitten mich wie Messer ins Herz. Der Mistführer Philipp kam gerade in den Hof gefahren, und ich fragte ihn: »Filjuschka, Väterchen, hast du nicht gehört, worüber die Leute draußen sprechen?«

Und er antwortet: »Sie gehen in die Kanoniervorstadt, wo in dieser Nacht der Gastwirt einen schlafenden Offizier erstochen hat. Er hat ihm die Kehle durchschnitten und fünfhundert Rubel von ihm geraubt. Man hat ihn schon ergriffen, er war ganz blutig und hatte noch das ganze Geld bei sich.«

Und wie er mir das sagt, falle ich wie tot zu Boden ...

So war es auch: Der Wirt hatte meinen Arkadij Iljitsch erstochen – und man beerdigte ihn hier, in diesem selben Grabe, auf dem wir jetzt sitzen. Er liegt jetzt unter uns, in dieser Erde ... Darum führe ich euch ja immer hierher spazieren. Ich habe gar keine Lust, dorthin zu schauen (sie zeigte mit der Hand auf die morschen Ruinen des Grafenhauses), möchte nur hier in seiner Nähe sitzen und ... einen Tropfen zu seinem Gedächtnis trinken.

XVIII

Ljubow Onissimowna hielt inne – sie war wohl mit ihrer Erzählung zu Ende –, holte das Fläschchen aus der Tasche und sog daran. Ich fragte sie: »Wer hat denn den berühmten Toupetkünstler hier beerdigt?«

»Der Gouverneur, mein Liebling, der Gouverneur war selbst bei der Beerdigung dabei. Wie denn sonst? Er war doch Offizier, und der Geistliche und der Diakon nannten ihn bei der Totenmesse ›den Edlen Arkadij‹. Und als man den Sarg ins Grab versenkte, gaben die Soldaten blinde Schüsse in die Luft ab. Der Gastwirt wurde aber übers Jahr auf dem Iljinkaplatze vom Henker mit der Knute bestraft. Dreiundvierzig Knutenhiebe bekam er wegen Arkadij Iljitsch, blieb aber am Leben und kam mit gebrandmarktem Gesicht nach Sibirien. Alle unsere Leute, die gerade freihatten, liefen hin, um zuzuschauen, und die Alten, die sich noch erinnerten, wie man den Mörder des alten Grafen bestraft hatte, sagten, dass dreiundvierzig Schläge viel zu wenig wären: Arkascha war eben von einfacher Abstammung; für den Grafen aber hatte man hundertundeinen Schlag gegeben. Nach dem Gesetz darf man ja keine gerade Zahl von Schlägen geben, es muss immer eine ungerade Zahl sein. Damals hatte man sich einen Henker aus Tula kommen lassen und ihm vorher drei Glas Rum zu trinken gegeben. Er hatte die ersten hundert Schläge nur zur Peinigung gegeben, so dass der Verbrecher immer noch am Leben blieb; mit dem hundertsten Schlag aber zerschmetterte er ihm das Rückgrat. Als man ihn vom Brette aufhob, war er schon halb tot. Man deckte ihn mit einer Bastdecke zu und wollte ihn ins Zuchthaus bringen ... Unterwegs gab er den Geist auf. Und der Henker aus Tula schrie: »Gebt mir noch jemand her, alle Leute von Orjol will ich totschlagen!«

»Nun, waren Sie auch selbst bei der Beerdigung?«

»Gewiss, wir alle waren dabei: Der Graf hatte befohlen, dass man alle Leute vom Theater hinführe, damit sie sähen, wie weit es einer von den Unsrigen bringen kann.«

»Haben Sie ihn auch im Sarge liegen sehen?«

»Gewiss! Alle gingen zum Sarge und nahmen von ihm Abschied. Auch ich ging hin ... Er war so verändert, dass ich ihn gar nicht wiedererkannt hätte: So blass und mager war er – die Leute sagten, er hätte sein ganzes Blut verloren, weil ihn der Mörder um Mitternacht erstach ... So viel Blut hat er verloren ... «

Sie hielt inne und wurde nachdenklich.

»Und Sie«, fragte ich, »wie haben Sie es überstanden?«

Sie erwachte gleichsam aus ihren Träumen und fuhr sich mit der Hand über die Stirn.

»Wie es mir anfangs zumute war, weiß ich nicht mehr, ich weiß auch nicht, wie ich nach Hause kam. Ich ging ja mit allen zusammen vom Friedhof fort, also hat mich wohl jemand geführt. Am Abend aber sagte mir Drossida Petrowna: ›So geht es nicht, du schläfst nicht und liegst wie ein Stein da. Das ist nicht gut! Du musst weinen, damit das Herz einen Ausfluss hat.‹

Ich sage ihr drauf: ›Ich kann nicht weinen, Tantchen – mein Herz brennt wie eine Kohle und hat keinen Ausfluss.‹

Und sie antwortet: ›Also kannst du dem Placon nicht mehr entgehen.‹

Sie schenkte mir aus ihrem Fläschchen ein und sagte: ›Bisher habe ich dich davon zurückgehalten und es dir abgeraten. Jetzt ist aber nichts mehr zu machen: Sauge daran und lösche die Kohle.‹

Ich ihr drauf: ›Ich habe keine Lust.‹

›Närrchen‹, sagt sie mir, ›kein Mensch hat anfangs Lust dazu. Der Gram ist bitter, und das Gift ist noch bitterer. Wenn man die Kohle mit diesem Gift begießt, erlischt sie für eine Weile. Saug schnell daran!‹

Ich trank das ganze Placon auf einmal aus. Es war mir widerlich, ich konnte aber anders nicht einschlafen. Und so war es auch in der nächsten Nacht ... Heute kann ich ohne das Placon nicht mehr auskommen. Habe mir selbst eins angeschafft und kaufe mir Schnaps ... Und du, liebes Kind, sag der Mama nichts davon: Du sollst die einfachen Menschen niemals verraten, du sollst mit ihnen Mitleid haben, denn sie sind alle Dulder. Und wenn wir jetzt nach Hause gehen, werde ich gleich an der Ecke ans Fenster der Schenke klopfen ... Wir werden nicht hineingehen, ich werde nur das leere Placon abgeben, und man wird es mir gefüllt durchs Fenster reichen.«

Ich war gerührt und versprach ihr, keinem Menschen von ihrem Placon zu erzählen.

»Ich danke dir, Lieber – sag es niemand: Denn ich muss es haben.«

Ich sehe sie auch heute noch vor mir: Jede Nacht, wenn alle im Hause schlafen, steht sie von ihrem Bette auf, so leise, dass kein Knöchelchen knackt, sie lauscht und schleicht auf ihren langen erkälteten Beinen zum Fenster ... Sie steht eine Weile da, sieht sich um und lauscht wieder, ob meine Mutter nicht aus dem Schlafzimmer kommt. Dann höre ich den Hals des ›Placons‹ gegen ihre Zähne klappern. Sie nimmt einen Schluck, einen zweiten und einen dritten ... So hat sie die Kohle für eine Zeit lang gelöscht und eine Totenfeier für ihren Arkascha abgehalten. Und dann schlüpft sie wieder unter die Decke, und ich höre sie nur leise mit der Nase pfeifen. Sie schläft!

Eine schrecklichere und herzzerreißendere Totenfeier habe ich noch nicht erlebt.

Der unsterbliche Golowan

Die vollkommene Liebe kennt keine Furcht.

Johannes

Erstes Kapitel

Er selbst ist fast ein Mythos, seine Geschichte aber eine – Legende. Man müsste Franzose sein, um von ihm zu erzählen, da es nur den Angehörigen dieser Nation gelingt, anderen das zu erklären, was sie selbst nicht verstehen. Ich sage dies alles, um bei meinen Lesern im Voraus Nachsicht für die allseitige Unvollkommenheit meiner Erzählung zu erbitten, die der Mühe eines weit größeren Meisters als ich wert gewesen wäre. Aber Golowan wäre vielleicht bald ganz vergessen worden, und das wäre schade. Golowan ist der Beachtung wert, und obwohl ich ihn nicht genau genug kenne, um ein vollständiges Bild von ihm zu entwerfen, will ich doch einige Züge dieses sterblichen Menschen schildern, der ohne hohen Rang es verstanden hat, als unsterblich zu gelten.

Der Beiname des »Unsterblichen«, den Golowan erhalten hatte, war durchaus kein Spott und auch keine leere, sinnlose Redensart, sondern man nannte ihn unsterblich in der festen Überzeugung, dass Golowan wirklich ein besonderer Mensch sei, ein Mensch, der den Tod nicht fürchte. Wie konnte sich aber eine solche Meinung bei den Menschen bilden, die unter Gottes Himmel leben und sich stets ihrer Sterblichkeit bewusst sind? Gab es hiezu einen genügenden, in logischer Folgerichtigkeit entwickelten Grund, oder hat ihm eine der Dummheit verwandte Einfalt den Beinamen gegeben?

Mir schien das Letztere wahrscheinlicher, wie aber die Anderen darüber urteilten, weiß ich nicht: als Kind dachte ich darüber nicht nach, und als ich herangewachsen war und mancherlei Dinge begriff, war der »unsterbliche Golowan« nicht mehr am Leben. Er ist gestorben, und zwar auf eine nicht sehr appetitliche Weise: als er bei der sogenannten »großen Feuersbrunst« in Orjol fremdes Leben und Gut rettete, stürzte er in eine siedend heiße Mistgrube und ertrank. Indes »ein großer Teil von ihm war der Verwesung entronnen, und lebte in der dankbaren Erinnerung weiter«, und ich will versuchen, das zu Papier zu bringen, was ich über ihn weiß oder gehört habe, damit sein jede Beachtung verdienendes wertes Andenken der Welt erhalten bleibe.

Zweites Kapitel

Der unsterbliche Golowan war ein einfacher Mensch. Sein Gesicht mit den außerordentlich derben Zügen hatte sich meinem Gedächtnis seit meinen frühesten Tagen eingeprägt und war in ihm für immer haften geblieben. Ich lernte ihn in einem Alter kennen, in dem Kinder, wie man behauptet, noch keine genügend festen Eindrücke erhalten, um aus ihnen Erinnerungen für das ganze Leben zu schöpfen. Mir ging es jedoch anders. Meine Großmutter hat den Vorfall folgendermaßen aufgezeichnet:

»Gestern (den 26. Mai 1835) kam ich aus Gorochowo zu Maschenjka (meiner Mutter). Semjon Dimitritsch (meinen Vater) traf ich nicht zu Hause an, er war nach Jelez zur Untersuchung einer schrecklichen Mordtat abkommandiert worden. Im ganzen Hause waren nur wir Frauen und die weibliche Dienerschaft. Der Kutscher war mit ihm (meinem Vater) fortgefahren, nur der Hausknecht Kondrat war da geblieben, und nachts schlief ein Wächter aus der Verwaltung (der Gouvernements-Verwaltung, an der mein Vater Rat war) im Vorzimmer.

Heutigen Datums ging Maschenjka um die Mittagsstunde in den Garten, um nach den Blumen zu schauen und die Frauenminze zu begießen, und nahm Nikoluschka (mich) mit, den Anna (ein jetzt noch lebendes altes Frauchen) auf den Armen trug. Als sie zurückkamen und Anna gerade die Gartentüre geöffnet hatte, riss sich der Kettenhund Rjabka los und stürzte sich gerade auf Annas Brust. Aber in dem Augenblick, als Rjabka die Pfoten gegen Annas Brust stemmte, erfasste ihn Golowan am Kragen und warf ihn ins Kellerloch. Dort erschoss man ihn mit dem Gewehr, aber das Kind war gerettet.«

Das Kind war ich, und wie stichhaltig auch die Beweise dafür sein mögen, dass ein anderthalbjähriges Kind sich nicht erinnern könne, was mit ihm vorging, entsinne ich mich doch des ganzen Vorgangs.

Ich weiß natürlich nicht mehr, woher die wütende Rjabka gekommen war und was Golowan mit ihr gemacht, nachdem sie in seiner hocherhobenen eisernen Faust, sich mit dem ganzen Körper windend und mit den Pfoten zappelnd, geröchelt hatte; aber ich erinnere mich an einen Moment, nur an einen Moment ... Es war wie beim Aufleuchten des Blitzes in dunkler Nacht, wo man plötzlich ungewöhnlich viele Gegenstände mit einem Male sieht: die Bettvorhänge, den Bettschirm, das Fenster, den auf seiner Stange erzitternden Kanarienvogel und das Glas mit dem silbernen Löffelchen, an dessen Griff sich das Magnesium in Flecken angesetzt hat. Das ist wahrscheinlich eine Eigenschaft der Angst, die große Augen hat. In solch einem Augenblick sehe ich, als ob es gegenwärtig wäre, die riesige gefleckte Hundeschnauze vor mir, das trockene Fell, die feuerroten Augen und den offenen Rachen voll trüben Schaumes in der bläulichen, gleichsam pomadisierten Tiefe. Das Gebiss wollte schon zusammenklappen, als sich die Oberlippe über ihm schloss, die Lefzen sich zu den Ohren zogen, und die vorgestreckte Gurgel, die einem bloßen menschlichen Ellenbogen glich, krampfhaft zuckte. Über all dem stand eine riesige Menschengestalt mit einem riesigen Schädel, die den wütenden Hund packte und forttrug. Während der ganzen Zeit hatte das Gesicht dieses Menschen gelächelt.

Die beschriebene Gestalt war Golowan. Ich fürchte, dass ich sein Porträt, gerade weil es so klar und deutlich vor mir steht, nicht zu zeichnen vermag.

Er war wie Peter der Große zwei Arschin und fünfzehn Werschok groß; er war breit gebaut, hager und muskulös; sein rundes Gesicht war braun, er hatte blaue Augen, eine sehr große Nase und dicke Lippen. Seine Kopfhaare und der gestutzte Bart waren dicht und pfeffer- und salzfarben. Sein Kopf war stets kurz geschoren, ebenso wie der Kinn- und Schnurrbart. Ein ruhiges und glückliches Lächeln wich für keinen Augenblick von Golowans Gesicht: es leuchtete in jedem seiner Züge und spielte vorwiegend um seinen Mund und in den guten und klugen, fast etwas spöttischen Augen. Einen anderen Gesichtsausdruck hatte Golowan nicht, ich entsinne mich wenigstens keines anderen. Zur Vervollständigung dieses wenig kunstfertigen Porträts muss ich noch eine Sonderlichkeit oder Eigenart Golowans erwähnen, die in seinem Gang bestand. Golowan ging sehr schnell, er hatte es immer eilig, aber er ging nicht gleichmäßig dahin, sondern hüpfend. Er hinkte nicht, sondern er »stolperte«, wie man es dort nannte, d. h., er trat mit dem rechten Fuße fest auf und hüpfte mit dem linken nach. Es schien, als biege sich dieser Fuß nicht, sondern federe in einem Muskel oder Gelenk. So gehen Leute mit einem künstlichen Bein, Golowan hatte aber keinen Stelzfuß; übrigens hatte er diese Eigenart nicht von Natur, er hatte sie sich vielmehr angeeignet, aber hierin lag ein Geheimnis, das nicht mit einem Male zu erklären ist.

Gekleidet war Golowan wie ein Bauer – er trug Sommer wie Winter, bei glühender Hitze und bei vierzig Grad Frost, einen langen nackten Schafspelz, der ganz verfettet und schwarz war. Ich habe ihn nie in einer anderen Kleidung gesehen, und ich entsinne mich, wie mein Vater oft über diesen Schafspelz scherzte und ihn den »ewigen« nannte.

Seinen Pelz umgürtete er mit einem eigenartigen Riemen, der wie Pferdegeschirr mit weißen Beschlägen verziert war; diese waren an vielen Stellen gelb geworden, an anderen ganz abgefallen und hatten nur Pechdraht und Löcher zurückgelassen. Aber er hielt seinen Pelz von allen kleinen Bewohnern frei –, das wusste ich besser als die anderen, da ich oft an seiner Brust gesessen, seinen Erzählungen zugehört und mich dabei immer sehr gemütlich gefühlt hatte.

Der breite Kragen des Pelzes wurde nie zugeknöpft und ließ die Brust bis zum Gürtel weit offen. Im Innern des Pelzes befand sich das »Verließ«, eine sehr geräumige Tasche für die Rahmflaschen, die Golowan für die Küche des Orjolschen Adelsklubs lieferte. Dies war sein Beruf seit der Zeit, wo er von der Leibeigenschaft befreit worden war und zu seinem Unterhalt die »Jermolowsche Kuh« erhalten hatte.

Die mächtige Brust des »Unsterblichen« bedeckte ein leinenes Hemd von kleinrussischem Schnitt, d. h. mit einem in der Mitte schließenden Kragen. Es war stets weiß wie Schaum und wurde vorn von einem langen farbigen Halstuch zusammengehalten. Dieses Halstuch war manchmal ein Band, manchmal auch einfach ein Stück Wolltuch oder gar Kattun, aber es verlieh der äußeren Erscheinung Golowans etwas frisches und ›gentlemanhaftes‹, was ihm sehr gut stand, da er in der Tat ein Gentleman war.

Drittes Kapitel

Wir waren Golowans Nachbarn. Unser Haus in Orjol stand in der Dritten Adelsstraße und war vom Uferabhang des Flüsschens Orlik aus das dritte in der Reihe. Der Platz war recht hübsch gelegen. Um jene Zeit, vor den Feuersbrünsten, war hier das Ende der eigentlichen Stadt. Rechts vom Orlik standen die kleinen Häuschen der Vorstadt, die sich an das Stadtzentrum mit der Kirche Wassilij des Großen anschloss. Die eine Seite hatte einen sehr steilen und unbequemen Abstieg am Abhang, und hinter den Gärten befand sich eine tiefe Schlucht; jenseits von ihr breitete sich die Steppenweide aus, auf der sich irgendein Schuppen erhob. In den Morgenstunden wurden hier die Soldaten gedrillt und geprügelt: dies waren die frühesten Bilder, die ich sah und die ich am häufigsten beobachten konnte. Auf derselben Weide, oder besser, auf demselben schmalen Strich, der unsere Gärten mit Zäunen vom Abhang trennte, weideten die sechs oder sieben Kühe Golowans und auch der ihm gehörige schöne Jermolowsche Rassestier. Diesen Stier hielt sich Golowan für seine kleine, prächtige Herde, aber er führte ihn auch »zum Ausleihen« in die Häuser, wo ein wirtschaftliches Bedürfnis darnach bestand. Dies brachte ihm einiges ein.

Die Existenzmittel Golowans bestanden eben in seinen milchenden Kühen und ihrem kräftigen Gemahl. Golowan lieferte, wie ich schon oben bemerkt habe, Milch und Rahm, die durch ihre Qualität berühmt waren, in den Adelsklub. Natürlich machte dies das gute Rassevieh und die gute Pflege. Die von Golowan gelieferte Butter war gelb wie Eidotter, frisch und aromatisch, und sein Rahm »floss nicht«, d. h. wenn man die Flasche mit dem Hals nach unten kehrte, so ergoss der Rahm sich nicht in einem Strahl, sondern fiel wie eine dicke, schwere Masse heraus. Produkte minderer Qualität lieferte er nicht, und so hatte er auch keinen Konkurrenten; die Adligen aber verstanden damals nicht nur gut zu essen, sondern hatten auch die Mittel, zu bezahlen. Außerdem lieferte Golowan in den Klub auch ausgesucht große Eier von den besonders großen holländischen Hühnern, die er in Menge hielt; schließlich »bereitete er Kälber vor«, die er musterhaft mit Milch mästete und immer zur Zeit bereit hielt, z. B. zu der großen Adelsversammlung oder zu anderen besonderen Vorfällen in Adelskreisen.

Auf diese Weise bestritt Golowan seinen Lebensunterhalt, und es war für ihn sehr günstig, sich an die adligen Straßen zu halten, wo er die interessanten Persönlichkeiten versorgte, die die Orjoler seinerzeit in Panschin, Lawrezkij und anderen Helden und Heldinnen von Turgenjews »Adelsnest« wiedererkannten.

Übrigens wohnte Golowan nicht an der Straße selbst, sondern etwas abseits. Der Bau, der Golowans Haus hieß, stand nicht in der Häuserreihe, sondern auf einer kleinen Terrasse hinter der linken Straßenfront. Die Terrasse war sechs Klafter lang und ebenso breit. Es war ein Erdklumpen, der einmal abgerutscht, auf halbem Wege aber stehen geblieben war und sich wieder festgesetzt hatte; er erschien niemand fest genug und gehörte wohl auch niemand: damals war dies noch möglich.

Das Gebäude Golowans konnte man im eigentlichen Sinne weder als Haus, noch als Hof bezeichnen. Es war ein großer, niedriger Schuppen, der die ganze Fläche des abgerutschten Erdklumpens einnahm. Der formlose Bau war vielleicht schon viel früher, als der Klumpen erst daran dachte, abzurutschen, errichtet worden und hatte damals einen Teil des nächsten Hofes ausgemacht, dessen Besitzer ihm jedoch nicht nachjagte und ihn Golowan zu so billigem Preis überließ, wie ihn unser Ritter eben zahlen konnte. Ich erinnere mich sogar, dass man behauptete, die Scheune sei ihm für eine der Gefälligkeiten geschenkt worden, die Golowan zu erweisen meisterhaft verstand und die er auch sehr gerne erwies.

Die Scheune war zweiteilig: die eine Hälfte, die mit Lehm verputzt und geweißt war und drei Fenster auf den Orlik hinaus hatte, war der Wohnraum Golowans und der bei ihm befindlichen fünf Frauen, in der anderen aber waren Stände für die Kühe und den Stier eingerichtet. In dem niedrigen Bodenraum hausten die holländischen Hühner und der »Spanische Hahn«, der sehr lange lebte und als »Hexenvogel« galt. In ihm zog Golowan den Hahnenstein, der für eine Menge von Fällen nützlich ist: um Glück zu bringen, um das verlorene Reich von den Feinden zurückzuerobern und alte Menschen in junge zu verwandeln. Dieser Stein reift sieben Jahre und wird erst dann reif, wenn der Hahn zu trinken aufgehört hat.

Die Scheune war so groß, dass die beiden Abteilungen, der Wohnraum und der Stall, sehr geräumig waren, aber sie hielten, trotz aller aufgewandten Mühe, nur schlecht die Wärme. Übrigens war die Wärme nur den Frauen notwendig, Golowan selbst war gegen atmosphärische Umschläge unempfindlich und schlief Sommer wie Winter im Stall auf einem Weidengeflecht neben seinem Liebling Wassjka, dem stattlichen Tiroler Stier. Die Kälte machte ihm nichts, und das war eine der Sonderheiten dieser mythischen Persönlichkeit, dank welcher er seinen fabelhaften Ruf erhalten hatte.

Von den fünf Frauen, die mit Golowan lebten, waren drei seine Schwestern, die eine seine Mutter, die fünfte nannte man Pawla, oder hin und wieder Pawlagejuschka. Häufiger nannte man sie aber »Golowans Sünde«. So war ich es von Kindheit auf zu hören gewöhnt, als ich die Bedeutung dieser Anspielung noch nicht verstand. Für mich war diese Pawla einfach eine freundliche Frau, und ich erinnere mich wie heute an ihren hohen Wuchs, an ihr bleiches Gesicht mit den hellroten Flecken auf den Wangen und an ihre wunderbar regelmäßigen schwarzen Brauen. So schwarze Brauen in so regelmäßigen Halbkreisen sah man sonst nur auf Bildern, wo eine Perserin auf den Knien eines alten Türken ruht. Unsere Mädchen kannten übrigens das Geheimnis dieser Brauen und teilten es mir sehr frühzeitig mit; – die Sache war die, dass Golowan ein Hexenmeister war und Pawla, während sie schlief, die Brauen mit Bärenfett eingerieben hatte, damit sie niemand erkennen solle. Danach war natürlich nichts verwunderliches mehr an Pawlas Brauen, und sie hatte sich auch Golowan nicht aus eigener Kraft angeschlossen.

Unsere Mädchen wussten dies alles.

Pawla selbst war eine außerordentlich sanfte Frau und »schwieg immer«. Sie war so schweigsam, dass ich von ihr niemals mehr als die unumgänglich notwendigen Worte »guten Tag«, »setz dich«, »leb wohl« zu hören bekam. Aber in jedem dieser kurzen Worte lag ein Abgrund von Freundlichkeit, Wohlwollen und Liebe. Dasselbe drückte auch der Tonfall ihrer ruhigen Stimme, der Blick ihrer grauen Augen und jede ihrer Bewegungen aus. Ich entsinne mich auch, dass sie wunderbar schöne Hände hatte, was bei der arbeitenden Klasse eine große Seltenheit ist, und sie war doch gerade eine Arbeiterin, die sich durch ihre Rührigkeit in der arbeitsamen Familie Golowans auszeichnete.

Sie hatten alle sehr viel zu tun: der »Unsterbliche« selbst kochte vom Morgen bis in die späte Nacht vor Arbeit. Er war Hirte, Lieferant und Meier. Schon mit der Morgenröte trieb er seine Herde auf die tauigen Weiden hinter unseren Zäunen und führte sie von Hang zu Hang, wo er für seine stattlichen Kühe das saftigste Gras auswählte. In der Stunde, da man bei uns im Hause aufstand, kehrte Golowan schon mit seinen leeren Rahmflaschen anstelle der vollen, die er in den Adelsklub gebracht hatte, zurück. Er hackte eigenhändig in das Eis unseres Kellers Höhlungen für die Krüge mit der frischen Milch, unterhielt sich über irgendetwas mit meinem Vater, und wenn ich dann mit dem Lernen fertig war und im Garten spazieren ging, saß er schon wieder an unserem Zaun und hütete seine Kühe.

Hier war ein kleines Pförtchen im Zaun, durch das ich zu Golowan hinaustrat, um mich mit ihm zu unterhalten. Er konnte die einhundertundvier heiligen Geschichten so gut erzählen, dass ich sie alle von ihm wusste und sie niemals aus dem Buche lernte. Hierher kamen zu ihm auch einfache Leute, die ihn immer um Rat fragten. Es passierte hin und wieder, dass jemand kam und so begann:

»Ich habe dich gesucht, Golowanytsch, brauche einen Rat von dir.«

»Was ist es?«

Jener erzählte dann von diesem und jenem, dass die Wirtschaft in Unordnung gerate, oder dass in der Familie Zwistigkeiten herrschen.

Am häufigsten kam man zu ihm mit Fragen dieser zweiten Kategorie. Golowanytsch hörte zu, arbeitete an seinem Weidengeflecht weiter, schrie seine Kühe an und lächelte dabei stets, als höre er ohne Aufmerksamkeit zu; dann schlug er aber seine blauen Augen zu dem Fragenden auf und antwortete:

»Ich bin dir, Bruder, ein schlechter Berater. Rufe Gott um Rat an!«

»Wie soll man ihn anrufen?«

»Oh, Bruder, sehr einfach: bete und stelle dir vor, dass du sogleich sterben müsstest. Jetzt sage mir, wie du in diesem Falle handeln würdest?«

Jener dachte nach und antwortete dann.

Golowan war entweder einverstanden oder entgegnete: »Ich würde, Bruder, wenn ich sterben müsste, es am besten so machen.«

Und dann sagte er es seiner Gewohnheit gemäß heiter und mit seinem ständigen Lächeln.

Seine Ratschläge müssen gut gewesen sein, da man sie immer anhörte und sich für sie sehr bedankte.

Konnte nun ein solcher Mensch eine »Sünde« haben, in der Person der sanften Pawlagejuschka, die um jene Zeit an die dreißig Jahre alt war, deren Grenze sie auch nicht weiter überschritt? Ich begriff diese »Sünde« nicht und blieb davor bewahrt, sie und Golowan durch die allgemeinen Verdächtigungen zu beleidigen. Aber Anlass zur Verdächtigung war wohl vorhanden, ein sehr starker, ein sogar unwiderlegbarer, wenn man dem Anschein nach urteilte. Was war sie dem Golowan? – Eine Fremde. Das war aber noch wenig: er hatte sie früher gekannt, sie gehörten beide dem gleichen Herrn, und er hatte sie heiraten wollen. Das kam aber nicht zustande. Man gab Golowan in den Dienst des Kaukasushelden Alexej Petrowitsch Jermolow und verheiratete währenddem Pawla mit dem Bereiter Chrapon. Golowan war ein nützlicher und unentbehrlicher Diener, da er alles verstand: er war nicht nur ein guter Koch und Konditor, sondern auch ein findiger und flinker Feldzugsdiener. Alexej Petrowitsch zahlte dem Besitzer Golowans, was jener für ihn verlangte, und streckte, wie man sich erzählt, ihm selbst das Geld zu seinem Loskauf vor. Ich weiß nicht, ob das wahr ist, aber in der Tat hatte sich Golowan bald nach seiner Rückkehr von Jermolow freigekauft und nannte Alexej Petrowitsch stets seinen Wohltäter. Ebenso hatte Alexej Petrowitsch dem Golowan nach dessen Befreiung eine gute Kuh mit einem Kalb für seine Wirtschaft geschenkt, und von diesen stammte seine »Jermolower Zucht« ab.

Viertes Kapitel

Wann Golowan in die Scheune an dem Abhang übergesiedelt ist, weiß ich nicht, aber es fiel in die ersten Tage seines »freien Menschentums«, als vor ihm noch die große Sorge um seine Verwandten stand, die in der Leibeigenschaft zurückgeblieben waren. Golowan war losgekauft, aber seine Mutter, seine drei Schwestern und seine Tante, die in der Folge meine Amme wurde, verblieben noch in der Knechtschaft. In derselben Lage befand sich auch die von ihm zärtlich geliebte Pawla oder Pawlagejuschka. Golowans erste Sorge war, sie alle loszukaufen, dazu aber war Geld notwendig. Seiner Fertigkeit nach konnte er als Koch oder Konditor arbeiten, aber er hatte etwas anderes vorgezogen: die Milchwirtschaft, die er auch mit Hilfe seiner »Jermolower Kuh begann. Es bestand die Meinung, dass er dieses Geschäft gewählt habe, weil er selbst Molokane war. Vielleicht bedeutete es einfach, dass er mit Milch zu tun hatte, vielleicht wies diese Bezeichnung aber auch auf seinen Glauben hin, der seltsam schien wie viele seiner Handlungen. Es war gut möglich, dass er im Kaukasus Molokanen kennen gelernt und von ihnen manches angenommen hatte. Aber dies gehört zu seinen Sonderbarkeiten, auf welche ich später zu sprechen komme.

Seine Milchwirtschaft ging prächtig: nach drei Jahren hatte Golowan schon zwei Kühe und einen Stier, dann drei und vier, und damit verdiente er so viel Geld, dass er zuerst seine Mutter und dann in jedem folgenden Jahre eine seiner Schwestern freigekauft hatte, die er alle in seiner geräumigen, aber kühlen Behausung unterbrachte. So hatte er im Laufe von sechs bis sieben Jahren seine ganze Familie losgekauft, aber die schöne Pawla war ihm entflogen. Als er sie hätte auslösen können, war sie schon weit fort. Ihr Mann, der Bereiter Chrapon, war ein schlechter Mensch; er hatte seinem Herrn etwas nicht recht gemacht und war dafür von diesem zur Warnung für die anderen außer der Reihe unter die Rekruten gegeben worden.

Beim Militär kam Chrapon unter die »Reiter«, d. h. unter die Berittenen des Feuerwehrkommandos in Moskau, wohin er seine Frau nachkommen ließ. Bald hatte er auch hier etwas Schlimmes angestellt und war geflohen. Seine verlassene Frau, die stillen und schüchternen Sinnes war, fürchtete den Strudel des großstädtischen Lebens und kehrte nach Orjol zurück. Hier fand sie an ihrem alten Platze keinerlei Unterstützung und kam, von der Not getrieben, zu Golowan. Dieser nahm sie selbstverständlich gleich auf und brachte sie in demselben geräumigen Zimmer, in dem seine Mutter und seine Schwestern wohnten, unter. Was die Mutter und die Schwestern

Golowans zum Einzug Pawlas sagten, weiß ich nicht authentisch, aber es führte jedenfalls zu keinerlei Zwistigkeiten. Alle Frauen lebten sehr freundschaftlich miteinander und liebten die arme Pawlagejuschka sehr. Golowan erwies allen die gleiche Aufmerksamkeit, doch mit besonderer Achtung begegnete er nur seiner Mutter, die schon so alt war, dass er sie im Sommer auf den Händen hinaustrug und wie ein krankes Kind in die Sonne setzte. Ich entsinne mich ihrer schrecklichen Hustenanfälle, und wie sie stets betete, der Herr möge sie »zu sich nehmen«.

Die Schwestern Golowans waren alle schon ältere Mädchen, die ihrem Bruder in der Wirtschaft halfen. Sie versorgten und molken die Kühe, gingen den Hühnern nach und spannen ein ganz ungewöhnliches Garn, aus welchem sie dann ebenso ungewöhnliche Gewebe herstellten, wie ich sie später nirgends mehr gesehen habe. Das Garn nannte man recht unschön »Spucke«. Golowan brachte das Material dazu von irgendwoher in Säcken. Ich habe dieses Material gesehen, und ich erinnere mich noch daran: es bestand aus kleinen knotigen Stücken verschiedenfarbiger Baumwollfäden. Jedes dieser Enden war ein Werschok bis dreiviertel Arschin lang und hatte einen mehr oder weniger dicken Knoten. Woher Golowan diese Enden nahm, weiß ich nicht, augenscheinlich waren es Fabrikabfälle. So erzählten mir auch seine Schwestern.

»Siehst du, Liebling«, erzählten sie mir: »Wo die Baumwolle gesponnen und gewoben wird, reißen sie, wenn sie zu solch einem Knoten kommen, das Ende ab, werfen es auf den Boden und spucken aus, weil er nicht durch den Webstuhl geht. Unser Bruder sammelt sie, und wir machen aus ihnen diese warmen Decken.«

Ich sah zu, wie sie alle die Fadenstücke geduldig ordneten, Stück mit Stück zusammenknüpften und den auf diese Weise entstandenen bunten Faden auf lange Spulen wickelten. Darauf wurden sie doppelt genommen, noch stärker verknotet und vermittelst Stäben an der Wand lang gezogen; dann sortierten sie sie, um die einfarbigen für die Kanten zu verwenden, und woben schließlich aus dieser »Spucke« auf einem besonderen Webstuhl die »Spuckendecken«. Diese Decken ähnelten den jetzigen Friesdecken, jede hatte zwei Säume, aber die Decke selbst war stets marmoriert. Die Knötchen, die natürlich noch bemerkbar waren, wurden geglättet und beeinträchtigten die Decken nicht, die warm, leicht und manchmal sogar recht hübsch waren. Außerdem wurden sie sehr billig verkauft, für weniger als einen Rubel das Stück.

Diese Hausindustrie ging in der Familie Golowans ohne Stocken vor sich, und er vertrieb seine Spuckendecken wahrscheinlich ohne Schwierigkeit.

Pawlagejuschka spann und knotete ebenfalls die Spucken und wob auch Decken. Außerdem verrichtete sie aus Eifer für die sie beherbergende Familie die allerschwersten Arbeiten im Hause: sie stieg das steile Orlikufer hinunter, um Wasser zu holen, sammelte Brennmaterial usw.

Das Brennholz war in Orjol schon damals sehr teuer, und die armen Leute heizten mit Buchweizenstoppeln oder auch mit Mist, aber letzteres erforderte große Zubereitungen.

Alles dies verrichtete Pawla mit ihren feinen Händen in ewigem Schweigen und betrachtete dabei die Welt Gottes unter ihren persischen Brauen. Ob sie wusste, dass man sie »Sünde« nannte, – darüber kann ich keine Auskunft geben, so hieß sie aber unter dem Volke, das an dem von ihm erdachten Spitznamen hartnäckig festhält. Ja, wie sollte dies auch anders sein: wo eine liebende Frau im Hause eines Mannes lebt, der sie geliebt hat und sie heiraten wollte – dort ist gewiss Sünde. Und in der Tat: in der Zeit, als ich als Kind Pawla sah, wurde sie einstimmig als »Golowans Sünde« angesehen, Golowan selbst aber büßte dadurch nicht im Geringsten die allgemeine Achtung ein und behielt die Bezeichnung des »Unsterblichen«.

Fünftes Kapitel

Den »Unsterblichen« begann man Golowan gleich im ersten Jahre zu nennen, als er sich mit seiner »Jermolower« Kuh und dem Kälbchen allein jenseits des Orliks ansiedelte. Als Anlass hiezu diente folgender völlig glaubwürdiger Umstand, auf den sich während der noch nicht lange zurückliegenden »Prokofjewer Pest« niemand mehr besann. In Orjol war ein schweres Notjahr gewesen, und im Februar am Tage der heiligen Agafja der Kuhmagd lief die »Kuhpest« durch die Dörfer. Das kam, wie es immer zu kommen pflegt und wie es im Universal-Handbuch »Der kühle Garten« folgendermaßen beschrieben ist: »Wenn der Sommer zu Ende ist und der Herbst beginnt, fängt bald die Pestluft an zu wehen. Und zu dieser

Zeit muss dann jeder sein Vertrauen auf den Allmächtigen Gott und seine Allerreinste Mutter setzen und sich durch die Kraft des heiligen Kreuzeszeichens schützen, muss sein Herz von Trauer, Schrecken und schweren Gedanken frei halten, weil sonst das menschliche Herz zusammenschrumpft und die Pest und die Seuche rasch anhaftet, Hirn und Herz ergreift, den Menschen überwältigt und ihn schnell sterben lässt.« Das alles ereignete sich auch bei unserer gewöhnlichen Witterung, »wenn im Herbst die dichten und dunklen Nebel schweben, der Wind vom Süden her weht, worauf Regen folgt und in der Sonne ein Dunst von der Erde aufsteigt. Dann ist es nicht ratsam, in den Wind zu gehen, man soll vielmehr in der geheizten Stube sitzen und die Fenster nicht öffnen, es wäre auch gut, nicht in einer solchen Stadt zu leben, sondern aus der Stadt fortzugehen in reine Ortschaften.« Wann, d. h. in welchem Jahre die Seuche auftrat, durch die der Golowan den Ruhm des »Unsterblichen« erhielt, weiß ich nicht. Mit solchen Kleinigkeiten beschäftigte man sich damals wenig und machte auch wenig Aufhebens davon. Das Unglück beschränkte sich auf den einen Ort und endete auch dort, einzig und allein besänftigt durch das Vertrauen auf Gott und seine Allerreinste Mutter; nur wenn im Orte ein müßiger »Intelligent« die Oberhand hatte, wurden eigenartige sanitäre Maßnahmen ergriffen: »in den Höfen wird ein helles Feuer aus Eichenholz entzündet, damit sich der Rauch verbreite, und in den Hütten wird mit Wermut geräuchert, mit Wacholderholz und Rautelaub«. Dies alles konnte sich aber nur der »Intelligent« leisten, und auch das nur, wenn er über genügende Mittel verfügte; der Tod raffte aber nicht den »Intelligenten« dahin, sondern den, der keine Zeit hatte, in der geheizten Stube zu sitzen, und auch keine Mittel, um den offenen Hof mit Eichenholz zu heizen. Der Tod ging Hand in Hand mit dem Hunger, und die beiden unterstützten einander. Die Kranken starben »flink«, d. h. rasch, was für den Bauern auch angenehmer ist. Es gab keine langen Qualen, und auch von Genesenden hörte man nichts. Wer da erkrankte, der starb auch bald, *außer einem*. Was es für eine Krankheit war, ist wissenschaftlich nicht festgestellt; im Volke nannte man sie »die Kleinenbeulen« oder sogar einfach »Beulen«. Die Krankheit brach in den getreideärmsten Kreisen aus, wo man aus Mangel an Brot Hanfkleie aß. Im Karatschewer und Brjansker Kreis, wo die Bauern eine Handvoll ungesiebten Mehls mit gestoßener Rinde mischten, war die Krankheit eine andere, zwar auch todbringend, aber nicht »die Beulen«. Die Beulen traten zuerst beim Vieh auf und übertrugen sich dann auf die Menschen. »Beim Menschen setzt sich unter der Brust oder am Halse eine rote Beule fest; der Kranke fühlt Stiche im Körper und im Inneren eine unstillbare Hitze, oder Kälte in den Schläfen, er atmet schwer und kann nicht mehr ausatmen, dann überkommt ihn so der Schlaf, dass er nicht mehr aufhören kann zu schlafen; er hat einen bitteren und sauren Geschmack im Munde und muss erbrechen. Der Mensch verändert sich im Gesicht, wird lehmfarben und stirbt schnell dahin.« Vielleicht war es die sibirische Pest, vielleicht eine andere, jedenfalls war sie verderblich und schonungslos, am verbreitetsten war aber für sie die Bezeichnung »die Beulen«, wie ich schon vorher bemerkt habe. Am Körper entsteht ein Pickelchen, das ein gelbes Köpfchen erhält und ringsherum rot wird. Innerhalb eines Tages beginnt das Fleisch zu faulen, und bald darauf tritt der Tod ein. Der schnelle Tod stellte sich übrigens »gutartig« ein. Das Ende war still und ohne Qual, ein echt bäuerliches Ende, nur wollten alle Sterbenden bis zum letzten Augenblick trinken. Darin bestand auch die ganze, zwar nicht lange, aber ermüdende Pflege, die die Kranken verlangten, oder besser gesagt, um welche sie flehten. Aber auch diese Form der Pflege war nicht nur gefahrvoll, sondern fast unmöglich, denn der Mensch, der heute den erkrankten Verwandten pflegte, erkrankte morgen selbst an den Beulen, und es kam nicht selten vor, dass in einem Hause zwei oder drei Verstorbene nebeneinander lagen. Die übrigen Mitglieder der verwaisten Familie starben ohne Hilfe, ohne die einzige Hilfe, um die sich unser Bauer sorgte, dass jemand da sei, der ihm den Durst stillen könne. Zu Anfang stellte sich solch ein Verwaister einen Eimer mit Wasser an das Kopfende des Bettes und schöpfte mit einem Kruge, solange er den Arm noch heben konnte, dann drehte er sich aus einem Ärmel oder Hemdsaum einen Sauger, tauchte ihn ins Wasser, steckte ihn sich in den Mund und erstarrte so.

Die große eigene Not ist ein schlechter Lehrer der Barmherzigkeit. Jedenfalls wirkt sie schlecht auf Menschen von gewöhnlicher, durchschnittlicher Moral, die sich nicht über das Maß des einfachen Mitleides erhebt. Sie stumpft die Empfindung des Herzens ab, das selbst schwer leidet und voll des Gefühles eigener Qual ist. Dafür erstehen in Zeiten solch allgemeiner, schwerer Heimsuchungen mitten aus dem Volke Helden an Großmut, furchtlose und selbstverleugnende Menschen. In gewöhnlichen Zeiten sieht man sie nicht, und sie heben sich auch durch nichts von der Menge ab. Kommt aber eine Seuche, so tritt der Auserwählte aus dem Volke hervor und vollbringt Wunder, die ihn als eine mythische, fabelhafte Person, als einen »Unsterblichen« erscheinen lassen. Golowan war einer von solchen, und gleich bei der ersten Seuche stellte er den anderen bemerkenswerten Menschen an diesem Orte, den Kaufmann Iwan Iwanowitsch Androssow in der Vorstellung des Volkes in Schatten. Androssow war ein edler Greis, den man wegen seiner Güte und Gerechtigkeit liebte und verehrte, da er sich in allen Nöten des Volkes stets hilfsbereit zeigte. Er half auch während der Pest, da er sich »die Behandlung der Krankheit« abgeschrieben hatte und sie immer wieder vervielfältigte und verbreitete. Man ließ sich von ihm diese Abschriften geben, las sie auch vielerorts, konnte sie aber nicht verstehen, und wusste nicht, »wie die Sache anzupacken«.

Es stand nämlich in der Anleitung folgendes: »Wenn sich die Beule am Kopfe oder an einer anderen Stelle oberhalb des Gürtels zeigt, so lasse man viel Blut aus der Mediane; wenn sie sich auf der Stirne zeigt, so lasse man unter der Zunge zur Ader, zeigt sie sich hinter den Ohren oder unter dem Barte, so öffne man die Kopfader; wenn sie sich dagegen in der Achselhöhle zeigt, so bedeutet das, dass das Herz krank ist, und dann öffne man an der betreffenden Seite die Mediane.« Für jede Stelle, »wo du Beschwerden spürst«, war angegeben, welche Ader zu öffnen sei, entweder »die Sathenische«, oder die am Daumen, die Spatica, die Polumatica oder die Basica, mit der Vorschrift, »das Blut so lange laufen zu lassen, bis es grün wird und sich verändert«. Zu behandeln ist die Krankheit außerdem »mit Leukar und Antel, mit Siegelerde und Armenischer Erde; mit Malvasier-Wein und Buglos-Schnaps, Venezianischem Baldrian, Mitridat und Monus-Christi-Zucker«; der die Kranken Besuchende muss »im Munde Erzengelwurz und in den Händen Wermut halten, die Nasenlöcher mit Sworbonin-Essig befeuchten und einen mit Essig getränkten Schwamm bei sich haben«. Niemand konnte etwas davon verstehen, ähnlich wie in einem Regierungsukas, dessen Sinn schwankend ist und in dem ein »darum« dem andern folgt. Man fand weder solche Adern, noch den Malvasier-Wein, noch die Armenische Erde, noch den Buglos-Schnaps, und so lasen die guten Leute die Abschriften des wackeren Alten Androssow wohl mehr, um ihr Leid darüber zu vergessen. Nur die Schlussworte wusste man anzuwenden: »Die Orte, an denen die Pest herrscht, soll man meiden und von ihnen fortgehen.« Das wurde auch in der Mehrzahl der Fälle beobachtet, und auch Iwan Iwanowitsch selbst hielt sich an diese Regel; er saß in seiner geheizten Stube und gab seine Abschriften zum Türspalt hinaus, hielt dabei den Atem an und hatte im Munde den Erzengelwurz. Ohne Gefahr konnten nur die zu den Kranken gehen, die im Besitze von Hirschtränen, oder des Bezoarsteines waren, Iwan Iwanowitsch besaß aber weder das eine, noch das andere. Die Apotheken auf der Bolchowskaja-Straße hatten vielleicht diesen Stein, aber die Apotheker, von denen der eine ein Pole, der andere ein Deutscher war, hatten nicht das gehörige Mitleid mit den russischen Menschen und behielten den Bezoarstein für sich. Das schien durchaus glaubwürdig: als der eine der beiden Apotheker von Orjol unterwegs seinen Bezoarstein verlor, wurden seine Ohren gelb, das eine Auge wurde kleiner als das andere, und er begann am ganzen Leibe zu zittern. Obgleich er sich zu Hause, um in Schweiß zu geraten, glühende Ziegel an die Fußsohlen legen ließ, geriet er doch nicht in Schweiß und starb in trockenem Hemd. Viele suchten den von dem Apotheker verlorenen Bezoarstein, und jemand wird ihn auch gefunden haben, nur war es nicht Iwan Iwanowitsch gewesen, da auch er starb.

Und in dieser schrecklichen Zeit, in der sich die Gebildeten mit Essig wuschen und es nicht einmal wagten, ihre Nasen in die armen Vorstadthäuschen zu stecken, breiteten sich die »Beulen« noch grausamer aus. Die Menschen begannen »haufenweise und ohne jegliche Hilfe« zu sterben, als plötzlich Golowan mit bewunderungswürdiger Furchtlosigkeit auf dem Acker des Todes erschien. Wahrscheinlich glaubte er ein Heilmittel zu kennen, da er auf die Beulen der Kranken ein eigens von ihm zubereitetes »kaukasisches Pflaster« legte. Freilich half sein kaukasisches oder Jermolowsches Pflaster schlecht. Die Beulen heilte Golowan ebenso wenig wie Androssow, aber sein großes Verdienst Gesunden wie Kranken gegenüber bestand darin, dass er furchtlos in die verpesteten Hütten trat und die Angesteckten nicht nur mit frischem Wasser tränkte, sondern auch mit abgerahmter Milch, die ihm von seinem »Klubrahm« übrig blieb. In aller Frühe, noch vor der Morgenröte setzte er auf einem aus den Angeln gehobenen Scheunentor über den Orlik, auf dem es keine Boote gab, und eilte mit seinen unversiegbaren Flaschen aus der einen Hütte in die andere, um die trockenen Lippen der Sterbenden zu netzen, oder um mit Kreide das Kreuzeszeichen auf die Türe zu malen, wo das Drama des Lebens zu Ende war und der Vorhang sich über den letzten der Akteure gesenkt hatte.

Seit der Zeit begann man den bisher noch wenig bekannt gewesenen Golowan in allen anliegenden Dörfern zu kennen, und er wurde im Volke ungemein populär. Seinen Namen, den früher nur die Dienerschaft in den adeligen Häusern gekannt hatte, sprach man jetzt im Volke mit Achtung aus; man sah in ihm einen Menschen, der »nicht nur den verstorbenen Iwan Iwanowitsch Androssow zu ersetzen vermochte, sondern der sogar bei Gott und bei den Menschen noch mehr bedeuten könne«. Man versäumte auch nicht, der Furchtlosigkeit Golowans eine übernatürliche Erklärung zu geben. Golowan hatte offensichtlich irgendein Wissen, und kraft seiner Zauberkunst war er eben » *unsterblich*« ...

Später stellte es sich heraus, dass es sich buchstäblich auch so verhielt. Der Hirte Fanjka konnte das allen erklären, da er bei Golowan unglaubliche Dinge gesehen hatte; es wurde auch durch andere Umstände bestätigt.

Die Pest berührte Golowan nicht. Während der ganzen Zeit, als sie in den Vorstädten wütete, erkrankte er weder selbst, noch seine Jermolowsche Kuh, noch der Stier. Aber das hatte noch wenig zu sagen: das Wichtigste jedoch war, dass er die Pest selbst betrog und nasführte, oder, wie man sich dort ausdrückte, »sie vernichtete«, ohne für das Volk sein Blut zu schonen.

Golowan besaß den Bezoarstein, den der Apotheker verloren hatte. Wie er ihn erhalten hatte, wusste man nicht. Man nahm an, dass Golowan, als er dem Apotheker Rahm für die »gewöhnliche Salbe« brachte, den Stein erblickt und sich angeeignet hatte. Ob es ehrlich oder unehrlich gewesen war, sich den Stein anzueignen, darüber gab es keine strenge Kritik und durfte auch keine geben. Wenn es keine Sünde ist, etwas Essbares zu nehmen, weil Gott es allen gegeben hat, dann ist doch noch weniger zu verurteilen, wenn jemand ein Heilmittel nimmt, das zur allgemeinen Rettung gegeben ist. So urteilte man bei uns, und so gebe ich es auch wieder. Golowan ging mit dem Stein des Apothekers, den er an sich genommen hatte, großmütig um, indem er ihn zum allgemeinen Nutzen der ganzen Christenheit im Umkreise gebrauchte.

Dies alles hatte, wie schon oben gesagt, Panjka entdeckt, und der Volksmund hatte es aufgeklärt.

Sechstes Kapitel

Panjka, ein Bursch mit verschiedenfarbigen Augen und ausgeblichenen Haaren war Unterhirte bei einem Hirten und hatte außer seiner allgemeinen Hirtentätigkeit die Pflicht, die Perekreschtschiwaner Kühe des Morgens auf die Tauwiese zu treiben. Bei seiner Früharbeit hat er einmal die ganze Sache, die den Golowan zur Volksgröße erhoben hatte, erblickt.

Es war im Frühling, wohl bald nachdem der herrlich kühne, junge Jegorij, die Arme bis zu den Ellenbogen in rotem Golde, die Füße bis zu den Knien in weißem Silber, auf der Stirne die Sonne, auf dem Rücken den Mond und rechts und links die ziehenden Sterne, über die smaragdenen russischen Felder gezogen war und das rechtschaffene Gottesvolk ihm das kleine und große Vieh entgegengetrieben hatte. Das Gras war noch so nieder, dass Schaf und Ziege sich kaum sattfressen konnten, und die Kuh mit ihren dicken Lippen noch kaum etwas zu fassen bekam. Aber im Schatten der Flechtzäune und den Gräben entlang grünten schon Wermut und Nesseln, die im Tau zur Not genießbar waren.

Panjka hatte die Perekreschtschiwaner Kühe ganz frühe, noch in der Dunkelheit, herausgelassen und am Ufer des Orlik entlang hinter die Vorstadt auf die Wiese getrieben, die dem Ausgang der Dritten Adelsstraße gegenüberlag, wo sich auf der einen Seite der Böschung der sogenannte »städtische Garten« hinzog, während auf der linken Seite das Nest Golowans am Abhange klebte.

Es war kalt, besonders morgens vor der Dämmerung, und einem, der schlafen wollte, erschien es noch kälter. Panjka war, wie sich versteht, nur schlecht bekleidet und hatte so ein zerrissenes Waisenzeug, das aus lauter Löchern bestand, an. Der Junge dreht und wendet sich von der einen Seite auf die andere und betet, dass der heilige Fjedul ihn mit Wärme anhauchen möge, aber es blieb doch immer kalt. Kaum schließt er die Augen, als das Windchen um ihn herumtanzt, ihm durch die Löcher fährt und ihn wieder aufweckt. Schließlich aber erweist sich seine junge Kraft als stärker: Panjka zieht das Mäntelchen wie ein Zelt über den Kopf und duselt ein. Er hat auch keine Stunde schlagen hören, da der grüne Bogojawlensker Glockenturm weit entfernt ist. Und um ihn herum ist nirgends eine Menschenseele, man hört nur, wie die dicken Kühe des Kaufmanns schnaufen, oder wie im Orlik ein mutwilliger Barsch aufspringt. Der Hirt duselt in seinem durchlöcherten Mäntelchen, als ihn mit einem Male etwas in die Seite stößt, wahrscheinlich hatte Zephir irgendwo ein neues Loch entdeckt. Panjka fährt auf, reibt sich im Halbschlaf die Augen und will eben rufen: »Wohin denn, du Hornlose?«, als er plötzlich innehält. Es scheint ihm, dass jemand den jenseitigen Uferabhang heruntersteigt. Vielleicht ist es ein Dieb, der dort im Lehm etwas Gestohlenes vergraben will. Panjka beginnt sich dafür zu interessieren: vielleicht wird es ihm gelingen, dem Dieb aufzulauern, oder er wird ihm zurufen: »Wir machen's zusammen«, oder, was noch besser wäre, er wird versuchen, sich den Ort, wo der Dieb das Gestohlene einscharrt, zu merken und dann am Tag hinüberschwimmen und sich alles holen, ohne mit jemandem zu teilen.

Panjka beobachtet jetzt scharf den Abhang jenseits des Orliks. Eben beginnt es zu tagen.

Da steigt jemand drüben den Abhang herunter, kommt unten an, tritt auf das Wasser und geht darauf. Geht auf dem Wasser ganz einfach wie auf festem Boden, plätschert nicht, sondern stützt sich nur auf einen Krückstock. Panjka bekommt es mit der Angst zutun. Man erwartete damals in Orjol einen Wundertäter aus dem Männerkloster, und manche gaben vor, dass sie ihn schon nahen hörten. Es hatte dies gleich nach »Nikodims Beerdigung« begonnen. Der Erzbischof Nikodim war ein böser Mensch gewesen, der sich am Ende seiner irdischen Laufbahn dadurch auszeichnete, dass er, um noch einen hohen Orden mehr zu bekommen und sich bei der Obrigkeit einzuschmeicheln, zahlreiche Söhne aus dem Popenstande unter die Soldaten gab, darunter einzige Söhne ihrer Väter, ja sogar verheiratete Küster und Diakone. Weinend zogen sie in ganzen Partien aus der Stadt. Die ihnen das Geleit gaben, weinten ebenfalls, und selbst das Volk weinte, trotz seiner Abneigung gegen die vollgemästeten Popenbäuche, und spendete ihnen Almosen. Selbst dem Offizier, der die Partie führte, taten sie so leid, dass er, um den Tränen ein Ende zu machen, die neuen Rekruten ein Lied singen ließ, und als sie laut und harmonisch das von ihnen selbst gereimte Lied:

»Ein erzgrausames Krokodil
Ist Erzbischof Nikodim ...

anstimmten, begann angeblich auch er zu weinen. Alles versank in einem Meer von Tränen, und den gefühlvollen Seelen erschien es als eine himmelschreiende Übeltat. Und ihre Klagen erreichten wirklich den Himmel, denn bald darauf begann man in Orjol »Stimmen« zu vernehmen. Anfangs waren die »Stimmen« unverständlich, man wusste auch nicht, woher sie kamen, als aber kurz darauf der Erzbischof Nikodim starb und unter der Kirche beigesetzt wurde, vernahm man deutlich die Stimme des vor ihm dort begrabenen Erzbischofs, ich glaube, er hieß Apollos. Der vor ihm dahingegangene Erzbischof war mit seiner neuen Nachbarschaft unzufrieden und sagte ungeniert: »Schafft dieses Aas von hier fort, es ist mir schwül, neben ihm zu liegen!« Er drohte sogar, dass, wenn man dieses »Aas« nicht wegbringe, er selbst »fortgehen und in einer anderen Stadt erscheinen« werde. Viele hatten das gehört. Sie waren wie gewöhnlich zur Abendmesse gegangen, und als sie nach Schluss des Gottesdienstes die Kirche verließen, hörten sie den alten Erzbischof stöhnen: »Nehmt das Aas fort!« Allen erschien es sehr wünschenswert, dass die Forderung des guten Dahingeschiedenen erfüllt werde, aber da die Obrigkeit, die den Nöten des Volkes nicht immer ihr Ohr leiht, Nikodim nicht hinauswarf, konnte nun der offensichtlich als Wundertäter erwiesene fromme Erzbischof jeden Augenblick »das Lokal verlassen«.

Und das war es, was sich jetzt ereignete: der Wundertäter geht fort, und nur das arme Hirtlein sieht es, das davon so in Verwirrung gerät, dass es ihn nicht aufhält, ja nicht einmal bemerkt, dass der Heilige schon seinen Augen entschwunden ist. Nun beginnt es auch hell zu werden. Mit dem Lichte hebt sich der Mut des Menschen, und mit dem Mute verstärkt sich die Neugier. Fanjka wollte zum Wasser hinunter, über das erst eben das geheimnisvolle Wesen gezogen war. Er war kaum an die Stelle herangekommen, als er auch schon den nassen Torfflügel und die Stange am Ufer befestigt erblickte. Die Sache klärte sich auf: es war also nicht der Wundertäter fortgezogen, sondern der unsterbliche Golowan über den Fluss gefahren. Er war gewiss zu irgendwelchen verwaisten Kindern gegangen, um sie mit seiner Milch zu versorgen. Fanjka war sehr verwundert: wann schlief denn dieser Golowan eigentlich? ... Ja, und wie konnte er, dieser schwere Bauer, auf solch einem Gerät schwimmen, auf so einem halben Tor? Der Orlik ist zwar kein großer Strom, und sein Gewässer ist unten eingedämmt, so dass er ruhig wie eine Pfütze ist, aber immerhin, wie war es möglich, auf so einem Tor zu schwimmen?

Fanjka wollte es selbst versuchen: er stellte sich auf den Torflügel, nahm die Stange und setzte zum Scherz auf die andere Seite hinüber. Dort ging er ans Ufer, um sich Golowans Haus zu besehen, da es inzwischen schon ganz hell geworden war. Aber im selben Augenblick kam Golowan drüben an das Ufer und rief: »Wer hat mein Tor fortgenommen? Fahr es zurück!« Fanjka war keiner von den Mutigsten, und da er auch nicht gelernt hatte, mit jemandes Großmut zu rechnen, erschrak er und beging eine Dummheit: statt Golowan das Floß zurückzugeben, versteckte er sich in einer der vielen Lehmgruben. Panjka legte sich in die Grube und zeigte sich nicht, so viel Golowan auch vom anderen Ufer herrufen mochte. Golowan sah ein, dass er auf diese Weise sein Floß nie bekommen werde, warf seinen Pelz ab, zog sich nackt aus, band seine ganze Garderobe mit einem Riemen zusammen, nahm das Bündel auf den Kopf und schwamm über den Orlik. Das Wasser war aber noch sehr kalt.

Panjka hatte nur die eine Sorge, dass ihn Golowan nicht erblicke und verprügele. Bald aber wurde seine Aufmerksamkeit auf etwas anderes gelenkt. Golowan war über den Fluss geschwommen und begann sich anzuziehen, plötzlich aber setzte er sich hin, schaute unter sein linkes Knie und verharrte so.

Dies geschah so nahe an der Grube, in der Panjka versteckt lag, dass er alles unter den Erdschollen, unter denen er sich verborgen hatte, sehen konnte. Nun war es auch schon ganz hell geworden, und im Osten stand die Morgenröte. Die Bürger schliefen meist noch, aber unten am Stadtgarten war ein junger Bursche aufgetaucht, der mit einer Sense die Nessel mähte und in ein Körbchen legte. Golowan bemerkte den Mäher, richtete sich, nur mit dem Hemd bekleidet, auf und schrie ihm laut zu: »Junge, bring mir schnell die Sense her!«

Jener brachte sie ihm, und Golowan sagte: »Geh und reiß' mir ein großes Klettenblatt ab!« Als der Junge ihm den Rücken gewandt hatte, nahm er die Sense vom Stiel, hockte sich wieder hin, spannte mit der einen Hand seine Wade und hieb sie mit einem Schwung ganz ab. Den abgeschnittenen Fleischfetzen, der so groß wie ein Bauernfladen war, warf er in den Orlik; dann hielt er mit beiden Händen die Wunde fest und fiel um.

Als Panjka das sah, vergaß er alles, sprang aus seinem Verstecke heraus und rief den Mäher herbei.

Die Jungen fassten Golowan und schleppten ihn zu seiner Hütte. Dort kam er wieder zu sich und befahl den beiden Jungen, aus einem Körbchen zwei Handtücher zu nehmen und die Wunde so fest wie möglich abzubinden. Sie zogen sie mit aller Kraft zusammen, bis sie zu bluten aufhörte.

Darauf befahl Golowan den Jungen, neben sich einen Eimer Wasser und einen Krug hinzustellen, an ihre Arbeit zu gehen und niemand etwas über das Vorgefallene zu sagen. Die Jungen zogen zitternd vor Angst ab und erzählten es allen. Die davon vernahmen, errieten sogleich, dass Golowan das nicht ohne Grund getan, sondern auf diese Weise für die Menschen gelitten habe, indem er der Pest ein Stück seines eigenen Körpers hingeworfen, damit es als Opfer durch alle russischen Flüsse ziehe, aus dem kleinen Orlik in die Oka, aus der Oka in die Wolga, und dann durch das ganze große Russland, bis zum weiten Kaspischen Meer. Damit habe Gojowan für alle gebüßt, er selbst aber würde nicht daran sterben, weil sich in seinen Händen der Leben spendende Stein des Apothekers befinde und er ein unsterblicher Mensch sei.

Dieses Gerede sagte allen zu, und die Prophezeiung erfüllte sich auch: Golowan starb nicht an seiner schrecklichen Wunde. Die arge Krankheit aber hörte in der Tat nach diesem Opfer auf, und es folgten Tage der Ruhe: Felder und Wiesen bedeckten sich mit dichtem Grün, der strahlend kühne und junge Jegorij konnte in Ruhe übers Land ziehen, die Arme bis zu den Ellenbogen in rotem Golde, die Füße bis zu den Knien in weißem Silber, auf der Stirne die Sonne, auf dem Rücken den Mond und rechts und links die ziehenden Sterne. Das Leinen bleichte im frischen Tau, und an Stelle des Helden Jegorij zog der Prophet Jeremias mit einem schweren Joch übers

Feld, hinter sich Pflüge und Eggen schleifend. Am Boristage sangen die Nachtigallen dem Märtyrer zum Tröste; dank den Bemühungen der heiligen Mawra ergrünten die kräftigen Kohlsetzlinge; dann kam der heilige Sossima mit dem langen Stabe, in dessen Knaufe er die Bienenkönigin trug; der Tag Iwans des Theologen, des Vaters des heiligen Nikola, ging vorüber, auch der Tag des Nikola selbst war gefeiert, und es kam Simon Silot, an dessen Tage die Erde ihren Namenstag feiert. An diesem Tage setzte sich Golowan zum ersten Mal ins Freie und begann dann allmählich wieder zu gehen und sich an die Arbeit zu machen. Seine Gesundheit hatte anscheinend gar nicht gelitten, nur begann er mit dem linken Fuß zu stolpern.

Über das Ergreifende und Kühne seiner blutigen Handlung hatten die Leute wohl eine hohe Meinung, aber sie urteilten darüber, wie ich schon sagte, ohne den natürlichen Ursachen auf den Grund zu kommen; sie umwoben vielmehr alles mit ihrer Fantasie und machten aus dem natürlichen Vorgang eine fabelnde Legende und aus dem einfachen, großmütigen Golowan eine mythische Person, in der Art eines Hexenmeisters oder Zauberers, der im Besitze eines unüberwindlichen Talismans alles wagen könne, ohne dabei umzukommen.

Ob Golowan es wusste, was ihm der Volksmund angedichtet hatte, ist mir nicht bekannt. Ich nehme jedoch an, dass er es wusste, da man oft mit Bitten und Fragen zu ihm kam, mit denen man sich nur an einen guten Zauberer wenden konnte. Auf viele solcher Fragen gab er nützliche Ratschläge und war nie über irgendeine Bitte erbost. In den Vorstädten galt er als Kuh- und Menschenarzt, als Ingenieur, Sterndeuter und Apotheker. Er verstand, die Räude und die Krätze mit einer »Jermolower Salbe« zu vertreiben, die einen Kupfergroschen kostete und für drei Menschen reichte. Mit einer Salzgurke nahm er das Fieber aus dem Kopfe, er wusste, dass man die Kräuter vom Johannistage bis zum »halben Peter« sammeln müsse, und verstand es ausgezeichnet, »Wasser, zu zeigen«, d. h. den Ort anzugeben, an dem man einen Brunnen graben konnte. Das konnte er übrigens nicht jederzeit, sondern nur von Anfang Juni bis zum Tage des heiligen Fjodor des Brunnenmanns, »wo man das Wasser in den Erdadern fließen hört«. Golowan konnte auch alles übrige, was dem Menschen von Nöten ist, aber darauf hatte er vor Gott verzichtet, damit die Beulenpest einhalte. Damals hatte er es mit seinem Blute bekräftigt und hielt seitdem auch fest daran. Dafür liebte ihn Gott und war ihm gnädig, und auch das in seinen Gefühlen immer taktvolle Volk ging Golowan niemals um etwas an, was nicht unbedingt Not tat. So will es unsere Volksetikette.

Golowan empfand übrigens die mystische Wolke, in die ihn die Volksfantasie gehüllt hatte, so wenig als Last, dass er sich keinerlei Mühe gab, zu widerlegen, was über ihn berichtet wurde. Er wusste, dass es vergeblich sein würde.

Als ich damals mit Gier Viktor Hugos Roman »Travailleurs de la mer« verschlang und dort der Gestalt Gilliats mit seiner genial gezeichneten Strenge gegen sich selbst und seiner Nachsicht gegen die anderen, die bis zur völligen Selbstlosigkeit ging, begegnete, staunte ich nicht nur über die Majestät seiner Erscheinung und die Kraft der Darstellung, sondern gerade auch über die Identität des Romanhelden mit jener lebendigen Persönlichkeit, die ich unter dem Namen Golowan kannte. In ihnen lebte ein und derselbe Geist, pochten in selbstaufopferndem Schlage gleiche Herzen. Und auch ihre Schicksale gingen nur wenig auseinander: während ihres ganzen Lebens umschwebte sie ein Geheimnis, gerade weil sie allzu rein und klar waren und wie dem einen, so auch dem anderen kein Tropfen persönlichen Glückes zufiel.

Siebentes Kapitel

Golowan war wie Gilliat »zweifelhaft im Glauben«. Man nahm an, dass er irgendeiner Sekte angehöre, aber das hatte nicht viel auf sich, da es damals in Orjol zahlreiche Andersgläubige gab. Es gab um jene Zeit (und gibt wahrscheinlich auch jetzt noch) einfache Altgläubige, besondere Altgläubige: Fedossejewzen, Piliponen, Wiedertäufer, ja sogar Flagellanten und »Skopzen«, die das weltliche Gericht in ferne Gegenden verbannte. Alle diese Menschen hielten fest zu ihrer Herde und missbilligten streng jeden anderen Glauben; sie unterschieden sich voneinander im Gebet und in den Speisen und glaubten sich allein auf dem »rechten Weg«. Golowan benahm sich so, als wisse er nichts von einem wirklichen »rechten Wege«: er brach sein Brot ohne Wahl mit jedem, der darum bat, und setzte sich an jeden beliebigen Tisch, an den er gebeten wurde. Sogar dem Garnisonsjuden Juschko gab er Milch für dessen Kinder. Aber auch diese unchristliche Handlungsweise Golowans wurde vom Volke, das ihn so sehr liebte, entschuldigt: die Leute hatten ergründet, dass Golowan den Juden unterstütze, um von ihm die von den Juden sorgfältig bewahrten »Judaslippen« zu bekommen, vermittels welcher man sich vor Gericht durchschlagen kann, oder auch das »haarige Gemüse«, das den Juden den Durst stillt, ohne dass sie Wein zu trinken brauchen. Was aber an Golowan ganz unbegreiflich schien, war, dass er auch mit dem Kupferschmied Anton verkehrte, der den schlechtesten Ruf genoss. Dieser Mensch war selbst in den heiligsten Fragen anderer Meinung als alle, er verfertigte geheimnisvolle Zodiakalkreise und hatte sogar etwas verfasst. Anton lebte in der Vorstadt in einem leeren Dachzimmerchen, für das er einen halben Rubel im Monat zahlte, und hielt sich darin so schreckliche Dinge, dass ihn niemand außer Golowan aufsuchte. Es war bekannt, dass er hier einen Zodiakalkreis hatte und ein Glas, »mit dem er aus der Sonne Feuer gewann«. Außerdem hatte er dort ein Loch zum Dache hinaus, durch das er nachts hinauskroch, sich wie ein Kater auf den Schornstein setzte, sein »Pläsierrohr« richtete und zur Schlafenszeit nach dem Himmel schaute. Antons Anhänglichkeit an dieses Instrument hatte keine Grenze, besonders in Sternennächten, wenn der ganze Tierkreis zu sehen war. Kaum kehrte er von seinem Meister, bei dem er als Kupferschmied arbeitete, heim, als er auch gleich in seinem Zimmerchen verschwand und durch das Klappfenster auf das Dach hinauskroch; wenn die Sterne am Himmel zu sehen waren, saß er die ganze Nacht dort oben und schaute. Man hätte es ihm verzeihen können, wenn er ein Gelehrter oder ein Deutscher gewesen wäre, weil er aber ein einfacher russischer Mensch war, versuchte man lange, ihn davon abzubringen: man stieß ihn mehr als einmal mit einer Stange, bewarf ihn mit Mist und toten Katzen, aber er schenkte dem keine Aufmerksamkeit und merkte nicht einmal, wenn man ihn stieß. Alle nannten ihn zum Spaß den »Astronomen«, und er war auch in der Tat einer.

 Er war ein stiller, sehr ehrlicher Mensch, aber ein Freidenker: er versicherte, dass die Erde sich drehe und dass wir mit den Köpfen nach unten stünden. Für diesen letzten offensichtlichen Unsinn wurde er oft geschlagen und zum Narren erklärt, aber er begann als Narr Gedankenfreiheit zu genießen, die bei uns ein Privilegium dieses vorteilhaften Standes ist, und verstieg sich zu den unglaublichsten Behauptungen. Er wollte die »Jüngste Woche«, die Daniel für das russische Zarenreich prophezeit hat, nicht anerkennen, behauptete, dass »das Tier mit den zehn Hörnern nur eine Allegorie sei und der große Bär eine astronomische Figur wäre, die auf seinen Plänen stehe. Ebenso ketzerisch fasste er »den Adlerflügel«, die sieben Schalen und das Siegel des Antichristen auf. Als Schwachsinnigem wurde ihm aber das alles verziehen. Er war Junggeselle, weil er keine Zeit zum Heiraten hatte und auch nichts besaß, womit er eine Frau hätte ernähren können, und schließlich, welche Närrin hätte sich auch entschließen können, den Astronomen zu nehmen? Golowan aber war bei vollem Verstande und verkehrte nicht nur mit dem Astronomen, sondern spottete nicht einmal über ihn. Man sah sie sogar nachts zusammen auf dem Astronomendache sitzen und abwechselnd durch das Pläsierrohr nach dem Sternenkreis schauen. Man kann sich vorstellen, welche Gedanken diese beiden nachts auf dem Schornstein stehenden Gestalten einflößen mochten, um die schwärmerischer Aberglaube, medizinische Fantasie, religiöser Wahn und Zweifel webten ... Schließlich versetzten diese Umstände Golowan selbst in eine etwas sonderbare Stellung: man wusste nicht, welcher Kirchengemeinde er zugehörte ... Seine kalte Hütte lag auf dem Erdrutsch, den kein geistlicher Stratege seinem Ressort hätte zusprechen können, und Golowan selbst machte sich darüber keine Sorgen. Wurde ihm jemand mit Fragen über seine Gemeinde lästig, so antwortete er:

»Ich gehöre zur Gemeinde des Schöpfers und Allerhalters.« Aber eine solche Kirche gab es in ganz Orjol nicht.

Gilliat hatte auf die Frage, wo seine Kirche sei, nur mit dem Finger nach dem Himmel gewiesen und gesagt »Dort!« Der Sinn dieser beiden Antworten war der gleiche.

Golowan hörte gern über jeden Glauben erzählen, aber er hatte anscheinend in dieser Hinsicht überhaupt keine eigene Meinung, und wenn man ihn zudringlich fragte, woran er glaube, so gab er zur Antwort:

»Ich glaube an den einigen Gottvater, den allmächtigen Schöpfer alles Sichtbaren und Unsichtbaren.«

Aber das war natürlich eine Ausflucht.

Im Übrigen wäre es falsch anzunehmen, Golowan sei ein Sektierer oder fliehe die orthodoxe Kirche. Nein, er ging sogar zum Geistlichen P. Pjotr in die Boris- und Gljeb-Kathedrale, um ihm »sein Gewissen anzuvertrauen«. Er kam hin und sprach:

»Beschämen Sie mich doch, Väterchen, ich gefalle mir schlecht.«

Ich erinnere mich noch an diesen P. Pjotr, der uns oft besuchte. Einmal hatte mein Vater bei irgendeiner Gelegenheit gesagt, dass Golowan anscheinend ein Mensch mit einem prächtigen Gewissen sei, worauf P. Pjotr antwortete:

»Zweifeln Sie nicht daran; sein Gewissen ist weißer als Schnee.«

Golowan liebte die erhabenen Gedanken. Er kannte den englischen Dichter Pope, aber nicht wie man gewöhnlich einen Schriftsteller kennt, wenn man seine Werke gelesen hat. Nein, Golowan, der den »Versuch über den Menschen«, den ihm ebenfalls Alexej Petrowitsch Jermolow geschenkt hatte, schätzte, kannte das ganze Poem auswendig. Ich erinnere mich, wie er manchmal am Türpfosten stehend, die Erzählung über ein neues trauriges Ereignis anhörte und plötzlich seufzend zitierte:

»Liebwerter Bolinbrocke, der Hochmut ist allein
Der Quell der Irrungen und unsrer ganzen Pein.«

Der Leser wird sich wohl wundern, dass ein Mensch wie Golowan mit Popes Gedichten um sich warf. Es war damals zwar eine harte Zeit, die Poesie jedoch war Mode, und ihr mächtiges Wort war sogar den Männern vom blutigen Handwerk teuer. Von den Herrschaften ging das bis zu den Plebejern hinunter.

Ich trete jetzt an den größten Kasus in der Geschichte Golowans heran, einen Kasus, der zweifelsohne ein doppeldeutiges Licht auf ihn wirft, selbst in den Augen derer, die nicht geneigt sind, jeden Unsinn zu glauben. Es stellte sich nämlich heraus, dass in der weit zurückliegenden Vergangenheit Golowans ein dunkler Punkt war. Das erwies sich mit einem Male, und zwar in der allerkrassesten Form. In den Straßen Orjols tauchte eine Person auf, die in niemands Augen irgendeine Bedeutung zu haben schien, die aber gewaltige Rechte in Bezug auf Golowan bekundete und mit ihm geradezu unglaublich frech umging.

Diese Person und die Geschichte ihres Auftauchens ist eine reichlich charakteristische Episode aus der Chronik der damaligen Zeit und ein Sittenbild, dem man ein grelles Kolorit nicht absprechen kann. Deshalb bitte ich die Leser, mir mit ihrer Aufmerksamkeit in einige Entfernung von Orjol zu folgen, in wärmere Gegenden, an einen ruhig dahinströmenden Fluss, mit Ufern wie Teppiche, zu einem volkstümlichen »Gastmahl des Glaubens«, wo das alltägliche Leben keinen Platz hat, wo alles von einer eigenartigen Religiosität durchwoben ist, die auch allem besondere Plastik und Lebendigkeit verleiht. Wir müssen der Hebung der Gebeine eines neuen Wundertäters beiwohnen, was für die verschiedensten Vertreter der damaligen Gesellschaft ein Ereignis von allergrößter Bedeutung darstellte. Für das Volk war es eine Epopöe, oder wie sich ein damaliger Redner ausdrückte, »es wurde ein heiliges Gastmahl des Glaubens abgehalten«.

Achtes Kapitel

Keine der damals gedruckten Schilderungen kann die Bewegung zu Beginn der Feierlichkeit wiedergeben. Die lebensvolle, wenn auch niedere Seite der Erscheinung tritt in ihnen ganz zurück. Man reiste damals nicht so bequem wie jetzt in Postkutschen oder in der Eisenbahn, mit Stationen und gut eingerichteten Gasthäusern, in denen alles Nötige zu mäßigen Preisen zu erhalten ist. Damals war eine Reise ein großes Unternehmen, und zwar in diesem Falle eine fromme und gottgefällige Tat, aber die zu erwartende kirchliche Feierlichkeit lohnte alle Mühe. Es lag darin viel Poesie, und zwar die eigenartige Poesie des bunten, mannigfaltig abgetönten kirchlichen Volkslebens, das von der Naivität des Volkes und der unendlichen Sehnsucht des lebendigen Geistes begrenzt wird.

Auch aus Orjol war eine Menge Volk zu dieser Feier gekommen. Den größten Eifer zeigte natürlich die Kaufmannschaft, auch die mittleren Gutsbesitzer gaben ihnen nichts nach, vor allem aber strömte das einfache Volk herbei. Das zog zu Fuß einher. Nur die, welche Kranke »zur Heilung« mitführten, fuhren mit irgendeinem Klepperchen. Übrigens wurden die Kranken manchmal auch getragen, was keine besondere Beschwerde für die Angehörigen bedeutete, da man für die Kranken in den Gasthöfen viel weniger, hin und wieder sogar nichts zu zahlen brauchte. Es gab auch viele, »die sich absichtlich krank stellten: sie rollten die Augen hinauf, und zwei schoben den dritten abwechselnd auf einem Karren, um Opfer für Wachs, Öl und andere Zeremonien einzusammeln«.

So las ich es in einer ungedruckten, aber wahrhaften Schilderung, die nach keiner Schablone abgeschrieben war, sondern von einem Menschen stammte, der die Wahrheit der tendenziösen Lügenhaftigkeit jener Zeit vorzog.

Es waren solche Menschenmassen in Bewegung geraten, dass in den Städten Liwny und Jelez, über die der Weg führte, weder in den Gasthöfen noch in den Wirtshäusern ein Platz zu finden war. Es kam vor, dass vornehme Personen und Leute mit Namen in ihren Kaleschen übernachteten. Hafer, Heu, Grütze, alles war auf den Landstraßen so sehr im Preise gestiegen, dass nach der Bemerkung meiner Großmutter, deren Erinnerungen ich hier folge, man in den Herbergen für ein Essen, bestehend aus Suppe, Hammelbraten und Grütze, zweiundfünfzig Kopeken verlangte, während es bisher fünfundzwanzig gekostet harte. Gewiss ist dies für die jetzige Zeit ein ganz unglaublicher Preis, es war indes so, und die Hebung der Gebeine des neuen Heiligen hatte in Bezug auf die Preissteigerung der Lebensmittel in den umliegenden Ortschaften dieselbe Bedeutung, wie sie für Petersburg vor einigen Jahren der Brand der Mstinschen Brücke gehabt hatte. »Die Preise sprangen hinauf und blieben in der Höhe.«

Aus Orjol war unter den übrigen Pilgern auch die Familie der Kaufleute S-w zur Feier gekommen. Sie waren um jene Zeit große »Schütter« oder, um sich einfacher auszudrücken, große Wucherer, die das Getreide von den Bauern aufkauften, es in ihre Speicher schütteten und dann an die Großhändler in Moskau oder Riga verkauften. Dies war ein gewinnbringendes Geschäft, das später, nach der Bauernbefreiung, auch die Adeligen ohne Scheu betrieben. Aber diese schliefen gern lange und überzeugten sich durch bittere Erfahrung, dass sie selbst für das dumme Wuchergeschäft nicht taugten. Die Kaufleute S. zählten ihrer Bedeutung nach zu den ersten »Schüttern«, und ihr Ansehen war so groß, dass man ihnen anstelle ihres Familiennamens einen erhabenen Spitznamen beigegeben hatte. Ihr Haus war, wie es sich versteht, ein streng gottesfürchtiges, wo man des Morgens betete, den ganzen Tag die Leute bedrückte und ausplünderte, worauf abends wieder gebetet wurde. Nachts rasselten die Hofhunde an ihren Ketten, in allen Fenstern leuchteten die Heiligenlämpchen, man vernahm Schnarchen und irgendjemandes bitteres Weinen.

Das Haus leitete, wie man jetzt sagen würde, »der Gründer der Firma«, aber damals sagte man einfach »er«. Er war ein hinfälliger Greis, den aber alle wie das Feuer fürchteten. Man sagte von ihm, er verstünde es, einen weich zu betten, aber man schliefe darauf hart; er begegnete einem jeden mit freundlichem Wort, gab ihn aber dann dem Teufel zum Fraße. Er war der bekannte und berüchtigte Typus des Handelspatriarchen.

Nun fuhr dieser Patriarch »in großer Aufmachung« zur Hebung der Gebeine: nämlich er selbst, seine Frau und seine Tochter, die an Melancholie litt und geheilt werden sollte. An ihr waren schon alle Heilmittel der Volkspoesie versucht worden: man hatte ihr kräftigenden Alant zu trinken gegeben, hatte sie mit Päonien bestreut, die gegen Darrsucht helfen, hatte ihr Majoran zu riechen gegeben, der im Kopfe das Gehirn erfrischt, aber nichts hatte geholfen. Nun fuhr man sie zu dem Heiligen und beeilte sich, als die ersten anzukommen, bevor die »erste Kraft« des Wundertäters nachgelassen hatte. Der Glaube an den Vorzug der »ersten Kraft« war sehr stark, und der Grund hierzu war die Erzählung vom Teich Bethesda, wo ebenfalls der erste geheilt wurde, der nach dem Wallen des Wassers hineinstieg.

Die Orjoler Kaufleute fuhren über Livny und Jelez, hatten große Schwierigkeiten zu überwinden und waren schon ganz erschöpft, als sie beim Heiligen ankamen. Aber es stellte sich heraus, dass es unmöglich war, in der »ersten Reihe« beim Heiligen zu sein. Es hatte sich so viel Volk angesammelt, dass gar nicht daran zu denken war, sich zur Nachtmesse am Eröffnungstage in die Kirche durchzudrängen, wo von den neuen Gebeinen die größte Kraft ausgeht.

Der Kaufmann und seine Frau waren in Verzweiflung, am gleichgültigsten war die Tochter, die gar nicht wusste, was ihr entging. Es gab auch gar keine Hoffnung, dem Kummer abzuhelfen, denn es waren so viele vornehme Leute mit so großen Namen da, dass sie als einfache Kaufleute, die wohl an ihrem Orte etwas zu bedeuten hatten, hier bei dieser Versammlung christlicher Größe ganz verloren gingen.

Einmal sitzt der Patriarch vor seinem Fuhrwerke auf dem Gasthofe beim Tee und klagt seiner Frau, dass er schon jede Hoffnung aufgegeben habe, unter den ersten oder auch nur unter den zweiten zum Grabe des Heiligen zu kommen; es würde ihnen höchstens gelingen, mit den allerletzten, d. h. mit den Ackersleuten und Fischern, also dem einfachen Volke durchzudringen. Aber das wäre keine Freude mehr: die Polizei wird dann schon wütend und die Geistlichkeit müde geworden sein, sie wird einen nicht zur Genüge beten lassen und herumstoßen. Und überhaupt ist das alles nicht mehr das Richtige, wenn schon so und so viel tausend Lippen jeglichen Volkes die Gebeine geküsst haben. Unter solchen Umständen hätte man auch später fahren können, sie aber hätten doch nicht das erreichen wollen: sie waren gefahren, hatten sich bemüht, das Geschäft zu Hause den Angestellten überlassen, hatten auf dem Wege alles dreifach überbezahlt, und jetzt hatten sie für alles einen solchen Trost.

Der Kaufmann hatte ein-, zweimal versucht, zu den Diakonen zu gelangen, er war bereit, sich ihnen »erkenntlich zu zeigen«, aber daran war gar nicht zu denken: von der einen Seite wurde man von den weißbehandschuhten Gendarmen oder den peitschenbewehrten Kosaken, von denen man eine große Menge zur Hebung der Gebeine herangezogen hatte, gedrängt, und von der anderen Seite konnte einen, was noch gefahrvoller war, das rechtgläubige Volk selbst, das wie ein Ozean wogte, erdrücken. Solche Fälle waren schon vorgekommen, sogar mehrere gestern und heute. Die guten Christen prallten vor einer Kosakenpeitsche als eine Mauer von fünf und sechshundert Menschen zurück und drückten und pressten sich so fest zusammen, dass aus der Mitte sich ein Stöhnen und Gestank erhob; nachher sah man aber zahlreiche Frauenohren, von denen die Ohrringe gerissen waren, und Finger, von denen die Ringe abgedreht waren, und zwei oder drei Seelen hatten ganz die Körper verlassen.

Der Kaufmann berichtete beim Tee alle diese Schwierigkeiten seiner Frau und Tochter, für welch letztere es ganz besonders notwendig war, die »erste Kraft« zu erlangen. Während dessen ging aber irgendein »hergelaufener Mensch«, dem man nicht ansah, ob er ländlichen oder städtischen Standes war, in einem fort vor dem

Schuppen zwischen den Fuhrwerken umher, als beobachte er mit irgendeiner Absicht die Orjoler Kaufleute.

Solche »hergelaufene Menschen« waren hier ebenfalls in großer Zahl zusammengeströmt. Sie fanden beim »Gastmahl des Glaubens« nicht nur ihren Platz, sondern sogar lohnende Beschäftigung. Und deshalb strömten sie hier im Überfluss zusammen; sie kamen aus verschiedenen Orten, aber vor allem aus den Städten, die durch ihre Diebe bekannt sind, d. h. aus Orjol, Kromy, Jelez und Livny, wo es große Meister gab, die wahre Wunder verrichteten. Das ganze zusammengelaufene Gesindel suchte sich hier zu betätigen. Die verwegensten unter ihnen arbeiteten gemeinsam, in kleinen Gruppen unter der Menge verteilt, wo es unter der Mitwirkung der Kosaken leicht war, Gedränge und Verwirrung hervorzurufen, um während des Tumultes fremde Taschen zu durchsuchen, Uhren und Gürtelschnallen abzureißen und Ohrgehänge aus den Ohren zu ziehen. Gewiegtere gingen einzeln durch die Höfe, klagten ihre Not, deuteten Träume und Zeichen, boten Zaubermittel an und »Geheimmittel für alte Leute, aus Walfischsamen, Krähenfett, Elefantensperma« und anderen Ingredienzien, die »eine dauernde Kraft erzeugen«. Diese Mittel standen auch hier hoch im Preise, weil (zur Ehre des Menschentums sei es gesagt!) das Gewissen es nicht erlaubte, alle Heilungen beim Wundertäter zu suchen. Ebenso gern beschäftigte sich das hergelaufene Volk, das friedlich geartet war, mit gewöhnlichem Diebstahl und plünderte die Gäste, die infolge des Raummangels in und unter ihren Fuhrwerken hausten, bei günstiger Gelegenheit bis aufs Hemd aus. Überall war der Platz knapp, und die Fuhrwerke waren in den Scheunen der Gasthöfe untergebracht; andere standen hinter der Stadt auf offenem Felde in einem Wagenzuge. Dort war das Leben am buntesten und interessantesten und noch mehr erfüllt von allen Abarten religiöser und medizinischer Fantasie und von amüsantem Schwindel. Obskure Gewerbetreibende trieben sich hier überall herum, ihr Asyl war aber das zwischen Schluchten und elenden Hütten draußen vor der Stadt gelegene »Armenlager«, in dem ein wüster Schnapsausschank vor sich ging und zwei oder drei Fuhrwerke mit geschminkten Soldatenweibern standen, die auf gemeinsame Kosten hergefahren waren. Hier wurden Sargspäne hergestellt, »Siegelerde« aus dem Heiligen Lande, Stückchen von vermoderten Messgewändern und sogar »Reliquien-Partikel«. Unter den Künstlern, die sich mit diesem Gewerbe befassten, lieferten einzelne findige Köpfe manchmal Stückchen, die durch ihre Einfachheit und Kühnheit bemerkenswert und interessant waren. Einer von diesen war es auch, der die gottesfürchtige Familie aus Orjol bemerkt hatte. Der Schwindler hatte ihre Klagen gehört, dass es unmöglich sei, zum Heiligen zu gelangen, bevor die ersten Heilstrahlen von den Gebeinen ausgegangen wären. Nun ging er auf sie zu und sagte ganz unbefangen:

»Ich habe Ihr Leid gehört und kann helfen, und Sie haben keinen Grund, mir auszuweichen. Ohne mich werden Sie bei einer so großen und vornehmen Versammlung die Freude, die Sie sich wünschten, nicht bekommen; ich aber war schon öfter bei derartigen Begebenheiten und kenne die Mittel. Wenn es Ihnen beliebt, zur allerersten Kraft des Wundertäters zu gelangen, so lassen Sie es sich zu Ihrem eigenen Wohlergehen hundert Rubel kosten, und ich bringe Sie hin.«

Der Kaufmann betrachtete das Subjekt und antwortete:

»Hör auf zu lügen!«

Jener aber fuhr in seiner Rede fort: »Sie denken wahrscheinlich so, weil Sie nach meiner Unansehnlichkeit urteilen. Aber diese Unansehnlichkeit in menschlichen Augen kann vor Gott in ganz anderem Lichte stehen, und was ich übernehme, das führe ich auch bestimmt aus. Die irdische Macht, die hier zusammengekommen ist, bringt Sie vielleicht in Verwirrung, aber für mich ist sie Staub, und selbst wenn hier eine Menge von Prinzen und Königen versammelt wäre, so könnten sie uns nicht im Mindesten daran verhindern, sie würden uns sogar den Weg frei machen. Wenn Sie also auf einem reinen und glatten Wege durch alles gehen, die allerhöchsten Persönlichkeiten sehen und dem Freunde Gottes die allerersten Küsse geben wollen, so lassen Sie sich das, was ich gesagt habe, nicht reuen. Wenn Ihnen aber die hundert Rubel zu viel sind, und Sie Gesellschaft nicht verschmähen, so werde ich schnell noch zwei Menschen ausfindig machen, auf die ich schon mein Augenmerk gerichtet habe; dann kommt es Ihnen billiger zu stehen.«

Was blieb den gottesfürchtigen Wallfahrern übrig? Es war gewiss riskant, diesem hergelaufenen Menschen zu glauben, aber man wollte auch die Gelegenheit nicht vorbeigehen lassen, und zudem forderte er nicht viel Geld, besonders, wenn man es in Gesellschaft machte.

Der Patriarch entschied sich, die Sache zu riskieren, und sagte: »Bring' die Gesellschaft zusammen!«

Der Hergelaufene nahm die Anzahlung, trug der Familie auf, recht früh zu Mittag zu essen und ihn eine Stunde vor dem Läuten zur Abendmesse, ein jeder mit einem Handtuch in der Hand, vor der Stadt an einer bestimmten Stelle bei dem »Armenlager« zu erwarten; damit eilte er fort. Von dieser Stelle aus sollte dann unverzüglich der Feldzug beginnen, den, nach Versicherung des Unternehmers, weder Prinzen noch Könige aufhalten konnten.

Derartige »Armenlager« gab es in größerem oder kleinerem Umfange bei allen ähnlichen Ansammlungen. Ich selbst habe solche gesehen, wie ich mich erinnere auch auf dem großen Jahrmarkte bei Kursk; über das Lager, auf das ich nun zu sprechen komme, habe ich von Augenzeugen das im folgenden Beschriebene gehört.

Neuntes Kapitel

Der Platz, auf dem das Armenlager entstanden war, befand sich hinter der Stadt auf einer weiten Wiese zwischen dem Fluss und der Poststraße und grenzte an die große windungsreiche Schlucht, die von einem Bächlein durchflossen und von dichtem Gestrüpp bewachsen war; hinten begann ein mächtiger Fichtenwald, über dem Adler schrien.

Auf der Wiese lagerte eine Menge elender Fuhrwerke und Karren, die in ihrer ganzen Armut die bunte Vielgestaltigkeit des nationalen Genies und der Erfindungsgabe darstellten. Es gab hier Wagen mit Dächern aus Bastmatten, solche mit Leinenzelten, mit »Lauben« aus wolligem Pfriemgras und ganz ungestalteten Bogen aus Baumrinde. Eine ganze breite Rinde von einer hundertjährigen Linde war gebogen und an das Wagengestell genagelt, und unter ihr lagen die Leute: sie lagen Sohle an Sohle im Innern des Fahrzeugs, die Köpfe vorne und hinten in der freien Luft. Über die Liegenden zog das Windchen und ventilierte, damit sie nicht in ihrer eigenen Luft erstickten. Neben den an der Deichselstange angebundenen Heusäcken standen die größtenteils mageren Pferde, alle im Kummet, und bei einzelnen vorsorglichen Leuten unter Mattendächern. Bei einigen Fuhrwerken waren auch Hunde, obwohl es eigentlich nicht angebracht war, solche auf die Wallfahrt mitzunehmen; aber es waren eben »eifrige« Hunde, die ihre Herren auf der zweiten oder dritten Futterstation eingeholt hatten und durch keine Prügel zu bewegen waren, umzukehren. Sie hatten hier bei der Wallfahrt eigentlich keinen Platz, aber sie wurden geduldet und benahmen sich, da sie ihre Lage als Konterbande wohl fühlten, sehr friedlich; sie drückten sich bei den Wagenrädern, unter den Eimern mit Wagenschmiere und bewahrten ernstes Schweigen; diese Bescheidenheit rettete sie vor dem Scherbengericht und dem für sie gefährlichen getauften Zigeuner, der ihnen im Nu »den Pelz auszog«. Hier in diesem Armenlager unter dem freien Himmel lebte es sich lustig und gut wie auf einem Jahrmarkt. Hier gab es mehr Abwechslung als in den Hotelzimmern, die nur besonders Auserwählte bekommen hatten, oder auch in den Schuppen der Gasthöfe, wo im ewigen Halbdunkel die Leute zweiten Ranges Unterkunft gefunden hatten. Allerdings wurde das Armenlager weder von Mönchen noch von Hypodiakonen besucht, auch ließen sich hier keine echten, erfahrenen Pilger sehen; dafür gab es hier Meister in allen Handfertigkeiten und eine ausgedehnte Hausindustrie von allerhand Heiligtümern. Als ich in den Chroniken den bekannten Kiewer Prozess über die Fälschung heiliger Gebeine aus Hammelknochen las, staunte ich über die Kindlichkeit der Manier dieser Fabrikanten im Vergleich zu der Kühnheit jener Meister, von denen ich früher gehört hatte, die damit ein offenes, verwegenes Handwerk betrieben. Schon der Weg zur Wiese durch die Vorstadtstraße zeichnete sich durch unbeschränkte Freiheit und durch weitestgehende Unternehmungslust aus. Die Menschen wussten, dass solche Gelegenheiten nicht häufig sind, und verloren keine Zeit. Vor vielen Türen standen Tischchen, auf denen kleine Ikonen lagen, Kreuzchen, Papiertüten mit faulem Holzstaube, angeblich von dem alten Sarge und daneben solche mit Spänen von dem neuen. Dieses ganze Material war nach den Beteuerungen der Verkäufer von einer viel besseren Sorte, als an den heiligen Orten selbst, weil es durch die Tischler, Erdarbeiter und Zimmerleute, die die wichtigsten Arbeiten ausgeführt hatten, hergebracht worden war. Beim Eingang zum Lager drängten sich »sitzende und tragende Händler« mit Bildern des neuen Heiligen, die vorläufig mit einem weißen Papier mit einem

Kreuz darauf verklebt waren. Diese Bilder wurden zu den billigsten Preisen verkauft, man konnte sie jeden Augenblick kaufen, durfte sie aber erst nach der Abhaltung des ersten Gottesdienstes öffnen. Bei vielen Unwürdigen, die die Heiligenbilder gekauft und vor der Zeit geöffnet hatten, erwiesen sie sich als leere Brettchen. In der Schlucht hinter dem Lager hauste am Flüsschen unter einem mit den Kufen nach oben gekehrten Schlitten ein Zigeuner mit seiner Zigeunerin und den Zigeunerjungen. Hier betrieben sie eine große medizinische Praxis. An einer der Schlittenkufen war ein großer stimmloser Hahn angebunden, der am Morgen die Steine von sich gab, die »die Bettstärke erhöhen«, und der Zigeuner hatte Katzengras, das damals als wichtiges Mittel gegen »Gesäßwunden« galt. Dieser Zigeuner war in seiner Art eine Berühmtheit. Man erzählte, dass, als man im Lande der Ungläubigen die Gebeine der sieben schlafenden Jungfrauen entdeckt hatte, er auch dort eine wichtige Person gewesen war: er verwandelte alte Leute in junge, heilte die Rutennarben der Leibeigenen und trieb den Militärs durch Wasserlass die Rückenwunden von innen heraus. Seine Zigeunerin wusste anscheinend noch größere Naturgeheimnisse. Sie gab den Ehemännern zweierlei Wasser: das eine, um die Frauen zu überführen, die durch Unzucht sündigten, denn wenn man dieses Wasser solchen Frauen gibt, bleibt es nicht in ihnen, sondern kommt gleich wieder heraus; das andere Wasser aber war das Magnetwasser, welches bewirkt, dass die gleichgültige Frau ihren Mann im Schlafe leidenschaftlich umarmt; drängt sie jedoch danach, einen anderen zu lieben, so fällt sie aus dem Bett.

Mit einem Wort, das Geschäft kochte hier nur so, und die mannigfachen Nöte der Menschheit fanden nutzbringende Helfer.

Als der »hergelaufene Mensch« seine Kaufleute hier erblickte, sprach er gar nicht mit ihnen, sondern winkte ihnen, sie möchten in die Schlucht hinuntersteigen, und lief selbst voraus.

Das schien wieder besorgniserregend: man konnte darauf gefasst sein, dass hier im Hinterhalte geschickte Leute saßen, die wohl geeignet sein mochten, die Wallfahrer bis aufs Hemd auszuziehen. Die Gottesfurcht aber überwand die Furcht, und nach einigem Überlegen entschloss sich der Kaufmann, nachdem er zu Gott gebetet und des Wundertäters gedacht hatte, drei Schritte abwärts zu machen.

Er stieg vorsichtig hinunter, hielt sich an den Sträuchern fest und befahl seiner Frau und Tochter, nötigenfalls aus allen Kräften zu schreien.

Es war hier tatsächlich ein Hinterhalt, wenn auch kein gefährlicher: der Kaufmann traf in der Schlucht zwei ebenso gottesfürchtige Menschen in Kaufmannstracht an, mit denen man »sich einigen« musste. Sie alle mussten hier dem Hergelaufenen die vereinbarte Summe für das Geleit zum Heiligen bezahlen, dann wollte er ihnen seinen Plan eröffnen und sie sogleich hinführen. Es war nichts zu überlegen, und Starrsinn führte auch zu nichts; so legten denn die Kaufleute die Summe zusammen, gaben sie her, und der Kerl teilte ihnen seinen Plan mit, der ganz einfach, aber in seiner Einfachheit wirklich genial war. Er bestand darin: im Armenlager befand sich ein ihm bekannter gelähmter Kranker, den man nur zu dem Heiligen zu tragen brauchte, damit niemand sie aufhalte und ihnen den Weg versperre. Man müsse nur für den Kranken eine Tragbahre und eine Decke kaufen, ihn auf die Bahre legen und diese mittels der Handtücher zu sechst zum Heiligen tragen.

Der Gedanke schien in seinem ersten Teil vortrefflich; natürlich würde man die Träger mit dem Kranken durchlassen, aber welche Folgen konnten daraus entstehen? Dass es nur später keine Ungelegenheiten gäbe! Indes wurden sie auch in dieser Beziehung beruhigt, und der Führer sagte, dass diese Bedenken keine Beachtung verdienten.

»Wir haben solche Fälle schon öfter gesehen: Sie werden zu Ihrer Freude die Gnade haben, alles zu sehen und den Wundertäter während der Abendmesse küssen zu können. In Bezug auf den Kranken geschehe der Wille des Heiligen: wenn er ihn heilen will, so heilt er ihn, und will er es nicht, so ist es wiederum sein Wille. Sie werden hier ein wenig auf mich warten, und dann machen wir uns auf den Weg.«

Nachdem sie miteinander gehandelt hatten, nahm er von jedem noch zwei Rubel für das Traggerät und lief davon. Nach zehn Minuten kehrte er zurück und sagte:

»Gehen wir, Brüder, aber nicht so flink und lustig, sondern schlagt die Augen andächtig nieder!«

Die Kaufleute senkten die Augen, gingen andächtig einher und traten im Armenlager an ein Fuhrwerk heran, vor dem ein fast krepierter Klepper stand; auf dem Bock saß ein kleiner skrofulöser Knabe, der sich damit beschäftigte, abgezupfte Fruchtknoten gelber Kamillen aus der einen Hand in die andere zu werfen. Auf diesem Fuhrwerk lag unter dem Lindenbast ein Mensch mittleren Alters, dessen Gesicht noch gelber war als jene Kamillen; ebenso gelb waren auch seine Hände, ganz ausgestreckt und kraftlos wie Peitschenschnüre.

Als die Frauen die entsetzliche Krankheit sahen, bekreuzigten sie sich; der Führer aber wendete sich an den Kranken und sagte:

»Onkel Fotej, hier sind gute Menschen gekommen, um mir zu helfen, dich zur Heilung zu tragen. Die Stunde Gottes ist dir nahe.«

Der gelbe Mensch wandte sich den Unbekannten zu, sah sie dankbar an und zeigte mit dem Finger auf seine Zunge. Sie errieten, dass er stumm war.

»Macht nichts«, sagten sie, »macht nichts, danke nicht uns, Knecht Gottes, danke Gott.« Dann hoben sie ihn aus dem Wagen, die Männer hielten ihn an den Schultern und den Beinen, die Frauen stützten nur seine schwachen Hände und erschraken noch mehr vor dem entsetzlichen Zustande des Kranken, da seine Arme sich an den Gelenken kaum noch hielten und notdürftig mit härenen Stricken festgebunden waren.

Die Bahre stand daneben. Es war ein kleines, altes Bettgestell, an den Ecken dicht mit Wanzeneiern besät. Auf ihm lag ein Bündel Stroh und ein Stück dünnen Baumwollzeugs, auf dem mit rohen Farben Kreuz, Lanze und Rohr dargestellt waren. Der Führer breitete mit geschickter Hand das Stroh aus, dass es von allen Seiten herunterhing, dann legte man den gelben Kranken darauf, bedeckte ihn mit dem Baumwollzeug und trug ihn fort.

Der Führer ging voraus und räucherte in kreuzförmigen Bewegungen mit einem tönernen Feuerbecken.

Kaum waren sie aus dem Lager herausgekommen, als sich auch schon das Volk vor ihnen zu bekreuzigen begann, und als sie die Straße entlang zogen, wurde die Aufmerksamkeit immer größer. Alle, die sie sahen, begriffen, dass man einen Kranken zum Wundertäter brachte, und schlossen sich an. Die Kaufleute beschleunigten ihren Schritt, da man schon das Läuten zur Abendmesse vernahm, und sie kamen gerade an, als man den Gesang: »Lobet den Namen des Herrn, ihr Diener Gottes« anstimmte. Die Kirche fasste selbstverständlich kaum den hundertsten Teil des vor dem Platze versammelten Volkes: unübersehbare Menschenmengen standen auf dem Platze vor der Kirche herum. Kaum aber hatte man die Bahre und die Träger erblickt, als sich das Gemurmel verbreitete: »Man trägt einen Gelähmten, es wird ein Wunder geben«, und die ganze Menge ihnen Platz machte.

Bis zur Kirchentür hatte sich eine lebende Gasse gebildet, und auch weiterhin geschah alles so, wie es der Führer versprochen hatte. Selbst seine feste Glaubenszuversicht erlitt keine Enttäuschung: der Gelähmte genas. Er stand auf und ging auf seinen eigenen Füßen, Gott lobend und preisend, hinaus. Jemand schrieb dies alles auf ein Zettelchen auf, wobei der geheilte Gelähmte auf Grund der Aussage des Führers ein »Verwandter« des Orjoler Kaufmanns genannt wurde, weshalb ihn viele beneideten; der Geheilte ging auch der späten Stunde wegen nicht in sein Armenlager zurück, sondern übernachtete in der Scheune bei seinen neuen Verwandten.

Dies alles war angenehm. Der Geheilte wurde zu einer interessanten Person, zu der viele kamen, um sie anzuschauen und auch ein »Opfer« zu spenden. Aber er sprach noch wenig und undeutlich, schmatzte infolge der langen Entwöhnung und wies meistens mit der geheilten Hand auf die Kaufleute: »Fragt sie, sie sind meine Verwandten, sie wissen alles.« Und diese bestätigten, wenn auch widerwillig, dass er ihr Verwandter sei. Aber plötzlich kam eine unerwartete Unannehmlichkeit dazwischen: in der Nacht, die der Heilung des gelben Kranken folgte, wurde bemerkt, dass von der Samtdecke über dem Sarge des Wundertäters eine goldene Schnur mit einer ebenfalls goldenen Quaste abhanden gekommen war.

Man stellte unter der Hand Ermittlungen an und fragte den Orjoler Kaufmann, ob er nichts bemerkt habe, als er am Sarge stand, und was für Leute ihm geholfen hätten, seinen kranken Verwandten zu tragen? Er sagte auf sein Gewissen aus, dass es unbekannte Leute aus dem Armenlager gewesen seien, die aus Eifer mitgetragen hätten. Man führte ihn hin, um den Platz, die Leute, den Klepper und den Wagen mit dem skrofulösen Knaben, der mit den Kamillen gespielt hatte, wiederzuerkennen, aber hier war nur noch der Platz auf seinem Platze, von den Leuten jedoch, dem Fuhrwerke und dem Knaben mit den Kamillen war keine Spur mehr zu entdecken.

Man stellte die Ermittlungen ein, »damit kein Gerede unter den Leuten entstehe«, und hängte eine neue Quaste hin; die Kaufleute aber machten sich nach dieser Unannehmlichkeit bald auf den Heimweg. Da beglückte sie der geheilte Verwandte mit einer neuen Freude: er verpflichtete sie, ihn mitzunehmen, widrigenfalls drohte er mit einer Klage und erinnerte an die Quaste.

Und so fügte es sich, als die Stunde der Abreise der Kaufleute gekommen war, dass Fotej neben dem Kutscher auf dem Bocke saß, und es war keine Möglichkeit, ihn vor dem am Wege liegenden Dorfe Krutoje los zu werden. Bei Krutoje befand sich damals ein sehr gefährlicher Abstieg von einem Hügel und ein sehr schwerer Aufstieg auf einen andern Hügel, und deshalb begaben sich hier allerlei Vorkommnisse mit Reisenden: Pferde stürzten, Kaleschen schlugen um und dergleichen. Man musste das Dorf Krutoje unbedingt bei Tage passieren, oder im Dorfe übernachten, denn in der Dämmerung wagte niemand, den Abhang hinunterzufahren.

Auch unsere Kaufleute hatten hier übernachtet und am Morgen beim Aufstieg »in der Verwirrung« ihren geheilten Verwandten Fotej vergessen. Man sagte, dass sie ihn abends »tüchtig aus der Flasche bewirtet« und am Morgen nicht geweckt hätten und ohne ihn fortgefahren wären; es fanden sich aber andere gute Menschen, die diese Vergesslichkeit wieder gutmachten und Fotej nach Orjol mitbrachten.

Hier suchte er seine undankbaren Verwandten, die ihn in Krutoje verlassen hatten, auf, ohne jedoch bei ihnen verwandtschaftliche Aufnahme zu finden. Er begann in der Stadt zu betteln und zu erzählen, der Kaufmann sei gar nicht der Tochter wegen zum Heiligen gefahren, sondern um zu beten, dass das Brot teurer werde. Niemand wusste es besser als Fotej.

Zehntes Kapitel

Kurze Zeit nach dem Auftauchen des verlassenen Fotej in Orjol fand im Kirchsprengel des Erzengels Michael beim Kaufmann Akulow eine »Armenspeisung« statt. Auf langen Tischen dampften im Hofe große Schüsseln aus Lindenholz mit Nudeln und Kessel mit

Grütze, und auf der Freitreppe wurden Zwiebelfladen und Pirogen verteilt. Es hatten sich eine Menge Gäste eingefunden, ein jeder mit seinem Löffel im Stiefel oder im Gürtel. Die Pirogen teilte Golowan aus. Er wurde häufig zu solchen »Speisungen« als Speisemeister und Brotverteiler berufen, da er gerecht war, sich selbst nichts einheimste und genau wusste, was für eine Piroge einem jeden zukam – eine mit Bohnen, mit Mohrrüben oder mit Leber.

So stand er auch jetzt da und reichte jedem Herantretenden eine große Piroge, und wo er zu Hause Kranke wusste, gab er zwei und mehr »als Krankenportion«. Unter den Herantretenden war auch Fotej; er war hier fremd, auch Golowan schien über sein Auftauchen erstaunt. Als Golowan ihn erblickte, besann er sich gleichsam auf etwas und fragte:

»Wer bist du und wo wohnst du?«

Fotej runzelte die Stirn und sprach vor sich hin:

»Ich bin Gottes Knecht, frisch und munter wie ein Hecht, wohne unter Bastgeflecht.«

Die anderen aber sagten zu Golowan: »Kaufleute haben ihn vom Heiligen hergebracht ... es ist der geheilte Fotej.«

Golowan lächelte und sagte:

»Weshalb soll das der Fotej sein?« Aber in demselben Augenblick entriss ihm Fotej die Piroge, gab ihm mit der anderen Hand eine schallende Ohrfeige und schrie:

»Schwatz nicht zu viel!« Und mit diesen Worten setzte er sich an den Tisch. Golowan aber duldete es und sagte kein Wort zu ihm. Alle begriffen, dass dies wohl so sein müsse: anscheinend ist der Geheilte nicht ganz bei Trost, und Golowan weiß, dass er es dulden muss. Aber »aus welchem Grunde verdient Golowan eine solche Behandlung«? – das war ein Rätsel, das viele Jahre ungelöst blieb und die Ansicht bewirkte, dass Golowan etwas sehr Heikles auf dem Gewissen habe, da er den Fotej fürchtete.

Es war hier wirklich etwas Rätselhaftes. Fotej, der in der allgemeinen Meinung bald so weit gesunken war, dass man ihm nachrief: »Du hast beim Wundertäter die Quaste gestohlen und in der Schenke versoffen«, benahm sich gegen Golowan äußerst frech.

Wenn er Golowan irgendwo begegnete, vertrat er ihm den Weg und schrie ihm zu: »Zahl' deine Schuld!« Golowan erwiderte dann nichts und entnahm seiner Tasche einen kupfernen Groschen. Hatte er keinen Groschen bei sich, sondern nur weniger, so warf ihm Fotej, den man wegen der Buntheit seiner Lumpen »den Hermelin« nannte, die ungenügende Summe vor die Füße, spie ihn an, schlug ihn sogar und bewarf ihn mit Steinen, Kot oder Schnee.

Ich selbst erinnere mich, wie mein Vater einmal mit dem Popen P. Pjotr in der Dämmerung am Fenster seines Arbeitszimmers saß, während Golowan draußen vor dem Fenster stand, und die drei sich miteinander unterhielten, als der abgerissene Hermelin durch das offene Tor hereinstürzte und Golowan mit dem Schrei: »Hast es vergessen, Schuft?« vor aller Augen ins Gesicht schlug. Aber jener schob ihn nur still zur Seite, reichte ihm aus seiner Tasche Kupfergeld und führte ihn vors Tor.

Solche Vorfälle waren keine Seltenheit, und die Erklärung, dass der Hermelin etwas über Golowan wisse, war sicher ganz logisch. Es ist erklärlich, dass dies bei Vielen eine Neugierde wachrief, die, wie wir bald sehen werden, wohl begründet war.

Elftes Kapitel

Ich war etwa sieben Jahre alt, als wir Orjol verließen, und für ständig aufs Land zogen. Seit damals habe ich Golowan nicht mehr gesehen. Dann kam die Schulzeit, und der originelle Mann mit dem großen Kopfe entschwand aus meinem Gesichtskreis. Ich habe dann später nur noch einmal zur Zeit der »großen Feuersbrunst« wieder von ihm gehört. Damals verbrannten zahlreiche Häuser und viel bewegliches Gut, aber auch viele Menschen kamen um, und unter ihnen – Golowan. Man erzählte, dass er in eine Grube gefallen, die unter der Asche nicht zu sehen gewesen war, und dort »verbrüht« sei. Nach seinen Angehörigen, die ihn überlebten, fragte ich nicht. Bald darauf zog ich nach Kiew und besuchte meinen Heimatort erst zehn Jahre später wieder. Es war unter der neuen Regierung, zu Beginn des neuen Regimes. Es wehte damals eine erfreuliche Frische durch das ganze Land, – man erwartete die Bauernbefreiung und sprach sogar schon von der Einführung der Schwurgerichte. Alles war neu, und die Herzen brannten. Unversöhnliche gab es noch nicht, wohl aber ließen sich schon Ungeduldige und Abwartende ahnen.

Auf der Reise zu meiner Großmutter hielt ich mich einige Tage in Orjol auf, wo mein Onkel, der das Andenken eines ehrlichen Menschen hinterließ, als Richter amtierte. Er besaß viele prächtige Eigenschaften, die selbst denen Achtung einflößten, die seine Ansichten und Neigungen nicht teilten. In seiner Jugend war er ein eleganter Husar gewesen, dann Pflanzenzüchter und Künstler, ein Dilettant, aber mit bemerkenswerten Fähigkeiten. Er war edel gesinnt, gerade und ein Adliger »au bout des ongles«. Er verstand die Pflichten dieses Standes auf seine Art und unterwarf sich natürlich den Neuerungen, wollte aber der Bauernbefreiung nicht kritiklos gegenüberstehen. Er wünschte sich eine solche Bauernbefreiung, wie sie in den Ostseeprovinzen durchgeführt worden war. Jungen Leuten gegenüber verhielt er sich freundlich und liebenswürdig, ihren Glauben jedoch, dass die Rettung nur in einer geregelten fortschrittlichen und nicht rückschrittlichen Bewegung liege, hielt er für einen Irrtum. Der Onkel liebte mich und wusste, dass auch ich ihn liebte und verehrte; in unseren Ansichten über die Bauernbefreiung und die übrigen Tagesfragen stimmten wir jedoch nicht überein. In Orjol machte er aus mir ein »Reinigungsopfer«, und so sehr ich mich auch bemühte, solchen Gesprächen aus dem Wege zu gehen, lenkte er sie gerade auf diese Gegenstände und liebte es ungemein, mich zu »schlagen«.

Am liebsten führte mir der Onkel Fälle aus seiner richterlichen Praxis vor, in denen sich »die Volksdummheit« offenbarte.

Ich erinnere mich an einen schönen warmen Abend, den ich mit dem Onkel im Orjoler Gouvernements-Garten verbrachte, wo wir uns mit dem mich, offen gestanden, schon etwas ermüdenden Streite über die Eigenschaften und Qualitäten des russischen Volkes unterhielten. Ich behauptete unbilligerweise, dass das Volk sehr klug sei, während der Onkel vielleicht noch unbilliger darauf bestand, dass es sehr dumm sei, dass es nicht den mindesten Begriff von Recht und Eigentum habe, dass es überhaupt ein asiatisches Volk sei, das jeden durch seine Wildheit in Erstaunen setzen müsse.

»Hier hast du, verehrter Herr«, sagte er, »die Bestätigung: wenn du den Situationsplan der Stadt noch im Gedächtnis hast, musst du dich daran erinnern, was wir für ein Winkelwerk an Vorstädten und kleinen Siedelungen hatten, die der Teufel weiß wer hat vermessen und bauen lassen. Mit diesem ganzen Plunder hat das Feuer in einigen Portionen aufgeräumt, und anstelle der alten, elenden Bauernhütten sind ebensolche neue entstanden. Nun weiß jetzt niemand mehr, mit welchem Recht einer da wohnt.«

Als die Stadt sich vom Brande zu erholen begann und sich neu einrichtete und einzelne Leute Grundstücke in den Vierteln hinter der Kirche Wassilij des Großen kauften, stellte es sich nämlich heraus, dass die Verkäufer nicht nur keinerlei Dokumente über ihr Besitzrecht besaßen, sondern auch, ebenso wie ihre Vorväter, alle Dokumente für gänzlich überflüssig hielten. Die Häuschen waren bisher samt den Grundstücken von einer Hand in die andere übergegangen, ohne irgendwelche Anmeldung bei den Behörden und ebenso ohne Abgaben und Zinsen an den Fiskus. Dies alles wurde bei ihnen, wie sie erzählten, in irgendein »Heft« eingetragen; dieses Heft war nun bei einem der zahllosen Brände mitverbrannt, und der, der es führte – war gestorben, und damit war auch jede Spur der Besitzrechte verwischt. Allerdings gab es keinerlei Streitigkeiten über das Besitzrecht, aber der ganze Zustand hatte nicht die geringste Rechtskraft und beruhte nur darauf, dass, wenn Protassow behauptete, sein Vater habe das Häuschen vom verstorbenen Großvater der Tarassows gekauft, die Erben Tarassows die Besitzrechte Protassows nicht bestritten. Da aber nun *Rechte* verlangt wurden, wo es kein Recht gab, musste der gewissenhafte Richter tatsächlich die Frage entscheiden, ob das Verbrechen das Gesetz, oder ob das Gesetz das Verbrechen erzeugt hatte.

»Und weshalb haben sie es so getrieben?« sagte der Onkel. »Weil es nicht ein gewöhnliches Volk ist, für das die das Recht schützenden staatlichen Institutionen nützlich und notwendig sind, sondern eine Nomadenhorde, die zwar sesshaft geworden, aber noch nicht zum Bewusstsein ihrer selbst gekommen ist.«

Damit waren wir eingeschlafen und hatten uns ausgeschlafen; am frühen Morgen war ich zum Orlik hinuntergegangen, hatte gebadet, die alten Plätze wieder gesehen und mich dabei wieder an Golowans Haus erinnert. Zurückgekehrt, traf ich den Onkel im Gespräch mit drei mir unbekannten »verehrten Herren«. Alle drei gehörten dem Kaufmannsstande an, zwei von ihnen waren grauhaarig und trugen lange zugehakte Röcke, der dritte war schon ganz weiß und trug ein Kattunhemd, das über die Hose hing, und eine flache Bauernmütze.

Der Onkel wies mit der Hand auf sie und sagte:

»Hier ist eine Illustration zu unserem gestrigen Thema. Diese Herren erzählen mir eben ihre Angelegenheit. Hör uns zu.«

Damit wandte er sich wieder an die Kaufleute mit dem wohl für mich, aber nicht für sie verständlichen Scherze:

»Dieser hier ist ein Verwandter von mir, ein junger Staatsanwalt aus Kiew, er fährt zum Minister nach Petersburg und kann ihm eure Angelegenheit vortragen.«

Jene verneigten sich.

Der Onkel fuhr fort: »Siehst du, dieser Herr Protassow will von diesem Herrn Tarassow ein Haus samt Grundstück kaufen; Herr Tarassow aber hat keinerlei Papiere, verstehst du, gar keine! Er erinnert sich nur, dass sein Vater das Häuschen von Wlassow gekauft hat, und dieser dritte hier ist ein Sohn des Herrn Wlassow und, wie du siehst, auch nicht mehr ganz jung.«

»Siebzig«, bemerkte der Greis bescheiden.

»Ja, siebzig; und er hat ebenfalls keine Papiere, und hat auch nie welche besessen?«

»Niemals«, versetzte der Greis wieder.

»Er ist hergekommen, um zu beglaubigen, dass sich alles so verhält und dass er auf keinerlei Rechte Anspruch erhebt.«

»Erheben keinen Anspruch, die Väter haben es verkauft.«

»Ja, aber die, die es seinen Vätern verkauft haben, – leben nicht mehr.«

»Nein, die sind wegen ihres Glaubens nach dem Kaukasus verschickt worden.«

»Die kann man ausfindig machen«, sagte ich.

»Da ist nichts zu suchen, das Wasser dort hat ihnen nicht gut getan, sie haben das Wasser nicht vertragen, – sind alle gestorben.«

»Aber warum habt ihr so sonderbar gehandelt?«

»Wir haben gehandelt, wie es bei uns Brauch war. Der Beamte war streng, und wir hatten kein Geld, um von den kleinen Höfen

Zins zu zahlen. Iwan Iwanowitsch aber hatte ein Heft, und in das wurde es dann eingetragen. Vor ihm war es meiner Erinnerung nach der Kaufmann Gapejew, der das Heft hatte, nach diesem gab man das Heft dem Golowan, aber Golowan ist in einer Unratgrube verbrüht, und die Hefte sind verbrannt.«

»Dieser Golowan war bei euch, scheint's, so etwas wie ein Notar?«, fragte der Onkel (der kein eingesessener Orjoler war).

Der Greis lächelte und sagte leise:

»Weshalb denn ein Motar? – Golowan war ein rechtschaffener Mensch.«

»Und habt ihr ihm so ohne Weiteres geglaubt?«

»Wie sollte man so einem Menschen nicht glauben: er hat für die Menschen sein Fleisch vom lebendigen Knochen geschnitten.«

»Eine fertige Legende!«, sagte der Onkel leise, der Greis aber hörte es und erwiderte:

»Nein, Herr, Golowan ist keine Lügende, sondern Wahrheit, und sein Andenken soll gerühmt werden.«

Der Onkel hatte bei seinem Scherze nicht gewusst, dass er damit in mir eine Menge von Erinnerungen weckte, für die meine damalige Wissbegierde leidenschaftlich den Schlüssel suchte.

Der Schlüssel erwartete mich, und zwar bei meiner Großmutter.

Zwölftes Kapitel

Einige Worte über meine Großmutter: sie stammte aus der Moskauer Kaufmannsfamilie Kolobow und war »nicht des Reichtums, sondern ihrer Schönheit wegen« von einem Adligen geheiratet worden. Ihre beste Eigenschaft aber war – die Schönheit ihrer Seele und ihr heller Verstand, der immer die Denkart des einfachen Volkes bewahrte. Als sie in den adligen Kreis eintrat, fügte sie sich vielen seiner Forderungen und ließ es sogar zu, dass man sie Alexandra Wassiljewna nannte, während ihr wirklicher Name Akilina war; aber ihr Leben lang dachte sie volkstümlich und hatte sogar, natürlich ohne Absicht, eine gewisse volkstümliche Redeweise beibehalten. So sagte sie stets »dießer« statt dieser, hielt das Wort »Moral« für beleidigend und konnte niemals das Wort »Buchhalter« aussprechen.

Dagegen ließ sie sich durch keinerlei Moden ihren Glauben an den gesunden Verstand des Volkes erschüttern und hielt sich stets selbst an ihn. Sie war eine gute Frau und eine echt russische Hausfrau, die die Wirtschaft vorzüglich leitete und einen jeden zu empfangen verstand, vom Kaiser Alexander I. bis zu Iwan Iwanowitsch Androssow. Sie las nichts außer den Briefen ihrer Kinder, liebte es aber, den Verstand in Unterhaltungen zu schärfen und »befahl sich Leute zu Gesprächen«. Solche Gesellschafter waren der Verwalter Michailo Lebedew, der Küchenbeschließer Wassilij, der Oberkoch Klim oder die Haushälterin Malanja. Diese Unterhaltungen waren nie leeres Geschwätz, sondern behandelten Tatsachen und nützliche Dinge, wie z. B. weshalb das Mädchen Fjokluschka »die Moral habe fahren lassen«, oder weshalb der Junge Grischka mit seiner Stiefmutter unzufrieden sei. Zufolge dieser Unterhaltungen wurden Maßnahmen getroffen, wie man Fjokluschka helfen könnte, unter die Haube zu kommen, und was man tun solle, damit der Junge Grischka mit seiner Stiefmutter nicht mehr unzufrieden wäre.

Für sie war dies alles voll lebendigem Interesse, das ihren Enkeln vielleicht unverständlich war.

Wenn die Großmutter zu uns nach Orjol kam, genossen der Dompfarrer P. Pjotr, der Kaufmann Androssow und Golowan ihre Freundschaft, und man lud diese zum Gespräch mit ihr ein.

Es ist anzunehmen, dass auch diese Gespräche kein leerer Zeitvertreib waren, sondern sich wohl ebenfalls mit wichtigen Dingen beschäftigten, wie mit irgendjemandes zu Verlust gegangener Moral, oder der Unzufriedenheit eines Jungen mit seiner Stiefmutter.

Und deshalb mochte sie wohl auch den Schlüssel zu manchen Geheimnissen besitzen, die für uns vielleicht klein, für ihren Kreis dagegen sehr bedeutend waren.

Bei meinem letzten Wiedersehen mit der Großmutter war sie schon sehr alt, ihr Verstand, ihr Gedächtnis und ihre Augen aber hatten ihre volle Frische bewahrt. Sie nähte sogar noch.

Auch diesmal traf ich sie an ihrem Arbeitstischchen an, dessen eingelegte Oberfläche eine Harfe darstellte, die von zwei Amoretten gehalten wurde.

Die Großmutter fragte mich, ob ich Vaters Grab besucht hätte, wem von den Verwandten ich in Orjol begegnet wäre und wie es dem Onkel dort gehe. Ich beantwortete alle ihre Fragen und erzählte ihr, wie der Onkel mit den alten »Lügenden« fertig werde. Großmutter hielt in der Arbeit inne und schob sich die Brille auf die Stirne. Das Wort »Lügende« gefiel ihr ausnehmend gut: sie erkannte darin die naive Verdrehung im volkstümlichen Stile und lachte.

»Das von der Lügende hat der Alte wundervoll gesagt, meinte sie.

Aber ich sagte: »Ich möchte zu gerne wissen, wie es in der Tat und nicht nach der Lügende gewesen ist.«

»Was willst du denn besonderes wissen?«

»Ja alles: wie war dieser Golowan? Ich kann mich an ihn kaum mehr erinnern, und dann nur immer mit irgendwelchen Lügenden, wie der Alte gesagt hat, die Sache ist aber doch sicher ganz einfach gewesen ... «

»Nun selbstverständlich ist sie einfach gewesen, aber weshalb wundert ihr euch, dass unsere Leute damals Kaufverträge mieden und die Verkäufe einfach in ein Heftchen eintrugen? Derartige Fälle werden noch in Menge ans Licht kommen. Sie fürchteten die Beamten und vertrauten lieber ihren eigenen Leuten, das ist alles.«

»Wodurch aber hat sich Golowan ein derartiges Vertrauen verdient?«, fragte ich. »Mir schien er, um die Wahrheit zu sagen, hin und wieder etwas wie ein ... Scharlatan.«

»Weshalb denn?«

»Nun zum Beispiel, ich erinnere mich noch, wie man sich erzählte, dass er einen Zauberstein besessen und mit seinem Blut oder Fleisch, das er in den Fluss warf, die Pest aufgehalten habe. Und warum nannte man ihn ›den Unsterblichen‹?«

»Das mit dem Zauberstein ist Unsinn, das haben die Leute ihm angedichtet, und Golowan hat keine Schuld daran. Den ›Unsterblichen‹ aber nannte man ihn, weil er, als die tödlichen Miasmen über die Erde kamen, in diesem Schrecken als einziger furchtlos blieb, während alle anderen verzagten und weil der Tod ihm nichts anhaben konnte.«

»Aber warum hat er sich denn den Fuß abgeschnitten?«

»Die Wade hat er sich abgeschnitten.«

»Warum?«

»Darum, weil sich auch an ihm eine Pestbeule angesetzt hatte. Er wusste, dass es keine Rettung gab, nahm daher schnell die Sense und schnitt die ganze Wade herunter.«

»Ja, kann denn das sein?«, fragte ich.

»Gewiss, so war es.«

»Und was soll man von dieser Pawla denken?«, fragte ich.

Die Großmutter sah mich an und entgegnete:

»Nun, was denn? Die Pawla war Fraposchkas Frau. Sie war sehr unglücklich, und Golowan gewährte ihr ein Obdach.«

»Man nannte sie doch ›Golowans Sünde‹?«

»Jeder urteilt nach sich und nennt es danach. Er hatte keine solche Sünde.«

»Aber, Großmutter, Beste, glauben Sie denn daran?«

»Ich glaube nicht nur, ich weiß es.«

»Wie kann man das wissen?«

»Sehr einfach.«

Die Großmutter wandte sich an das mit ihr arbeitende Mädchen und schickte es in den Garten nach Himbeeren. Nachdem es hinausgegangen war, sah sie mir bedeutsam in die Augen und sagte:

»Golowan hat nie eine Frau berührt!«

»Von wem wissen Sie das?«

»Vom P. Pjotr.«

Und die Großmutter erzählte mir, wie ihr P. Pjotr kurz vor seinem Hinscheiden gesagt habe, was es für ungewöhnliche Menschen in Russland gebe und dass der verstorbene Golowan vollkommen keusch gewesen sei.

Beim Erzählen dieser Geschichte kam die Großmutter auf kleine Einzelheiten und entsann sich des Gesprächs mit P. Pjotr.

»P. Pjotr«, sagte sie, »zweifelte anfangs selbst und begann ihn genau auszufragen und erwähnte Pawla. ›Es ist nicht gut‹, sagte er, ›dass du es nicht gestehst und ein Ärgernis gibst. Es geziemt sich dir nicht, diese Pawla im Hause zu haben. Lass sie mit Gott ziehen!‹ Golowan antwortete: ›Sprechen Sie nicht so, Väterchen, soll sie lieber bei mir leben, es ist unmöglich, dass ich sie ziehen lasse.‹ – ›Aber warum denn?‹ – ›Weil sie nirgends ihr Haupt hinlegen kann.‹ – ›Nun‹, sagte der Pope, ›so heirate sie doch.‹ – ›Auch das‹, erwiderte jener, ›ist unmöglich‹. – Weshalb es aber unmöglich sei, das sagte er nicht, und P. Pjotr war lange darüber im Zweifel. Aber Pawla war schwindsüchtig und lebte nicht lange, und als P. Pjotr vor ihrem Tode zu ihr kam, eröffnete sie ihm die Ursache.«

»Was war es denn für eine Ursache, Großmutter?«

»Sie lebten in der vollkommenen Liebe.«

»Das heißt wie?«

»Wie die Engel.«

»Aber erlauben Sie, warum denn? Pawlas Mann war verschollen, und das Gesetz gestattet die Wiederverheiratung nach fünf Jahren. Hatten sie es denn nicht gewusst?«

»Nein, ich glaube, sie wussten es, sie wussten aber noch mehr.«

»Zum Beispiel was?«

»Zum Beispiel, dass Pawlas Mann sie alle überlebte und nie verschollen war.«

»Ja, wo war er denn?«

»In Orjol.«

»Liebe Großmutter, Sie scherzen?«

»Nicht im Mindesten.«

»Und wem war es bekannt?«

»Den Dreien: Golowan, Pawla und dem Taugenichts selber. Erinnerst du dich noch an den Fotej?«

»Den Geheilten?«

»Ja, nenne ihn, wie du willst, aber jetzt, nachdem alle gestorben sind, kann ich dir sagen, dass er gar nicht Potej hieß, sondern der entlaufene Soldat Fraposchka war.«

»Wie, Pawlas Mann?«

»Ja.«

»Warum hat ... «, begann ich, schämte mich aber meines Gedankenganges und schwieg. Doch die Großmutter hatte mich verstanden und setzte hinzu:

»Du willst gewiss fragen: warum ihn niemand erkannt hat und Fawla und Golowan ihn nicht angezeigt haben? Das ist sehr einfach: die anderen hatten ihn nicht erkannt, weil er nicht aus der Stadt war, dazu war er gealtert und trug einen Bart. Pawla hat ihn aus Mitleid nicht ausgeliefert, und Golowan aus Liebe zu Pawla.«

»Ja, aber juridisch, nach dem Gesetze existierte Fraposchka nicht mehr, und sie hätten gut heiraten können.«

»Nach dem juridischen Gesetze hätten sie es gekonnt, nach dem Gesetze ihres Gewissens nicht.«

»Warum verfolgte Fraposchka den Golowan?«

»Der Verstorbene war ein Taugenichts, – er dachte von ihnen wie die anderen.«

»Und sie haben sich seinetwegen ihr ganzes Glück entgehen lassen?«

»Ja, was man unter Glück versteht: es gibt ein frommes und ein sündiges Glück. Das fromme Glück schreitet über niemand hinweg, das sündige über alle. Sie liebten das erstere mehr als das andere.«

»Großmutter, das waren ja wundervolle Menschen!«, rief ich aus.

»Gerechte, mein Freund«, erwiderte die Greisin.

Ich will aber trotzdem hinzufügen, – wunderbare, ja sogar unwahrscheinliche Menschen. Sie sind unwahrscheinlich, solange sie das legendäre Beiwerk umgibt, und werden noch unwahrscheinlicher, wenn es gelingt, diesen Anflug von ihnen zu nehmen und sie dann in ihrer ganzen heiligen Einfachheit zu sehen. Die vollkommene Liebe, die sie beseelte, hob sie über alle Furcht hinaus und unterwarf ihnen sogar die Natur, ohne sie zu zwingen, sich in die Erde zu vergraben, noch mit Erscheinungen zu kämpfen, wie sie den heiligen Antonius peinigten.

Der versiegelte Engel

Erstes Kapitel

Es war um die Weihnachtszeit, am Vorabend des Wassilijtages. Das Wetter ließ sich sehr ungnädig an. Einer der grausamen Landstürme, welche die Winter in den Wolgasteppen berüchtigt machen, hatte eine Menge Leute in den abgelegenen Gasthof getrieben, ein Bauernhaus inmitten der flachen, unabsehbaren Steppe. Dort hatten sich auf einem Haufen Adelige, Kaufleute, Bauern zusammengefunden, Russen, Mordwinen und Tschuwaschen. Auf Rang und Würden konnte man in einem solchen Nachtquartier keine Rücksicht nehmen: Wohin man sich wendet, alles ist gedrängt voll, die einen trocknen sich, die anderen wärmen sich, die dritten suchen ein wenn auch noch so kleines Plätzchen, auf dem sie bleiben können. In der dunklen, niederen, mit Menschen überfüllten Stube herrscht eine schwere Schwüle und der dichte Dampf der nassen Kleider. Nirgends ist ein unbesetzter Fleck zu sehen: Auf den Pritschen, dem Ofen, den Bänken, und selbst auf dem schmutzigen Erdboden, überall liegen Menschen.

Der Hauswirt, ein mürrisch blickender Bauer, zeigt weder über seine Gäste noch über den Verdienst irgendwelche Freude. Zornig schlägt er das Tor hinter den zwei Kaufleuten zu, die als letzte auf Schlitten in den Hof gekommen sind. Er schließt die Pforte ab, hängt den Schlüssel unter den Heiligenschrank und erklärt entschieden: »Nun kann kommen wer will, und wenn er mit dem Kopf ans Tor schlägt, ich mach' nicht auf!«

Aber kaum hatte er es gesagt, seinen weiten Schafspelz abgelegt, sich mit breiter Gebärde auf Raskolniki-Art bekreuzigt und sich fertig gemacht, auf den heißen Ofen zu klettern, als jemand zaghaft an die Scheibe klopfte.

»Wer ist dort?«, rief der Hauswirt mit lauter, ärgerlicher Stimme.

»Wir!«, antwortete es dumpf hinter dem Fenster.

»Nun, was wollt ihr noch?«

»Lass uns herein, um Christi willen, wir haben uns verirrt, sind ganz erstarrt.«

»Seid ihr viele?«

»Nicht viele, nicht viele, achtzehn im ganzen, achtzehn«, sagte stammelnd und mit den Zähnen klappernd ein anscheinend ganz erfrorener Mensch hinter der Scheibe.

»Ich kann euch nicht einlassen, die ganze Stube ist mit Menschen ausgelegt.«

»Lass uns nur ein wenig in die Wärme!«

»Wer seid ihr denn?« – »Fuhrleute.«

»Mit oder ohne Fuhrwerk?«

»Mit Fuhrwerken, Lieber, Felle führen wir.«

»Felle! Felle führt ihr, und da wollt ihr in der Stube übernachten. Was es jetzt für Leute in Russland gibt. Schert euch fort!«

»Aber was sollen sie tun?«, fragte ein Durchreisender, der auf der obersten Pritsche unter einem Bärenpelz lag.

»Die Felle herunterwerfen und unter ihnen schlafen, das sollen sie tun«, antwortete der Wirt, schimpfte noch kräftig auf die Fuhrleute, legte sich auf den Ofen und rührte sich nicht mehr.

Der Reisende unter dem Bärenpelz warf dem Wirt seine Härte vor, aber der würdigte seine Bemerkungen gar keiner Antwort. Da ließ sich aus einer entfernten Ecke ein kleiner rothaariger Mensch mit einem Spitzbärtchen vernehmen.

»Verurteilen Sie den Wirt nicht, bester Herr«, begann er, »er weiß das aus Erfahrung und hat es ganz richtig gesagt: Unter Fellen ist es ungefährlich.«

»Wirklich?«, fragte der Reisende unter dem Bärenpelz.

»Ganz ungefährlich, und es ist sogar für sie selbst besser, dass er sie nicht hereinlässt.«

»Warum das?«

»Weil sie eine nützliche Lehre erhalten haben, und wenn jetzt jemand hilflos hierherkommt, findet er noch ein Plätzchen.«

»Wen soll der Teufel jetzt noch herbringen?«, sagte der Pelz.

»Hör, du«, mischte sich der Wirt ein, »schwatz kein so dummes Zeug. Soll vielleicht der Widersacher jemand hierher bringen, wo ein solches Heiligtum ist? Siehst du nicht dort das Erlöserbild und das Antlitz der Gottesgebärerin?«

»Das ist wahr«, bekräftigte der Rothaarige, »einen erlösten Menschen führt nicht der Teufel, sondern ein Engel geleitet ihn.«

»Den habe ich noch nicht gesehen, und weil es mir hier sehr widerwärtig ist, so will ich auch nicht daran glauben, dass mich mein Engel hergeführt hat«, antwortete der gesprächige Pelz.

Der Wirt spuckte wütend aus, aber der Rote erklärte gutmütig, dass der Engelsweg nicht für jeden sichtbar sei und dass nur der ihn begreifen könne, der darin Erfahrung habe.

»Sie reden, als ob Sie selbst eine solche Erfahrung hätten?«, sagte der Pelz.

»Ja, ich habe sie.«

»Wollen Sie sagen, dass Sie einen Engel gesehen haben und er Sie geführt hat?«

»Ja, ich habe ihn gesehen, und er hat mich geleitet.«

»Scherzen Sie oder machen Sie sich lustig?«

»Gott behüte mich, über eine solche Sache zu scherzen!«

»So haben Sie also wirklich etwas Derartiges gesehen: Wie ist Ihnen der Engel erschienen?«

»Bester Herr, es ist eine sehr lange Geschichte.«

»Wissen Sie, es ist entschieden unmöglich, hier einzuschlafen. Sie tun gut, wenn Sie uns jetzt diese Geschichte erzählen.«

»Nun schön!«

»So erzählen Sie, bitte, wir hören Ihnen zu. Warum hocken Sie aber dort auf den Knien! Kommen Sie zu uns her, wir rücken etwas zusammen.«

»Nein, ich danke Ihnen! Warum soll ich Sie beengen, und zudem ist es schicklicher, wenn ich Ihnen meine Erzählung auf den Knien berichte, denn die Sache ist sehr heilig und sogar schrecklich.«

»Nun, wie Sie wollen, erzählen Sie aber schneller, wie Sie einen Engel sehen konnten und was er mit Ihnen getan hat.«

»Schön, ich beginne.«

Zweites Kapitel

Ich bin, wie Sie mir zweifellos ansehen können, ein ganz unbedeutender Mensch, ich bin nur ein Bauer und habe den Umständen gemäß eine ländliche Erziehung erhalten. Ich bin kein hiesiger, sondern von weit weg, von Beruf bin ich Maurer und im alten russischen Glauben geboren. Als Waise bin ich von Kind auf mit meinen Landsleuten auf Wanderarbeit gegangen und habe an verschiedenen Orten gearbeitet, aber immer mit derselben Gesellschaft, bei meinem Landsmann Luka Kirillow. Dieser Luka Kirillow lebt heute noch: Er ist unser größter Bauunternehmer. Sein Geschäft hatte er von alters her, es war schon von seinen Vätern gegründet, und er hatte es nicht vergeudet, sondern vergrößert, und sich einen großen und reichen Besitz geschaffen, aber er war und ist ein prächtiger Mensch, der niemand etwas zuleide tut. Und wo sind wir mit ihm nicht gewesen? Ich glaube, wir haben ganz Russland durchzogen, und nirgends habe ich einen besseren und würdigeren Brotherrn getroffen. Und wir lebten bei ihm ganz friedlich und patriarchalisch, er war Bauunternehmer und unser Leiter wie im Handwerk so auch im Glauben. Wir zogen mit ihm unsern Weg zu den Arbeiten, wie die Juden auf ihren Wüstenwanderungen mit Moses, und sogar unsere heilige Stiftshütte führten wir mit uns, von der wir uns nie trennten: Das heißt, wir hatten unseren »Gottessegen« bei uns. Luka Kirillow war ein großer Verehrer gemalter Ikonen und besaß, beste Herren, ganz wunderbare alte, sehr kunstvolle, teils echt griechische, teils von den ersten Nowgoroder oder Stroganower Malern. Ein Bild strahlte schöner als das andere, aber nicht nur durch die Beschläge, sondern durch die Klarheit und Gewandtheit der wunderbaren Kunst. So Erhabenes sah ich später nirgends mehr! Er hatte Bilder mit Jesus in zwei Gestalten, ein nicht von Menschenhänden gefertigtes Erlöserbild mit feucht glänzenden Haaren, Heilige, Märtyrer, Apostel, und wunderbarer als alles andere waren vielgestaltige Bilder aus der Heiligengeschichte, die zum Beispiel die Feiertage darstellten, das Jüngste Gericht, Heilige, Konzile, die Schöpfungswoche, die Dreifaltigkeit mit Abrahams Gebet im Haine Mamre, mit einem Wort, all diese Pracht kann man gar nicht beschreiben, und solche Bilder malt man jetzt nirgends mehr, weder in Moskau noch in Petersburg, noch in Palichow; von Griechenland gar nicht zu reden, wo diese Kunst längst untergegangen ist. Wir alle liebten unser Heiligtum mit leidenschaftlicher Liebe, wir zündeten vor ihm die heiligen Lampen an und hielten uns auf gemeinsame Kosten ein Pferd und ein besonderes Fuhrwerk, auf dem wir den Gottessegen in zwei großen Kisten überall mit uns führten. Zwei Bilder waren von besonderem Wert; das eine von alten Moskauer Meistern, die für den Zaren arbeiteten, den Griechen nachgebildet: Die allerheiligste Himmelskönigin betet im Garten, und vor ihr neigen sich alle Zypressen und Oliven bis zur Erde; das andere aber war ein Schutzengel, eine Stroganower Arbeit. Es lässt sich gar nicht sagen, was für eine Kunst in diesen beiden Bildern war! Du schaust auf die Himmelskönigin, wie sich vor ihrer Reinheit die seelenlosen Bäume neigen, und das Herz schmilzt dir im Leibe und zittert, du schaust auf den Engel ... und wirst voller Freude! Dieser Engel war wirklich unbeschreiblich! Sein Gesicht, ich sehe es auch jetzt vor mir, leuchtet himmlisch und so gütig: Sein Blick ist mild, an den Ohren hat er ein weißes Band als Zeichen des Allhörens, seine Kleidung glänzt, die Gewänder sind mit Gold durchwirkt, die Rüstung ist gefiedert, die Schultern gepanzert; auf der Brust trägt er das Antlitz des Erlöserkindes, in der rechten Hand hält er das Kreuz, in der Linken das Flammenschwert. Wunderbar! Wunderbar! ... Die Kopfhaare sind blond gelockt, fallen über die Ohren, und Härchen an Härchen ist wie mit der Nadel gezogen. Die Flügel sind breit und weiß wie Schnee, der Untergrund leuchtender Lasur; Feder sitzt an Feder, und im Flaum jeder Feder Härchen an Härchen. Du schaust auf die Flügel, und wohin ist deine ganze Angst verschwunden? Du betest: Beschatte mich! Und sogleich wirst du ganz still, und in deine Seele kehrt der Friede ein. Was war das für ein Bild! Diese beiden Bilder waren für uns dasselbe wie für die Juden ihr Allerheiligstes, das Bezaleel mit wunderbarer Kunst ausgeschmückt hatte. Alle anderen Bilder, von denen ich eben erzählte, führten wir in besonderen Kasten auf dem Wagen, aber diese beiden legten wir nicht einmal auf das Fuhrwerk, sondern trugen sie: Das der Himmelskönigin trug Michailiza, Luka Kirillows Frau, die Darstellung des Engels aber verwahrte Luka selbst auf seiner Brust. Er hatte für dieses Bild ein Säckchen aus dunklem Brokat machen lassen mit einem Knopf und mit einem scharlachroten Kreuz aus Stoff an der Vorderseite; oben war eine dicke grüne Seidenschnur angenäht, um das Bild um den Hals zu hängen. So trug Luka die Ikone immer auf der Brust, und wenn wir gingen, zog er voraus, dass der

Engel uns voranschritte. Wir gingen auf Suche nach neuer Arbeit von Ort zu Ort durch die Steppen. Allen voran schwingt Luka Kirillow ein Klaftermaß anstelle eines Steckens, hinter ihm fährt im Wagen Michailiza mit dem Bild der Gottesmutter, und hinter ihnen zieht unsere ganze Gesellschaft. Um uns her auf den Feldern Gras, Blumen auf den Wiesen, wo die Herden weiden und der Hirt die Flöte bläst ... für Herz und Seele ist es eine Wonne! Immer ging es uns prächtig, und wunderbar war unser Erfolg bei jeder Sache: Stets fanden wir gute Arbeit, unter uns herrschte Eintracht, von zu Hause kamen immer beruhigende Nachrichten. Und dafür segneten wir unseren Engel, der uns voranschritt, und ich glaube, wir hätten uns leichter von unserem Leben getrennt als von seinem wunderbaren Bild.

Und kann man es sich ausdenken, dass wir irgendwie durch irgendeine Schickung unseres kostbarsten Heiligtums beraubt werden würden? Doch dieses Leid erwartete uns, und es wurde uns, wie wir später einsahen, nicht durch menschliche Hinterlist bereitet, sondern nach dem Willen unseres Wegführers selbst. Er begehrte für sich selber diese Kränkung, um uns durch Kummer das Heilige begreifen zu machen und uns den wahren Weg zu zeigen, vor dem alle Wege, die wir bis zur Stunde gewandert waren, durch eine dunkle, pfadlose Schlucht liefen. Aber gestatten Sie die Frage, ob meine Erzählung Sie interessiert oder ob ich Ihre Aufmerksamkeit unnütz in Anspruch nehme?«

»Nein, wieso denn: Fahren sie gütigst fort!«, riefen wir, voll Anteilnahme für seine Erzählung.

»Schön, ich gehorche Ihnen und beginne, so gut ich es kann, von dem Wunder zu berichten, das sich mit dem Engel zutrug.«

Drittes Kapitel

»Wir kamen vor eine große Stadt, an ein großes fließendes Wasser, den Dnjeprstrom, um dort eine große und jetzt sehr berühmte Brücke zu bauen. Die Stadt erhebt sich auf dem rechten steilen Ufer, während wir auf dem linken flachen Wiesenufer standen, und vor uns lag die ganze wundervolle Landschaft: alte Kirchen, heilige Klöster mit vielen heiligen Reliquien, dichte Gärten und Bäume, wie man sie in alten Büchern abgebildet findet, spitzwipfelige Pappeln.

Du schaust auf all das, und dein Herz brennt in dir, so herrlich ist es! Sehen Sie, wir sind natürlich einfache Leute, aber wir fühlen doch die Pracht der gottgeschaffenen Natur! Der Ort hier gefiel uns so sehr, dass wir am ersten Tag mit dem Bau einer vorläufigen Unterkunft für uns begannen; zuerst schlugen wir hohe Pfähle ein, da die Stelle nieder gelegen war, ganz neben dem Wasser. Dann errichteten wir auf diesen Pfählen eine Stube und daneben einen Schuppen. In der Stube stellten wir unser ganzes Heiligtum auf, wie es sich nach dem Gesetz der Väter gehört: Längs der einen Wand stellten wir die zusammenlegbare dreiteilige Heiligenwand auf, zuunterst die großen Bilder, darauf zwei Tafeln für die kleineren Bilder, und so errichteten wir eine Art Treppe bis hinauf zum Kruzifix; den Engel aber stellten wir auf das Chorpult, auf dem Luka Kirillow die Heilige Schrift vorlas. Luka Kirillow wohnte mit Michailiza im Schuppen, während wir uns daneben einen Schlafraum errichteten. Andere, die ebenfalls gekommen waren, um hier zu arbeiten, sahen uns zu und begannen auch hier zu bauen, so dass bei uns, der großen Stadt gegenüber, ein kleines Städtchen auf Pfählen entstand. Wir arbeiteten, und alles ging ganz nach Wunsch. Das Geld zur Auszahlung lag immer pünktlich im Kontor der Engländer bereit, und Gott schenkte uns solch eine Gesundheit, dass es den ganzen Sommer über keinen einzigen Kranken gab; Lukas Michailiza begann sogar zu klagen, dass sie gar nicht froh werden könne, so dick werde sie überall. Uns Altgläubigen gefiel besonders gut, dass wir, die wir damals überall wegen unserer Bräuche verfolgt wurden, hier volle Freiheit hatten: Es gab keine Stadt- und keine Kreisobrigkeit und keinen Popen; wir sahen niemanden, und niemand kümmerte sich um unseren Glauben oder behinderte uns ... Wir beteten, soviel wir wollten. Wenn wir unsere Stunden abgearbeitet hatten, versammelten wir uns in der Stube, wo schon das ganze Heiligtum im Licht der Lämpchen glänzte, so dass einem das Herz erglühte. Luka Kirillow stimmte das Segenslied an, und wir fielen ein, so dass unser Gesang manchmal bei ruhigem Wetter weit von unserer Ansiedlung zu hören war. Unser Glaube störte niemanden, vielen gefiel es sogar, und zwar nicht nur den einfachen Leuten, die Gott nach russischem Brauch verehren, sondern auch Andersgläubigen. Viele fromme kirchlich Gesinnte, die nicht Zeit hatten, zur Kirche jenseits des Flusses zu gehen, standen bei uns an den Fenstern, hörten zu und beteten mit. Wir trieben sie von da nicht weg, es wäre auch nicht möglich gewesen, alle fortzujagen, weil auch hin und wieder die Ausländer kamen, die sich für die alten russischen Bräuche interessierten und unserem Gesang mit Vergnügen zuhörten. Der Oberbaumeister der Engländer, Jakow Jakowlewitsch, stand manchmal sogar mit einem Stück Papier hinter dem Fenster und wartete, um unsern Gesang in Notenschrift aufzuzeichnen, und wenn er dann zur Arbeit kam, summte er nach unserer Weise vor sich hin: ›Herr Gott, erscheine uns.‹ Nur geriet es bei ihm, versteht sich, in einem anderen Stil, weil dieses Lied in der alten kirchlichen Notenschrift aufgezeichnet ist und sich mit den westlichen Noten nicht vollkommen aufzeichnen lässt. Die Engländer, man muss ihnen die Ehre lassen, sind umgängliche und gottesfürchtige Leute, sie hatten uns sehr gern und schätzten und lobten uns als gute Menschen. Mit einem Wort, der Engel Gottes hatte uns an einen guten Ort geführt und vor uns die Herzen der Menschen und die ganze Natur aufgetan. In solch friedlicher Stimmung, wie ich sie Ihnen geschildert habe, lebten wir fast drei Jahre. Alles glückte uns, und die Erfolge strömten über uns wie aus einem Zauberhorn, als wir plötzlich sahen, dass unter uns zwei Gefäße waren, die Gott zu unserer Bestrafung auserwählt hatte. Der eine war der Schmied Maroi, der andere der Rechnungsführer Pimen Iwanow. Maroi war ein ganz einfacher Mann, der weder lesen noch schreiben konnte, was unter den Altgläubigen selten vorkommt, aber doch auffallend: Von außen plump wie ein Kamel und wild wie ein Eber, seine Brust war um die Hälfte breiter als bei einem anderen Menschen, seine Stirn war mit dichten Haarbüscheln bewachsen, aber auf dem Scheitel hatte er sich eine Tonsur geschoren. Seine Sprache war dumpf und schwer verständlich, weil er immer mit den Lippen schmatzte, und sein Verstand war so beschränkt, dass er nicht einmal aus dem Gedächtnis beten konnte, sondern nur immer dasselbe Wort vor sich hersagte. Aber er sah in die Zukunft, besaß die Gabe der Weissagung und konnte Andeutungen über kommende Dinge geben. – Pimen dagegen war ein stutzerhafter Mensch, der sich gern wichtig machte und seine Worte so schlau setzte, dass man seine Reden bewundern musste, aber er hatte einen leichtfertigen und beeinflussbaren Charakter. Maroi war ein bejahrter Mann, schon über die Siebzig, Pimen war mittleren Alters und ansehnlich: Er hatte krause, in der Mitte gescheitelte Haare, starke Brauen, eine gesunde Gesichtsfarbe und war mit einem Wort ein strammer Mensch. Und siehe: In diesen beiden Gefäßen gärte der bittere Trank, den wir trinken mussten.

Viertes Kapitel

Die Brücke, die wir auf sieben Granitjochen bauten, war schon weit über das Wasser hinausgewachsen, und im Sommer des vierten Jahres begannen wir die eisernen Ketten über die Pfeiler zu spannen. Da wurden wir aber in unserer Arbeit etwas aufgehalten: Als wir die Kettenglieder nach ihrer Größe aneinander passten und mit stählernen Nieten zusammenfügten, zeigte es sich, dass viele Bolzen zu lang waren und dass man sie abschneiden musste. Aber jeder dieser Bolzen war eine englische Stahlstange und in England hergestellt, aus härtestem Stahl gegossen und stark wie der Arm eines erwachsenen Mannes. Man konnte diese Bolzen nicht glühen, weil der Stahl darunter gelitten hätte, und kein Instrument griff den Stahl an. Da fand plötzlich unser Schmied Maroi ein Mittel: Er verklebte den Bolzen, an der Stelle, wo man ihn abschneiden musste, mit dickem Wagenteer, den er mit Sand bedeckte, steckte dann das ganze Stück in den Schnee, streute Salz herum und drehte und wendete es. Dann zog er es mit einem Ruck heraus, glühte es, und wenn er dann mit dem Hammer draufschlug, sprang es auseinander, wie eine Wachskerze, die man mit der Schere durchschneidet.

Alle die Engländer und Deutschen kamen, um die schlaue Erfindung unseres Marois zu sehen; sie schauen und schauen, plötzlich lachen sie, sprechen zuerst untereinander in ihrer Sprache und sagen dann in unserer Sprache: ›So, Ruß; bist ein tüchtiger Kerl. Verstehst gut Physik.‹

Aber was für eine ›Physik‹ konnte unser Maroi kennen! Er hatte ja von der Wissenschaft keine Ahnung und tat nur, wie ihn Gott erleuchtete. Aber unser Pimen Iwanow brüstete sich damit. So war es nach beiden Seiten schlecht: Die einen glaubten an die Wissenschaft, von der unser Maroi nicht das Geringste wusste, und die anderen sagten, dass Gottes Segen über uns sichtbar Wunder wirkte, von denen wir niemals etwas sahen. Und das letzte war für uns schlimmer als das erste. Ich erklärte Ihnen also, dass Pimen Iwanow ein schwacher Mensch und ein Prahler sei, und jetzt muss ich erzählen, weshalb wir ihn doch in unserer Gesellschaft duldeten. Er fuhr für uns in die Stadt, um Lebensmittel zu holen, und besorgte die notwendigen Einkäufe; wir schickten ihn auf die Post, um Geld und die Pässe heimzuschicken und die neuen Pässe wieder abzuholen. Er erledigte alle solche Angelegenheiten und war uns, die Wahrheit zu sagen, in dieser Beziehung sogar sehr nützlich. Ein wirklich würdiger Altgläubiger meidet natürlich diese Eitelkeiten und flieht den Verkehr mit den Beamten, von denen wir außer Ärger nichts hatten; Pimen aber freute sich über diese Eitelkeiten und hatte in der Stadt auf dem anderen Ufer eine sehr ausgedehnte Bekanntschaft. Händler, Herrschaften, mit denen er in unseren Geschäften in Berührung kam, alle kannten ihn und hielten ihn für den Ersten bei uns. Natürlich lachten wir darüber, aber er liebte es sehr, mit den Herrschaften Tee zu trinken und groß daherzureden. Sie nennen ihn unseren Ältesten, und er lächelt nur, und in seinem Innersten schmeichelt es ihm. Mit einem Wort: Hohlheit! So kam unser Pimen auch zu einer nicht unwichtigen Persönlichkeit, die eine Frau aus unserer Gegend hatte. Sie war ebenfalls redselig und hatte irgendwelche neue Bücher über uns gelesen, in denen, wir wissen nicht, was alles, über uns geschrieben stand. Auf einmal erklärte sie, ich weiß nicht, wie es ihr in den Sinn kam, dass sie die Altgläubigen sehr liebe. Das war eine ganz wundersame Sache. Nun, sie liebt uns halt, und so oft Pimen wegen irgendetwas zu ihrem Mann kommt, lässt sie ihn sofort niedersetzen, traktiert ihn mit Tee, und er freut sich darüber und setzt ihr seine Geschichten vor.

Bei solchem Weibergeschwätz erzählt er ihr, was wir Altgläubige für Menschen wären; wir seien wie die Heiligen, rechtschaffen und gesegnet, und unser Großsprecher schlägt die Augen nieder, legt den Kopf auf die Seite, streicht sich den Bart und sagt süßlich: »Ja, Gnädige, wir halten eben das väterliche Gesetz und sind so, dass wir das Herkommen beobachten und einer für den anderen über die Reinheit der Sitten wacht.« Mit einem Wort, er sagt ihr lauter Dinge, die durchaus nicht zum Gespräch mit einer weltlichen Frau gehören. Aber denken Sie sich nur: Sie interessiert sich dafür.

»Ich habe gehört«, sagt sie, »dass sich Gottes Segen sichtbar bei euch offenbart.«

Und er bestätigt es ihr sofort: »Nun ja, Mütterchen«, antwortet er, »offenbart sich; ganz sichtlich offenbar er sich.«

»Sichtlich?«

»Sichtlich«, sagte er, »Gnädige, sichtlich. Gerade dieser Tage hat einer unserer Leute den mächtigen Stahl wie ein Spinngewebe durchschnitten.«

Die Gnädige klatscht vor Überraschung in die Hände.

»Ach«, sagt sie, »wie interessant! Ich glaube an Wunder und liebe sie schrecklich! Wissen Sie, sagen Sie bitte Ihren Altgläubigen, sie möchten beten, dass Gott mir eine Tochter schenke. Ich habe zwei Söhne und möchte unbedingt eine Tochter. Ist das möglich?‹

›Ja, das ist möglich‹, antwortete Pimen, ›warum nicht? Es ist sehr wohl möglich! Nur ist es in solchen Fällen notwendig, dass Sie für die Öllämpchen opfern.‹

Zu seiner großen Befriedigung gibt sie ihm zehn Rubel für Öl, er steckt das Geld in die Tasche und sagt: ›Schön, seien Sie guten Mutes, ich werde es ausrichten.‹

Pimen erzählte uns natürlich nichts davon, aber der Gnädigen wurde eine Tochter geboren.

Nun war sie vor Freude außer sich und ließ gleich nach der Geburt unseren Hohlkopf rufen; sie feiert ihn, als ob er selbst der Wundertäter wäre, und er nimmt das alles hin. So leichtfertig wird ein Mensch, sein Verstand verdunkelt sich, und sein Gefühl erstarrt. Nach einem Jahr hat die Herrin wieder eine Bitte an unseren Gott, dass nämlich ihr Mann ihr ein Landhaus mieten solle – und wieder geht es nach ihrem Wunsch, und Pimen verwendet das Geld, das sie für Kerzen und Öl spendete, wie er es für zweckmäßig hält; zu uns gelangte aber nichts. Und tatsächlich ereigneten sich unerklärliche Wunder. Der älteste Sohn der Gnädigen war in der Schule der größte Taugenichts und ein fauler Schlingel, der nichts lernen wollte; als es zum Examen kam, ging sie zu Pimen und beauftragte ihn zu beten, dass ihr Sohn in die andere Klasse versetzt werde.

Pimen sagte: ›Das ist eine schwere Sache. Ich muss alle meine Leute die ganze Nacht beim Gebet zusammenhalten, damit sie bei Kerzen bis zum Morgen flehen.‹

Aber sie besteht auf ihrem Willen und händigt ihm dreißig Rubel ein: ›Betet nur!‹ Und was denken Sie? Ihr nichtsnutziger Sohn hat solches Glück, dass man ihn in die nächste Klasse versetzt. Die Gnädige kommt fast von Sinnen darüber, dass Gott ihr solche Gefälligkeiten erweist. Sie gibt Pimen Auftrag auf Auftrag, und er hat schon bei Gott für sie Gesundheit erwirkt, eine Erbschaft, einen hohen Rang für ihren Mann und so viele Orden, dass sie auf seiner Brust keinen Platz mehr finden und er einen, wie man sagt, in der Tasche trägt. Es war einfach ein Wunder, aber wir erfuhren nichts davon. Es kam jedoch die Zeit, wo alles offenbar wurde und ein Wunder die anderen ablöste.

Fünftes Kapitel

In einer jüdischen Stadt des Gouvernements war bei den Juden im Handel eine schmutzige Geschichte passiert. Ich kann Ihnen nicht genau sagen, ob sie falsches Geld gehabt oder ein unredliches Geschäft gemacht hatten, jedenfalls musste die Obrigkeit die Sache aufdecken und hatte eine bedeutende Belohnung dafür ausgesetzt.

Die Gnädige ging also zu unserem Pimen und sagte: ›Pimen Iwanowitsch, hier gebe ich Ihnen zwanzig Rubel für Kerzen und Öl. Befehlen Sie den Ihrigen, so eifrig wie möglich zu beten, dass man meinen Mann mit dieser Sache beauftragt.‹

Das machte ihm wenig Kummer! Er hatte schon Geschmack an diesen Opfergaben gefunden und antwortete: ›Gut, Gnädige, ich werde es befehlen.‹

›Aber dass sie auch tüchtig beten, die Sache ist für mich sehr wichtig.‹

›Die werden sich nicht unterstehen, schlecht zu beten, wenn ich es befehle‹, beruhigt Pimen, ›ich werde ihnen Fasten auferlegen, bis sie es erfleht haben.‹ Er nahm das Geld und ließ es dabei bewenden. Ihr Gemahl aber erhielt noch in derselben Nacht den von ihr gewünschten Auftrag. Bei diesem Segen genügte ihr unser Gebet nicht mehr, und sie wollte unserem Heiligtum selber ihre Lobpreisung darbringen. Sie sagte es Pimen, und er bekam Angst, weil er wusste, dass wir sie nicht in unser Heiligtum einlassen würden. Die Gnädige gab jedoch nicht nach.

›Ich werde‹, sagte sie, ›was Sie auch sagen mögen, heute gegen Abend ein Boot nehmen und mit meinem Sohn zu Ihnen kommen.‹

Pimen redet ihr zu: ›Es ist besser‹, sagt er, ›wenn wir selber beten. Wir haben einen Schutzengel, dem weihen Sie ein Licht, und wir werden ihm den Schutz Ihres Gemahls anvertrauen.‹

›Ach, das ist vortrefflich‹, antwortet sie, ›ganz vortrefflich! Ich bin sehr froh über diesen Engel; hier ist etwas Geld für Öl, zünden Sie drei Lämpchen vor ihm an, und ich werde dann kommen, um es mir anzusehen.‹

Pimen gefiel das gar nicht; er kam zu uns und begann zu jammern, dass die Sache so und so stünde.

›Ich habe‹, sagte er, ›der abscheulichen Ketzerin nicht widersprochen, als sie ihr Begehren äußerte, weil wir ihren Mann notwendig brauchen.‹ Und so log er uns ganze Körbe voll vor, aber von all dem, was er getan hatte, sagte er nichts. Nun, so unangenehm es uns auch war, es war nichts zu machen. Wir nahmen unsere Heiligenbilder möglichst schnell von der Wand und legten sie in ihre Kisten, aus denen wir die Ersatzbilder holten, die wir aus Furcht vor Beamtenüberfällen bei uns hatten. Die setzten wir nun auf die Gestelle und erwarteten unseren Gast. Sie kam und war so aufgeputzt, dass es zum Erschrecken war. Sie fegte mit ihren langen, breiten Bändern nur so hin, schaute alle unsere vertauschten Heiligenbilder durch die Lorgnette an und fragte: ›Sagen Sie, bitte, welcher ist hier der wundertätige Engel?‹

Wir wissen schon nicht mehr, wie wir sie von dem Gespräch abbringen sollen.

›Wir haben keinen solchen Engel‹, sagen wir.

Und wie sie auch in uns drang und Pimen schalt, wir zeigten ihr den Engel nicht, sondern führten sie möglichst schnell zum Teetisch und setzten ihr vor, was wir hatten.

Sie missfiel uns schrecklich, Gott weiß warum: Sie sah irgendwie abstoßend aus, obwohl man sie sonst für schön hielt. Wissen Sie, so eine Lange, Hagere, mit zusammengewachsenen Augenbrauen.«

»Solch eine Schönheit gefällt Ihnen nicht?«, unterbrach der Bärenpelz den Erzähler.

»Erlauben Sie, was kann einem an einer solchen schlangenähnlichen Gestalt gefallen?«, antwortete jener.

»Bei euch hält man wohl eine Frau für schön, wenn sie wie ein Erdhaufen aussieht?«

»Ein Erdhaufen!«, wiederholte unser Erzähler lächelnd und ohne gekränkt zu sein. »Warum nehmen Sie das an? Nach unserer echt russischen Auffassung bevorzugen wir einen Typus, der, unserer Meinung nach, viel ansprechender ist, als der, den die jetzige Leichtfertigkeit schätzt, aber durchaus nicht, was man einen Erdhaufen nennen kann. Wir schätzen nur die Langen, Mageren nicht, sondern lieben es, wenn die Frau nicht auf langen, sondern auf kräftigen Beinen steht, damit sie nicht konfus herumrennt, sondern wie eine Kugel überall hinrollt und auch hinkommt, während die Lange hin und her läuft und stolpert. Die schlangenhafte Schlankheit schätzen wir ebenso wenig, sondern fordern, dass die Frau erdhafter sei und einen Busen habe, denn wenn er auch für die Figur nicht so schön ist, so spricht er doch von der Mutterschaft; die Stirne muss bei der echten russischen Frauenart voll und fleischig sein, weil in ihr dann mehr Lust und Freundlichkeit liegt. Ähnlich ist es mit der Nase. Wir mögen die Hakennasen nicht, sondern die Nase soll wie ein Pfeifchen sein, denn so ein Pfeifchen ist, wenn Sie erlauben, für die Familie viel freundlicher als eine trockene, stolze Nase. Und ganz besonders die Brauen: Die Brauen offenbaren den Ausdruck im Gesicht, und deshalb dürfen sie bei der Frau nicht zusammenstoßen, sondern müssen einen offenen Bogen bilden, weil man mit einer solchen Frau viel umgänglicher sprechen kann und sie auf jeden einen ganz anderen, für das Haus einnehmenden Eindruck macht. Freilich, der jetzige Geschmack ist von diesem guten Typus abgekommen und bevorzugt beim Frauengeschlecht ätherische Luftigkeit, aber das ist eben schade.

Aber, gestatten Sie, wir sprachen nicht davon, und ich fahre lieber in meiner Erzählung fort: Als wir die Frau hinausbegleitet hatten, merkt unser Pimen als eitler Mensch, dass wir sie abfällig kritisieren, und sagt: ›Was habt ihr denn? Sie ist doch gut.‹

Aber wir antworten: ›Die soll gut sein, wo sie schon im Gesicht nichts Gutes hat! Aber Gott sei mit ihr: Wie sie ist, so wird sie auch bleiben.‹ Wir waren schon froh, dass wir sie hinausbegleitet hatten, und räucherten gleich mit Weihrauch, damit bei uns auch kein Hauch von ihr zurückbleibe. Danach befreiten wir das Stübchen von den letzten Spuren des Gastes. Die Ersatzbilder legten wir in die

Kisten zurück und holten unsere richtigen Bilder wieder hervor. Wir hoben sie auf die Gestelle und besprengten sie mit Weihwasser. Dann ging ein jeder zu seinem Schlafplatz, und wir legten uns nieder. Aber Gott allein weiß, warum wir alle in dieser Nacht nicht schlafen konnten und wie ängstlich und unruhig es uns zumute war.

Sechstes Kapitel

Am Morgen gingen wir alle an unsere Arbeit, nur Luka Kirillow nicht. Das war in Anbetracht seiner Pünktlichkeit erstaunlich, noch erstaunlicher aber war, dass er um acht Uhr ganz verstört und bleich zu uns kam.

Ich wusste, dass er ein Mann war, der sich in der Hand hatte und es nicht liebte, sich unnütz zu grämen, und darum wurde ich aufmerksam und fragte: ›Was hast du, Luka Kirillow?‹

Aber er sagt: ›Später sage ich es.‹

Jung, wie ich damals war, war ich schrecklich neugierig, zudem hatte mich eine Vorahnung gepackt, dass sich irgendetwas Unheilvolles für unseren Glauben ereignet habe. Ich hielt aber den Glauben hoch und war niemals kleingläubig.

Ich konnte es nicht länger aushalten, verließ unter irgendeinem Vorwand die Arbeit und lief nach Hause. Ich dachte mir: Solange niemand zu Hause ist, kann ich von Michailiza etwas erfahren. Wenn ihr Luka Kirillow auch nichts eröffnet hat, so durchschaut sie ihn, trotz ihrer Einfalt, und vor mir wird sie nichts verheimlichen, da ich, schon als Kind verwaist, bei ihr an Sohnes Statt aufgewachsen bin und sie mir wie eine zweite Mutter gewesen ist.

Ich eile zu ihr und sehe sie in einem alten offenen Halbpelz auf dem Freitreppchen sitzen; aber sie ist krank und traurig und ganz fahl im Gesicht.

›Warum sitzen Sie hier, Pflegemutter?‹, frage ich.

Und sie antwortet: ›Wo soll ich denn sonst bleiben, Marotschka?‹

Ich heiße Mark Alexandrow, aber sie nannte mich in ihrer mütterlichen Zärtlichkeit Marotschka.

Was sind das für Dummheiten, denke ich mir, dass sie nicht weiß, wo sie sonst bleiben soll?

›Aber warum‹, sage ich, ›legen Sie sich denn nicht ein wenig im Schuppen hin?‹

›Ich kann nicht, Marotschka‹, antwortet sie, ›in der großen Stube betet der alte Maroi.‹

Aha, denke ich mir, es wird schon so sein, dass sich irgendetwas mit unserm Glauben zugetragen hat; und nun beginnt auch Tante Michailiza: ›Marotschka, du weißt sicher nichts, Kind, von dem, was sich heute Nacht bei uns ereignet hat?‹

›Nein, Pflegemutter, ich weiß nichts.‹

›Ach, es ist schrecklich.‹

›Erzählen Sie doch schneller, Pflegemutter!‹

›Ich weiß nicht, ob ich es erzählen darf.‹

›Warum wollen Sie nicht erzählen?‹, sage ich. ›Bin ich denn für Sie ein Fremder und nicht an Sohnes Statt?‹

›Ich weiß, mein Lieber, dass du mir wie ein Sohn bist‹, antwortet sie, ›aber ich habe kein Vertrauen, dass ich es dir auseinandersetzen kann, denn ich bin dumm und einfältig. Warte doch, nach Feierabend kommt der Onkel, und der wird dir gewiss alles erzählen.‹

Aber ich konnte nicht warten und drang in sie: ›Erzähle doch, erzähle doch gleich, was alles geschehen ist.‹

Ich sehe, wie sie mit den Lidern blinzelt und wie sich ihre Augen mit Tränen füllen, die sie mit dem Brusttuch abwischt; dann flüstert sie mir leise zu: ›Kind, der Schutzengel ist heute Nacht von uns fortgegangen.‹

Diese Eröffnung machte mich zittern.

›Sagen Sie doch bitte schnell, wie das Wunder geschehen ist und wer es gesehen hat!‹

›Das Wunder, Kind, ist unerklärlich, und niemand außer mir hat es gesehen, weil es tiefe Mitternacht war, als es geschah, und ich allein nicht schlief.‹

Und dann, meine werten Herren, erzählte sie mir folgende Geschichte: ›Nachdem ich gebetet hatte, war ich eingeschlafen. Ich weiß nicht mehr, wie lange ich schlief, aber plötzlich sehe ich im Traum eine Feuersbrunst, eine ganz große Feuersbrunst. Es war, als ob alles bei uns verbrannt wäre, und der Fluss führe die Asche mit sich fort, aber an den Strudeln um die Brückenjoche kreist sie noch, und dann schluckt sie der Fluss in die Tiefe.‹ Und Michailiza träumt, sie sei hinausgelaufen und stehe in einem alten zerrissenen Hemd ganz unten am Wasser, aber ihr gegenüber am anderen Ufer erhebe sich eine hohe, rote Säule, und oben auf der Säule stehe ein kleiner, weißer Hahn, der in einem fort mit den Flügeln schlage. Michailiza fragt: ›Wer bist du?‹, denn das Gefühl sagt ihr, dass dieser Vogel ein Vorzeichen sei. Der Hahn aber ruft plötzlich mit menschlicher Stimme ›Amen‹, sonst nichts, und damit ist er verschwunden, aber um Michailiza herum herrscht eine große Stille, und die Luft ist so dünn, dass sie keinen Atem mehr bekommt und es ihr schrecklich zumute wird. Dann wacht sie auf, liegt da und vernimmt deutlich, wie vor der Tür ein Lämmchen blökt. Und an der Stimme merkt sie, dass es ein neugeborenes Lämmchen ist. Mit hellem silbernen Stimmchen macht es bä-ä-äh, und plötzlich hört Michailiza, dass es durch die Gebetsstube geht, mit seinen kleinen Hufen auf den Boden klopft und hin und wieder stehen bleibt, als ob es etwas suche. Michailiza überlegt: Herr Jesu Christ, was soll das bedeuten? In unserer ganzen Ansiedlung gibt es kein Schaf, und woher ist uns jetzt dieses Lämmchen zugelaufen? Nun wird sie ganz wach: Aber wie ist es denn in die Stube gekommen? In der gestrigen Hast haben wir also vergessen, das Hoftor zu schließen, Gott sei Dank, dass nur ein Lämmchen hereingesprungen und nicht der Hofhund in das Heiligtum eingedrungen ist. Und nun beginnt sie Luka zu wecken: ›Kirillytsch‹, ruft sie, ›Kirillytsch, steh schnell auf! Unsere Tür ist offen, und irgendein Jungtier ist zu uns in die Hütte gesprungen.‹ Aber zum Unheil schläft Luka Kirillow wie ein Toter. Und wie ihn auch Michailiza zu wecken versucht, es will ihr auf keine Weise gelingen. Luka brummt nur und sagt kein Wort. Michailiza schüttelt ihn stärker, aber er brummt nur noch lauter. Sie beginnt ihn zu bitten: ›Gedenk des Namen Jesu!‹ Aber kaum hat sie das Wort ausgesprochen, als in der Stube etwas winselt, und in dem Augenblick springt Luka vom Bett auf, stürzt nach vorn und prallt plötzlich mitten in der Stube wie vor einer ehernen Wand zurück. ›Mach Licht, Weib, mach schneller Licht!‹ ruft er Michailiza zu, er selbst aber rührt sich nicht von der Stelle. Sie zündet eine Kerze an und läuft herzu, aber er ist bleich wie ein zum Tode Verurteilter und bebt, dass das Kreuz an seinem Hals, ja selbst die Fußlappen an seinen Füßen zittern. Die Frau spricht wieder zu ihm: ›Ernährer, was hast du?‹, sagt sie. Er aber zeigt mit dem Finger, dass dort, wo der Engel war, eine leere Stelle ist und dass der Engel selbst vor Lukas Fuß auf dem Boden liegt.

Luka Kirillow geht jetzt unverzüglich zum alten Maroi und sagt ihm, wie alles gewesen sei, was seine Frau gesehen habe und was bei uns geschehen war: ›Komm und schau!‹ Maroi kommt, kniet vor dem auf der Erde liegenden Engel nieder und bleibt vor ihm lange unbeweglich, wie ein marmornes Grabbild, liegen, dann hebt er aber die Hand, streicht sich über die Tonsur auf dem Scheitel und sagt leise: ›Bringt zwölf reine, neu gebrannte Ziegelplatten her!‹

Luka Kirillow bringt sie sogleich, Maroi schaut sie an und sieht, dass sie alle rein sind und gerade aus dem Brennofen kommen, und er befiehlt Luka, eine auf die andere zu legen und so eine Art Säule aufzuführen, sie mit einem reinen Handtuch zu bedecken und darauf das Heiligenbild zu legen. Dann verneigt sich Maroi bis zur Erde, und ruft: ›Engel Gottes, streu deine Spuren aus, wohin du willst!‹

Er hat diese Worte kaum ausgesprochen, als an der Tür geklopft wird und eine unbekannte Stimme ruft: ›He, ihr Altgläubigen, wer ist euer Ältester?‹

Luka Kirillow öffnet die Tür und sieht einen Soldaten mit einer Medaille vor sich stehen.

Luka fragt, was für einen Ältesten er wolle. Und der antwortet: ›Den, der oft zur Gnädigen kam und den sie Pimen nennen.‹

Luka schickt seine Frau gleich zu Pimen und fragt weiter, worum es sich handle und wer ihn in der Nacht nach Pimen gesandt habe.

Der Soldat sagt: ›Etwas Genaues weiß ich nicht, aber ich habe so etwas gehört, als ob die Juden dort eine schlimme Geschichte mit unserem Herrn angestellt hätten!‹

Aber was es eigentlich sei, kann er nicht erzählen.

›Ich habe gehört‹, sagt er, ›dass der Herr erst sie versiegelt hätte und dann sie ihn.‹

Aber darüber, wie sie einander versiegelt haben, weiß er nichts Verständliches zu sagen.

Währenddes war Pimen gekommen; er schielt selbst wie ein Jude, bald dorthin, bald dahin, und weiß nicht, was er sagen soll. Und Luka spricht ihn an: ›Was hast du da gemacht, Spielmann? Geh jetzt und spiel dein Stück nur zu Ende!‹

Der setzte sich mit dem Soldaten ins Boot, und sie fahren ab.

Nach einer Stunde kommt unser Pimen zurück, stellt sich munter, aber man sieht, dass es ihm durchaus nicht so zumute ist. Luka fragt ihn:

›Sprich‹, sagt er, ›du Windbeutel, und sag ganz aufrichtig, was du dort getan hast.‹

Aber jener erwiderte: ›Nichts‹.

Nun, bei dem Nichts blieb es, obwohl es durchaus kein Nichts gewesen war.

Siebentes Kapitel

Mit dem Herrn, für den unser Pimen gebetet hatte, war eine erstaunliche Geschichte geschehen. Er war, wie ich Ihnen berichtet habe, in die jüdische Stadt gefahren, war dort spät in der Nacht angekommen, als niemand an ihn dachte, hatte sofort alle Läden unter Siegel genommen und die Polizei verständigt, dass er am nächsten Morgen mit der Revision beginnen werde. Die Juden erfuhren es natürlich sofort und gingen gleich, noch in der Nacht, zu ihm, um ihn um ein Übereinkommen zu bitten, da sie große Vorräte von gesetzwidrigen Waren auf Lager hatten. Sie kamen zu ihm und steckten ihm auf einmal zehntausend Rubel zu. Er sagte: Ich kann nicht, ich bin ein hoher Beamter, genieße Vertrauen und nehme keine Bestechungsgelder. Die Juden schnattern untereinander: ›Fünfzehntausend‹. Er wieder: ›Ich kann nicht.‹ Sie: ›Zwanzig‹. Er darauf: ›Versteht ihr denn nicht, dass ich nicht kann: Ich habe schon die Polizei verständigt, dass ich morgen mit ihr zusammen revidieren werde‹.

Sie schnattern wieder und sagen dann: ›Ach, Eure Durchlaucht, das macht nichts, dass Sie die Polizei verständigt haben, wir geben Ihnen fünfundzwanzigtausend, und Sie geben uns dafür bloß bis zum Morgen Ihr Petschaft und legen sich ruhig schlafen: Wir brauchen nichts mehr.‹

Der Herr überlegt hin und her: Wenn er sich auch für eine hohe Person hält, so scheint auch bei den hohen Personen das Herz nicht von Stein zu sein; er nahm die fünfundzwanzigtausend, gab ihnen das Petschaft, mit dem er siegelte, und legte sich schlafen. Die Juden holten, versteht sich, in der Nacht alles Notwendige aus ihren Lagern heraus und versiegelten sie wieder mit demselben Petschaft. Der Herr schlief noch, als sie am Morgen schon wieder in seinem Vorzimmer lärmten.

Er geht zu ihnen hinaus; sie danken ihm und sagen: ›Nun, Euer Hochwohlgeboren, nun halten Sie bitte Revision.‹

Er scheint es aber zu überhören und sagt: ›Gebt mir schnell mein Siegel.‹

Aber die Juden sagen: ›Ja, geben Sie uns unser Geld.‹

Der Herr: ›Was? Wie?‹

Aber sie bleiben dabei: ›Wir haben‹, sagen sie, ›Ihnen das Geld als Pfand zurückgelassen.‹

Er wieder: ›Was, als Pfand?‹

›Freilich‹, sagen sie, ›als Pfand.‹

›Ihr lügt‹, sagt er, ›ihr Halunken, ihr Christusverkäufer, ihr habt mir das Geld ganz gegeben.‹

Sie stoßen einander an und lachen.

›Hörst du‹, sagen sie, ›hörst, wir haben ihm das Geld ganz gegeben ... Hm, hm, ai, ai, wie könnten wir so dumm sein und so unpolitisch, einer so hohen Persönlichkeit Chabar geben.‹ (So nennen Sie Bestechungsgelder.)

Nun, können Sie sich etwas Schöneres vorstellen als diese Geschichte? Der Herr, versteht sich, hätte nun das Geld zurückgeben sollen, und die Sache wäre zu Ende gewesen, aber er war eigensinnig und wollte sich davon nicht trennen. So verging der Morgen. Der ganze Handel in der Stadt ist gesperrt. Die Leute kommen und wundern sich. Die Polizei fordert das Siegel, und die Juden schreien: ›Ai wai, was ist das für eine staatliche Regierung! Die hohe Obrigkeit will uns ruinieren.‹ Ein schreckliches Durcheinander. Der Herr sitzt eingeschlossen zu Hause und hat bis Mittag schier den Verstand verloren. Am Abend ruft er dann die listigen Juden zu sich und sagt: ›Hier, ihr Verfluchten, nehmt euer Geld und gebt mir nur mein Petschaft wieder!‹ Aber sie wollen nicht und sagen: ›Ja, wenn das so ginge! Wir haben den ganzen Tag nicht gehandelt: Jetzt müssen Euer Wohlgeboren uns fünfzehntausend dazugeben!‹ Sehen Sie, so kam es! Und die Juden drohen: ›Wenn Sie uns jetzt nicht die fünfzehntausend geben, kostet die Sache morgen fünfundzwanzigtausend Rubel mehr.‹ Der Herr schlief die ganze Nacht nicht, am Morgen schickte er wieder zu den Juden, gab ihnen das ganze Geld, das er von ihnen erhalten hatte, zurück und unterschrieb einen Wechsel auf fünfundzwanzigtausend; dann begann er so eine Art Revision. Natürlich fand er nichts, fuhr so schnell wie möglich nach Hause und tobte vor seiner Frau, woher er die fünfundzwanzigtausend Rubel nehmen solle, um den Juden den Wechsel zu bezahlen. ›Wir müssen dein Gut, das du in die Ehe mitgebracht hast, verkaufen‹, sagt er. Aber sie erwidert: ›Um nichts in der Welt, ich bin mit ihm verwachsen.‹ Er sagt: ›Du bist schuld, du hast mir mit deinen Altgläubigen diesen Auftrag erbetet und warst überzeugt, dass mir ihr Engel helfen würde; so schön hat er mir nun geholfen!‹ Aber sie antwortet darauf: ›Du bist selber schuld, warum bist du so dumm und hast die Juden nicht verhaftet und erklärt, dass sie dir das Petschaft gestohlen haben? Aber im Übrigen‹, sagt sie, ›macht es nichts, folge nur mir, ich werde die Sache schon wieder einrichten, und für deine Unvernunft werden andere zahlen.‹ Und mit einem Male plärrt sie: ›Sofort, schnell den Dnjepr hinunterfahren und mir den Ältesten der Altgläubigen herholen!‹

Der Bote kam, brachte unseren Pimen, und die Frau sagte ihm ohne Umschweife: ›Hören Sie, ich weiß, dass Sie ein verständiger Mensch sind und dass Sie verstehen werden, was ich brauche: Meinem Mann ist eine kleine Unannehmlichkeit widerfahren. Nichtswürdige haben ihn ausgeraubt, die Juden ... Sie verstehen ... und wir brauchen unbedingt dieser Tage fünfundzwanzigtausend Rubel, die ich nirgends so schnell auftreiben kann. Aber ich habe Sie gerufen, und da ich weiß, dass ihr Altgläubige kluge und reiche Leute seid, und weil ich mich selbst überzeugt habe, dass Gott euch in allen Dingen hilft, bin ich sicher, dass ihr mir den Gefallen tun und die fünfundzwanzigtausend geben werdet. Ich werde dafür meinerseits allen Damen von euren wundertätigen Heiligenbildern erzählen, und ihr werdet sehen, wie viel ihr für Wachs und Öl erhalten werdet.‹ Ich glaube, meine werten Herren, dass Sie sich ohne Mühe vorstellen können, was unser Spielmann bei dieser Wendung empfand. Ich weiß nicht, was er alles sagte, aber ich glaube es ihm, dass er nun anfing, sich zu winden und zu schwören und sie unserer Dürftigkeit zu versichern; aber sie, die neue Herodias, wollte davon nichts wissen. ›Nein‹, sagte sie, ›ich weiß sehr gut, dass die Altgläubigen reich sind und dass fünfundzwanzigtausend Rubel für euch nichts bedeuten. Als mein Vater in Moskau Beamter war, haben ihm die Altgläubigen mehrmals solche Gefälligkeiten erwiesen; und fünfundzwanzigtausend Rubel sind gar nicht der Rede wert.‹ Pimen versuchte natürlich, ihr vorzustellen, dass die Moskauer Altgläubigen kapitalkräftige Leute seien, wir aber einfache Bauern und Taglöhner ... Aber sie hatte anscheinend sehr gute Moskauer Erfahrungen und fiel auf einmal über ihn her: ›Warum erzählen Sie mir das? Als ob ich nicht wüsste, wie viele wundertätige Heiligenbilder ihr habt! Haben Sie mir nicht selbst erzählt, wie viel man euch aus ganz Russland für Wachs und Öl schickt? Nein, ich will nichts hören, entweder bekomme ich sofort Geld, oder mein Mann fährt gleich zum Gouverneur und erzählt ihm alles, wie ihr betet und die Leute verführt, und es wird euch schlecht gehen.‹ Der arme Pimen fiel schier die Treppe hinunter; er kam nach Hause und sagte, wie ich Ihnen berichtet habe, nur das eine Wort: ›Nichts‹. Dabei war er aber rot, als käme er aus dem Dampfbad, ging gleich in einen Winkel und schnäuzte sich in einem fort.

Schließlich nahm ihn Luka Kirillow ein wenig ins Verhör. Pimen gestand ihm natürlich nicht alles, sondern enthüllte ihm nur ganz wenig und sagte: ›Die Gnädige hat von mir verlangt, dass ich ihr von euch fünftausend Rubel Bestechungsgelder bringe.‹ Daraufhin braust Luka natürlich auf: ›Ach du Spielmann‹, sagt er, ›was brauchtest du mit den Leuten verkehren und sie auch noch herbringen? Sind wir denn reiche Leute, haben wir soviel Geld zu verschenken? Wofür sollen wir es denn geben? Und wo ist es? Wie du alles angestellt hast, so bringe es auch wieder in Ordnung, aber wir können die fünftausend Rubel nirgends hernehmen.‹ Damit ging Luka an seine Arbeit und kam, wie ich berichtete, bleich wie ein zum Tode Verurteilter zu uns, weil das nächtliche Ereignis ihn ahnen ließ, dass die

Sache uns Unannehmlichkeiten bringen werde. Pimen aber ging ans andere Flussufer. Wir alle sahen, wie er mit einem Boot aus dem Schilf herausfuhr und sich der Stadt zuwandte. Als mir Michailiza dies alles jetzt der Reihe nach erzählte, wie er sich um die fünftausend Rubel bemüht hatte, dachte ich mir, dass er nun bestimmt zur Gnädigen gefahren sei, um sie zu besänftigen. Mit solchen Gedanken stand ich neben Michailiza und dachte nach, ob aus all dem nicht ein Schaden für uns erwachsen könne und ob es nicht notwendig sei, irgendwelche Maßnahmen dagegen zu ergreifen, als ich plötzlich sah, dass alle Maßnahmen schon zu spät waren. Ein großes Boot legte am Ufer an, und ich hörte hinter mir den Lärm vieler Stimmen. Ich drehte mich um und erblickte einige Beamte in allerlei Uniformen und mit ihnen eine erhebliche Anzahl von Gendarmen und Soldaten. Meine werten Herren, ich kann Michailiza kaum einen Blick zuwerfen, als sie alle an uns vorbei zu Lukas Stube gehen und an der Tür zwei Posten mit bloßen Säbeln aufstellen. Michailiza stürzt auf die Posten zu, nicht nur, um in die Stube zu kommen, sondern auch, um zu eifern. Natürlich stoßen sie sie zurück, und wie sie noch wilder auf sie eindringt und mit ihnen ins Handgemenge kommt, versetzt ihr einer der Gendarmen einen solchen Stoß, dass sie kopfüber die Treppe hinunterstürzt. Ich schicke mich an, zu Luka auf die Brücke zu rennen; aber ich sehe schon, wie Luka mir entgegenläuft und hinter ihm unsere ganze Gesellschaft, alle in Aufruhr, jeder mit dem Werkzeug in der Hand, mit dem er eben gearbeitet hat; der eine mit einer Brechstange, der andere mit einem Hammer, und alle laufen, um ihr Heiligtum zu verteidigen. Alle, die im Boot keinen Platz gefunden und kein anderes Mittel hatten, das Ufer zu erreichen, waren in den Kleidern, wie sie bei der Arbeit gewesen waren, von der Brücke ins Wasser gesprungen und schwammen nun einer hinter dem anderen durch den kalten Fluss. Stellen Sie sich vor, es war schrecklich auszudenken, wie das enden sollte. Die Soldatenabteilung war etwa zwanzig Mann stark, und wenn sie auch alle mehr oder weniger kriegerisch ausgerüstet waren, so waren die Unseren mehr als ein halbes Hundert und alle von glühendem Glaubenseifer beseelt. Jetzt schwimmen sie wie die Seehunde durch das Wasser, und man hätte sie mit einem Knüppel auf den Kopf schlagen können, sie hätten die Absicht, ihr Heiligtum zu beschützen, nicht aufgegeben. Nun stürmen sie, nass wie sie sind, vorwärts, als hätten Steine plötzlich Leben bekommen.

Achtes Kapitel

Gestatten Sie mir jetzt, daran zu erinnern, dass der alte Maroi sich in der Stube im Gebet befand, wo ihn die Herren Beamten bei ihrem Eindringen auch vorfanden. Er erzählte später, dass sie, gleich als sie hereingekommen waren, die Tür zugeschlagen hätten und gerade auf die Heiligenbilder zugegangen wären. Die einen löschen die Lämpchen aus, die anderen reißen die Bilder von der Wand, legen sie auf den Boden und schreien ihn an: ›Bist du der Pope?‹

Er sagt: ›Nein, ich bin kein Pope.‹

Sie: ›Wer ist denn euer Pope?‹

Aber er antwortet: ›Wir haben keinen Popen.‹

Sie darauf: ›Ihr werdet keinen Popen haben! Wie wagst du zu sagen, dass ihr keinen Popen habt!‹

Er begann ihnen zu erklären, dass wir keine Popen haben, aber weil er so unverständlich sprach, dass sie nicht begriffen, wovon die Rede war, sagten sie: ›Bindet ihn, er ist verhaftet.‹

Maroi lässt sich binden, als gehe es ihn nichts an, dass ihm ein Dutzend Soldaten mit einem Strickende die Hände binden. Er steht da und sieht zu, was weiter geschieht. Die Beamten hatten inzwischen Kerzen angezündet und die Bilder zu versiegeln begonnen. Der eine legte die Siegel an, die anderen machten ein Verzeichnis, die dritten bohrten Löcher in die Bilder und reihten sie auf eine Eisenstange aneinander. Maroi sah diesem gotteslästerlichen Treiben zu und zuckte nicht einmal mit den Schultern, weil er bei sich dachte, dass es wohl Gott gefalle, diese Schändung des Heiligtums zuzulassen. Im selben Augenblick hört Maroi draußen einen Gendarmen aufschreien, und dann einen zweiten. Die Tür fliegt auf, und unsere Seehunde stürzen nass, wie sie aus dem Wasser gestiegen sind, herein.

Glücklicherweise war ihnen jedoch Luka Kirillow zuvorgekommen; er schrie sie an: ›Haltet ein, Christenmenschen! Ereifert euch nicht!‹ Dann wendet er sich an die Beamten, weist auf die an die Eisenstange aufgespießten Ikonen und spricht: ›Weshalb beschädigt ihr so das Heiligtum, ihr Herren Beamten? Wenn ihr das Recht habt, es uns zu nehmen, dann werden wir der Gewalt keinen Widerstand leisten – nehmt es nur. Aber weshalb müsst ihr so seltene, von den Vätern ererbte Kunstwerke beschädigen?‹

Aber der Mann der Bekannten Pimens, der die ganze Sache leitete, schrie Luka an: ›Still, Halunke! Du wagst noch zu räsonieren!‹

Luka war ein stolzer Bauer, aber er demütigte sich und antwortete leise: ›Erlauben, Euer Hochwohlgeboren, wir kennen diesen Brauch, wir haben in der Stube anderthalb Hundert Ikonen. Wenn Sie wünschen, geben wir Ihnen für jede Ikone drei Rubel, nehmen Sie sie mit, aber beschädigen Sie die alten Kunstwerke nicht.‹

In den Augen des Herrn blitzte es, und er schrie ihn an: ›Hinaus!‹ Ganz leise setzte er aber hinzu: ›Gib hundert Rubel für das Stück, sonst stecke ich sie alle in den Ofen.‹

Luka konnte eine solche Summe weder geben noch sie sich überhaupt vorstellen und sagte: ›Gott sei mit euch, vernichtet alles, wie ihr wollt, aber wir haben das Geld nicht.‹

Aber der Herr schrie ihn wütend an: ›Ach du bärtiger Ziegenbock, wie wagst du es, mit uns von Geld zu sprechen?‹

Er wurde plötzlich ganz wild, ließ alles, was er an heiligen Darstellungen in der Stube fand, auf die Stange spießen, schraubte dann Muttern an beide Enden und versiegelte sie, so dass niemand die Bilder herunternehmen oder vertauschen konnte. Sie hatten bereits alle Ikonen gesammelt und schickten sich an fortzugehen. Die Soldaten nahmen die Stange mit den Bildern auf die Schultern und trugen sie zu den Booten. Michailiza hatte sich indes mit dem übrigen Volk unbemerkt in die Stube gedrängt, heimlich das Engelsbild vom Chorpult heruntergestohlen und trug es unter der Schürze in die Kammer. Ihre Hände zitterten dabei aber so, dass sie es fallen ließ.

Ihr Heiligen, wie da der Herr in Wut geriet, uns Diebe und Betrüger nannte und schrie:

›Aha, ihr Betrüger, ihr wolltet das Bild stehlen, damit es nicht auf die Stange kommt? Nun, da soll es auch nicht hinkommen, aber so werde ich es machen!‹ – Mit diesen Worten zündete er die Siegellackstange an und drückte das brennende Harz mitten auf das Gesicht des Engels!

Meine besten Herren, seien Sie nicht böse, wenn ich nicht versuche, Ihnen zu beschreiben, was in uns vorging, als der Herr das kochende Harz auf das Antlitz des Engels goss und als dann der grausame Mensch das Bild auch noch emporhob, um sich damit zu rühmen, wie gut er es verstanden hatte, uns zu kränken. Ich entsinne mich nur noch, dass das helle heilige Antlitz rot und versiegelt war, dass das brennende Harz unter dem Petschaft in zwei Strömen, wie Blut mit Tränen gemischt, herabfloss.

Wir seufzten alle auf, bedeckten unsre Augen mit den Händen und stöhnten, als lägen wir auf der Folter. Dann verloren wir uns in Wehklagen, so dass uns die einbrechende Nacht noch immer weinend und jammernd um unseren versiegelten Engel antraf. Da kam uns, in dem Dunkel und der Ruhe, die über dem zerstörten Heiligtum lag, der Gedanke, ausfindig zu machen, wohin man unseren Beschützer gebracht hatte, und wir gelobten, ihn selbst unter Lebensgefahr zu rauben und zu entsiegeln. Zur Ausführung dieses Entschlusses wählte man mich und den jungen Lewontij. Er zählte kaum siebzehn Jahre, war fast noch ein Knabe, aber kräftigen Wuchses und guten Herzens, von Rind auf gottesfürchtig, gehorsam und gutartig, wie ein weißes Ross mit Silberzaum.

Für das gefährliche Unternehmen, den versiegelten Engel, dessen erblindetes Antlitz wir nicht ertragen konnten, aufzufinden und zu rauben, konnte ich mir gar keinen besseren Gefährten und Helfer wünschen.

Neuntes Kapitel

Ich will Sie nicht mit Einzelheiten aufhalten, wie ich und mein Gefährte durch alle Nadelöhre schlüpften und überall hinkamen; ich will Ihnen gleich von der Trauer berichten, die uns ergriff, als wir erfuhren, dass man unsere von den Beamten durchbohrten Ikonen, so wie sie auf die Stange aufgespießt waren, in den Keller des Konsistoriums geworfen hatte. Damit war die Sache für uns verloren und wie im Sarge begraben; es war vergeblich, noch weiter an sie zu denken. Erfreulich dagegen war, dass man sich erzählte, der Erzbischof selbst habe diese barbarische Handlungsweise nicht gebilligt, sondern im Gegenteil gesagt: ›Wozu das?‹ Er sei sogar für das alte Kunstwerk eingetreten und habe erklärt: ›Es ist ein altes Stück, das man schützen muss.‹ Schlimm dagegen war, dass uns ein neues, größeres Unheil durch diesen neuen Verehrer traf: Derselbe Erzbischof nahm, was man hinzufügen muss, nicht in schlimmer, sondern in guter Absicht unseren versiegelten Engel in die Hand und betrachtete ihn lange, dann legte er ihn zur Seite und sagte: ›Das verstörte Antlitz! Wie schrecklich hat man es zugerichtet! Man tue dieses Bild nicht in den Keller, sondern stelle es in meine Kapelle aufs Fenster neben den Opfertisch.‹

Die Diener des Erzbischofs führten den Befehl aus, und wenn uns einerseits, wie ich gestehen muss, diese Aufmerksamkeit des Hierarchen sehr angenehm berührte, so sahen wir andererseits doch ein, dass dadurch jede Aussicht, unseren Engel zu rauben, vereitelt war. Es blieb nur ein Mittel übrig: die Diener des Erzbischofs zu bestechen und mit ihrer Hilfe das Bild mit einem kunstvoll ähnlich gemalten zu vertauschen. Das hatten unsere Altgläubigen schon oft mit Erfolg gemacht, aber dazu wäre vor allen Dingen ein kunstfertiger Heiligenbildmaler mit einer erprobten Hand nötig gewesen, der es verstanden hätte, heimlich ein genaues Abbild herzustellen. Einen solchen Maler gab es jedoch in dieser Gegend nicht. Zudem befiel uns seit dieser Zeit doppelte Trauer, die wie Wassersnot über uns kam. In der Stube, in der man früher nur Lobsingen hörte, vernahm man nichts als Schluchzen, und in kurzer Zeit hatten wir uns so krank geweint, dass wir mit unseren tränenerfüllten Augen den Boden nicht mehr sehen konnten, und dadurch, oder aus einem anderen Grunde, entstand dann bei uns eine Augenkrankheit, die mit der Zeit alle ergriff. Was es bisher nicht gegeben hatte, geschah jetzt: Wir hatten Kranke ohne Zahl. Das ganze Arbeitervolk fand dafür die Deutung, dass es nicht ohne Grund geschehe, sondern wegen des Engels der Altgläubigen. ›Man hat ihn‹, sagten sie, ›durch das Siegel geblendet, und jetzt müssen wir alle erblinden.‹ Diese Auslegung fand nicht nur bei uns allein Glauben, sondern auch alle kirchlich Gesinnten waren aufgebracht.

Obwohl unsere Brotgeber, die Engländer, Ärzte kommen ließen, ging niemand zu ihnen hin, und auch ihre Arzneien wollte niemand nehmen, sondern wir alle flehten nur um das eine: ›Bring uns den versiegelten Engel. Wir wollen vor ihm einen Bittgottesdienst halten, er allein kann uns helfen!‹

Unser Engländer Jakow Jakowlewitsch nahm sich der Sache an, fuhr selbst zum Erzbischof und sagte ihm: ›So steht es, Eminenz: Der Glaube ist eine große Sache, und einem jeden wird alles nach seinem Glauben gegeben; geben Sie uns doch den Engel aufs andere Ufer!‹

Der Erzbischof aber wollte davon nichts wissen und sagte: ›Dem darf kein Vorschub geleistet werden.‹

Damals erschien uns dieses Wort grausam, und wir verurteilten den Erzbischof leichtfertig, später aber wurde uns offenbar, dass das alles nicht aus Hartherzigkeit, sondern durch Gottes Vorsehung geschah. Indessen nahmen die Zeichen kein Ende, und der strafende Finger traf auch den Hauptschuldigen in dieser Sache, Pimen selbst, der nach diesem Unheil von uns geflohen war, auf dem anderen Ufer lebte und der Staatskirche beitrat.

Ich begegnete ihm einmal dort in der Stadt, er begrüßte mich, und ich grüßte ihn wieder. Dann sagte er mir: ›Ich habe gesündigt, Bruder Mark, dass ich mich von eurem Glauben abgeschieden habe.‹

Ich antwortete ihm: ›Was einer glaubt, das ist Gottes Sache, aber dass du den Armen um ein Paar Stiefel verkauft hast, das war nicht gut gehandelt; verzeih mir, dass ich dir, wie es der Prophet Arnos befiehlt, brüderliche Vorwürfe mache.‹

Bei der Nennung des Propheten überlief ihn ein Schauder.

›Sprich mir nicht von den Propheten‹, sagte er, ›ich kenne die Schrift selbst und fühle, wie die Propheten die auf der Erde Lebenden strafen. Ich selbst habe dafür ein Zeichen.‹ Und er klagte mir, dass er, als er neulich im Fluss gebadet hatte, am ganzen Körper fleckig geworden sei; er machte seine Brust frei und zeigte mir auf ihr Flecken, wie bei einem gescheckten Pferd, die sich von der Brust bis hinauf zum Halse zogen.

Ich sündiger Mensch hatte schon im Sinne, ihm zu sagen, dass ›Gott den Schelm zeichne‹, aber ich unterdrückte diese Worte und sagte: ›Nun, was hat das zu bedeuten? Bete nur und sei froh, dass du auf dieser Welt gezeichnet bist, vielleicht wirst du dann in der kommenden rein dastehen.‹ 37

Aber er klagte mir, wie unglücklich er darüber sei und was er einbüße, wenn die Flecken auch das Gesicht ergreifen würden. Der Gouverneur selbst habe, als er ihn, Pimen, bei seinem Übertritt in die

Kirche sah, große Freude an seiner Schönheit gehabt und dem Stadthauptmann gesagt, er solle Pimen beim Empfang vornehmer Personen unbedingt ganz vorne mit der silbernen Schüssel in den Händen aufstellen. Aber einen fleckigen Menschen könne man doch nicht aufstellen! – Was brauchte ich aber seine eitlen und hohlen Worte weiter anzuhören? Ich drehte mich um und ging.

Seit der Zeit waren wir von ihm geschieden. Seine Flecken wurden immer sichtbarer, aber auch bei uns hörten die Zeichen nicht auf. Schließlich setzte im Herbst, als der Fluss kaum zugefroren war, plötzlich Tauwetter ein, das das ganze Eis auseinanderriss und unsere Behausungen zerstörte. Und jetzt folgte Schaden auf Schaden, bis einmal sogar einer der Granitpfeiler unterspült wurde und der Strudel das Werk vieler Jahre, das viele Tausende gekostet hatte, verschlang.

Das machte sogar unsere Brotgeber, die Engländer, bestürzt, und irgendjemand riet ihrem Ältesten, Jakow Jakowlewitsch, uns Altgläubige wegzuschicken, um von all dem Übel wieder erlöst zu werden. Der Engländer aber war ein Mensch mit rechtschaffenem Herzen und hörte nicht darauf; er ließ sogar mich und Luka Kirillow zu sich rufen und sagte: ›Kinder, gebt mir selbst einen Rat: Kann ich euch nicht irgendwie helfen und euch trösten?‹

Wir antworteten ihm, dass es für uns keinen Trost gebe, solange das heilige Antlitz des Engels, das uns überall begleitet hat, mit Feuerharz versiegelt ist, und dass wir vor Leid vergingen. – ›Was gedenkt ihr zu tun?‹ fragte er.

›Wir wollen ihn einmal vertauschen und sein reines Antlitz, das die gottlose Hand des Beamten unter dem Siegel verborgen hat, entsiegeln.‹

›Warum ist euch der Engel so teuer. Kann man euch nicht einen anderen verschaffen?‹ 33

›Er ist uns deshalb so teuer‹, antworteten wir, ›weil er uns beschützt hat; einen anderen können wir aber nicht bekommen, weil jener Engel in schwerer Zeit von gottesfürchtiger Hand gemalt und von einem Priester des alten Glaubens nach dem Brevier des Pjotr Mogila geweiht worden ist. Jetzt aber haben wir weder Priester noch jenes Brevier.‹

›Aber wie wollt ihr ihn entsiegeln, wo doch der Siegellack das ganze Gesicht ausgebrannt hat?‹

Wir antworteten: ›Euer Gnaden, was das anbelangt, so haben Sie keine Sorge: Wenn wir ihn nur in unsere Hände bekommen, wird er, unser Beschützer, schon selbst für sich sorgen. Er ist keine Handelsware, sondern eine echte Stroganower Arbeit, und die Stroganower wie die Kostromaer Lacke sind so zubereitet, dass das Bild nicht einmal den Feuerbrand zu fürchten braucht, er lässt das Harz an die zarten Farben nicht einmal heran.‹ – ›Seid ihr davon überzeugt?‹

›Ja, das sind wir: Dieser Lack ist so stark wie der alte russische Glaube selbst.‹

Er schimpfte noch auf jene, die ein solches Kunstwerk nicht zu schätzen verstanden hatten, gab uns die Hand und sagte nochmals: ›Nun, verzagt nicht, ich bin euer Helfer, wir werden euern Engel bekommen. Braucht ihr ihn für lange?‹

›Nein‹, antworteten wir, ›für ganz kurze Zeit.‹

›Nun, dann sage ich den Leuten, dass ich für euren versiegelten Engel kostbare goldene Beschläge machen lassen will, und wenn man ihn mir dann gibt, vertauschen wir ihn. Gleich morgen will ich mich daran machen.‹

Wir dankten ihm und erwiderten: ›Herr, unternehmen Sie bitte morgen und auch übermorgen noch nichts.‹

›Warum das?‹, fragte er.

Wir antworteten: ›Weil wir, Herr, vor allen Dingen ein Bild zum Vertauschen haben müssen, das dem echten wie ein Wassertropfen dem andern gleicht. Solche Meister gibt es hier aber nicht und werden auch in der Nähe nicht zu finden sein.‹

›Das ist eine Kleinigkeit‹, sagte er, ›ich werde euch selbst aus der Stadt einen Künstler mitbringen, der nicht nur 'Kopien malt, sondern sogar vortreffliche Porträts.‹

›Nein‹, antworteten wir, ›tun Sie das bitte nicht: Erstens würde durch diesen weltlichen Maler vielleicht ein unziemliches Gerede entstehen, zweitens kann ein Maler diese Aufgabe gar nicht erfüllen.‹

Der Engländer glaubte es nicht, und so trat ich vor und legte ihm den ganzen Unterschied klar: Dass die jetzigen weltlichen Maler eine andere Kunstart haben, dass sie nämlich mit Ölfarben malen, während dort die Farben mit Eiweiß angerieben werden und ganz zart sind. In der neuen weltlichen Malerei ist die Darstellung hingeschmiert und erscheint nur in einiger Entfernung natürlich, während hier alles fließend und noch in der Nähe deutlich ist. Einem weltlichen Maler würde selbst die Wiedergabe der Zeichnung nicht gelingen, weil sie nur gelernt haben, den irdischen Körper abzubilden und was den körperlichen Menschen ausmacht, während in der heiligen russischen Ikonenmalerei der verklärte himmlische Leib dargestellt wird, den sich der materielle Mensch nicht einmal vorstellen kann.

Das interessierte ihn, und er fragte: ›Aber wo gibt es denn solche Meister, die sich heute noch auf diese besondere Art verstehen?‹

›Sie sind heute‹, berichtete ich ihm weiter, ›sehr selten, und selbst damals lebten sie in tiefer Verborgenheit. Im Dorfe Mstera lebt ein Meister namens Chochlow, aber er ist schon hoch in den Jahren und kann die weite Reise nicht machen. Auch in Palichow leben zwei, aber auch die werden die Reise nicht unternehmen, zudem taugen uns weder die Msterer noch die Palichower Meister.‹

›Weshalb denn das?‹, forschte er weiter.

›Weil sie‹, antwortete ich, ›eine andere Manier haben: Bei den Msterern ist die Zeichnung schwerfällig und der Farbton trüb, bei den Palichowern dagegen ist der Ton türkisfarbig, alles schimmert bei ihnen bläulich.‹

›Was soll man nun machen?‹, fragte er.

›Ich weiß es selbst nicht‹, antwortete ich. ›Ich habe zwar gehört, es gäbe in Moskau noch einen guten Meister, namens Silatschow. Er hat in ganz Russland, auch bei den Unsrigen einen guten Namen, aber er entspricht mehr der Nowgorodschen und der Zarisch-Moskowitischen Art. Unsere Ikone aber ist Stroganower Zeichnung mit den klarsten heiligsten Farben, so dass uns einzig der Meister Sewastian von der Wolga helfen könnte, aber der ist ein leidenschaftlicher Wanderer und zieht durch ganz Russland, macht bei den Altgläubigen Ausbesserungen, und niemand weiß, wo er zu finden ist.‹

Der Engländer hatte meinen ganzen Bericht mit Vergnügen angehört, lächelte ein wenig und antwortete: ›Ihr seid sehr wunderliche Leute‹, sagte er, ›aber wenn man euch zuhört, wird es einem wohl, denn ihr scheint alles, was euch angeht, gut zu kennen und sogar in der Kunst Bescheid zu wissen.‹

›Warum sollen wir denn von der Kunst nichts erfasst haben, Herr?‹, sage ich. ›Hier handelt es sich doch um Gotteskunst, und bei uns gibt es unter den ganz einfachen Bauern so große Liebhaber dieser Kunst, dass sie nicht nur alle Schulen auseinanderhalten, wodurch sich zum Beispiel eine von der anderen unterscheidet, die Ustjuger oder die Nowgoroder, die Moskauer oder die Wologdaer, die Sibirische oder die Stroganower, sondern die sogar in derselben Schule die Werke der berühmten, alten russischen Meister fehlerlos unterscheiden.‹

›Kann denn das sein?‹

›Genau so, wie Sie die Handschrift eines Menschen von der eines anderen unterscheiden, so auch jene‹, antwortete ich. ›Sie schauen nur hin und sehen gleich, ob es Kusjma, Andrej oder Prokofij gemalt hat.‹

›An welchen Merkmalen?‹

›Es gibt Unterschiede in der Zeichnung, im Ton, in der Raumverteilung, in den Gesichtszügen und in den Bewegungen.‹

Er hörte immerfort zu, und ich erzählte ihm, was ich über

die Malerei eines Uschakow und eines Rubljow wusste, und vom ältesten russischen Maler Paramschin, dessen Heiligenbilder unsere gottesfürchtigen Fürsten und Zaren ihren Kindern zum Segen schenkten, denen sie sogar in ihren Vermächtnissen befahlen, diese Ikonen wie ihren Augapfel zu hüten.

Der Engländer zog gleich sein Notizbuch heraus, ließ mich den Namen dieses Malers wiederholen und fragte, wo man Arbeiten von ihm sehen könnte. Aber ich antwortete: ›Sie werden vergeblich suchen, Herr. Nirgends ist eine Erinnerung an sie zurückgeblieben.‹

›Wo sind sie denn geblieben?«

›Ich weiß nicht‹, sagte ich, ›ob man sie zum Pfeifenreinigen verwendet oder bei den Deutschen gegen Tabak eingetauscht hat.‹

›Es kann nicht sein!‹

›Im Gegenteil‹, antwortete ich, ›es kann sehr wohl sein, es gibt Beispiele dafür: Der römische Papst hat im Vatikan ein Triptychon,

148

das unsere russischen Ikonenmaler Andrej, Sergej und Nikita im dreizehnten Jahrhundert gemalt haben. Diese vielfigurigen Miniaturen sollen so wunderbar sein, dass selbst die größten ausländischen Maler, die sie sahen, vor diesem wundervollen Werk in Begeisterung gerieten.‹

›Aber wie ist es nach Rom gekommen?‹

›Peter der Erste hat es einem ausländischen Mönch geschenkt, und der hat es verkauft.‹

Der Engländer lächelte ein wenig, wurde dann nachdenklich und sagte leise, dass bei ihnen in England jedes Bildchen von Geschlecht zu Geschlecht bewahrt werde und dass es so für seine Herkunft selbst Zeugnis ablege.

›Nun, bei uns herrscht wahrhaftig eine andere Sitte‹, sagte ich, ›das Band der Überlieferungen der Vorfahren ist zerrissen, damit alles neu erscheine, als sei das ganze russische Geschlecht erst gestern von der Henne in den Nesseln ausgebrütet worden.‹

›Wenn die bei euch gezüchtete Unwissenheit so groß ist, warum bemühen sich dann nicht wenigstens diejenigen, die die Liebe zum Heimatlichen bewahrt haben, die einheimische Kunst zu erhalten?‹

Ich antwortete: ›Es ist niemand da, Herr, der uns unterstützen würde, denn in den neuen Kunstschulen verfault allerorts das Gefühl, und der Verstand unterwirft sich der Eitelkeit. Die Fähigkeit zur hohen Begeisterung ist verlorengegangen, alles wird vom Irdischen abgeleitet und atmet irdische Leidenschaft. Unsere neuesten Maler haben damit begonnen, den Erzengel Michael nach dem Bildnis des Fürsten Potjomkin von Taurien darzustellen, und jetzt sind sie so weit, dass sie Christus den Erlöser als Juden abbilden. Was soll man von solchen Menschen erwarten? Ihre unbeschnittenen Herzen werden schließlich noch andere Dinge malen und verlangen, dass man sie als Gottheit verehre. Hat man doch in Ägypten einen Stier und eine rotgefiederte Zwiebel angebetet; nur wir werden uns nicht vor den fremden Göttern beugen und werden das Judengesicht nicht als das Antlitz des Erlösers anerkennen. Ja, so kunstfertig diese Bilder auch sein mögen, wir halten sie für eine herzlose Frechheit und wollen von ihnen nichts wissen, weil es in der Überlieferung der Väter heißt, dass die Ergötzung der Augen die Reinheit der Vernunft zerstört, wie ein schadhafter Wasserspeier das Wasser trübt.‹

Damit schloss ich und schwieg, aber der Engländer sagte: ›Fahre fort, mir gefällt es, wie du urteilst!‹

Ich antwortete: ›Ich habe schon alles erzählt.‹

Er aber erwiderte: ›Nein, erzähle mir noch, was ihr unter einem beseelten Bilde versteht.‹

Diese Frage, meine werten Herren, war für einen einfachen Menschen ziemlich schwierig, aber es war nichts zu machen, und ich begann zu erzählen, wie in Nowgorod der Sternenhimmel gemalt ist, und dann berichtete ich von dem Kiewer Bild in der Sophienkathedrale, wo zu Seiten des Herrn Zebaoth sieben geflügelte Erzengel stehen, die natürlich keine Ähnlichkeit mit dem Fürsten Potjomkin haben, und auf den Stufen der Vorhalle die Erzväter und Propheten dargestellt sind, unter ihnen Moses mit der Gesetzestafel, noch tiefer Aaron mit Mitra und Stab, und auf der anderen Seite der Stufen König David mit der Krone, der Prophet Jesaias mit der Schriftrolle, Hesekiel mit der Geschlossenen Pforte, Daniel mit dem Stein, und um diese Fürbitter, die den Weg zum Himmel weisen, sind die Gaben abgebildet, durch die der Mensch diesen Ruhmesweg erklimmen mag, wie das Buch mit den sieben Siegeln als die Gabe der All Weisheit, der siebenarmige Leuchter als die Gabe der Vernunft, die sieben Augen als die Gabe des Rates, die sieben Posaunen als die Gabe der Kraft, die Hand Gottes inmitten von sieben Sternen als die Gabe der Gesichte, die sieben Räucherbecken als die Gabe der Frömmigkeit und die sieben Blitze als die Gabe der Gottesfurcht. ›Sehen Sie‹, sagte ich, ›eine solche Darstellung ist erhebende

Der Engländer antwortete: ›Verzeih mir, mein Lieber, ich verstehe nicht, weshalb du dies erhebend nennst.‹

›Weil eine solche Darstellung uns klar sagt, dass es dem Christenmenschen ansteht, zu beten und darnach zu lechzen, sich von dieser Welt zu Gottes unsagbarem Glanz zu erheben.‹

›Ja‹, erwiderte er, ›das kann aber doch ein jeder aus der Schrift und aus dem Gebet erfassend

›Nein, durchaus nicht‹ antwortete ich, ›es ist nicht jedem gegeben, die Schrift zu verstehen, und dem, der sie nicht versteht, gibt auch das Gebet nur Finsternis. Mancher hört die Verheißung der großen und reichen Gnade und schließt daraus, dass damit Geld gemeint sei, und betet vor Habsucht; sieht er aber vor sich den himmlischen Glanz dargestellt, so vergisst er darüber das höchste irdische Glück und sieht ein, dass er dieses Ziel erreichen müsse, weil dort alles so klar und einleuchtend geschildert ist. Hat dann der Mensch für seine Seele zunächst die Gabe der Gottesfurcht erbetet, so erhebt sie sich gleich, von der irdischen Schwere befreit, von Stufe zu Stufe und erringt mit jedem Schritt mehr vom Überfluss der göttlichen Gaben. Und von der Zeit an erscheint dem Menschen im Gebet das Geld und aller irdischer Ruhm nur als verabscheuungswürdig vor dem Herrn.‹

Der Engländer erhob sich von seinem Platz und sagte lächelnd: ›Und ihr, Sonderlinge, was erbetet ihr euch?‹

›Wir beten‹, antwortete ich, ›um ein christliches Ende und um ein mildes Gericht am Jüngsten Tag.‹

Er lächelte wieder und zog plötzlich an einer goldgelben Schnur; ein grüner Vorhang ging auf, und hinter ihm saß seine Frau, die Engländerin, auf einem Sessel und strickte vor einer Kerze mit langen Stricknadeln. Sie war eine schöne freundliche Dame, und wenn sie auch nur wenig russisch sprechen konnte, so verstand sie doch alles und hatte gewiss unser Gespräch mit ihrem Mann über die Religion mit anhören wollen.

Und was denken Sie wohl? Kaum war der Vorhang, der sie verdeckt hatte, zurückgezogen, als die Gute sogleich wie erschrocken aufstand, an mich und Luka herantrat und uns Bauern ihre beiden Händchen entgegenstreckte. In ihren Augen blinkten Tränen, und sie sagte: ›Gute Menschen, gute russische Menschen!‹

Ich und Luka küssten ihr für dieses gute Wort beide Hände, aber sie drückte ihre Lippen auf unsere Bauernköpfe.«

Der Erzähler hielt inne, bedeckte die Augen mit dem Ärmel, wischte sie still und flüsterte dann: »Sie war eine rührende Frau.«

Nachdem er sich gefasst hatte, fuhr er fort: »Nach ihrer freundlichen Tat begann die Engländerin ihrem Mann etwas in ihrer Sprache auseinanderzusetzen. Wenn wir es auch nicht verstanden, so hörten wir an der Stimme, dass sie ihn für uns bat. Und der Engländer freute sich über die Güte seiner Frau, strahlte vor Stolz, streichelte der Frau immerfort das Köpfchen und girrte in seiner Sprache wie eine Taube: ›Gut, gut‹, oder was er ihr sonst gesagt haben mag; aber es war ersichtlich, wie er sie lobte und sie in etwas bestärkte.

Dann trat er an seinen Schreibtisch, nahm zwei Hundertrubelscheine heraus und sagte: ›Luka, hier hast du Geld, geh und suche den kunstfertigen Heiligenbildermaler, wo du ihn zu finden meinst, damit er euch anfertigt, was ihr braucht. Er kann auch für meine Frau etwas in eurer Art malen; sie will ihrem Sohn eine solche Ikone schenken und gibt euch für eure Bemühungen und Auslagen das Geld.‹

Sie aber lächelte durch die Tränen und entgegnete rasch: ›Nein, nein, nein, das ist von ihm, aber, ich will von mir extra.‹ Und mit diesen Worten geht sie zur Tür hinaus und bringt einen dritten Hunderter.

›Mein Mann‹, sagt sie, ›hat mir das für ein Kleid geschenkt, aber ich will kein Kleid, ich stifte es euch.‹

Wir weigern uns natürlich, es anzunehmen, aber sie will davon gar nichts hören und läuft hinaus, während er sagt: ›Nein, wagt nicht, es ihr zu verweigern, und nehmt, was sie euch gibt.‹ Damit wendet er sich weg und sagt: ›Geht jetzt, ihr Sonderlinge!‹

Wir waren durch diese Verabschiedung natürlich nicht beleidigt, weil wir wohl bemerkt hatten, dass sich der Engländer von uns weggewandt hatte, nur um seine Rührung vor uns zu verbergen.

So haben uns, meine werten Herren, unsere eigenen Landsleute in ihrer Herzensfinsternis verurteilt, und die englische Nation hat uns getröstet und unserer Seele den Eifer wiedergegeben.

Nun wendet sich, meine besten Herren, meine Erzählung dem Ende zu, und ich will Ihnen in Kürze berichten, wie ich meinen lieben, ›silbergezäumten‹ Lewontij mitnahm, wie wir nach dem Ikonenmaler auszogen, welche Ortschaften wir durchwanderten, was für Leute wir sahen, welche neuen Wunder sich uns offenbarten, wie wir zu guter Letzt fanden, was wir verloren hatten, und womit wir zurückkehrten.

Zehntes Kapitel

Für einen Menschen, der eine Wanderschaft unternimmt, ist der Weggefährte die wichtigste Angelegenheit. Mit einem guten und klugen Kameraden sind selbst die Kälte und der Hunger leichter zu ertragen. Mir ward diese Gabe durch den wunderbaren Jüngling

Lewontij zuteil. Wir machten uns zu Fuß auf den Weg. Wir trugen unsere Bündel, hatten eine hinreichende Summe Geldes bei uns und nahmen zum Schutz unseres Lebens und auch des Geldes einen alten kurzen Säbel mit breiter Klinge mit, der uns für den Fall einer Gefahr immer begleitet hatte. Wir zogen wie Handelsleute unseres Weges und hatten für alle Fälle Ausflüchte bereit, hatten aber natürlich stets nur unsere Sache im Auge.

Zu allererst waren wir in Klinzy und Slynka, kehrten dann bei einem der Unsern in Orjol ein, aber nirgends hatten wir ein brauchbares Resultat, nirgends fanden wir einen guten Ikonenmaler. So erreichten wir schließlich Moskau. Was soll ich sagen! Heil dir, Moskau! Heil dir, ruhmvolle Zarin des alten Russlands! Aber wir Altgläubigen haben in dir keinen Trost gefunden!

Ich spreche ungern davon, aber ich kann nicht verschweigen, dass wir in Moskau nicht den Geist antrafen, den wir erwartet hatten. Wir überzeugten uns mit jedem Tag mehr davon, dass die Altgläubigkeit dort nicht auf Liebe zum Guten und zur Wohlanständigkeit begründet ist, sondern auf purem Eigensinn, und Lewontij und ich begannen uns zu schämen, weil wir dort nur Dinge sahen, die für den friedlichen Gläubigen beleidigend sind. Aber wir schwiegen darüber.

Es gab natürlich in Moskau Ikonenmaler, und sogar recht kunstfertige, aber was nützte uns das, wenn alle diese Leute nicht den Geist hatten, von dem die väterlichen Überlieferungen berichten. Bevor sich die gottesfürchtigen Maler der alten Zeiten an die heilige Kunst machten, fasteten und beteten sie, und sie leisteten für viel und für wenig Geld das Gleiche, wie es die Ehre der heiligen Darstellung erforderte. Aber jene malen nur für eine kurze Zeit, nicht mehr für die Dauer, grundieren nur schwach mit Kreidefarben, statt mit alabasternen, und tragen in ihrer Faulheit die Farbe mit einem Mal auf, statt wie damals vier- und selbst fünfmal mit wasserdünner Farbe zu malen, wodurch jene die wundervolle Zartheit erreichten, die den jetzigen mangelt. Und über der Liederlichkeit in der Kunst sind sie selbst alle schwach geworden, so dass sich jeder vor dem anderen rühmt und einer den anderen zu erniedrigen sucht. Aber noch schlimmer ist, dass sie sich in den Schenken zu Haufen herumtreiben, dort die schlauesten Betrügereien verüben, Wein trinken und ihre Kunst schreierisch loben, das Werk der anderen aber gotteslästerlich und ›Teufelsmalerei‹ nennen. Und um sie herum sitzen die Altertumshändler wie die Sperlinge hinter den Eulen, lassen die altgemalten Heiligenbilder von Hand zu Hand gehen, sie tauschen und fälschen, räuchern sie im Kamin und machen Risse und Wurmfraß hinein. Aus Kupfer gießen sie alle möglichen Beschläge, nach den Vorbildern der alten getriebenen Originale, und legen Emaille nach der altüberlieferten Art auf. Aus gewöhnlichen Schüsseln schmieden sie Taufbecken mit den alten gerupften Adlern, wie man sie zur Zeit Iwans des Grausamen herstellte. Sie stellen sie aus und verkaufen sie an unerfahrene Leichtgläubige als echte Taufbecken ›aus den Zeiten des Grausamem‹. Solcher Taufbecken gibt es jetzt viele in Russland, aber es ist alles Betrug und gewissenloser Schwindel. Mit einem Wort, die Leute betrügen einander mit Heiligtümern, wie die schwarzen Zigeuner mit Pferden, und treiben es so, dass man sich für sie schämen muss, wenn man überall die Sünde, die Versuchung und den Verrat am Glauben sieht. Wer sich diese Schamlosigkeit zu eigen gemacht hat, dem geht es nicht schlecht; selbst unter den Moskauer Liebhabern finden sich viele, die sich für diesen unehrlichen Handel interessieren und sich damit brüsten: Hier habe einer einen mit einem Christusbild betrogen, dort ein anderer einen andern mit einem Nikolai geprellt oder einem auf irgendeine niederträchtige Weise ein gefälschtes Muttergottesbild untergeschoben. All dies wurde ganz offen betrieben, man eiferte sogar darin, die unerfahrenen Gläubigen mit den Heiligtümern zum Narren zu halten.

Aber mir und Lewontij als bäuerisch einfachen Gottesverehrern erschien dies alles so unerträglich, dass wir uns darüber grämten und erschraken: Ist es denn möglich, denken wir uns, dass unser alter unglücklicher Glaube derartig entstellt worden ist? Und als ich mir das denke, sehe ich, dass auch er dasselbe in seinem betrübten Herzen trägt. Aber wir sprachen nicht miteinander darüber, und ich bemerkte nur, wie sich mein Jüngling immer mehr in die Einsamkeit flüchtete.

Einmal schaue ich ihn an und habe Sorge, dass er jetzt in der Verwirrung seines Herzens nur nicht auf unnötige Gedanken kommen möge, und ich sage ihm: ›Was hast du, Lewontij, worüber grämst du dich?‹

Und er antwortet: ›Nichts, Onkel, nichts; ich bin einmal so.‹

›Komm, gehen wir in die Boscheninstraße, in die Eriwaner Schenke und versuchen dort einen Ikonenmaler zu überreden. Heute haben zwei versprochen, hinzukommen und alte Ikonen mitzubringen. Ich habe schon eine eingehandelt und will heute noch eine bekommen.‹

Aber Lewontij antwortet: ›Nein, Onkelchen, geh du allein, ich gehe nicht mit.‹

›Warum gehst du nicht mit?‹, frage ich.

›So‹, antwortet er, ›mir ist heute nicht ganz wohl.‹

Einmal, zweimal nötigte ich ihn nicht, aber das dritte Mal fordere ich ihn wieder auf: ›Gehen wir, Lewontjuschka, gehen wir, Junge.‹

Aber er verneigt sich rührend und bittet: ›Nein, Onkelchen, weißes Täubchen, lass mich zu Hause bleiben.‹

›Aber was ist denn das, Ljowa, du bist doch mit mir als Helfer mitgekommen und sitzt immer zu Hause. So habe ich nicht viel von deiner Hilfe, mein Täubchen.‹ ›Nun, du Teurer, Väterchen Mark Alexandrowitsch, Gebieter, fordere mich nicht auf, dorthin zu gehen, wo man isst und trinkt und unziemliche Reden über das Heilige führt, ich könnte der Versuchung unterliegen.‹

Das war das erste bewusste Wort über seine Gefühle, und es traf mich ins Herz, aber ich stritt nicht mit ihm und ging allein. An jenem Abend hatte ich ein langes Gespräch mit zwei Ikonenmalern, und durch sie widerfuhr mir ein schreckliches Leid. Es ist entsetzlich, was sie mit mir gemacht haben.

Der eine hatte mir für vierzig Rubel eine Ikone verkauft und ging weg; der andere aber sagte: ›Schau zu, Mensch, dass du vor dieser Ikone nicht betest.‹

Ich frage: ›Warum?‹

Er antwortet: ›Weil es Teufelsmalerei ist.‹ Damit kratzt er mit dem Nagel an dem Bild, an der einen Ecke fällt die Farbschicht ab, und auf dem Grund darunter ist ein Teufelchen mit einem Schwanz gemalt. Er kratzt an einer anderen Stelle die Schicht herunter, und unter ihr ist wieder ein Teufelchen.

›Großer Gott, was ist denn das?‹ Ich begann zu weinen.

›Das bedeutet, dass du nicht bei ihm, sondern bei mir bestellen sollst.‹

Da sah ich klar, dass sie derselben Bande angehörten und verabredet hatten, an mir schlecht und unehrlich zu handeln. Ich ließ ihnen die Ikone zurück und ging fort, die Augen voller Tränen, und lobte Gott, dass mein Lewontij, dessen Glaube eben im Gären war, dies nicht gesehen hatte. Wie ich nach Hause komme, sehe ich in den Fenstern des Stübchens, das wir gemietet hatten, kein Licht, sondern höre von dort ein leises, zartes Singen. Sogleich erkenne ich Lewontijs angenehme Stimme, und er singt mit einem Ausdruck, als ob er jedes Wort in Tränen badete. Ich trete leise ein und bleibe, damit er mich nicht hört, vor der Türe stehen und höre, wie er die Josephsklage singt:

›Wem soll ich meine Trauer sagen,
Wen rufe ich zum Weheklagen?‹

Dieser Vers, wenn Sie ihn zu kennen geruhen, ist ohnedies so klagevoll, dass man ihn nicht gleichgültig anhören kann, und Lewontij singt ihn und weint und schluchzt dabei:

›Meine Brüder haben mich verkauft.‹

Er weint und weint, als ob er am Grabe seiner Mutter stehe, und singt weiter und ruft die Erde an zur Weheklage über die Sünde der Brüder.

Diese Worte können einen Menschen immer erregen, mich erregten sie aber jetzt besonders, da ich doch eben von ähnlich streitenden Brüdern weggegangen war. Die Worte hatten mich so gerührt, dass ich selbst aufschluchzte. Lewontij hört es, verstummt und ruft: ›Onkel, hör Onkel!‹

›Was denn, mein guter Junge?‹, sage ich.

›Weißt du, wer unsere Mutter ist, von der hier gesungen wird?‹, fragt er. – ›Rahel‹, antworte ich.

›Nein‹, entgegnet er, ›in alter Zeit war es die Rahel, jetzt hat es aber eine andere, geheimnisvolle Bedeutung.‹

›Wieso geheimnisvoll?‹, frage ich.

›Nun, dieses Wort hat einen verwandelten Sinn.‹

›Du Kind‹, sage ich, ›pass auf: Ist es nicht gefährlich, was du hier grübelst?‹

›Nein‹, erwidert er, ›ich fühle es in meinem Herzen, dass unser Erlöser sich unseretwegen kreuzigen lässt, weil wir ihn nicht mit einigen Herzen und einigen Lippen suchen.‹

Ich erschrak noch mehr: wohin will der Junge nur damit hinaus? Und ich sage ihm: ›Weißt du, Lewontjuschka, gehen wir lieber schneller aus Moskau fort in die Gegend von Nischnij-Nowgorod, um dort den Ikonenmaler Sewastjan zu suchen; ich habe heute gehört, dass er dort umherzieht.‹

›Gut, gehen wir‹, antwortet er, ›hier in Moskau quält mich schmerzhaft ein böser Geist, aber dort sind Wälder, die Luft ist reiner, und dort, hörte ich, lebt auch der Starez Pamwa, ein Einsiedler ganz ohne Neid und Zorn, den ich gern gesehen hätte.‹

›Der Einsiedler Pamwa‹, erwiderte ich ihm streng, ›dient der herrschenden Kirche, was haben wir mit ihm zu schaffen?‹

›Nun, was ist das für ein Unglück?‹, antwortet er. ›Ebendeshalb will ich ihn ja sehen, um zu begreifen, was für ein Segen auf der herrschenden Kirche ruht.‹

Ich wasche ihm den Kopf und sage: ›Was ist denn das für ein Segen?‹, aber ich fühle selbst, dass er mehr Recht hat als. ich, da er darnach drängt, zu erforschen, während ich einfach verwerfe, was ich nicht kenne, und in meinem Widerstand trotzig bin, ihm also nur Unsinn entgegne.

›Die Angehörigen der herrschenden Kirche‹, sage ich, ›richten sich in ihrem Glauben nicht nach dem Himmel, sondern nach dem Tor des Aristoteles und bestimmen den Weg auf dem Meer nach dem Stern des heidnischen Gottes Remphan, du aber willst mit ihnen den Blickpunkt gemeinsam haben?‹

Aber Lewontij antwortet: ›Du fabelst, Onkel: Es hat nie einen Gott Remphan gegeben, sondern alles ist durch die eine Allweisheit geschaffen.‹

Daraufhin werde ich noch dümmer und sage: ›Die Kirchlichen trinken Kaffee‹.

›Nun, was ist das für ein Unglück?‹, antwortet Lewontij. ›Der Kaffee ist eine Bohne und wurde dem König David als Geschenk dargebracht.‹

›Woher‹, sage ich, ›weißt du denn das alles?‹

›Ich hab es in Büchern gelesen.‹

›Nun, wisse dann: Alles steht in den Büchern nicht geschrieben.‹

›Was ist dort nicht geschrieben?‹, fragt er.

›Was? Was dort noch nicht geschrieben ist?‹ Ich weiß gar nicht mehr, was ich sagen soll, und poltere los: ›Die Kirchlichen essen Hasen, und der Hase ist unrein.‹

›Beschimpfe nicht, was Gott geschaffen hat, es ist Sünde.‹

›Wie soll ich den Hasen nicht beschimpfen, wo er doch unrein ist, von Eselsart, Zwittereigenschaften hat und beim Menschen dickes, melancholisches Blut erzeugt?‹

Aber Lewontij lacht nur und sagt: ›Schlaf, Onkel, du redest ungereimtes Zeug.‹

Ich muss Ihnen gestehen, dass ich damals noch nicht klar wusste, was in der Seele dieses gesegneten Jünglings vorging; ich war nur sehr erfreut, dass er nicht weitersprechen wollte, denn ich sah selbst ein, dass mein Herz nichts von dem wusste, was ich sprach, und so schwieg ich denn und dachte mir nur, während ich mich niederlegte: Nein, diese Zweifel sind bei ihm aus Gram entstanden. Morgen werden wir aufstehen und uns auf den Weg machen; dann wird sich alles in ihm zerstreuen. Für alle Fälle aber hatte ich in meinem Sinn beschlossen, einige Zeit schweigend neben ihm einherzugehen, um ihm zu zeigen, dass ich noch sehr zornig auf ihn sei.

Nur brachte ich in meinem wetterwendischen Charakter nicht die Kraft auf, mich böse zu stellen, und so begannen wir bald wieder miteinander zu sprechen, und nicht über göttliche Dinge, weil er viel belesener war als ich, sondern über die Gegend, wozu uns die riesigen dunklen Wälder anregten, durch die unser Weg führte. Ich bemühte mich, mein Moskauer Gespräch mit Lewontij zu vergessen, und entschloss mich, auf der Hut zu sein und nicht irgendwie auf den Starez Pamwa, den Einsiedler zu stoßen, der Lewontij so begeistert hatte und über dessen erhabenen Lebenswandel ich selbst unfassbare Wunder von kirchlich Gläubigen gehört hatte.

Nun, ich denke mir, was soll ich mir große Sorgen machen, wenn ich ihm aus dem Weg gehe? Er selbst wird uns doch gewiss nicht suchen.

Und so wandern wir wieder friedlich und wohlbehalten und kommen schließlich in Ortschaften, in denen wir Kunde davon erhalten, dass der Ikonenmaler Sewastjan die Gegend durchziehe. Nun beginnen wir, ihn von Stadt zu Stadt und von Dorf zu Dorf zu suchen, wir folgen ihm schon auf frischer Fährte, wir erreichen ihn fast und können ihn doch nicht einholen. Wir laufen wie gekoppelte Hunde, legen Strecken von zwanzig bis dreißig Werst ohne Rast zurück, aber wenn wir irgendwohin kommen, so sagt man uns: ›Er ist hier gewesen und ist eben, vor einer Stunde, weggegangen.‹

Wir eilen ihm nach, aber es gelingt uns nicht, ihn einzuholen.

Einmal an einer Wegkreuzung gerate ich mit Lewontij in Streit. Ich sage: ›Wir müssen rechts gehen‹, und er sagt: ›links‹. Schließlich hätte er mich beinahe überredet, aber ich beharrte auf meiner Meinung. Wir gehen also und gehen, und schließlich merke ich, dass ich nicht mehr weiß, wohin wir geraten sind, und dass weder ein Pfad noch eine Spur weiterführt.

Ich sage dem Jüngling: ›Kehren wir um, Ljowa!‹

Aber er antwortet: ›Nein ich kann nicht mehr weitergehen, Onkel, ich habe keine Kraft mehr.‹

Ich frage besorgt: ›Kindchen, was fehlt dir denn?‹

Und er erwidert: ›Siehst du denn nicht, wie mich der Frost schüttelt?‹

Ich sehe, wie er am ganzen Körper zittert und wie seine Augen umherirren. So plötzlich war es geschehen, meine werten Herren. Er hat über nichts geklagt, ist flink einhergegangen, und nun setzt er sich mit einem Male in einem Wäldchen aufs Gras, lehnt seinen Kopf an einen hohlen Baumstumpf und sagt: ›Oh, mein Kopf, oh mein Kopf! Mein Kopf brennt wie Feuerflammen. Ich kann nicht weitergehen, ich kann keinen Schritt mehr machen.‹ Und damit neigt sich der Arme zur Erde und fällt hin. Das geschah gegen Abend.

Ich war sehr erschrocken, und während ich wartete, ob sein Anfall nicht nachlassen würde, brach die Nacht herein. Es war Herbstzeit und trüb, die Gegend war unbekannt, ringsum nichts als Fichten und alte Tannen, und der Knabe starb einfach hin. Was sollte ich tun? Unter Tränen sagte ich ihm: ›Ljowuschka, Väterchen, raff dich zusammen, vielleicht erreichen wir ein Nachtlager.‹

Aber er neigt das Köpfchen zur Seite, wie eine abgemähte Blume, und spricht wie im Fiebertraum: ›Rühr mich nicht an, Onkel Marko, rühr mich nicht an und fürchte dich nicht.‹

Ich sage: ›Ich bitte dich, Ljowa, wie soll man sich in solch einer unwegsamen Einöde nicht fürchten?‹

Aber er sagt: ›Wache, und du wirst behütet werden.‹

Ich denke: Herrgott, was ist denn mit ihm los? Trotz meiner Angst beginne ich zu horchen, und es scheint mir, als hörte ich tief im Wald etwas knistern. Gnadenreicher Herr! denke ich mir. Das ist gewiss ein wildes Tier, das uns gleich zerreißen wird! Lewontij kann ich schon nichts mehr zurufen, denn ich sehe, dass er aus sich selbst herausgeflogen ist und mir enteilt, und so bete ich nur noch: ›Engel Christi, beschütze uns in dieser schrecklichen Stunde!‹ Das Knistern kommt immer näher und ist schon dicht bei uns. Ich muss Ihnen hier, meine werten Herren, eine große Gemeinheit gestehen: Ich war so verzagt, dass ich den kranken Lewontij an der Stelle, an der er lag, zurückließ, schneller als eine Eichkatze auf einen Baum kletterte, mich auf einen Ast setzte, mein Säbelchen zog und, mit den Zähnen wie ein erschreckter Wolf klappernd, wartete, was da kommen würde.

Plötzlich sehe ich aus der Dunkelheit, an die sich meine Augen schon gewöhnt haben, etwas heraustreten, aber ich kann nicht erkennen, ob es ein Tier oder ein Räuber ist. Aber wie ich genauer hinschaue, kann ich sehen, dass es weder das eine noch das andere ist, sondern ein kleiner Greis in einer Kutte; ja, ich kann sogar das Beil erkennen, das er im Gürtel stecken hat, und das große Holzbündel auf seinem Rücken. Er kommt auf die Lichtung heraus, atmet hastig, als wolle er die Luft von allen Seiten her einsammeln, wirft dann mit einem Mal sein Bündel zur Erde und geht sofort, als habe er die Nähe eines Menschen gewittert, gerade auf meinen Gefährten zu. Er tritt an ihn heran, beugt sich über ihn, schaut ihm ins Gesicht, nimmt ihn dann bei der Hand und sagt: ›Steh auf, Bruder.‹ Und was glauben Sie? Ich sehe, wie er Lewontij aufstehen hilft, ihn zu seinem

Bündel führt, es ihm auf die Schultern legt und sagt: ›Trag es hinter mir her!‹ Und Lewontij trägt es.

Elftes Kapitel

Sie können sich vorstellen, meine werten Herren, wie ich vor solch einem Wunder erschrecken musste. Woher war dieser stille, gebieterische Alte gekommen, und wie hatte mein Ljowa, der noch eben dem Tode nahe schien, die Kraft gewonnen, gleich das Holzbündel zu tragen!

Ich stieg, so schnell ich vermochte, vom Baum herunter, warf mein Säbelchen an seinem Strick auf den Rücken, brach mir für alle Fälle einen verlässlichen kräftigen Knüppel und eilte ihnen nach. Ich hatte sie bald eingeholt und sah: Der Alte ging voran und war genau so, wie er mir im ersten Augenblick erschienen war – klein und bucklig, das Bärtchen auf beiden Wangen buschig und weiß wie Seifenschaum, und mein Lewontij folgte schnell seiner Spur und blickte mich dabei unverwandt an. Aber wenn ich ihn ansprach und mit der Hand berührte, schenkte er mir nicht die geringste Aufmerksamkeit und ging wie im Schlaf daher.

Ich trat an den Alten heran und rief: ›Verehrter!‹

Und er erwiderte: ›Was willst du?‹

›Wohin führst du uns?‹

›Ich führe niemanden‹, sagte er, ›alle führt Gott.‹

Bei diesen Worten blieb er stehen, und ich sah, dass sich vor uns eine niedrige Mauer mit einem Tor erhob und in dem Tor ein kleines Pförtchen angebracht war. Der Alte begann daran zu klopfen und rief: ›Bruder Miron! Bruder Miron!‹

Aber von drinnen antworte eine grobe Stimme: ›Wieder hast du dich nachts herumgetrieben. Bleib im Wald zu Nacht! Ich lasse dich nicht herein!‹

Doch der kleine Greis begann zu flehen und freundlich zu bitten: ›Lass ein, Bruder!‹

Plötzlich riss der Grobian von innen die Türe auf, und ich sah einen Menschen in der gleichen Kutte, wie sie der Alte trug, vor mir. Er war ein roher Kerl, und kaum hatte der Alte die Füße über die

Schwelle gesetzt, als jener ihm einen Stoß versetzte, dass er beinahe zur Erde gefallen wäre. Aber er sagte: ›Segne dich Gott, mein Bruder, für diesen Dienst.‹

Heiland, denke ich mir, wohin sind wir geraten!

Und plötzlich erleuchtet und entsetzt es mich wie ein Blitz: Gott sei mir gnädig! Wenn es nur nicht Pamwa, der zornlose Einsiedler ist. Dann wäre es besser gewesen, ich wäre im dunklen Wald umgekommen oder hätte mir bei einem wilden Tier oder einem Räuber ein Lager gesucht, als unter diesem Dache!

Kaum hatte er uns in seine kleine Hütte hineingeführt und ein gelbes Wachslicht angezündet, als ich schon erriet, dass wir uns wirklich in einer Waldeinsiedelei befanden. Und ich kann mich nicht mehr beherrschen und frage: ›Verzeih mir, gottesfürchtiger Mann, wenn ich dich frage, ob es sich für mich und meinen Gefährten geziemt, hier zu bleiben, wohin du uns geführt hast?‹

Er aber antwortet: ›Gottes ist die ganze Erde, und gesegnet sind alle Lebenden. – Leg dich hin und schlafe!‹

›Nein‹, erwidere ich, ›erlaube, dass ich dir sage: Wir gehören dem alten Glauben an.‹

›Wir sind alle vom Leibe Christi, er umfängt uns alle.‹

Und damit führt er uns in einen Winkel, wo auf dem Boden eine dürftige Lagerstatt aus Matten hergerichtet ist und am Kopfende ein mit Stroh bedeckter Holzklotz liegt, und sagt zu uns beiden: ›Schlaft!‹

Mein Lewontij legt sich als gehorsamer Junge gleich hin, während ich meine Vorsicht beibehalte und frage: ›Verzeih, Mann Gottes, noch eine Frage ... ‹

Er antwortet: ›Wozu fragen? Gott weiß alles.‹

›Nein, sage mir: Wie heißt du?‹

Aber er erwidert mit dem für ihn ganz unpassenden Weiberspruch: ›Man nennet mich den Enterich, wie man mich heißt, das weiß ich nicht.‹ Und mit diesen leeren Worten kriecht er mit seinem Lichtlein in eine kleine Kammer, eng wie ein Holzsärglein, aber hinter der Wand vernimmt man wieder die Stimme des Grobians: ›Untersteh dich nicht, Licht zu brennen: Du zündest noch die Zelle an.

Aus dem Büchlein kannst du am Tage beten, jetzt aber bete im Dunkeln.‹

›Ich werde nicht, Bruder Miron‹, antwortet jener, ›ich werde nicht.‹ Und bläst das Lichtlein aus.

Ich flüstere: ›Vater, wer ist es, der Euch so barsch bedroht?‹

›Es ist mein Diener Miron, ein guter Mensch ... er behütet mich.‹

Nun ist es aus, denke ich mir, es ist der Einsiedler Pamwa. Es kann niemand anders sein als er, der Zorn- und Neidlose. Jetzt ist das Unglück da! Er hat uns hieher gebracht und sengt uns jetzt wie der Feuerbrand das Fett. Das einzige, was übrig bleibt, ist, Lewontij beim Morgengrauen von hier zu entführen und zu fliehen, damit er nicht wisse, wo wir sind. Ich klammerte mich an diesen Plan und beschloss, nicht zu schlafen, um den Jüngling beim ersten Morgenschimmer zu wecken und zu fliehen.

Um nicht einzuschlafen und womöglich zu verschlafen, liege ich da und spreche in einem fort das Glaubensbekenntnis, wie es der alte Glaube vorschreibt, und wenn ich damit fertig bin, setze ich gleich hinzu: ›Dieser Glaube ist der Apostolische, dieser Glaube ist der Katholische, dieser Glaube hält das All ... ‹, und ich beginne von Neuem. Ich weiß nicht, wie oft ich das Glaubensbekenntnis wiederholt habe, um nicht einzuschlafen, aber gewiss waren es viele Male. Und auch der Alte betet noch immer in seinem Sarg, und mir scheint, als zeige mir das Licht in den Balkenritzen, wie er sich immer von Neuem verneigt. Und plötzlich meine ich ein Gespräch zu hören, und was für eines ... ein ganz unerklärliches ... als sei Lewontij beim Starez eingetreten und spräche mit ihm über den Glauben ... aber ohne Worte, sondern sie sehen einander nur an und verstehen sich. Dieses Bild stand mir lange vor Augen, und ich hatte darüber schon vergessen, mein Glaubensbekenntnis zu wiederholen. Da glaube ich zu hören, wie der Starez dem Jüngling sagt: ›Gehe und entsündige dich!‹ Und jener antwortet: ›Ja, ich will mich entsündigen.‹ Auch jetzt kann ich Ihnen nicht sagen, ob es im Traume oder in der Wirklichkeit geschehen ist, aber sicher habe ich darauf lange geschlafen. Wie ich endlich erwache, sehe ich: Es ist heller Tag, und der Starez, unser Wirt, der Einsiedler, sitzt da und zieht eine Ahle durch einen Lindenbastschuh, den er auf seinen Knien hält. Ich beginne ihn aufmerksam zu betrachten:

Ach, wie schön ist er! Wie vergeistigt! Als wenn ein Engel vor mir säße und für seine Erdenwandlung in unscheinbarer Gestalt Bastschuhe flechte. Ich betrachte ihn und sehe, dass auch er mich anschaut, lächelt und sagt: ›Hast du genug geschlafen, Mark? Es ist Zeit, ans Werk zu gehen.‹

Ich erwidere: ›Was ist denn mein Werk, gottesfürchtiger Mann? Oder weißt du alles?‹

›Ich weiß, ich weiß‹, sagt er, ›macht denn der Mensch einen weiten Weg ohne Zweck? Alle, Bruder, alle suchen die Wege Gottes. Helfe dir Gott in deiner Demut.‹

›Was sagst du, heiliger Mann, meine Demut? Du bist demütig, aber was habe ich in meiner Eitelkeit für eine Demut?‹

Aber er antwortet: ›Ach nein, Bruder, nein, ich bin nicht demütig, ich bin ein großer Sünder, denn ich wünsche teilzuhaben am Himmelreich.‹

Und im Bewusstsein dieser Sünde faltet er mit einem Male die Hände und beginnt wie ein kleines Kind zu weinen.

›Herr!‹, betet er, ›zürne mir nicht für diesen Eigenwillen, werfe mich auf den Grund der Hölle und befiehl deinen Teufeln, mich zu quälen, wie ich es verdient habe!‹

›Nein‹, denke ich mir, ›nein, es ist, Gott sei Dank, nicht der scharfsichtige Einsiedler Pamwa, es ist einfach ein geistesumnachteter Greis.‹ Ich dachte mir, dass doch niemand bei gesundem Verstand auf das Himmelreich verzichten und beten könne, Gott möge ihn zur Peinigung den Teufeln geben. Einen solchen Wunsch hatte ich in meinem ganzen Leben noch von niemand gehört, und so wandte ich mich von der Klage des Greises ab, da ich sie für eine Verrücktheit und eine von den Teufeln geschickte Versuchung hielt. Dann dachte ich mir, dass ich noch immer hier liege, während es doch Zeit zum Aufstehen sei; plötzlich sehe ich aber, wie sich die Türe öffnet und mein Lewontij hereintritt, den ich ganz vergessen hatte. Er tritt ein, fällt vor dem Starez nieder und sagt: ›Vater, ich habe alles vollbracht, jetzt segne mich!‹

Der Starez sieht ihn an und antwortet: ›Friede sei mit dir. Ruhe dich aus!‹

Und ich sehe, wie sich mein Jüngling vor ihm wieder bis zur Erde verneigt, hinausgeht und der Einsiedler wieder an seinen Bastschuhen arbeitet.

Da springe ich mit einem Male auf und denke: ›Nein, jetzt nehme ich schnell meinen Ljowa, und fort von hier!‹ Damit trete ich in den kleinen Vorraum und sehe dort meinen Jüngling ausgestreckt auf der Holzbank daliegen, die Hände auf der Brust gefaltet.

Um meine Unruhe nicht zu verraten, frage ich ihn laut: ›Weißt du vielleicht, wo ich Wasser schöpfen kann, um das Gesicht zu waschen?‹ Und ich setze flüsternd hinzu: ›Beim lebendigen Gott beschwöre ich dich, lass uns so schnell wie möglich von hier gehen!‹

Dabei sehe ich ihn genauer an und merke, dass Ljowa nicht atmet ... Er ist dahingegangen ... Gestorben ...

Und ich schreie mit einer Stimme, die wie eine fremde klingt: ›Pamwa, Vater Pamwa, du hast meinen Knaben getötet!‹

Aber Pamwa tritt leise auf die Schwelle und sagt freudig: ›Fortgeflogen ist unser Ljowa!‹

Mich packt der Zorn: ›Ja‹, antworte ich unter Tränen, ›er ist fortgeflogen. Du hast seine Seele hinausgelassen, wie eine Taube aus dem Käfig.‹

Und dann werfe ich mich zu den Füßen des Entschlafenen nieder und stöhne und weine, bis am Abend die Mönche aus dem kleinen Kloster kommen, seinen Leichnam waschen, in einen Sarg legen und davontragen, denn er war am Morgen, während ich schlief, zur herrschenden Kirche übergetreten.

Mit dem Vater Pamwa sprach ich kein Wort mehr. Was hätte ich ihm auch sagen können: Beschimpfte man ihn, so segnete er – hätte man ihn geschlagen, so würde er sich bis zur Erde verneigt haben. Unüberwindlich war dieser Mensch in seiner Demut! Wovor sollte er auch erschrecken, wenn ihm selbst die Hölle begehrenswert erschien? Nein, ich hatte nicht umsonst vor ihm gezittert und gefürchtet, dass er uns ansengen werde wie der Feuerbrand das Fett. Mit seiner Demut würde er selbst alle Teufel aus der Hölle vertreiben oder zu Gott bekehren. Wenn sie anfingen ihn zu quälen, würde er sie bitten: ›Peinigt mich grausamer, ich habe es verdient.‹ Nein, nein, solche Demut kann nicht einmal der Satan ertragen. Er würde sich beide Hände an ihm wundschlagen, würde sich die Nägel abreißen und dann selber seine ganze Ohnmacht vor Dem, der solche Liebe erschaffen, erkennen und in Scham vor Ihm vergehen!

So sagte ich mir denn, dass dieser Greis mit den Lindenbastschuhen der Hölle zum Verderben geschaffen sei. Und ich streifte die ganze Nacht im Wald umher, wusste selbst nicht, weshalb ich nicht das Weite suchte, und dachte unablässig: Wie mag er wohl beten, auf welche Weise, nach welchen Büchern? Und dabei fiel mir ein, dass ich bei ihm kein einziges Heiligenbild gesehen hatte, bloß ein Kreuz aus zwei mit Lindenbast aneinander gebundenen Stäbchen, und auch keine dicken Bücher.

›Gott!‹, erdreiste ich mich zu urteilen, ›wenn die herrschende Kirche nur zwei solche Menschen hat, so sind wir verloren, denn dieser Mensch ist ganz beseelt von Liebe.‹

Immer wieder muss ich an ihn denken, und gegen Morgen ergreift mich ein heftiges Verlangen, ihn vor meinem Weggang, wenn auch nur für einen Augenblick, wiederzusehen.

Kaum habe ich es gedacht, als ich wieder dasselbe Knistern vernehme, und der Vater Pamwa wieder mit Beil und Holzbündel aus dem Wald heraustritt und sagt: ›Was säumst du so lange? Beeile dich, dein Babylon zu errichten!‹

Dieses Wort schien mir bitter, und ich sagte: ›Weshalb machst du mir diesen Vorwurf? Ich errichte kein Babylon und scheide mich vom babylonischen Pfuhl.‹

Aber er antwortet: ›Was ist Babylon? Eine Säule des Dünkels, schmeichle dir nicht mit deiner Rechtschaffenheit, sonst verlässt dich dein Engel.‹

Ich sage: ›Vater, weißt du denn, weshalb ich wandere?‹ Und ich erzähle ihm unser ganzes Leid.

Und er hört alles an, hört und antwortet: ›Der Engel ist geduldig, der Engel ist mild; wie es der Herr ihm befiehlt, so kleidet er sich, was er ihm befiehlt, das wirkt er. Also ist der Engel! Er lebt in der Seele des Menschen, die Unwissenheit hat ihn versiegelt, aber die Liebe wird das Siegel zerbrechen.‹

Damit entfernte er sich von mir, aber ich kann die Augen nicht von ihm wenden, kann mich nicht bezwingen, falle nieder und verneige mich vor ihm bis zur Erde. Als ich das Gesicht erhebe, ist er nicht mehr da, ob ihn nun die Bäume verdeckten, oder ... Gott weiß, wohin er verschwunden ist.

Ich begann über seine Worte nachzudenken: Der Engel lebt in der Seele des Menschen und ist versiegelt, aber die Liebe wird ihn befreien, und plötzlich kommt mir in den Sinn: Wenn er selbst der Engel war, und Gott ihm befohlen hat, mir in dieser Gestalt zu erscheinen – so werde ich nun wie Lewontij sterben!

Von diesem Gedanken erfasst, entsinne ich mich kaum mehr, wie ich auf einem Baumstamm über den Bach komme und zu laufen beginne: Sechzig Werst ohne Rast, immer in der Angst und der Vorstellung, den Engel gesehen zu haben, bis ich auf einmal ein Dorf erreiche und dort den Ikonenmaler Sewastjan finde. Wir verständigten uns bald, besprachen alles und beschlossen, uns schon am nächsten Tag auf den Weg zu machen. Aber unsere Vereinbarung war ohne jede Wärme, und unsere Reise noch weniger, einmal weil der Ikonenmaler Sewastjan ein nachdenklicher Mensch war, und dann wohl noch mehr, weil ich nicht mehr derselbe war wie zuvor. Vor meiner Seele stand der Einsiedler Pamwa, und meine Lippen flüsterten die Worte des Propheten Jesajas: ›Der Geist Gottes spricht aus dem Munde dieses Menschen.‹

Zwölftes Kapitel

Der Ikonenmaler Sewastjan und ich legten den Rückweg rasch zurück und fanden, nachts bei unserer Baustelle angelangt, alles wohlbehalten vor. Nachdem wir die Unsrigen begrüßt hatten, gingen wir gleich zu Jakow Jakowlewitsch. Der verlangte voll Neugierde gleich, den Ikonenmaler zu sehen; er betrachtete dann in einem fort dessen Hände und zuckte nur mit den Achseln, weil seine Hände übergroß, wie Harken waren und ganz schwarz, wie auch Sewastjan selbst schwarz wie ein Zigeuner aussah. Jakow Jakowlewitsch sagte ihm: ›Ich wundere mich, Bruder, wie du mit diesen Riesenhänden zeichnen kannst!‹

›Warum denn? Warum sollen meine Hände nicht dazu taugen?‹

›Du kannst doch‹, sagt er, ›etwas Kleines mit ihnen gar nicht ausführen?‹

Jener fragt: ›Warum?‹

›Ja, weil deinen Gelenken die Geschmeidigkeit fehlt.‹

Aber Sewastjan erwidert: ›Das ist Unsinn! Können mir denn meine Finger etwas erlauben oder nicht erlauben? Ich bin ihr Herr, und sie sind meine Diener, die mir gehorchen.‹

Der Engländer lächelt: ›Also wirst du unseren versiegelten Engel nachbilden?‹

›Warum denn nicht?‹, antwortete jener. ›Ich gehöre nicht zu den Meistern, die ihr Werk fürchten, sondern mich fürchtet das Werk. So genau werde ich ihn nachbilden, dass Sie ihn vom echten nicht werden unterscheiden können.‹

›Gut‹, sagte Jakow Jakowlewitsch, ›wir werden uns unverzüglich bemühen, die echte Ikone herbeizuschaffen, in der Zwischenzeit beweise mir aber, um mich zu überzeugen, deine Kunstfertigkeit. Male meiner Frau eine Ikone nach altrussischer Art und so, dass sie ihr auch gefällt.‹

›Welchem Heiligen zu Ehren soll sie sein?‹

›Ja, das weiß ich nicht‹, antwortete er, ›ihr ist das gleich, nur dass es ihr gefällt.‹

Sewastjan dachte nach und fragte: ›Worum betet denn deine Gemahlin am meisten zu Gott?‹

›Ich weiß nicht, mein Freund, ich weiß es nicht, aber ich denke, wahrscheinlich dass aus den Kindern ehrliche Menschen werden.‹

Sewastjan dachte wieder nach und antwortete: ›Gut, ich werde ihren Geschmack treffen.‹

›Wie willst du ihn treffen?‹

›Ich werde etwas darstellen, was die Beschaulichkeit vertieft und dem Geist des Gebetes Ihrer Gemahlin wohlgefällig ist.‹

Der Engländer ließ für ihn im Dachstübchen seines eigenen Hauses alles herrichten, aber er arbeitete nicht dort, sondern setzte sich an das Fensterchen auf dem Dachboden über Luka Kirillows Stube und begann dort seine Tätigkeit.

Aber was er da gemacht hat, meine werten Herren, das hatten wir uns gar nicht vorgestellt. Als das Gespräch auf die Kinder kam, da dachten wir, er werde Roman den Wundertäter darstellen, zu dem man wegen Unfruchtbarkeit betet, oder den Kindermord in Jerusalem, was den Müttern, die ihre Fruchtbarkeit verloren haben, immer gefällt, weil Rahel dort mit ihnen über die Kinder weint und sich nicht trösten kann. Aber dieser kluge Ikonenmaler hatte erwogen, dass die Engländerin schon Kinder habe und nicht darum bete, dass der Himmel ihr welche schenke, sondern dass er den Charakter der Kinder festige, und malte etwas ganz anderes, was ihrem Streben nach mehr entsprechen musste. Er wählte dazu ein altes Holztäfelchen, so groß wie eine Handfläche, und begann darauf seine Kunst zu zeigen. Vor allen Dingen trug er natürlich den Grund mit starkem Kasanschen Alabaster auf, dass er glatt und hart wie Elfenbein wurde; darauf teilte er das Täfelchen in vier gleiche Flächen und zeichnete auf jede eine besondere kleine Ikone, die er nochmals mit einer goldgemalten Fassung umrahmte. Das erste Quadrat stellte dar: die Geburt Johannes des Täufers mit acht Figuren, dem neugeborenen Kind und dem Gemach; das zweite die Geburt der hochheiligen Gottesmutter mit sieben Figuren, dem Kind und dem Gemach; das dritte die unbefleckte Geburt des Erlösers, den Stall und die Krippe, und davor stehend die Himmelskönigin, Joseph, die gottesfürchtigen Hirten, Salome und allerlei Vieh: Ochsen, Schafe, Ziegen und Esel, und die Möwe, die den Juden verboten ist, zum Zeichen, dass das Ganze nicht vom Judentum kommt, sondern von der Gottheit, die alles geschaffen hat. Auf dem vierten Bildchen ist die Geburt Nikolai des Wundertäters zu sehen; der Heilige wieder als neugeborenes Kind, das Gemach und viele Umherstehende. Soviel Sinn war darin enthalten, dass man vor sich die Erzieher so vieler guter Kinder sah, und soviel Kunst in all den stecknadelgroßen Figuren in ihrer Beseeltheit und Bewegung! So liegt bei der Geburt der Muttergottes die heilige Anna, wie es im griechischen Original dargestellt ist, auf dem Lager, und vor ihr stehen zymbelschlagende Mädchen und andere, die Gaben halten, und solche mit Sonnenschirmen in den Händen und wieder andere, die Lichter tragen. Die eine Frau hält die heilige Anna unter den Schultern, Joachim späht in die vorderen Gemächer; eine zweite Frau wäscht die heilige Gottesgebärerin bis zu den Lenden, ein danebenstehendes Mädchen gießt aus einem Gefäß Wasser in das Becken. Die Räume sind alle mit dem Zirkel voneinander getrennt, und in dem äußersten Gemach sitzen Joachim und Anna auf dem Thron, und Anna hält die hochheilige Gottesgebärerin; aber um das Gemach herum erheben sich steinerne Pfeiler mit roten Vorhängen, und draußen ist eine weiße und gelbe Mauer. Wunderbar, wunderbar hatte Sewastjan das alles dargestellt, und in jedem kleinsten Gesichtchen hatte er das ganze Schauen Gottes ausgedrückt! Er nannte das Bild ›Fruchtbarkeit‹ und brachte es den Engländern. Die betrachteten es und schlugen die Hände zusammen: Niemals, sagten sie, hätten sie solche Fantasie erwartet und solche Feinheit der Kleinmalerei geahnt. Sie betrachteten es dann sogar noch mit dem Vergrößerungsglas und fanden auch damit keinen Fehler. Sie gaben Sewastjan für die Ikone zweihundert Rubel und sagten: ›Kannst du noch kleiner darstellen?‹ – Sewastjan antwortete: ›Ja.‹

›Dann kopiere mir auf meinen Fingerring das Porträt meiner Frau.‹

Aber Sewastjan antwortet: ›Nein, das kann ich nicht.‹

›Warum denn nicht?‹

›Weil ich mich in dieser Kunst noch nie versucht habe, und dann auch weil ich meine Kunst nicht erniedrigen will, um nicht den Unwillen der Väter auf mich zu ziehen.‹

›Was ist das für ein Unsinn!‹

›Das ist durchaus kein Unsinn‹, antwortet er. ›Wir haben aus gottesfürchtiger Zeit eine Bestimmung, die auch in einem Patriarchenbrief bestätigt wird: Wenn einer zu einem so heiligen Werk wie die Ikonenmalerei berufen ist, so ist es einem geziemend lebenden Ikonenmaler geboten, nichts denn heilige Darstellungen zu malen.‹

Jakow Jakowlewitsch sagt darauf: ›Und wenn ich dir fünfhundert Rubel dafür gebe?‹

›Und wenn Sie mir fünfhunderttausend bieten würden, es wäre ganz gleich, Sie würden sie behalten.‹

Das Gesicht des Engländers strahlte, aber er sagte im Scherz zu seiner Frau: ›Wie gefällt dir das, dass er es für eine Erniedrigung hält, dein Gesicht zu malen?‹

Aber auf englisch fügte er hinzu: ›Oh, ein guter Charakter.‹

Und dann sagt er: ›Nun seht zu, Brüder, jetzt bringen wir die Sache zum Abschluss. Wie ich sehe, habt ihr für alles Regeln: Also nehmt euch jetzt in acht, um nichts zu versäumen oder zu vergessen, was irgendwie stören könnte.‹

Wir antworteten, dass wir nichts Derartiges voraussähen.

›Nun, dann gebt acht‹, sagt er, ›ich beginne.‹ Und dann fährt er zum Erzbischof mit der Bitte, er möge ihm erlauben, um seinen Eifer zu beweisen, die Beschläge des versiegelten Engels vergolden und den Rahmen neu malen zu lassen. Der Erzbischof will weder zusagen noch ihn abweisen, aber Jakow Jakowlewitsch gibt nicht nach und erreicht es endlich. Wir warteten indes schon, wie Pulver aufs Feuer.

Dreizehntes Kapitel

Erlauben Sie, meine werten Herren, hier daran zu erinnern, dass seit dem Beginn meiner Geschichte ziemlich viel Zeit verflossen war und es schon auf Weihnachten ging. Aber dort ist das Wetter um diese Zeit mit dem Unsrigen nicht zu vergleichen; es ist launisch, und einmal verbringt man diesen Feiertag bei Winterwetter, das andere Mal vom Regen durchnässt; den einen Tag friert es, den nächsten taut es; bald ist der Fluss mit schmutzigem Eise bedeckt, bald schwillt er an und führt Eisschollen wie beim Hochwasser im Frühling. Mit einem Wort, es herrscht dort um diese Zeit ganz unbeständiges Wetter, oder, wie man es in der Gegend nennt, Schlackwetter – und so war es auch jetzt.

In dem Jahr, in das meine Erzählung fällt, war diese Unbeständigkeit sehr verdrießlich. Während ich mit dem Ikonenmaler auf dem Weg war, hatten wir, ich weiß nicht wie oft, bald Winter-, bald Sommerwetter. Was unseren Bau betrifft, war die Zeit sehr dringend, da die sieben Pfeiler fertig waren und eben die Ketten von einem zum anderen Ufer gespannt wurden. Unsere Arbeitgeber wollten natürlich die Ketten so schnell wie möglich miteinander verbinden, um an ihnen eine Notbrücke zur Materialbeschaffung während des Hochwassers aufzuhängen. Es gelang aber nicht, denn kaum hatte man die Ketten gespannt, als ein derartiger Frost einsetzte, dass man die Arbeit an der Brücke einstellen musste. So blieb es auch, die Ketten hingen ohne Brücke. Dafür schuf Gott eine andere

Brücke: Der Fluss war zugefroren, und unser Engländer fuhr über das Eis des Dnjepr, um sich um unsere Ikone zu bemühen. Als er zurückkam, sagte er zu mir und Luka: ›Wartet, Kinder, morgen bringe ich euch euren Schatz.‹

Herrgott, was empfanden wir bei dieser Nachricht! Zuerst wollten wir es geheim halten und nur dem Ikonenmaler mitteilen; aber kann denn das Menschenherz so etwas für sich behalten? Anstatt das Geheimnis zu wahren, liefen wir zu allen Unsrigen, klopften an die Fensterchen, flüsterten miteinander und bemerkten gar nicht, dass wir von Hütte zu Hütte liefen. Der Schnee erstrahlte im Frost wie Edelsteine, und am klaren Himmel funkelte der Hesperus.

In dieser freudigen Hast verbrachten wir die ganze Nacht, und in der gleichen begeisterten Stimmung erwarteten wir den Tag. Vom frühen Morgen ab wichen wir keinen Schritt von unserem Ikonenmaler und wussten kaum, wohin wir ihm die Stiefel nachtragen sollten, denn jetzt war die Stunde da, in der alles von seiner Kunst abhing. Er brauchte nur einen Wunsch über eine Handreichung oder etwas Ähnliches laut werden zu lassen, als schon gleich zehn davonrannten und in ihrem Eifer übereinander stolperten. Selbst der alte Maroi lief sich die Absätze von den Stiefeln weg. Nur der Ikonenmaler selbst war ruhig, da er ähnliches schon mehr als einmal erlebt hatte, und bereitete sich ohne alle Hast zu seiner Arbeit vor: Er rührte Eiklar mit Kwas an, prüfte den Lack, legte ein altes Brettchen in der Größe der Ikone zurecht, richtete eine scharfe, haarfeine Säge her, spannte sie in einen starken Bogen, setzte sich dann an das Fensterchen und verrieb die voraussichtlich notwendigen Farben auf der Handfläche mit den Fingern. Wir hatten uns alle vor dem Ofen gewaschen, reine Hemden angezogen, und standen nun am Ufer und schauten nach der Stadt hinüber, aus der unser segenbringender Gast kommen sollte. Unsere Herzen schlugen bald hoch, bald verzagt.

Ach, was waren es für Augenblicke, und sie dauerten vom Morgengrauen bis gegen Abend. Endlich sehen wir, wie von der Stadt her der Schlitten des Engländers auf dem Eis daherjagt, gerade auf uns zu ... Uns alle überläuft ein Schauer, wir werfen die Mützen zur Erde und beten: ›Gott, Vater der Geister und der Engel, sei Deinen Knechten gnädig!‹ Und während des Gebetes fallen wir nieder auf den Schnee und breiten voll Verlangen die Hände aus, als wir plötz-

172

lich über uns die Stimme des Engländers hören: ›He, ihr Altgläubigen, da habe ich euch was mitgebracht!‹ Und er übergibt uns ein kleines Bündel in einem weißen Tuch.

Luka empfängt es und erstarrt: Er fühlt etwas zu Kleines und zu Leichtes darin. Er lüftet die eine Ecke des Tuches und sieht, dass es nur der Beschlag von unserer Ikone ist und nicht der Engel selbst.

Wir stürzen auf den Engländer zu und sagen ihm unter Weinen: ›Man hat Euch betrogen, Euer Gnaden, das ist nicht die Ikone, man hat Euch nur ihren silbernen Beschlag mitgegeben.‹

Aber der Engländer ist auf einmal nicht mehr derselbe, der er bis jetzt zu uns gewesen ist. Sicher hat ihn die Langwierigkeit der Sache verärgert, und er schreit uns an: ›Was faselt ihr da? Ihr habt mir doch selbst gesagt, dass ich nur um den Beschlag bitten solle, und den habe ich auch erbeten, aber ihr wisst einfach nicht, was ihr wollt!‹

Wir sehen, dass er aufgebracht ist, und versuchen ganz vorsichtig, ihm klarzumachen, dass wir die Ikone selbst brauchen, um eine Kopie von ihr herzustellen. Aber er hört uns nicht mehr an, jagt uns davon und erweist uns einzig die Gnade, zu befehlen, ihm den Ikonenmaler zu schicken.

Sewastjan begibt sich zu ihm, und der Engländer fährt auch ihn auf ähnliche Weise an: ›Deine Bauern‹, sagt er, ›wissen nicht, was sie wollen, sie haben nur um den Beschlag gebeten und erklärt, dass du, um einen Abriss zu machen, nur die Maße brauchtest. Jetzt heulen sie, dass er ihnen nichts nütze. Aber ich kann weiter nichts tun, weil der Erzbischof das Bild selbst nicht hergibt. Also fälsche rasch das Bild, wir wollen es mit dem Beschlag bekleiden, und dann stiehlt mir der Sekretär das echte Bild.‹

Der Ikonenmaler Sewastjan versucht, als verständiger Mensch, ihn mit milder Rede umzustimmen, und antwortet: ›Nein, Euer Gnaden, unsere Bauern verstehen ihre Sache schon; wir brauchen wirklich das Bild selbst. Das hat man nur zu unserer Kränkung ausgedacht, dass wir angeblich nur feststehende Nachahmungen malen könnten. Wir haben zwar Vorschriften, aber ihre Ausführung ist der freien Kunst überlassen. So ist uns beispielsweise vorgeschrieben, die Heiligen Sossima oder Gerassim mit dem Löwen abzubilden; der Fantasie des Heiligenmalers aber ist es freigestellt, den Löwen nach seiner Auffassung darzustellen. Ebenso wird der heilige Neophit mit einer Taube abgebildet. Konon Gradarij mit einem Blümchen, Timofej mit einem Heiligenschrein, Georgij und Ssawwa der Stratilate mit Lanzen und Kondrat mit Wolken, weil er die Wolken abgerichtet hat, aber jeder Ikonenmaler hat die Freiheit darzustellen, wie die Fantasie seiner Kunstfertigkeit es ihm erlaubt, und so kann ich wiederum nicht wissen, wie dieser Engel gemalt ist, den man vertauschen will.‹

Der Engländer hörte sich das alles an, aber dann jagte er den Sewastjan wie uns hinaus; wir hören auch keine weiteren Entschlüsse mehr von ihm, und so sitzen wir, meine werten Herren, wie die Krähen am Flusse und wissen nicht, ob wir ganz verzweifeln oder ob wir noch hoffen sollen. Zum Engländer wagen wir uns nicht mehr, und nun beginnt auch noch das Wetter mit unsrer Stimmung wesenseins zu werden. Ein entsetzliches Tauwetter bricht an, es regnet ohne Unterlass, der Himmel sieht tagsüber wie eine Rauchwolke aus und ist nachts so finster, dass der Hesperus, der doch sonst im Dezember kaum vom Himmelsbogen verschwindet, kein einziges Mal aufglänzt. Alles war düster wie in einem Gefängnis. Und ebenso begingen wir auch das Weihnachtsfest. Am Heiligenabend aber brach ein Gewitter los, und dann setzte ein Gussregen ein, der zwei Tage und zwei Nächte unaufhörlich niederströmte. Er schwemmte den ganzen Schnee weg und spülte ihn in den Fluss, auf dem das Eis blau zu werden und sich zu blähen begann, um am letzten Jahrestag zu bersten und stromabwärts zu treiben. In den trüben Wellen schiebt sich Scholle auf Scholle, und alles staut sich bei unseren Bauten. Berstend und krachend türmt sich das Eis zu Bergen und dröhnt – Gott verzeih es mir! – wie entfesselte Höllengeister. Dass die Pfeiler diesen Druck aushielten und stehen blieben, war erstaunlich. Millionen hätten verloren gehen können. Aber uns war es nicht darum zu tun: Unser Ikonenmaler Sewastjan wurde ungeduldig, packte seine Sachen und wollte in andere Gegenden ziehen, weil er sah, dass er hier keine Arbeit erhalten werde, und wir konnten ihn durch nichts zurückhalten.

Auch der Engländer hatte anderes zu tun; das Unwetter hatte auf ihn solchen Eindruck gemacht, dass er fast von Sinnen gekommen ist: Er ging, wie man sich erzählte, immer umher und fragte alle, denen er begegnete: ›Wohin bloß, wohin?‹ Dann hatte er sich plötzlich beherrscht, ließ Luka zu sich rufen und sagte: ›Weißt du was, Bauer: Gehen wir deinen Engel stehlen!‹

Luka antwortete: ›Einverstanden!‹

Aus Lukas Erzählung war zu entnehmen, dass der Engländer geradezu danach dürstete, Gefahren auszukosten. Er hatte also vor, morgen zum Erzbischof in das Kloster zu fahren, den Ikonenmaler als einen Vergolder mitzunehmen und zu bitten, man möge ihm die Ikone zeigen, damit sein Begleiter eine genaue Kopie für die Beschläge anfertigen könne. Währenddessen würde Sewastjan Gelegenheit haben, sich den Engel deutlich einzuprägen, um dann zu Hause eine Nachahmung herzustellen. Wenn dann der wirkliche Vergolder die Beschläge fertig hat, wird man sie zu uns über den Fluss herüberbringen, und Jakow Jakowlewitsch wird wieder ins Kloster fahren und den Wunsch äußern, dem festtäglichen Gottesdienst des Erzbischofs beizuwohnen. Er würde im Mantel in die Kapelle treten, sich in dem dunklen Altarraum an den Opfertisch stellen, hinter dem unsere Ikone auf dem Fenster steht, das Bild stehlen, es unter den Mantel stecken und jemandem befehlen, den Mantel, angeblich wegen der Hitze, hinauszutragen. Auf dem Hofe hinter der Kirche würde dann einer der Unsrigen das Bild aus dem Mantel in Empfang nehmen und mit ihm auf das andere Ufer eilen, und hier würde dann unser Ikonenmaler das alte Bild während des Gottesdienstes aus dem Rahmen lösen und das gefälschte hineinstellen, dann sollte es jemand so zurückschaffen, dass Jakow Jakowlewitsch es wieder aufs Fenster stellen könne, als sei nichts geschehen.

›Warum nicht?‹, sagten wir. ›Wir sind mit allem einverstanden.‹

›Nur gebt acht‹, sagte er, ›und denkt daran, dass ich sonst als Dieb dastehe; aber ich will euch glauben, dass ihr mich nicht preisgebt.‹

Luka Kirillow antwortete: ›Wir sind nicht, Jakow Jakowlewitsch, solchen Geistes, dass wir unsere Wohltäter verraten. Ich werde die Ikone in Empfang nehmen und Ihnen die beiden zurückbringen, die echte und die Kopie.‹

›Nun, und wenn du durch etwas daran verhindert wirst?‹

›Was soll mich verhindern können?‹

›Nun, du stirbst plötzlich oder ertrinkst?‹

Luka dachte nach: Wie soll plötzlich ein derartiges Hindernis eintreten? Aber dann bedenkt er, dass etwas Derartiges in der Tat vorkommen könne, dass der Schatzgräber den Schatz finde, aber auf dem Weg zum Markt einem tollen Hund begegne – und er antwortete: ›Für diesen Fall, gnädiger Herr, lasse ich Ihnen einen Menschen zurück, der die ganze Schuld auf sich nimmt und selbst den Tod erduldet, Sie aber nicht preisgibt.‹

›Und wer ist es, auf den du dich so verlässt?‹

›Der Schmied Maroi‹, antwortete Luka.

›Dieser Alte?‹ – ›Ja, er ist nicht jung.‹

›Aber er sieht gar zu einfältig aus!‹

›Wir brauchen auch seinen Verstand nicht. Aber er ist ein Mensch, der würdigen Geist in sich trägt.‹

›Was für ein Geist kann denn in einem dummen Menschen wohnen?‹

›Der Geist, Herr‹, antwortete Luka, ›wird nicht nach dem Verstand bemessen, der Geist atmet, wo er will, und wächst gleich dem Haar bei dem einen lang und üppig und bei dem andern spärlich.‹

Der Engländer überlegte: ›Gut, gut. Das sind alles interessante Empfindungen. Aber wie soll er mir heraushelfen, wenn ich in die Patsche gerate?‹

›Das macht er so‹, antwortete Luka. ›Sie werden in der Kirche am Fenster und Maroi draußen vor dem Fenster stehen. Bin ich dann bis zum Schluss des Gottesdienstes nicht mit dem Bild gekommen, so wird Maroi die Scheibe einschlagen, durch das Fenster steigen und alle Schuld auf sich nehmen.‹

Das gefiel dem Engländer: ›Interessant‹, sagte er, ›interessant. Aber warum soll ich dem dummen Menschen mit dem Geist glauben, dass er nicht selbst davonläuft?‹

›Nun, das ist eben Sache des gegenseitigen Vertrauens.‹

›Gegenseitiges Vertrauen‹, wiederholte er … ›Hm, gegenseitiges Vertrauen! Soll ich für einen dummen Bauern nach Sibirien oder er für mich unter die Knute? Hm, hm, wenn er sein Wort hält … unter die Knute … Das ist interessant.‹

Man schickte nach Maroi, erklärte ihm, worum es sich handle, und er sagte, ›Nun, was ist dabei?‹

›Und du wirst nicht davonlaufen?‹, fragte der Engländer.

Maroi antwortete: ›Warum denn?‹

›Damit man dich nicht peitscht und nach Sibirien verschickt.‹

Aber Maroi erwiderte: ›Nun, weiter nichts?‹

Der Engländer ist vor Freude lebendig geworden: ›Reizend‹, sagt er, ›wie interessant!‹

Vierzehntes Kapitel

Gleich nach der Unterredung begann die Aktion. Am Morgen setzten wir die große herrschaftliche Barkasse in Stand und fuhren den Engländer ans andere Ufer. Dort setzte er sich mit dem Ikonenmaler Sewastjan in eine Kalesche und fuhr zum Kloster. Nach einer guten Stunde sehen wir unseren Ikonenmaler dahereilen mit einem Blatt in den Händen.

Wir fragen: ›Hast du sie gesehen, Teurer, und kannst du sie jetzt nachmachen?‹

›Ich habe sie gesehen‹, antwortet er, ›und werde sie genau treffen, vielleicht wird sie etwas lebhafter in den Farben, aber das ist kein Unglück, denn wenn die echte Ikone herkommt, werde ich in einem Nu das Leuchten der Farben dämpfen.‹

›Väterchen‹, bitten wir, ›gib dir Mühe!‹

›Schon gut‹, erwiderte er, ›werde mich schon bemühen.‹

Und kaum hatten wir ihn zurückgerudert, als er sich auch gleich an seine Arbeit setzte, und um die Dämmerung war der Engel auf dem Täfelchen fertig und glich unserem versiegelten wie ein Tropfen Wasser dem andern, nur die Farben schienen etwas frischer.

Gegen Abend schickte der Vergolder die neuen Beschläge, und nun kam die gefährliche Stunde unseres Diebstahls.

Wir hatten, wie es sich versteht, alles vorbereitet und warteten auf den gegebenen Augenblick. Kaum ließen sich vom anderen Ufer her die ersten Glockenklänge zur Abendmesse vernehmen, als wir zu dritt ein Boot bestiegen, ich, Luka und der alte Maroi, der ein Beil, einen Meißel, eine Brechstange und ein Seil mitgenommen hatte, um mehr einem Dieb zu gleichen. Wir steuerten gerade auf die Klostermauer zu.

Die Dämmerung bricht um diese Jahreszeit früh an, und obwohl es Vollmondwoche war, blieb die Nacht pechschwarz, eine richtige Diebesnacht. Am anderen Ufer angelangt, ließen Maroi und Luka mich im Boot zurück und schlichen zum Kloster hinauf. Ich wartete voll Ungeduld. Die Ruder hatte ich ins Boot genommen, das ich an einem Strickende am Ufer festhielt, und war bereit abzustoßen, sobald Luka seinen Fuß ins Boot setzen würde. In der Besorgnis, wie alles gelänge und ob wir die Spuren unseres Diebstahls rechtzeitig verwischen könnten, erschien mir die Zeit schrecklich lang. Es dünkte mir, es sei schon viel Zeit verstrichen. Die Dunkelheit war entsetzlich, der Wind fegte nun statt Regen nassen Schnee daher. Das Boot schaukelte, und ich treuloser Knecht begann, mich allmählich in meinem Mantel erwärmend, einzuschlummern. Plötzlich beginnt das Boot unter einem Stoß zu schwanken, ich zucke zusammen und sehe den Onkel Luka im Boot stehen, der mit fremder, gepresster Stimme sagt: ›Rudere!‹

Ich ergreife die Ruder, kann sie aber vor Schreck nicht in die Dollen einlegen. Schließlich gelingt es mir, ich stoße vom Ufer ab und frage: ›Onkel, habt ihr den Engel bekommen?‹

›Ich habe ihn, rudere stärker!‹

›Erzähle doch‹, forsche ich weiter, ›wie habt ihr ihn bekommen?‹

›Genau wie es geplant war.‹

›Werden wir noch rechtzeitig zurückkommen können?‹

›Wir müssen es können: Eben erst haben sie mit der großen Litanei begonnen. Rudere! Wohin ruderst du?‹

Ich sehe mich um: Großer Gott, ich rudere wirklich nicht in unsere Richtung, und doch scheint es mir, als ob ich quer über die Strömung hielte, aber unsere Siedlung ist nicht zu sehen, weil Schnee und Sturm schrecklich daherfegen und mich blind machen. Ringsum heult der Wind und schaukelt das Boot, und oben vom Fluss weht es wie von Eis her.

Aber mit Gottes Gnade erreichen wir das Ufer, springen beide aus dem Boot und laufen, was wir laufen können. Der Ikonenmaler ist schon bereit; er handelt kaltblütig und entschlossen. Vor allem nimmt er die Ikone, und als alle vor ihr niederfallen und sich verneigen, lässt er sie den versiegelten Engel küssen und schaut selbst bald auf ihn, bald auf die Kopie und sagt: ›Sie ist gut! Man muss sie nur ein wenig mit Safran dämpfen und etwas mit schmutziger Farbe tönen.‹ Damit nimmt er die Ikone, spannt sie in den Schraubstock, richtet die Säge her ... und dann fliegt sie nur. Wir alle stehen herum und schauen voller Angst zu, ob er die Ikone nicht beschädige. Stellen Sie sich vor, wie er mit seinen übergroßen Händen das Bild, das kaum stärker als ein Blättchen dünnsten Schreibpapieres ist, vom Brett abtrennt. Wie leicht ist da ein Unglück geschehen: Wenn die Säge nur um ein Haar schief geht, so schneidet sie es durch und zerreißt das Antlitz! Der Ikonenmaler Sewastjan aber verrichtete die schwierige Arbeit mit solcher Kaltblütigkeit und Kunstfertigkeit, dass es einem, wenn man ihn dabei betrachtete, gleich ruhig ums Herz wurde. Wie er das Bild als dünnste Schicht abgetrennt hat, schneidet er in einem Augenblick das Ausgesägte aus den Rändern heraus, nimmt seine Kopie, zerknittert sie in der Faust und schlägt sie dann auf die Tischkante, als wolle er sie zerreißen und vernichten; schließlich betrachtet er die Leinwand gegen das Licht, und nun ist das neue Bildchen voller Sprünge wie ein feines Sieb, Sewastjan klebt es nun auf das alte Brett, nimmt dunkle Schmutzfarbe auf die Hand, mischt sie mit dem Finger mit Safran und altem Firnis zu einer Art Kitt und reibt damit kräftig, mit der vollen Handfläche das zerknitterte Bildchen ein. Dies alles hatte er mit großer Schnelligkeit vollführt, und nun sah die neue Ikone aus wie eine alte und glich aufs Genaueste der echten.

Dann wurde die Kopie in einem Nu mit Lack bedeckt, und wir setzten sie in den Rahmen. Nun nahm Sewastjan das echte, vom Brett abgetrennte Bild und verlangte so schnell wie möglich einen Fetzen von einem alten Filzhut.

Damit begann der äußerst schwierige Prozess der Entsiegelung.

Man gab dem Ikonenmaler einen Hut, und er zerriss ihn sofort über dem Knie in zwei Teile, bedeckte mit dem einen den versiegelten Engel und schrie: ›Das heiße Plätteisen!‹

Im Ofen lag auf sein Geheiß ein schweres Schneiderbügeleisen. Michailiza packte es mit der Ofengabel und reichte es Sewastjan. Jener umwickelte den Griff mit einem Lappen, spuckte auf das Eisen und legte es auf den Filzfetzen. Von dem Filz steigt ein böser Gestank auf, aber der Ikonenmaler wiederholt es noch und noch einmal und nimmt es dann plötzlich weg. Seine Hand fliegt wie der Blitz; der Rauch steigt schon in einer Säule hoch, aber Sewastjan versteht zu backen: Mit der einen Hand dreht er langsam den Filzlappen und mit der anderen führt er geschickt das Eisen. Mit jedem Mal fährt er langsamer, aber fester darüber und dann wirft er plötzlich den Fetzen und das Eisen weg und hält die Ikone ans Licht: Das Siegel ist fort, als wäre es nie da gewesen! Der starke Stroganower Lack hat standgehalten, der Siegellack ist vollständig verschwunden, nur ein schwacher roter Tau ist zurückgeblieben, aber das leuchtende, heilige Antlitz ist jetzt ganz zu sehen.

Der eine weint, der andere betet, der dritte beugt sich über die Hände des Ikonenmalers, um sie zu küssen, nur Luka Kirillow vergisst seine Aufgabe nicht, sondern kargt mit jeder Minute. Er reicht Sewastjan die Kopie und sagt: ›Nun, mach schneller fertig!‹

Aber jener antwortet: ›Mein Werk ist beendet, ich habe alles getan, was ich übernommen habe.‹

›Und das Siegel aufdrücken?‹

›Wohin?‹

›Ja hierher, auf das Gesicht des neuen Engels, wie es bei jenem alten war.‹

Aber Sewastjan schüttelt den Kopf und antwortet: ›Nein, ich bin kein Beamter, dass ich mich erfrechen würde, so etwas zu tun.‹

›Was sollen wir nun anfangen?‹

›Ja, das weiß ich doch nicht. Ihr hättet dafür einen Beamten oder einen Deutschen herbitten sollen. Das habt ihr jetzt versäumt, nun tut es selbst.‹

Luka erwidert: ›Was glaubst du wohl! Um nichts in der Welt werden wir uns dazu erfrechen.‹

Und der Ikonenmaler antwortet: ›Auch ich werde mich nicht erfrechen.‹

Während der wenigen Minuten dieses Streites stürzt die Frau Jakow Jakowlewitschs totenbleich ins Zimmer und spricht: ›Seid ihr denn noch nicht fertig?‹

Wir antworten, wir seien fertig und auch wieder nicht fertig: Das Wichtige sei vollbracht, aber eine Kleinigkeit vermöchten wir nun nicht.

Sie erwidert: ›Auf was wartet ihr denn? Hört ihr denn nicht, was sich draußen tut?‹

Wir horchen und erbleichen noch mehr als sie. In unserer Sorge hatten wir dem Wetter keine Aufmerksamkeit geschenkt, und nun hören wir es draußen toben: Das Eis geht!

Ich springe hinaus und sehe, wie das Eis schon über den ganzen Fluss treibt, wie die Schollen krachend und berstend übereinander springen. Besinnungslos stürze ich zu den Booten ... Kein einziges ist mehr da, alle sind fortgeschwemmt. Mir stockt die Zunge im Mund, so dass ich kein Wort über die Lippen bringe, und mir scheint es, ich versinke in die Erde ... Ich stehe da ... rühre mich nicht ... und gebe keinen Laut von mir.

Aber während wir hier im Dunkeln umherirren, hatte die Engländerin, die mit Michailiza in der Stube zurückgeblieben war, die Ursache der Verzögerung erfahren, die Ikone ergriffen ... und einen Augenblick später eilt sie, in der einen Hand eine Laterne haltend, mit dem Bild auf die Treppe hinaus und schreit: ›Nehmt! Fertig!‹ Wir schauen hin: Auf dem Antlitz des neuen Engels ist das Siegel!

Luka steckt die beiden Ikonen sofort in den Busen und schreit: ›Das Boot!‹

Ich eröffne ihm, dass kein Boot da ist, dass alle fortgetrieben sind. Und ich sage Ihnen, das Eis treibt daher wie eine Herde, zerschellt an den Pfeilern und erschüttert die Brücke, so dass die armdicken Ketten dröhnen.

Wie die Engländerin das hört, wirft sie die Hände empor und schreit mit unmenschlicher Stimme: ›James!‹ Und sie fällt in Ohnmacht.

Und wir stehen dabei und fühlen nur das eine: ›Wo bleibt jetzt unser Wort? Was wird jetzt mit dem Engländer, was mit dem alten Maroi?‹

Eben ertönt vom Glockenturm des Klosters das dritte Läuten.

Da rafft sich Onkel Luka auf und ruft der Engländerin zu: ›Komm zu dir, Gnädige, deinem Mann wird nichts geschehen. Vielleicht wird der Henker das alte Fell unseres Maroi peitschen und sein ehrliches Gesicht mit dem Brandzeichen entehren, aber das soll erst nach meinem Tod geschehen.‹ Dabei bekreuzigt er sich und geht.

Ich schreie ihm zu: ›Onkel Luka, wo willst du hin? Lewontij ist umgekommen, auch du wirst es!‹ Und ich eile ihm nach, um ihn aufzuhalten. Allein er hebt das vor seinen Füßen liegende Ruder auf, das ich bei unserer Ankunft auf die Erde geworfen habe, schwingt es über mich und schreit: ›Fort, oder ich schlage dich tot!‹

Meine werten Herren, ich habe mich in meiner Erzählung offen genug als kleinmütig bekannt, als ich den verstorbenen Knaben Lewontij auf der Erde seinem Schicksal überließ und selbst auf einen Baum kletterte; aber ehrlich und offen sage ich Ihnen, dass ich hier vor dem Ruder Onkel Lukas nicht erschrocken und auch nicht zurückgewichen wäre ... aber, ob Sie es mir glauben oder nicht, in dem Augenblick, als ich mich des Namens Lewontijs erinnerte, sah ich, wie die Gestalt des Jünglings zwischen mir und Luka in der Dunkelheit erstand und drohend gegen mich die Hand erhob. Diesen Schrecken konnte ich nicht ertragen, und ich wich zurück. Aber Luka stand schon am Ende der Kette und rief uns plötzlich, den einen Fuß auf die Kette setzend, zu: ›Stimmt den Chor an!‹

Unser Vorsänger Arefa steht bei uns, vernimmt es und beginnt sogleich: ›Ich öffne die Lippen.‹ Die anderen fallen ein, und so schreien wir den Chor dem Sturmgeheul entgegen, und Luka bangt nicht vor den Todesschrecken und schreitet über die Brückenketten weiter. Binnen einer Minute hat er das erste Joch zurückgelegt und steigt zum zweiten nieder ... Und weiter? Die Dunkelheit umfängt ihn, er ist nicht mehr zu sehen: Ob er noch geht oder schon herabgestürzt ist und von den verfluchten Schollen in den Strudel getrieben wird, wir wissen es nicht, wir wissen nicht, ob wir für seine Rettung oder für die ewige Ruhe seiner starken, liebenswerten Seele beten sollen.

Fünfzehntes Kapitel

Was war inzwischen am anderen Ufer geschehen? Seine Eminenz der Erzbischof zelebrierte wie gewöhnlich die Abendmesse und ahnte nicht, dass inzwischen am Nebenaltar ein Diebstahl ausgeführt wurde. Unser Engländer Jakow Jakowlewitsch, der mit seiner Erlaubnis an diesem Altar stand, stahl den Engel und schickte ihn, wie er es geplant hatte, mit seinem Mantel hinaus, wo Luka mit ihm davoneilte. Der alte Maroi blieb seinem Worte getreu vor demselben Fenster stehen und wartete bis zur letzten Minute. Kehrte Luka nicht zurück, so würde er, gleich nachdem sich der Engländer zurückgezogen hätte, das Fenster einschlagen und mit der Brechstange und dem Meißel wie ein wirklicher Dieb durch das Fenster in die Kirche steigen. Der Engländer wendet kein Auge von ihm und sieht, wie der alte Maroi, gehorsam und seinem Versprechen getreu, dasteht und ihm zunickt, wenn er das Gesicht des Engländers dem Fenster zugewendet erblickt, als ob er sagen wollte: ›Hier bin ich, der verantwortliche Dieb‹.

So beweisen sie einander ihren Edelmut, und keiner will dem anderen gestatten, ihn im gegenseitigen Vertrauen zu übertreffen. Aber zu ihrer beider Glauben gesellt sich noch ein dritter, stärkerer, von dessen Wirken sie jedoch nichts wissen. Als der letzte Glockenschlag der Nachtmesse verklungen war, öffnet der Engländer leise das Klappfenster, damit der alte Maroi hereinsteige, und war schon im Begriff, sich zurückzuziehen, als er plötzlich bemerkte, dass sich der alte Maroi abgewendet hatte, ihn nicht mehr ansah, sondern gespannt nach dem Fluss hinüberschaute und in einem fort wiederholte: ›Helfe ihm Gott herüber, helfe ihm Gott herüber, helfe ihm Gott herüber!‹

Dann sprang er plötzlich auf, tanzte wie betrunken und schrie: ›Gott hat ihm herübergeholfen, Gott hat ihm herübergeholfen!‹

Jakow Jakowlewitsch geriet in helle Verzweiflung und dachte: ›Jetzt ist es zu Ende: Der dumme Alte ist verrückt geworden, ich bin verloren!‹ Da sieht er auf einmal, wie Maroi den Luka umarmt.

Der alte Maroi stammelt: ›Ich habe geschaut, wie du mit Laternen über die Ketten gingst.‹

Luka erwidert: ›Ich hatte keine Laterne dabei.‹

›Woher kam das Leuchten?‹

Luka antwortet: ›Ich weiß nicht, ich habe kein Leuchten gesehen, ich bin so schnell gelaufen, wie ich konnte, und weiß nicht einmal, wie ich herübergekommen und nicht gefallen bin.‹

›Das waren Engel ... ich habe sie gesehen, und darum überlebe ich diesen Tag nicht und sterbe noch heute.‹

Luka aber hat keine Zeit, viel zu reden, und so antwortet er dem Alten nicht, sondern reicht dem Engländer beide Ikonen durch das Fenster.

Der nimmt sie und fragt: ›Warum ist kein Siegel darauf?‹

Luka fragt: ›Wieso ist keines?‹

›Ja, es ist keines.‹

Da bekreuzigt sich Luka und sagt: ›Nun ist es aus. Jetzt ist keine Zeit, es auszubessern. Dieses Wunder hat der Engel der herrschenden Kirche vollbracht, und ich weiß weshalb.‹

Damit stürzt Luka in die Kirche, drängt sich in den Altarraum, wo man den Erzbischof eben entkleidet, wirft sich ihm zu Füßen und spricht:

›Ich bin ein Gotteslästerer, und das habe ich getan!‹ Und er erzählt ihm alles. ›Nun befehlen Sie, dass man mich in Ketten legt und ins Gefängnis abführt.‹

Der Bischof hört voll Würde alles an und antwortet: ›Durch Betrug habt ihr das Siegel von eurem Engel genommen, unser Engel hat es selbst von sich genommen und dich hergeführt.‹

Luka erwidert: ›Ich sehe es, Eminenz, und erbebe. Befehlen Sie nur rasch, dass man mich dem Strafgericht überliefert.‹

Aber der Erzbischof antwortet in vergebendem Ton: ›Kraft der mir von Gott gegebenen Gewalt vergebe ich dir und spreche dich los. Bereite dich vor, morgen Christi allerreinsten Leib zu empfangen.‹

Nun, und weiter, meine werten Herren, glaube ich, dass ich Ihnen nichts mehr zu erzählen habe. Luka Kirillow und der alte Maroi kehrten am nächsten Morgen zurück und sagten: ›Väter und Brüder, wir haben die Herrlichkeit des Engels der herrschenden Kirche gesehen, die Vorsehung Gottes über ihr und die Güte ihres Hierarchen; wir sind selbst von ihm mit dem heiligen Öl gesalbt worden und haben heute bei der Messe den Leib und das Blut des Erlösers empfangen.‹

Ich trug in mir schon lange, seit dem Besuch beim Starez Pamwa, das Verlangen, mich im Geiste mit ganz Russland zu vereinigen und rief: ›Und wir gehen mit dir, Onkel Luka!‹

Und so versammelten wir uns alle zu einer Herde, wie Schäflein unter einem Hirten, und hatten kaum begriffen, wozu und wohin der versiegelte Engel uns alle geführt hatte, warum seine Wege zu Beginn verworren waren, und wie er sich dann der Menschenliebe willen entsiegelte, die sich in jener schrecklichen Nacht offenbarte.«

Sechzehntes Kapitel

Der Erzähler war zu Ende. Die Hörer schwiegen; schließlich aber räusperte sich jemand und bemerkte, dass in dieser Geschichte alles zu erklären sei: Michailizas Träume, die Erscheinung, die sie im Halbschlaf erblickte, das Herunterfallen des Engels, den eine hereingelaufene Katze oder ein Hund herabgestoßen hatte, auch Lewontijs Tod, der schon vor seiner Begegnung mit Pamwa krank gewesen war, das alles sei erklärlich. Zu erklären sei schließlich auch die zufällige Erfüllung der Worte des in Rätseln sprechenden Pamwa.

»Begreiflich ist auch«, fügte der Hörer hinzu, »dass Luka mit dem Ruder über die Ketten gegangen ist: die Maurer sind bekannt als Meister im Steigen und Klettern, und mit dem Ruder hatte er das Gleichgewicht gehalten. Es ist schließlich auch begreiflich, dass Maroi um Luka ein Leuchten gesehen hat, das er für Engel hielt. Einem aufs Äußerste gespannten, vor Kälte erstarrten Menschen mag allerlei vor den Augen flimmern! Ich würde es selbst noch begreiflich finden, wenn zum Beispiel der alte Maroi, seiner Voraussage nach, den Tag nicht überlebt hätte ... «

»Er hat ihn nicht überlebt«, erwiderte Mark.

»Vortrefflich! Auch hierin ist nichts Verwunderliches, wenn ein achtzigjähriger Greis nach solchen Aufregungen und einer derartigen Erkältung stirbt. Aber was mir in der Geschichte ganz unerklärlich bleibt, ist, wie das Siegel, das die Engländerin auf den neuen Engel gedrückt hatte, verschwinden konnte?«

»Nun, das ist gerade das Allereinfachste«, sagte Mark heiter und erzählte, wie man bald darauf das Siegel zwischen Beschlag und Bild gefunden habe.

»Wie konnte das geschehen?«

»Nun so: Auch die Engländerin wollte sich nicht erdreisten, das Gesicht des Engels zu beschädigen, und so befestigte sie das Siegel auf einem Papier, das sie unter den Beschlag schob. Das war sehr klug und kunstfertig von ihr gehandelt, als aber Luka die Heiligenbilder auf seiner Brust beim Tragen erschütterte, fiel das Siegel ab.«

»Nun, jetzt ist also die ganze Geschichte einfach und natürlich.«

»Ja, so schließen viele, dass hier alles auf ganz gewöhnliche Weise vor sich gegangen sei, und nicht nur die gebildeten Herrschaften, denen sie bekannt geworden ist, sondern auch die Unsrigen, die im Schisma verblieben sind, lachen darüber, dass uns eine Engländerin mit einem Papierchen der Kirche zugeschoben habe. Aber wir streiten nicht gegen solche Beweise. Jeder beurteilt es so, wie er es glaubt, uns aber ist es gleich, auf welchen Wegen der Herr den Menschen zu finden weiß und aus welchem Gefäß er ihn tränkt, wenn er ihn nur sucht und seinen Durst nach Vereinigung mit dem Vaterlande stillt. – Aber da kommen schon die Fell-Bauern aus dem Schnee gekrochen. Haben sich anscheinend ausgeruht, die Herzigen, und werden gleich weiterfahren. Vielleicht nehmen sie mich ein Stück mit. Die Wassilijnacht ist vorbei. Ich habe Sie ermüdet und Ihnen vielerlei von mir berichtet. Dafür habe ich die Ehre, Sie zum neuen Jahr zu beglückwünschen, und verzeihen Sie mir Unwissendem um Christi willen!«

Der Waldteufel

Angst hat große Augen
Sprichwort

Erstes Kapitel

Meine Kindheit verlebte ich in Orjol. Wir wohnten im Hause Njemtschinows, unweit der »kleinen Kathedrale«. Ich kann mich jetzt nicht mehr entsinnen, wo dieses hohe, hölzerne Haus stand, aber ich erinnere mich noch an den weiten Blick, den man vom Garten aus hatte, und an eine tiefe Schlucht mit steilen Abhängen, die von roten Lehmschichten durchzogen wurden. Hinter der Schlucht breitete sich eine große Weide aus, auf der staatliche Magazine standen, bei denen im Sommer die Soldaten exerzierten. Ich sah jeden Tag, wie man sie drillte und schlug. Es war dies damals noch in Übung, aber ich konnte mich durchaus nicht daran gewöhnen und weinte, so oft ich es sah. Damit sich das nicht allzu oft wiederholte, führte mich meine Kinderfrau, Marina Borissowna, eine alte Moskauer Soldatenfrau, in den Stadtgarten spazieren. Hier setzten wir uns an das Ufer der seichten Oka und sahen den dort badenden und spielenden kleinen Kindern zu, die ich um ihre Freiheit tief beneidete.

Der Hauptvorzug ihrer zwanglosen Lage bestand in meinen Augen darin, dass sie weder Schuhe noch Wäsche anhatten. Sie hatten ihre Hemdchen ausgezogen und das Halsloch mit den Ärmeln zugebunden, so dass kleine Säcke entstanden, die die Kinder gegen die Strömung hielten, um darin winzige silberglänzende Fischchen zu fangen. Sie waren so klein, dass man sie nicht ausnehmen konnte, was als hinreichender Grund angesehen wurde, um sie ungereinigt zu kochen und zu essen.

Ich hatte niemals den Mut gehabt, ihren Geschmack kennen zu lernen, aber ihr Fang durch die kleinen Fischer erschien mir als der Gipfel des Glücks, das ein Knabe meines Alters erlangen konnte.

Meine Kinderfrau wusste übrigens gute Gründe dafür, dass eine solche Freiheit für mich ganz unziemlich wäre. Diese Beweisführungen schlossen immer damit, dass ich das Kind wohlgeborener Eltern sei, und dass jeder in der Stadt meinen Vater kenne.

»Im Dorfe«, sagte die Kinderfrau, »wäre es eine andere Sache. Dort bei den einfachen Bauern könnte ich es dir vielleicht auch erlauben, dich in solcher Freiheit zu belustigen.«

Gerade infolge dieser beschränkenden Erwägungen hatte das Dorf eine qualvoll starke Anziehungskraft für mich, und als meine Eltern ein kleines Gut im Kromschen Kreise kauften, kannte mein Entzücken keine Grenzen. Noch im gleichen Sommer siedelten wir aus dem großen Stadthause in das sehr behagliche, wenn auch kleine ländliche Haus mit einem Balkon und einem Strohdache über. Holz war im Kromschen Kreise schon damals teuer und selten. In der Gegend herrschen Steppen und Getreidefelder vor, und zudem ist sie gut von kleinen, aber klaren Flüsschen bewässert.

Zweites Kapitel

Im Dorfe machte ich gleich zahlreiche und interessante Bekanntschaften mit den Bauern. Während Vater und Mutter mit der Einrichtung des neuen Haushalts beschäftigt waren, verlor ich keine Zeit und befreundete mich aufs Engste mit den Burschen und Kindern, die die Pferde auf den ausgerodeten Plätzen weideten. Vor allem aber erwarb sich der alte Müller, Großvater Ilja meine Anhänglichkeit. Er war ein schon ergrauter Alter mit einem mächtigen schwarzen Schnurrbart, der mehr als alle anderen für Gespräche zugänglich war, weil er nicht zur Arbeit fortging, sondern mit einer Mistgabel auf dem Mühldamm auf und abmarschierte oder auf dem zitternden Stauwehr saß und nachdenklich zuhörte, ob die Mühlräder gleichmäßig klapperten, oder ob nicht irgendwo das Wasser unter dem Wehr durchsickere. Wurde ihm das Nichtstun langweilig, so schnitzte er auf Vorrat Ahornzähne für das Treibrad. Von den beschriebenen Beschäftigungen konnte man ihn aber leicht abbringen, und er ließ sich dann gern in Gespräche ein, die abgerissen und zusammenhangslos, aber voller Anspielungen waren, wobei man nicht wusste, ob er sich über seine Zuhörer oder über sich selber lustig machte.

Seinem Beruf als Müller zufolge unterhielt Großvater Ilja recht nahe Beziehungen zu dem Wassergeist, der den oberen und unteren Teich und unsere beiden Sümpfe regierte. Sein Hauptquartier aber hatte dieser Dämon unter dem Stauwehr unserer Mühle.

Großvater Ilja kannte ihn genau und sagte: »Mich liebt er. Selbst wenn er zornig über einen Missstand heimkommt, tut er mir nichts zu leid. Wenn sich jemand anderes an meiner Stelle auf die Säcke legte, den würde er vom Sack hinunterstoßen und hinauswerfen, mich aber rührt er im Leben nicht an.«

Alle jüngeren Leute bestätigten mir, dass die beschriebenen Beziehungen zwischen dem Großvater Ilja und dem »Wasseralten« wirklich bestünden, nur waren sie durchaus nicht der Ansicht, dass der Wassergeist den Großvater liebte, vielmehr wusste Ilja als echter, rechter Müller das echte, rechte Müllerwort, dem sich der Wassergeist samt seinem ganzen Teufelspack genau so widerspruchslos fügen, wie die Schlangen und Kröten unterm Wehr und auf dem Damm.

Ich fing zwar mit den Kindern Eiteln und Gründlinge, die es in unserem schmalen, aber klaren Flüsschen Gostomlja in großer Menge gab, aber dem Ernst meines Charakters entsprechend hielt ich mich doch mehr an die Gesellschaft des Großvaters Ilja, dessen erfahrener Sinn mir eine ganze Welt voll geheimnisvollen Reizes enthüllte, von der ich als Stadtkind keine Ahnung gehabt hatte. Von Ilja hörte ich über den Hausgeist, der auf der Mühlwalze schlief, über den Wassergeist, der unter den Rädern eine wunderschöne, vornehme Behausung hatte, und über die Spinnhexe, die so scheu ist, dass sie sich vor jedem zudringlichen Blick in den staubigsten Winkeln verbirgt, bald in der Scheune, bald in der Getreidedarre, bald in der Stampfmühle. Am wenigsten wusste der Großvater von dem Waldgeist, weil der weit weg, beim Hofe Seliwans hauste und nur manchmal zu uns ins dichte Weidengebüsch kam, um sich da eine neue Weidenpfeife zu schneiden und im Schatten am Setzteich darauf zu spielen. Großvater Ilja hatte übrigens in seinem ganzen abenteuerreichen Leben den Waldgeist nur ein einziges Mal zu Gesicht bekommen, und zwar am Nikolatage, an dem man bei uns die Kirchweih feiert. Der Waldgeist hatte sich Ilja als ganz friedliches Bäuerlein genähert und ihn um eine Prise Tabak gebeten. Als aber der Großvater ihm sagte: »Hol' dich der Teufel, – da schnupf'«, und seine Tabakdose aufmachte, konnte sich der Waldgeist nicht mehr beherrschen und benahm sich wie ein Schuljunge: er schlug mit der flachen Hand von unten gegen die Tabakdose, so dass der Tabak dem guten Müller in die Augen flog.

Alle diese lebendigen und interessanten Geschichten besaßen damals für mich volle Wahrscheinlichkeit, und ihr gedrängter bilderreicher Inhalt erfüllte meine Fantasie so, dass ich schier selbst zum Geisterseher geworden wäre. Als ich einmal mit großem Wagemut in die Stampfmühle hineinschaute, war mein Auge schon so fein und scharf, dass ich dort in einem staubigen Winkel die Spinnhexe sitzen sah. Als ich bei diesem Anblick, besinnungslos vor Schreck, davonlief, verriet mir mein anderer Sinn – das Gehör – die Anwesenheit des Waldgeistes. Ich kann mich nicht verbürgen, wo er gerade saß, wahrscheinlich auf einer hohen Weide, aber als ich vor der Spinnhexe davonlief, pfiff er mit aller Macht auf seiner grünen Pfeife und packte mich so fest am Fuß, dass mir der Absatz vom Stiefel abflog.

Außer Atem erzählte ich dies alles meinen Hausgenossen und musste zum Lohne für meine Herzenseinfalt im Zimmer sitzen und die biblische Geschichte lesen, bis ein barfüßiger Knabe ins Nachbardorf zum alten Soldaten hinüberlief, der den vom Waldgeist an meinem Stiefel angerichteten Schaden kurieren konnte. Aber selbst das Lesen der biblischen Geschichte schützte mich nicht mehr vor dem Glauben an die Existenz dieser übernatürlichen Wesen, an die ich mich sozusagen durch Vermittlung des Großvaters Ilja gewöhnte. Ich kannte die biblische Geschichte genau und liebte sie und war auch jetzt bereit, sie zu lesen, aber trotzdem schien mir die liebliche Kinderwelt, in der diese Märchenwesen, von denen mir Großvater Ilja erzählte, lebten, unentbehrlich. Die Waldquellen würden verwaisen, raubte man ihnen die Genien, mit denen die Volksfantasie sie ausgestattet hat.

Zu den unangenehmen Folgen der Pfeife des Waldgeistes gehörte auch, dass Großvater Ilja wegen des Kollegs, das er mir über die Dämonologie gelesen hatte, von meinem Mütterchen einen Verweis erhielt und mir deshalb eine Zeit lang auswich und meine Ausbildung nicht fortsetzen wollte. Er stellte sich sogar, als wolle er mich von sich fortjagen.

»Geh nur weg von mir, geh zu deiner Kinderfrau!«, sagte er, drehte mich um und gab mir mit seiner breiten schwieligen Hand einen Klaps aufs Gesäß.

Ich konnte aber schon stolz auf mein Alter sein und hielt eine solche Behandlung für unvereinbar damit. Ich war acht Jahre alt und brauchte durchaus nicht mehr zur Kinderfrau zu gehen. Das gab ich dem Großvater zu fühlen, indem ich ihm eine Spülschale voll Kirschen, die zur Zubereitung von Fruchtschnaps gedient hatten, brachte.

Großvater Ilja liebte diese Früchte; er nahm sie an, wurde weich, streichelte mir mit seiner rauen Hand den Kopf, und zwischen uns waren die zärtlichsten und besten Beziehungen hergestellt.

»Pass auf«, sagte Ilja, »du sollst den Bauern immer mehr als alles andere achten und ihm gern zuhören, aber was du vom Bauern hörst, darfst du nicht allen wiedererzählen. Sonst jag' ich dich fort!«

Seit der Zeit hielt ich alles, was ich vom Müller hörte, geheim und erfuhr dafür so viel Interessantes, dass ich mich schließlich nicht nur Nachts fürchtete, wenn alle Hausgeister, Waldteufel und Hexen zudringlich und frech wurden, sondern selbst am hellen Tag. Diese Furcht bemächtigte sich meiner deshalb, weil sich unser Haus und unsere ganze Gegend in der Gewalt eines ganz schrecklichen Räubers und blutgierigen Zauberers befanden, der sich Seliwan nannte. Er hauste sieben Werst von uns am Kreuzweg, wo sich die große Postchaussee in zwei Straßen gabelte, in die neue, die nach Kiew führte, und in die alte mit der Pappelallee »Jekaterinscher Pflanzung«, die nach Fatjesch ging. Jetzt ist sie aufgegeben und liegt verödet da.

Etwa eine Werst hinter dem Kreuzweg lag ein schöner Eichenwald und dicht am Walde ein offenstehender, elender und halb baufälliger Gasthof, in dem, wie man sagte, nie jemand Aufenthalt nahm. Und das konnte man auch gut glauben, denn der Gasthof bot nicht die geringsten Bequemlichkeiten zur Unterkunft, außerdem lag er zu nahe an der Stadt Kromy, wo man selbst in jenen halbwilden Zeiten auf eine warme Stube, einen Samowar und auf Fladen zweiter Güte hoffen konnte. In diesem unheimlichen Gasthofe, der *immer leer* stand, hauste der »leere Gastwirt« Seliwan, der schreckliche Mensch, dem niemand gern begegnete.

Drittes Kapitel

Großvater Ilja erzählte mir über den »leeren Gastwirt« Seliwan folgende Geschichte. Seliwan war ein Kleinbürger aus Kromy; seine Eltern waren früh gestorben, und er hatte seine Knabenjahre bei einem Brezelbäcker verlebt und die Brezeln bei der Kneipe hinter dem Orjoler Schlagbaum verkauft. Er war ein gutartiger und gehorsamer Knabe, aber trotzdem redete man dem Bäcker stets zu, dass er mit Seliwan vorsichtig sein müsse, da er ein feuerrotes Mal im Gesicht hatte, mit dem ein Mensch »nie ohne Grund gezeichnet ist«. Es gab auch Leute, die ein besonderes Sprichwort dafür wussten: »Gott zeichnet den Schelm.« Der Bäcker rühmte Seliwans Eifer und Treue, aber alle anderen Leute, die ihm aufrichtig wohl wollten, sagten, dass ihn die wahre Klugheit zwingen müsse, vorsichtig gegen den Jungen zu sein und ihm nicht zu viel zu vertrauen – weil eben »Gott den Schelm zeichnet«. Wenn ein Mal auf sein Gesicht gesetzt ist, so doch nur, damit sich alle vertrauensseligen Menschen vor ihm in acht nehmen. Der Bäcker wollte hinter den klugen Leuten nicht zurückbleiben, aber Seliwan war ein sehr guter Arbeiter. Er verkaufte die Brezeln richtig und schüttete jeden Abend vor seinem Herrn redlich den großen ledernen Geldsack mit den Fünfern und Groschen aus, die er von den durchfahrenden Bauern eingenommen hatte. Er trug aber das Mal nicht umsonst, nur wurde es, wie es immer so geht, erst später offenbar. Aus Orjol kam ein »ausgedienter Henker«, namens Borjka nach Kromy, und die Leute sagten ihm: »Borjka, du warst ein Henkersknecht, dein Leben bei uns sei bitter und schlecht.« Nun bemühten sich alle nach Kräften das Ihrige dazu beizutragen, dass diese Worte für den entlassenen Henker nicht in den Wind gesprochen seien. Als Borjka aus Orjol nach Kromy kam, brachte er eine Tochter, ein fünfzehnjähriges Mädchen mit, das im Zuchthause geboren war. Viele dachten freilich, sie wäre besser gar nicht geboren.

Sie kamen nach Kromy, um sich hier in die Gemeinde aufnehmen zu lassen. Das ist jetzt unverständlich, aber damals war es Brauch, dass den ausgedienten Henkern gestattet wurde, sich in die Einwohnerliste irgendeines Städtchens einzuschreiben, und das geschah einfach, ohne dass jemand nach seinem Wunsch oder Einverständnis gefragt worden wäre. So verhielt es sich auch mit Borjka: Der Gouverneur hatte befohlen, den alten Henker in Kromy aufzunehmen; man schrieb ihn ein, er kam in die Stadt, um hier zu leben, und brachte seine Tochter mit. Nun war auch in Kromy der Henker natürlich für niemand ein erwünschter Gast; alle ehrbaren Leute verabscheuten ihn, und keiner wollte ihm und seinem Töchterchen Wohnung geben. Um die Jahreszeit aber, als sie ankamen, war es schon sehr kalt.

Der Henker bat in einem Haus um Unterkunft, dann in einem anderen, aber schließlich hörte er zu bitten auf. Er sah, dass er in niemand auch nur eine Spur Mitleid erregte, und wusste, dass er dies auch vollauf verdient hatte.

»Aber das Kind«, dachte er, »das Kind hat doch keine Schuld an meinen Sünden – irgendjemand wird wohl mit dem Kinde Mitleid haben.«

Borjka ging wieder von Hof zu Hof und bat, wenn auch nicht ihn, so doch sein Töchterchen aufzunehmen ... Er schwor, dass er sogar niemals kommen werde, um es zu besuchen.

Aber auch diese Bitte war vergeblich.

Wer hatte Lust, mit dem Henker etwas zu tun zu haben?

Die unglücklichen Ankömmlinge gingen nun um das Städtchen herum und baten um Aufnahme im Zuchthause. Dort war man wenigstens vor der herbstlichen Feuchtigkeit und Kälte geschützt. Aber auch im Zuchthause nahm man sie nicht auf, weil die Zeit ihrer Strafgefangenschaft abgelaufen war und sie nun freie Leute waren. Es stand ihnen frei, unter einem beliebigen Zaun oder in einem beliebigen Graben zu sterben.

Man gab zwar dem Henker und seiner Tochter hin und wieder Almosen, natürlich nicht ihrethalben, sondern um Christi willen, aber ins Haus ließ man sie nirgends ein. Der Alte mit dem Kind fand keinen Zufluchtsort, und so nächtigten sie bald irgendwo unter Abhängen in Lehmgruben, bald in leeren Wächterhütten in Gemüsegärten. Ein magerer Hund, der mit ihnen aus Orjol gekommen war, teilte ihr hartes Los.

Es war ein großer, zottiger Köter, dessen Fell ganz verfilzt war. Niemand wusste, womit ihn seine bettelarmen Besitzer ernährten, aber endlich erriet man, dass er überhaupt keine Nahrung brauchte, weil er »keinen Bauch hatte«, d. h. es war nichts an ihm, als Haut und Knochen und gelbe verquälte Augen. »In der Mitte« hatte er aber nichts und brauchte deshalb auch keine Nahrung.

Großvater Ilja erzählte mir, dass man dies »auf die einfachste Manier« erzielen könne. Man gibt einem beliebigen Hund, solange er noch jung ist, flüssiges Zinn oder Blei zu saufen, dann ist er »ohne Bauch« und kann nicht mehr fressen. Selbstverständlich musste man dazu unbedingt ein besonderes »Zauberwort« wissen. Und weil der Henker dieses Wort offenbar wusste, erschlugen Leute von strenger Gesittung seinen Hund. Das gehörte sich natürlich auch so, weil man der Zauberei keinen Vorschub leisten darf. Aber für die Bettler war es ein großes Unglück, da das Kind immer mit dem Hund schlief, der dem Kinde von der Wärme seines Felles mitteilte. Aber solcher Dummheiten halber darf man mit Zauberern natürlich kein Mitleid haben, und alle waren der Ansicht, dass der Hund zu recht vertilgt worden war. Den Zauberern soll es nicht gelingen, den Rechtgläubigen zu betrügen.

Viertes Kapitel

Nach der Vertilgung des Hundes wärmte der Henker das Mädchen in den Zweighütten selber, aber er war schon alt, und zu seinem Glück hatte er die seine Kräfte übersteigende Sorge nicht mehr lange zu tragen. In einer frostigen Nacht spürte die Kleine, dass ihr Vater noch kälter war, als sie selbst, und es wurde ihr so schrecklich zumute, dass sie von ihm fortrückte und die Besinnung verlor. Bis zum Morgen verblieb sie in der Umarmung des Todes. Als es Tag wurde, schauten Leute, die zur Frühmesse gingen, aus Neugierde in die Hütte und sahen Vater und Tochter erstarrt daliegen. Die Kleine erwärmte man irgendwie wieder, und als sie den Vater mit seltsam starren Augen und wild gefletschten Zähnen daliegen sah, begriff sie das Geschehene und fing zu schluchzen an.

Den Alten begrub man hinter dem Kirchhof, da er verwerflich gelebt und ohne Beichte gestorben war, sein Töchterchen aber vergaß man ein wenig ... Allerdings für kurze Zeit, im Ganzen vielleicht für einen Monat, aber als man sich einen Monat später an sie erinnerte, war sie nirgends zu finden.

Man konnte aber annehmen, dass die Waise in eine andere Stadt gelaufen war oder in den Dörfern um Almosen bettelte. Viel interessanter war, dass mit dem Verschwinden der Waise ein anderer seltsamer Umstand zusammenfiel: bevor man nämlich noch an das Mädchen dachte, bemerkte man, dass auch der Brezelbäcker Seliwan spurlos verschwunden war.

Er verschwand so unerwartet und dazu so unüberlegt, wie es vor ihm sicher noch kein Flüchtling getan hatte. Seliwan hatte entschieden von niemand etwas mitgenommen, selbst alle Brezeln, die man ihm zum Verkaufen mitgegeben hatte, lagen noch auf dem Brett, und ebenso unangetastet fand man auch das ganze Geld vor, das er für das Verkaufte eingenommen hatte; er selbst aber kehrte nicht mehr nach Hause zurück.

Die beiden Waisen galten volle drei Jahre als spurlos verschollen.

Da kam aber einmal der Kaufmann, dem der längst verödete Gasthof »am Kreuzweg« gehörte, auf den Jahrmarkt gefahren und erzählte, dass ihm ein Unfall geschehen sei: auf dem Knüppelweg habe er so ungeschickt kutschiert, dass ihn das umgestürzte Fuhrwerk schier erdrückt hätte, aber ein unbekannter Landstreicher habe ihn gerettet.

Später aber erkannte er den Landstreicher, und es stellte sich heraus, dass es niemand anderes als Seliwan war.

Der Kaufmann, den Seliwan gerettet hatte, war keiner von denen, die gegen einen erwiesenen Dienst unempfänglich sind; um nicht dereinst beim Jüngsten Gericht wegen Undankbarkeit zur Rechenschaft gezogen zu werden, wollte er dem Landstreicher etwas Gutes tun.

»Ich will dich glücklich machen«, sagte er zu Seliwan. »Ich habe am Kreuzweg einen leeren Gasthof; geh hin, werde dort Wirt und verkaufe Hafer und Heu. Mir zahlst du im ganzen hundert Rubel Pacht im Jahr.«

Seliwan wusste, dass an der verödeten Straße, sieben Werst vom Städtchen entfernt, nicht der richtige Platz für einen Gasthof war und er dort keine Reisenden zu erwarten hatte; aber es war das erste Mal, dass man ihm einen eigenen Winkel anbot, und so erklärte er sich einverstanden.

Der Kaufmann ließ ihn ein.

Fünftes Kapitel

Seliwan kam mit einem kleinen, einrädrigen Mistwägelchen auf den Hof; auf dem Wägelchen befanden sich seine Habseligkeiten, und auf diesen lag, den Kopf zurückgelehnt, eine kranke Frau in elenden Lumpen.

Die Leute fragten Seliwan:

»Wer ist denn das?«

Er antwortete:

»Das ist meine Frau.«

»Woher stammt sie denn?«

Seliwan erwiderte kurz:

»Aus Gottes Welt.«

»Was fehlt ihr?«

»An den Füßen leidet sie.«

»Woher kommt denn das?«

Seliwan runzelte die Stirn und stieß hervor:

»Von der irdischen Kälte.«

Weiter sprach er kein Wort, sondern hob den kranken Krüppel auf und trug ihn in die Hütte.

Seliwan war weder gesprächig noch überhaupt ein angenehmer Gesellschafter. Er wich den Menschen aus und schien sie sogar zu fürchten. In der Stadt zeigte er sich auch nicht, und seine Frau sah niemand mehr seit der Zeit, als er sie auf dem Mistwägelchen hierher gebracht hatte. Aber seitdem dies geschehen war, waren schon viele Jahre verflossen – die damals jungen Leute fingen schon an alt zu werden, und der Hof am Kreuzweg wurde immer baufälliger und unwirtlicher, aber Seliwan und der hilflose Krüppel lebten noch immer dort und zahlten sogar den Erben des Kaufmanns zum allgemeinen Erstaunen etwas für die Pacht.

Wo nahm nur dieser Kauz das Geld her, das er für seine eigenen Bedürfnisse brauchte und das er für den ganz verfallenen Hof zahlen musste? Jeder wusste, dass *niemals* ein Durchreisender dort hineinschaute, und dass kein Fuhrmann dort seine Pferde fütterte; doch Seliwan lebte zwar ärmlich, starb aber immerhin nicht vor Hunger.

Das war die Frage, die übrigens die Bauern in der Umgegend nicht sehr lange quälte. Bald wussten nämlich alle, dass Seliwan es mit den unsauberen Mächten hielt ... Diesen unsauberen Mächten hatte er recht vorteilhafte, für gewöhnliche Menschen sogar unmögliche Geschäftchen zu verdanken.

Es ist bekannt, dass der Teufel und seine Gehilfen die größte Lust daran haben, den Menschen alles Üble anzutun; besondere Freude macht es ihnen aber, den Menschen die Seele so unerwartet zu nehmen, dass sie sich nicht mehr durch Buße entsündigen können. Wer von den Menschen diese Ränke unterstützt, dem erweist die gesamte unsaubere Gesellschaft, als da sind Waldteufel, Wassergeister und Hexen, gern verschiedene Gefälligkeiten, wenn auch unter sehr schweren Bedingungen. Der Gehilfe der Teufel muss ihnen selber in die Hölle folgen – früher oder später, aber unweigerlich. Seliwan befand sich in dieser verhängnisvollen Lage. Um in seinem zerstörten Häuschen leben zu können, hatte er schon lange seine Seele gleich mehreren Teufeln auf einmal verkauft, die ihm seit der Zeit mit allen Mitteln Reisende auf den Hof trieben. Aber niemand kam aus seinem Hofe wieder heraus. Dies geschah auf die Weise, dass sich die Waldteufel mit den Hexen verabredeten und plötzlich bei einbrechender Nacht Stürme und Schneegestöber erhoben, in denen sich der Reisende verirrte und sich beeilte, sich vor den losgelassenen Elementen ganz gleich wo zu verbergen. Seliwan warf dann sogleich seine Schlingen aus: er stellte ein Licht in sein Fensterchen, und auf dieses Licht kamen zu ihm Kaufleute mit dicken Geldkatzen, Adelige mit geheimen Schatullen im Wagen und Popen mit dreiklappigen Pelzmützen, die innen in ihrer ganzen Weite mit Geldscheinen ausgelegt sind. Das war seine Falle. Aus Seliwans Tor kam keiner von denen, die hineingegangen waren, wieder heraus.

Was Seliwan mit ihnen tat, wusste niemand.

Wenn Großvater Ilja in seiner Erzählung an diese Stelle kam, fuhr er bloß mit der Hand durch die Luft und erklärte eindringlich:

»Die Eule fliegt – der Uhu zieht – nichts ist zu sehen: Sturm und Schneetreiben und ... Mütterchen Nacht macht alles glatt.«

Um nicht in der Meinung Großvater Iljas zu sinken, stellte ich mich so, als verstünde ich, was das bedeutete: »die Eule fliegt, der

Uhu zieht«, aber ich verstand nur das eine, dass Seliwan ein Waldteufel sei, dem zu begegnen außerordentlich gefährlich war ... Möge Gott jeden davor behüten.

Im Übrigen bemühte ich mich, die schrecklichen Erzählungen über Seliwan durch Umfragen bei anderen Leuten nachzuprüfen, aber alle sagten mir genau das gleiche. Alle betrachteten Seliwan als einen schrecklichen Waldteufel, und alle trugen mir, wie Großvater Ilja, aufs Strengste auf, »zu Hause niemand etwas über Seliwan zu sagen«. Auf den Rat des Müllers befolgte ich dieses Gebot der Bauern bis zu einem besonderen, schrecklichen Vorfall, als ich nämlich selbst in Seliwans Klauen geriet.

Sechstes Kapitel

Im Winter, als man im Hause die Doppelfenster einhängte, konnte ich nicht mehr so oft wie bisher mit Großvater Ilja und den anderen Bauern zusammenkommen. Man ließ mich nicht in den Frost, sie aber hörten auch bei der Kälte nicht zu arbeiten auf, wobei sich mit einem von ihnen eine unangenehme Geschichte ereignete, die Seliwan wieder auf die Szene brachte.

Ganz zu Anfang des Winters ging der Bauer Nikolai, ein Neffe Iljas, an seinem Namenstag nach Kromy auf Besuch und kehrte nicht mehr zurück. Zwei Wochen später fand man ihn am Saume von Seliwans Wald. Nikolai saß auf einem Baumstumpf, stützte sich mit dem Kinn auf einen Stock und hatte offensichtlich, als er sich ausruhte, nicht gemerkt, dass ihn das Schneegestöber bis über die Knie einschneite. Die Füchse hatten ihm schon Nase und Wangen abgenagt.

Offenbar war Nikolai vom Wege abgeirrt, war müde geworden und erfroren. Aber alle wussten, dass dies nicht so einfach und nicht ohne Seliwans Schuld geschehen sei. Ich erfuhr es durch die Mädchen, die in unserem Hause sehr zahlreich waren und fast alle Annuschka heißen. Es gab da eine große Annuschka, eine kleine Annuschka, eine blatternarbige Annuschka und eine runde Annuschka und dann noch eine Annuschka mit dem Beinamen »die Flinke«. Diese Letztere war bei uns eine Art Reporter und sorgte auch für das Feuilleton. Ihrem lebhaften und mutwilligen Charakter hatte sie auch ihren Rufnamen zu verdanken.

Nur zwei Mädchen hießen nicht Annuschka – nämlich Neonila und Nastja, die eine gewisse Sonderstellung einnahmen, weil sie in dem damaligen Orjoler Modenmagazin der Madame Morosowa eine besondere Erziehung erhalten hatten. Außerdem befanden sich noch drei Laufmädchen im Hause – Osjka, Mosjka und Rosjka. Der Taufname der einen war Matrjona, der anderen Rajissa, wie aber Osjka in Wirklichkeit hieß, weiß ich nicht mehr. Mosjka, Osjka und Rosjka waren noch minderjährig und wurden deshalb ziemlich wegwerfend behandelt. Sie liefen noch barfuß herum und hatten nicht das Recht, auf Stühlen zu sitzen, sondern mussten unten auf den Fußbänkchen kauern. Ihre Pflichten bestanden in allerlei erniedrigenden Obliegenheiten, wie Tassen spülen, Waschbecken hinaustragen, die Zimmerhündchen spazieren führen und schnelle Gänge für das Küchenpersonal ins Dorf machen. In den heutigen Gutsbesitzerhäusern kennt man einen solchen unnötigen Menschenüberfluss nicht mehr, aber damals erschien er unentbehrlich.

Selbstverständlich wussten alle unsere Mägde und Mädchen viel über den schrecklichen Seliwan, bei dessen Hof der Bauer Nikolai erfroren war. Anlässlich dieses Vorfalls erinnerte man sich auch wieder an alle seine alten Schelmenstücke, die ich bisher noch nicht gekannt hatte. Jetzt kam es auch auf, dass der Kutscher Konstantin, als er einmal um Fleisch zu holen in die Stadt gefahren war, aus dem Fenster von Seliwans Hütte klägliches Stöhnen und die Worte gehört hatte: »Ach, mein Händchen schmerzt, ach, er schneidet mir die Finger ab!«

Ein Mädchen, die große Annuschka, erklärte das so, dass Seliwan während eines großen Schneegestöbers einen ganzen herrschaftlichen Kutschschlitten mit einer ganzen adeligen Familie zu sich gebracht hatte und den adeligen Kindern langsam Finger für Finger abschnitt. Diese furchtbare Barbarei erschreckte mich entsetzlich. Darauf hatte der Schuhmacher ein noch schrecklicheres und dazu unerklärliches Abenteuer. Als man ihn einmal in die Stadt schickte, um Leder zu kaufen, verspätete er sich ein wenig und machte sich erst am späten Abend auf den Heimweg. Bald erhob sich ein kleines Schneegestöber, was für Seliwan ein Hauptvergnügen bedeutete. Er pflegte dann gleich aufzustehen und aufs Feld hinauszugehen, um im Nebel mit den Waldteufeln und Hexen nach Herzenslust zu kreisen. Der Schuhmacher wusste das und nahm sich in acht, aber das nützte ihm nichts. Seliwan sprang direkt vor seiner Nase heraus und versperrte ihm den Weg ... Das Pferd blieb stehen. Zu seinem Glück aber war der Schuhmacher von Natur aus kühn und sehr findig. Er trat anscheinend ganz freundlich an Seliwan heran und sagte: »Guten Tag!« Aber gleichzeitig stach er ihn aus dem Ärmel heraus mit einer großen, spitzen Ahle mitten in den Bauch. Das ist nämlich der einzige Ort, wo man einen Zauberer tödlich verwunden kann. Seliwan aber rettete sich dadurch, dass er sich unverzüglich in einen dicken Werstpfahl verwandelte, in dem das scharfe Instrument des Schusters so fest stecken blieb, dass er es durchaus nicht mehr herausziehen konnte und sich von ihm trennen musste, während es ihm doch ganz unentbehrlich war.

Dieser letzte Vorfall war sogar eine kränkende Verhöhnung ehrenwerter Menschen und überzeugte alle davon, dass Seliwan in der Tat nicht nur ein großer Übeltäter und hinterlistiger Zauberer, sondern auch ein frecher Kerl war, dem man kein Pardon geben durfte. Man beschloss, ihm eine strenge Lektion zu erteilen. Aber Seliwan wusste Bescheid und lernte neue Listen. Er fing an, sich zu verwandeln, d. h. er wechselte bei der geringsten Gefahr, ja sogar bei jeder Begegnung seine menschliche Gestalt und verwandelte sich mit einem Mal vor aller Augen in belebte oder unbelebte Gegenstände. Freilich hatte Seliwan, dank der allgemeinen Erregung gegen ihn, trotz seiner großen Gewandtheit, doch auch ein wenig zu leiden. Ihn ganz auszurotten, wollte aber doch nicht gelingen. Der Kampf mit ihm nahm hin und wieder einen sogar etwas lächerlichen Charakter an, was alle noch mehr kränkte und aufbrachte. Nachdem z. B. der Schuhmacher aus aller Kraft nach ihm mit der Ahle gestochen, und Seliwan sich nur dadurch gerettet hatte, dass es ihm gelungen war, sich in einen Werstpfahl zu verwandeln, sahen einige Menschen diese Ahle im richtigen Werstpfähle stecken. Sie versuchten sogar, sie herauszuziehen, aber die Ahle brach ab, und sie brachten dem Schuhmacher nur den zu nichts brauchbaren Holzgriff.

Seliwan spazierte auch nach dieser Begebenheit im Walde umher, als hätte niemand nach ihm gestochen, und verwandelte sich in ein so echtes Wildschwein, dass er sogar mit Vergnügen Eicheln fraß, als ob ihm diese Frucht wirklich schmeckte. Am häufigsten jedoch flog er in Gestalt eines roten Hahns auf sein schwarzes, zerzaustes Dach hinauf und schrie von dort: »Kikeriki!« Alle wussten, dass es ihm nicht um das »Kikeriki« zu tun war, sondern dass er Ausschau hielt, ob nicht jemand komme, gegen den es sich lohnte den Waldteufel und die Hexe aufzuhetzen, damit sie einen schönen Sturm erheben und den Wanderer zu Tode zerren. Mit einem Wort, die Christenmenschen errieten alle seine Listen so gut, dass sie dem Übeltäter nie in die Falle gingen und sich sogar an Seliwan für seine Hinterlist ordentlich rächten. Als er sich einmal in ein Wildschwein verwandelt hatte, begegnete er dem Schmied Ssawelij, der zu Fuß aus Kromy von einer Hochzeit heimkehrte; zwischen ihnen gab es einen offnen Kampf, in dem der Schmied aber Sieger blieb, weil er zu seinem Glück einen schweren Eichenprügel in der Hand hatte. Der Werwolf tat so, als schenke er dem Schmied nicht die geringste Aufmerksamkeit: er grunzte laut und kaute an seinen Eicheln. Der Schmied aber hatte sein Vorhaben scharfsinnig durchschaut: das Tier wollte ihn nämlich vorbeilassen, um ihn dann von hinten zu überfallen, umzuwerfen und samt den Eicheln zu fressen. Der Schmied entschloss sich, der Gefahr zuvorzukommen; er schwang seinen Knüppel hoch über dem Kopfe und ließ ihn mit solcher Wucht auf die Schnauze des Wildschweins niedersausen, dass es kläglich winselte, umfiel und nicht mehr aufstand. Als aber der Schmied eilig davonging, nahm Seliwan gleich wieder sein menschliches Aussehen an und schaute dem Schmied von seinem Treppchen aus lange nach, offenbar in der unfreundlichsten Absicht.

Nach dieser schrecklichen Begegnung befiel den Schmied ein Schüttelfrost, vor dem er sich einzig dadurch rettete, dass er das Chininpulver, das man ihm aus dem Herrenhause zum Einnehmen schickte, zum Fenster hinaus in den Wind streute.

Der Schmied galt als sehr einsichtig und wusste, dass Chinin und alle andere Apotheken-Arznei gegen Zauber nichts ausrichten können. Er überstand also die Krankheit, band dann in einen rauen Faden einen kleinen Knoten und ließ ihn im Misthaufen verfaulen. Damit war alles erledigt, denn sobald Knoten und Faden verfaulten, war auch Seliwans Macht zu Ende. Und so geschah es auch. Seliwan verwandelte sich nach diesem Vorfall nie mehr in ein Schwein; jedenfalls sah ihn niemand mehr in dieser unsauberen Gestalt.

Gegen den Schabernack Seliwans in Gestalt eines roten Hahns war man noch erfolgreicher: wider ihn erhob sich der scheläugige

Müllersknecht Ssawka, ein kühner Bursche, der am weitschauendsten und flinksten von allen handelte.

Als man ihn einmal in die Stadt auf den Markt schickte, ritt er ein sehr faules und eigensinniges Pferd. Ssawka kannte die Gemütsart seines Gauls und nahm heimlich auf alle Fälle ein tüchtiges Birkenscheit mit, mit dem er seinem melancholischen Buzephalus ein Souvenir in die Rippen zu schreiben gedachte. Etwas in der Art hatte er bereits getan und damit den Charakter seines Gauls soweit bezwungen, dass jener schließlich die Geduld verlor und ein wenig zu springen begann.

Seliwan, der nicht erwartet hatte, dass Sawka so gut bewaffnet war, flog bei seinem Herannahen sofort als Hahn aufs Dach, begann sich zu drehen, nach allen Seiten zu schauen und sein »Kikeriki« zu krähen. Ssawka bekam vor dem Zauberer keine Angst, sondern er sagte ihm vielmehr: »He, Bruder, du bist an den Unrechten geraten, du entkommst mir nicht!« Ohne lang nachzudenken, schleuderte er sein Scheit so geschickt nach ihm, dass der Hahn nicht einmal sein »Kikeriki« zu Ende krähen konnte und tot herunterfiel. Zum Unglück fiel er aber nicht auf die Straße, sondern auf den Hof, wo er nur die Erde zu berühren brauchte, um seine natürliche Menschengestalt wieder zu erhalten. Er wurde wieder Seliwan, lief heraus und verfolgte Ssawka mit demselben Scheit in der Hand, mit dem ihn Ssawka traktiert hatte, als er als Hahn auf dem Dache krähte.

Wie Ssawka erzählt, war Seliwan diesmal so wütend, dass er ihm nur knapp entrinnen konnte; aber Ssawka war ein erfindungsreicher Bursch und wusste einen vortrefflichen Streich. Er wusste, dass sein fauler Gaul mit einem Mal seine Faulheit vergaß, wenn man ihn dem Hause, der Krippe zuwandte. Das tat er nun. Als Seliwan, mit dem Scheit bewaffnet, gegen Ssawka losging, lenkte Ssawka das Pferd sofort auf den Heimweg und verschwand. Er galoppierte außer sich vor Angst nach Hause und erzählte erst am anderen Tag von der schrecklichen Geschichte, die sich mit ihm begeben hatte. Und Gott sei Dank, dass er zu sprechen anfing; man hatte schon gefürchtet, dass er auf immer stumm bleiben werde.

Siebentes Kapitel

An Stelle des erschreckten Sawka wurde ein kühnerer Bote ausgesandt, der Kromy auch erreichte und wohlbehalten wieder zurückkehrte. Aber auch dieser erklärte, als er die Reise hinter sich hatte, dass er lieber in die Erde versinken wolle, als an Seliwans Hof vorüberkommen. Auch die anderen fühlten das gleiche: die Furcht wurde allgemein; dafür wurde freilich Seliwan von allen in verstärktem Maße beobachtet. Wo und in was er sich auch verwandelte, man entdeckte ihn immer und überall und suchte seine verderbliche Existenz in jeglicher Gestalt zu vernichten. Ob Seliwan vor seinem Hof als Schaf oder Kalb erschien, man erkannte ihn sogleich und schlug ihn, und in keiner Gestalt gelang es ihm, sich zu verbergen. Als er einmal sogar in der Gestalt eines neuen, frisch geteerten Wagenrades auf die Straße hinausrollte und sich zum Trocknen in die Sonne legte, wurde auch diese List entdeckt, und kluge Leute zerschlugen es in kleine Stücke, so dass Achse und Speichen nach verschiedenen Richtungen auseinanderflogen.

Von all diesen Vorkommnissen, die die heroische Epopöe meiner Kindheit ausmachen, erhielt ich immer rechtzeitig schnelle und glaubwürdige Kunde. Zur Geschwindigkeit der Nachrichten trug viel bei, dass sich auf unserer Mühle stets ein wechselndes hergefahrenes Publikum befand, das zum Mahlen herkam. Während die Mühlsteine das mitgebrachte Korn mahlten, mahlte der Mund der Mahlgäste mit noch größerem Eifer allen möglichen Unsinn. Von dort brachten die Mädchen Mosjka und Rosjka alle interessanten Geschichten mit, die darauf in verbesserter Redaktion mir mitgeteilt wurden. Ich dachte dann nächtelang über sie nach und schuf für mich und Seliwan die fesselndsten Situationen, da ich zu ihm, trotz der Dinge, die ich über ihn hörte, in der Tiefe meiner Seele eine starke, herzliche Zuneigung hegte. Ich glaubte fest daran, dass die Stunde kommen werde, in der ich mit Seliwan auf eine ungewöhnliche Weise zusammentreffen müsste, und dass wir einander sogar noch viel mehr lieben würden, als ich den Großvater Ilja liebte, an dem mir missfiel, dass eins seiner Augen, namentlich das linke, immer ein wenig lachte.

Ich konnte durchaus nicht länger glauben, dass Seliwan seine übernatürlichen Wundertaten in böser Absicht tue; ich dachte sehr gerne an ihn, und sobald ich einschlief, erschien er mir gewöhnlich still und gütig und sogar etwas gekränkt im Traume. Ich hatte ihn noch nie gesehen und konnte mir sein Gesicht nach den entstellenden Beschreibungen der Erzähler nicht vorstellen, aber seine Augen sah ich, sobald ich meine eigenen zumachte: es waren große, sehr tiefe und gütige Augen. Während ich schlief, befand ich mich mit Seliwan im besten Einvernehmen: vor uns öffneten sich im Walde viele verborgene Höhlen, wo wir viel Brot und Fleisch und warme Schafspelze für Kinder versteckt hatten, die wir hervorholten, schnell zu den uns wohlbekannten Hütten im Dorfe trugen und vors Dachfenster legten; wir klopften an, damit jemand herausschaue, und liefen selbst eilig davon.

Das waren die schönsten Traumbilder meines Lebens, und ich bedauerte immer, dass nach meinem Erwachen Seliwan für mich wieder zu dem Räuber wurde, gegen den jeder brave Mensch alle Vorsichtsmaßregeln treffen musste. Ich muss gestehen, dass auch ich nicht hinter den anderen zurückstehen wollte, und obwohl mich im Traume die wärmste Freundschaft mit Seliwan verband, hielt ich es im Wachen doch nicht für überflüssig, mich sogar in der Ferne gegen ihn zu versichern.

Zu diesem Zweck erbat ich mir unter vielen Schmeicheleien und anderen Erniedrigungen von der Beschließerin den alten, sehr langen kaukasischen Dolch meines Vaters, den sie in der Vorratskammer aufbewahrte. Ich band ihn an die Schnüre, die ich vom Husarentschako meines Onkels herunternahm, und verbarg die Waffe meisterlich unter der Matratze am Kopfende meines Bettes. Wenn Seliwan nachts in unserem Hause aufgetaucht wäre, hätte ich mich unverzüglich ihm entgegengestellt.

Weder Vater noch Mutter wussten etwas von diesem verborgenen Arsenal, und das war auch nötig, denn sonst hätte man mir den Dolch natürlich weggenommen, und Seliwan hätte meinen ruhigen Schlaf stören können, denn ich fürchtete ihn trotzdem schrecklich. Inzwischen drang er auch schon bei uns ein, aber unsere flinken Mädchen hatten ihn gleich erkannt. Seliwan erfrechte sich, in unserem Hause, in eine große rotbraune Ratte verwandelt, aufzutauchen. Anfangs lärmte er nur in den Nächten in der Vorratskammer, aber dann sprang er einmal in den hohen Lindenbottich hinunter, auf dessen Boden, von einem Sieb bedeckt, Würste und anderer Imbiss zum Empfang von Gästen aufbewahrt wurden. Seliwan wollte uns damit eine ernste Unannehmlichkeit bereiten, wahrscheinlich zur Vergeltung für die Unannehmlichkeiten, die er von unseren Bauern zu ertragen hatte. In eine rotbraune Ratte verwandelt, sprang er in den Bottich, schob den Stein, der das Sieb beschwerte, zur Seite und fraß alle Würste; dafür konnte er aber aus dem hohen Bottich nicht mehr heraus. Allem Anschein nach konnte Seliwan hier der verdienten Todesstrafe nicht mehr entrinnen, die sich die flinke Annuschka erboten hatte, gleich zu vollziehen. Sie erschien zu diesem Zweck mit einem Kessel kochenden Wassers und einer alten Gabel. Annuschka hatte den Plan, den Werwolf erst mit dem heißen Wasser zu verbrühen und dann auf die Gabel aufzuspießen, um ihn schließlich tot ins Unkraut den Raben zum Fraß hinauszuwerfen. Aber bei der Vollstreckung der Todesstrafe beging die runde Annuschka eine Ungeschicklichkeit. Sie goss das siedende Wasser auf die Hand der flinken Annuschka, die vor Schmerz die Gabel fallen ließ. Indessen biss die Ratte sie in den Finger, kletterte mit bewundernswerter Gewandtheit am Ärmel des Mädchens heraus und verschwand spurlos während des allgemeinen Schreckens, den sie unter den gesamten Anwesenden angerichtet hatte.

Meine Eltern, die auf dieses Ereignis mit Alltagsaugen blickten, schrieben den dummen Ausgang der Jagd der Ungeschicklichkeit unserer Annuschkas zu; aber wir, die wir die geheimen Triebfedern dieser Sache kannten, wussten, dass etwas Besseres nicht hatte herauskommen können, weil es keine einfache Ratte, sondern der Werwolf Seliwan gewesen war. Indes wagten wir nicht, den Eltern davon zu erzählen. Als einfältiges Volk fürchteten wir Kritik und Spott über alles, was uns unzweifelhaft und offensichtlich erschien.

In keiner Gestalt aber konnte sich Seliwan entschließen, die Schwelle des Vorzimmers zu überschreiten, weil er, wie mir schien, etwas von meinem Dolche erfahren hatte. Das war mir einesteils schmeichelhaft, aber doch auch wieder ärgerlich, weil die Reden und Gerüchte über ihn mich schon ermüdeten und in mir das leidenschaftliche Verlangen brannte, Seliwan persönlich zu begegnen.

Dieser Wunsch verwandelte sich schließlich in eine Qual, in der der ganze lange Winter mit seinen endlosen Abenden verging. Aber mit den ersten Schmelzbächen des Frühlings trat ein Ereignis ein, das unsere ganze Lebensordnung in Verwirrung brachte und den gefährlichen Trieben unbeherrschter Leidenschaften Freiheit gab.

Achtes Kapitel

Der Vorfall war unerwartet und traurig. Mitten während der Frühlingsschneeschmelze, wenn nach dem Volksausdruck »ein Stier in der Pfütze ersäuft«, kam vom weit entfernten Gute der Tante ein berittener Bote dahergesprengt mit der verhängnisvollen Nachricht von der schweren Erkrankung der Großmutter.

In dieser weglosen Jahreszeit war die weite Reise mit großer Gefahr verbunden; das hielt jedoch weder Vater noch Mutter davon ab, und sie machten sich unverzüglich auf den Weg. Man musste hundert Werst fahren, die man nur in einem einfachen Wagen zurücklegen konnte, da es ganz unmöglich war, mit einer Kutsche zu fahren. Den Wagen begleiteten zwei Reiter mit langen Stangen in den Händen. Sie ritten voraus und untersuchten die Wegelöcher. Das Haus wurde der Fürsorge eines besonderen provisorischen Komitees anvertraut, zu dem verschiedene Personen mit verschiedenen Ämtern gehörten. Der großen Annuschka waren alle Personen weiblichen Geschlechts bis zu Mosjka und Rosjka abwärts unterstellt; die oberste Aufsicht über die Sitten oblag der Beschließerin Dementjewna. Unsere intellektuelle Leitung, die Entscheidung über die Einhaltung der Feiertage und der gewöhnlichen Tage war dem Diakonssohne Apollinarij Iwanowitsch anvertraut, der in seiner Eigenschaft als ein aus der Rhetorikklasse hinausgeworfener Seminarist bei meiner Person die Stelle eines Hauslehrers vertrat. Er lehrte mich lateinische Deklinationen und bereitete mich auch sonst vor, damit ich im nächsten Jahre in die erste Klasse des Orjoler Gymnasiums nicht als völlig Wilder eintrete, den die lateinische Grammatik Bjeljustins und die französische Lomonds in Verwunderung setzen müssten.

Apollinarij war ein weltlich gesinnter Jüngling und bereitete sich darauf vor, unter die »Beamteten« zu gehen, oder wie man jetzt sagt, Schreiber bei der Orjoler Gouvernementsverwaltung zu werden, wo schon sein Onkel im Dienst stand, der ein außerordentlich interessantes Amt innehatte. Wenn nämlich ein Polizeivorsteher oder Kommissär auf dem Lande draußen irgendeine Anordnung unausgeführt ließ, so schickte man Apollinarijs Onkel auf Rechnung des Schuldigen mit einem »Eilpferd« zu ihm; er reiste, ohne Pferdegeld zu zahlen, erhielt außerdem von den Schuldigen Geschenke und Präsente und sah mancherlei Städte und vielerlei Leute von verschiedenem Rang und verschiedenen Sitten. Mein Apollinarij hatte ebenfalls die Absicht, mit der Zeit eines solchen Glückes teilhaftig zu werden, und durfte viel mehr als sein Onkel darauf hoffen, da er über zwei große Talente verfügte, die in der weltlichen Laufbahn äußerst angenehm sein können: Apollinarij spielte zwei Lieder zur Gitarre: »Das Mädchen mähte Brennnesseln« und ein zweites, viel schwierigeres: »An einem Abend trüb und herbstlich« und, was damals in der Provinz noch seltener war, er verstand es, den Damen herrliche Verse zu schreiben, weswegen er eigentlich auch aus dem Seminar davongejagt worden war.

Ungeachtet des Unterschieds unserer Jahre verkehrten wir miteinander wie Freunde und bewahrten, wie es wahren Freunden geziemt, treulich unsere gegenseitigen Geheimnisse. Dabei kamen freilich auf seinen Teil etwas weniger als auf meinen: meine ganzen Geheimnisse bestanden in dem unter meiner Matratze liegenden Dolch, während ich verpflichtet war, zwei mir anvertraute Geheimnisse in der Tiefe meines Herzens zu tragen: das erste betraf die im Schrank verborgene Pfeife, aus der Apollinarij abends sauersüßen, weißen Njeschiner Knaster in den Ofen hinein zu rauchen pflegte; das zweite aber war noch wichtiger, es handelte sich nämlich um Verse, die Apollinarij zu Ehren einer gewissen »leicht beschwingten Pulcheria« geschrieben hatte.

Die Verse waren wohl sehr schlecht, aber Apollinarij sagte, dass man zu ihrer richtigen Beurteilung unbedingt sehen müsste, welchen Eindruck sie, gut und mit Gefühl vorgelesen, auf eine zarte und gefühlvolle Frau machen würden.

Das setzte eine große und für uns sogar unüberwindliche Schwierigkeit voraus, da es in unserem Hause keine kleinen Mädchen gab, den erwachsenen jungen Damen aber, die hin und wieder zu uns gefahren kamen, wagte Apollinarij nicht den Vorschlag zu machen, seine Zuhörerinnen zu sein, da er sehr schüchtern war und sich unter den uns bekannten jungen Damen große Spötterinnen befanden.

Die Not lehrte Apollinarij, einen Kompromiss zu erfinden, nämlich die auf die »leicht beschwingte Pulcheria« geschriebene Ode unserem Mädchen Neonila vorzudeklamieren, die sich in dem Morosowschen Modemagazin allerhand geschliffene, städtische Manieren angeeignet hatte und, nach Ansicht Apollinarijs, die feinen Gefühle haben musste, die unentbehrlich sind, um den Wert der Poesie zu schätzen.

Bei meiner Minderjährigkeit scheute ich mich, meinem Lehrer Ratschläge für seine poetischen Versuche zu erteilen, aber seine Absicht, die Verse der Näherin vorzudeklamieren, hielt ich für riskant. Ich urteilte natürlich nach meinem eigenen Maßstabe und meinte, dass wenn der jungen Neonila auch einige Gegenstände städtischer Bildung bekannt seien, die Sprache der hohen Poesie, in der sich Apollinarij an die von ihm besungene Pulcheria wandte, ihr doch kaum verständlich sein würde. Außerdem waren in der Ode an die »Leichtbeschwingte« Ausrufe wie: »Oh du Grausame«, oder »Entschwinde meinen Augen!« und dergleichen enthalten. Neonila hatte aber von Natur aus einen schüchternen und blöden Charakter, und ich fürchtete, dass sie das auf sich beziehen würde und bestimmt weinen und davonlaufen werde.

Am schlimmsten aber war, dass bei unserer strengen Hausordnung die vom Rhetoriker geplante poetische Probe ganz unmöglich war. Weder Zeit, noch Ort, noch die anderen Umstände waren dazu angetan, dass Neonila Apollinarijs Verse anhöre und sie als erste bewundere. Die Gesetzlosigkeit jedoch, die sich bei uns seit der Abreise der Eltern breit machte, veränderte alles, und der Rhetoriker wollte sich das zunutze machen. Jetzt vergaßen wir alle Unterschiede unserer Stellung und spielten jeden Abend Schwarzen Peter; Apollinarij rauchte seinen Njeschiner Knaster sogar in den Zimmern und setzte sich im Speisezimmer in den väterlichen Sessel, was mich ein wenig kränkte. Außerdem wurde einige Mal auf seine Veranlassung »Blinde Kuh« gespielt, wobei ich und mein Bruder blaue Flecken davontrugen. Dann spielten wir Versteck, und einmal wurde sogar eine richtige Festivität mit einer großen Bewirtung abgehalten. Dies alles wurde anscheinend auf »Rechnung des Grafen Scheremetjew« gemacht, auf dessen Kosten um jene Zeit in Moskau viele unvorsichtige Schlemmer zechten, deren verderbliche Bahn nun auch wir, vom Rhetoriker verleitet, einschlugen. Ich weiß auch heute nicht, wer unserer Versammlung ganze Säckchen reifster Waldnüsse geliefert hatte, die aus den Mauslöchern gewonnen worden waren, wo sich bekanntlich nur die allerbesten Nüsse zu finden pflegen. Außer den Nüssen gab es noch drei Tüten aus grauem Papier mit gelben Pfefferschwämmen in Sirup, Sonnenblumenkernen und kandierten Birnen. Die letzteren waren sehr klebrig und ließen sich von den Händen nicht so schnell abwaschen.

Diese Frucht erfreute sich deshalb besonderer Aufmerksamkeit, und die Birnen kamen nur als Pfänder zur Verlosung. Mosjka, Osjka und Rosjka erhielten in Anbetracht ihrer anerkannten Nichtigkeit überhaupt keine Birnen. Am Pfänderspiel nahmen nur Annuschka, ich und vor allem mein Lehrer Apollinarij teil, der sich als äußerst gewandt im Erfinden erwies. All das ging im Gastzimmer vor sich, wo sonst nur besonders geehrte Gäste saßen. Und hier, im Dunste des Vergnügungstaumels, fuhr in Apollinarij irgendein rasender Geist, und er dachte sich ein noch vermesseneres Unternehmen aus. Er wollte seine Ode in einer grandiosen, sogar schrecklichen Umgebung deklamieren, in der selbst die stärksten Nerven sich in äußerster Spannung befänden. Er begann uns allen zuzureden, nächsten Sonntag in Seliwans Wald zu gehen, um dort Maiglöckchen zu pflücken. Als wir aber Abends schlafen gingen, eröffnete er mir, dass die Maiglöckchen nur ein Vorwand seien; der Hauptzweck aber sei, die Verse in einer recht schrecklichen Umgebung vorzulesen.

Auf der einen Seite wird die Furcht vor Seliwan wirken, und auf der anderen – die Furcht vor den schrecklichen Versen ... Wie wird sich das machen, und wird man es überhaupt aushalten können?

Stellen Sie sich nun vor, dass wir uns dazu wirklich erkühnten.

In der gehobenen Stimmung, in der wir uns an jenem denkwürdigen Frühlingsabend befanden, kamen wir uns alle kühn vor und meinten, das verzweifelte Stück gefahrlos vollbringen zu können. In der Tat, es würden unserer viele sein, und außerdem würde ich natürlich meinen langen kaukasischen Dolch mitnehmen.

Ich muss gestehen, dass ich es sehr gerne gesehen hätte, wenn sich auch die anderen ihrer Kraft und Fähigkeit entsprechend bewaffnet hätten, aber ich fand bei niemand die nötige Aufmerksamkeit und Bereitwilligkeit. Apollinarij nahm nur die Pfeife und die Gitarre mit, während die Mädchen Dreifüße, Pfannen, Kessel mit Eiern und eiserne Töpfe mitführten. Im Topfe wollte man Weizengrütze mit Speck kochen und in der Pfanne Eierkuchen backen; in dieser Hinsicht waren die beiden Gegenstände vortrefflich, aber in Hinsicht auf die Verteidigung im Falle irgendwelcher Streiche Seliwans bedeuteten sie entschieden nichts.

Übrigens war ich, offen gestanden, auch aus anderen Gründen mit meinen Kompagnons unzufrieden: ich vermisste in ihnen die Aufmerksamkeit Seliwan gegenüber, von der ich durchdrungen war. Sie fürchteten ihn zwar, aber doch gewissermaßen leichtsinnig, sie wagten sogar, sich über ihn skeptisch lustig zu machen. Die eine Annuschka sagte, sie werde den Pirogenwalker mitnehmen und ihn damit totschlagen, die »flinke« Annuschka scherzte, dass sie ihn totbeißen werde; sie zeigte dabei ihre schneeweißen Zähne und biss mit ihnen ein Stückchen Draht ab. Das alles war recht unsolid, aber der Rhetoriker übertraf alle. Er leugnete Seliwans Dasein gänzlich und sagte, er habe überhaupt nie existiert und sei einfach eine Ausgeburt der Fantasie wie Python, Zerberus und dergleichen.

Damals sah ich zum ersten Mal, wie weit ein Mensch in der Verneinung gehen kann! Was war damals seine ganze Rhetorik wert, wenn sie ihm gestattete, die Wahrscheinlichkeit des ins Gebiet der Fabel gehörenden Python auf eine Stufe mit der Seliwans zu stellen, dessen tatsächliche Existenz durch eine Menge offenbarer Begebenheiten bestätigt wurde.

Ich gab dieser Verführung nicht nach und bewahrte meinen Glauben an Seliwan. Ja, ich war überdies fest überzeugt, dass der Rhetoriker für seinen Unglauben unbedingt bestraft werden würde.

Wenn man übrigens dieser philosophischen Seite nicht allzu viel Gewicht beilegte, so versprach der geplante Waldausflug sehr viel Vergnügen, und niemand wollte oder konnte sich dazu zwingen, auf andersgeartete Erlebnisse gefasst zu sein. Indes zwang einen die Vernunft, in diesem verwünschten Walde, wo wir sozusagen im Rachen der Bestie sein würden, sehr auf der Hut zu sein. Alle dachten nur daran, wie lustig es sein würde, sich im Walde zu zerstreuen, den sonst alle zu betreten fürchteten, während wir keine Furcht hatten. Wir überlegten, wie wir den ganzen gefährlichen Wald mit Rufen und Schreien durchziehen und wie wir über Gruben und kleine Schluchten, in denen noch der letzte Schnee lag, springen würden; aber niemand dachte daran, ob dies alles auch gebilligt werden würde, wenn unsere höchste Obrigkeit zurückkehrte. Übrigens hatten wir die Absicht, aus den schönsten Maiglöckchen zwei große Sträuße für Mamas Toilettentisch zu binden und aus den überbleibenden ein duftendes Destillat herzustellen, das für den ganzen kommenden

Sommer ein vorzügliches Schönheitswasser gegen Sonnenbrand abgeben würde.

Neuntes Kapitel

An dem ungeduldig erwarteten Sonntag ließen wir das Haus unter der Obhut der Beschließerin Dementjewna zurück und zogen nach Seliwans Wald. Die ganze Gesellschaft ging zu Fuß und hielt sich auf den trockeneren hochgelegenen Wegrainen, wo schon das erste smaragdene Gras grünte, während auf der Straße der Train folgte, der aus einem mit einem alten falben Pferd bespannten Wägelchen bestand. Auf dem Fuhrwerk lagen Apollinarijs Gitarre und die für den Fall eines Unwetters mitgenommenen Mäntelchen der Mädchen. Ich lenkte das Pferd, und hinter mir saßen als Passagiere Rosjka und andere Mädchen, von denen das eine den Kessel mit den Eiern vorsichtig auf den Knien hielt, während das andere die allgemeine Aufsicht über die verschiedenen Gegenstände hatte, aber vor allem meinen gewaltigen Dolch mit der Hand stützte, den ich an der alten Husarenschnur meines Onkels über die Schulter hängen hatte, wo er von der einen Seite auf die andere baumelte, meine Bewegungen erheblich erschwerend und meine Aufmerksamkeit von der Leitung des Pferdes ablenkend.

Die Mädchen gingen auf dem Wegrain und sangen: »Pflüg' ich den Acker und sä' ich den Lein«; der Rhetoriker sang im Bass dazu die zweite Stimme.

Die Bauern, denen wir begegneten, grüßten uns und fragten:

»Wo wollt ihr hin?«

Die Annuschkas antworteten ihnen:

»Wir wollen Seliwan gefangen nehmen.«

Die Bauern schüttelten die Köpfe und sagten:

»Ihr seid besessen!«

Wir befanden uns in der Tat wie in einem Dunst. Ein unbezwingliches Verlangen, zu laufen, zu singen, zu lachen und Unsinn zu treiben hatte uns ergriffen.

Indes begann mir die Fahrt auf der schlechten Straße unangenehm zu werden; der alte Falbe langweilte mich, und meine Freude, die Strickzügel in den Händen zu haben, erkaltete. Aber ganz nahe am Horizont blaute Seliwans Wald, und alles lebte auf. Das Herz schlug und zitterte, wie einst bei Varus beim Betreten des Teutoburger Waldes. Und im gleichen Augenblick sprang aus einem aufgetauten Ackerrain ein Hase hervor, lief über den Weg und raste übers Feld.

»Pfui, dass dich der Kuckuck!«, schrien ihm unsere Mädchen nach.

Sie wussten alle, dass die Begegnung mit einem Hasen zu nichts Gutem führt. Ich bekam ebenfalls Angst und langte nach meinem Dolche; während ich nun ganz von der Arbeit, ihn aus der verrosteten Scheide herauszuziehen, in Anspruch genommen war, merkte ich nicht, wie mir die Zügel aus der Hand glitten und wie ich plötzlich unter den umgestürzten Wagen geriet, den der Falbe, der nach dem Grase auf dem Wegrain strebte, regelrecht umgeworfen hatte, so dass alle vier Räder nach oben starrten, und ich mit Rosjka und unserm ganzen Mundvorrat darunter lag.

Das Unglück war in einem Augenblick geschehen, seine Folgen aber waren zahllos: Apollinarijs Gitarre war zertrümmert, und die zerschlagenen Eier liefen aus und verklebten mit ihrem Inhalt unsere Gesichter. Obendrein begann Rosjka zu heulen.

Ich war maßlos bestürzt und bedrückt und so verwirrt, dass ich selbst wünschte, man möge uns lieber gar nicht befreien; aber ich hörte schon die Stimmen unserer Annuschkas, die sich um unsere Befreiung mühten und die Ursache unseres Sturzes auf eine für mich sehr günstige Weise erklärten. Ich und der Falbe seien ganz unbeteiligt; alles sei das Werk Seliwans.

Das war seine erste List, um uns nicht in seinen Wald zu lassen. Indes erschreckte sie niemand sehr. Im Gegenteil, sie erfüllte alle mit heftigem Unwillen und verstärkte unsere Entschlossenheit, das Programm, das wir uns ausgedacht hatten, koste es was es wolle, durchzuführen.

Es war nur erst notwendig, den Wagen aufzuheben, uns wieder auf die Beine zu stellen, am Bach das unangenehme Eiklar von uns abzuwaschen und nachzusehen, was nach unserem Unfall noch heil geblieben war von den Sachen, die wir als Tagesproviant für unsere zahlreiche Gruppe mitgenommen hatten.

All das wurde auch irgendwie ausgeführt. Mich und Rosjka wusch man am Bach, der dicht an Seliwans Wald vorbeilief, und als ich meine Augen aufschlug, erschien mir die Welt recht unansehnlich. Die rosa Kleider der Mädchen und mein neues Röckchen aus himmelblauem Kaschmir waren nun ganz unbrauchbar: der Schmutz und die Eier hatten sie ganz verdorben, und ohne Seife, die wir nicht mitgenommen hatten, konnte man sie nicht auswaschen. Der Kessel und die Pfanne waren zertrümmert, und vom Dreifuß waren alle Füßchen abgebrochen. Von Apollinarijs Gitarre war nur mehr der Griff mit den herumgewundenen Saiten übrig geblieben. Das Brot und der andere trockene Mundvorrat lagen im Schmutz. Zum mindesten drohte uns Hunger für den ganzen Tag, abgesehen von den übrigen Schrecken, die sich in der ganzen Umwelt fühlbar machten. Der Wind pfiff durch das Tal des Baches, und der schwarze Wald, den noch kein Grün schmückte, rauschte und winkte uns Unheil verkündend mit seinen Zweigen.

Unsere Stimmung war erheblich gesunken, besonders die der Rosjka, die fror und weinte. Aber trotzdem entschlossen wir uns, in Seliwans Reich einzudringen, möge kommen, was wolle.

Jedenfalls konnte sich dasselbe Abenteuer nicht ohne Abwechslung wiederholen.

Zehntes Kapitel

Alle bekreuzigten sich und traten in den Wald. Wir gingen zaghaft und unentschlossen, aber jeder verbarg seine Angst vor den anderen. Alle verabredeten, sich möglichst oft zuzurufen. Übrigens erwies sich das Zurufen als nicht sehr notwendig, weil niemand weit hineinging und alle sich wie zufällig am Waldrande zusammendrängten und längs des Waldsaums in einer Linie gingen. Apollinarij allein zeigte sich kühner als die anderen und drang etwas in das Dickicht ein: er bemühte sich, einen möglichst öden und unheimlichen Ort zu finden, wo die Deklamation einen recht schrecklichen Eindruck auf die Zuhörerinnen machen musste; kaum war aber Apollinarij unseren Blicken entschwunden, als plötzlich der ganze Wald von seinem durchdringenden, rasenden Schrei widerhallte. Niemand vermochte sich vorzustellen, welche Gefahr Apollinarij begegnet war, aber alle ließen ihn im Stich und stürzten aus dem

Wald auf die Lichtung und dann, ohne sich umzusehen, auf die Straße nach Hause. So liefen alle unsere Annuschkas und alle Mosjkas, und hinter ihnen jagte der Pädagoge selber, der noch immer vor Entsetzen schrie; aber ich und mein kleiner Bruder blieben allein zurück.

Von unserer ganzen Gesellschaft war niemand dageblieben: nicht nur alle Menschen hatten uns im Stich gelassen, auch das Pferd war dem unmenschlichen Beispiel der Menschen gefolgt. Von ihrem Geschrei erschreckt, schüttelte es den Kopf, machte kehrt und lief spornstreichs nach Hause, wobei es alles, was noch auf dem Wägelchen geblieben war, in Gruben und Wasserlachen verstreute. Das war kein Rückzug, sondern eine vollständige und ganz schimpfliche Flucht, die nicht nur vom Verlust des Trains begleitet war, sondern auch von der Einbuße jedes gesunden Menschenverstands; außerdem waren wir Kinder der Willkür des Schicksals preisgegeben.

Gott weiß, was uns alles in unserer schutzlosen Verwaistheit hätte zustoßen können, die um so gefährlicher war, als wir allein den Weg nach Hause nicht finden konnten, und unsere Fußbekleidung, die aus weichen bocklederenen Schuhen mit dünnen Randsohlen bestand, ganz ungeeignet war, um die vier Werst auf feuchten Wegen, auf denen vielerorts noch kalte Lachen standen, zurückzulegen. Bevor wir unsere schreckliche Lage noch ganz begriffen hatten, begann es, um unsere Not vollständig zu machen, überm Walde zu donnern, und von der entgegengesetzten Seite, vom Bache wehte es nasskalt her.

Wir blickten nach dem Hohlweg und sahen, dass von der Seite, wo unser Weg lag und wohin unser Gefolge so schmählich geflohen war, eine gewaltige Regenwolke mit dem ersten Frühlingsgewitter heranzog, bei dem sich die jungen Mädchen aus einem silbernen Löffelchen zu waschen pflegen, um weißer als Silber zu werden.

Als ich mich in dieser schrecklichen Lage sah, war ich nahe daran, zu weinen, während mein kleiner Bruder schon weinte. Er war ganz blau gefroren und zitterte vor Furcht und Kälte. Seinen Kopf hatte er unter einen Strauch gebeugt und betete inbrünstig zu Gott.

Anscheinend nahm Gott sein Kindergebet an, und uns ward unsichtbare Rettung gesandt. In dem Augenblick, als der Donner zu rollen begann und wir unseren letzten Mut verloren, wurde im Walde hinter den Büschen ein Knistern hörbar, und aus dem dichten Haselnussgezweig schaute uns das breite Gesicht eines uns unbekannten Bauern an. Das Gesicht erschien uns so schrecklich, dass wir aufschrien und Hals über Kopf auf das Flüsschen zu liefen.

Besinnungslos liefen wir über den Hohlweg, rutschten kopfüber vom nassen, abbröckelnden Ufer und standen plötzlich bis zu den Hüften im trüben Wasser, während unsere Füße bis zu den Knien im Schlammboden versanken.

Weiter konnten wir unmöglich laufen. Der Bach wurde für unseren kleinen Wuchs zu tief, und wir durften gar nicht hoffen, hinüberzukommen; zudem funkelten in seiner Strömung ganz schrecklich die Zickzacklinien der Blitze – sie flackerten und wanden sich wie feurige Schlangen und verkrochen sich dann gleichsam in die vorjährigen Algen.

Wir standen im Wasser, fassten einander an den Händen und blieben wie erstarrt stehen, während von oben schon die ersten schweren Regentropfen auf uns niederfielen. Diese Erstarrung bewahrte uns jedoch vor einer großen Gefahr, der wir nicht entronnen wären, wenn wir auch nur einen Schritt weiter in das Wasser gemacht hätten.

Wir hätten leicht ausgleiten und fallen können, aber zu unserem Glück umschlangen uns zwei schwarze, sehnige Hände, und derselbe Bauer, der so furchterregend aus dem Haseldickicht geschaut hatte, sagte freundlich:

»Ach, ihr dummen Kinderchen, wo seid ihr da hingeraten!«

Und damit hob er uns auf und trug uns durch den Bach.

Am anderen Ufer setzte er uns auf den Boden, nahm seinen kurzen Bauernkittel ab, der am Kragen mit einem runden Messingknopf zugeknöpft war, und rieb mit dem Kittel unsere nassen Füße ab.

Wir sahen ihn ganz verloren an und fühlten uns völlig in seiner Gewalt, aber wunderbarerweise hatten sich seine Gesichtszüge in unseren Augen rasch verändert. Wir sahen in ihnen nicht nur nichts Schreckliches mehr, sondern im Gegenteil, sein Gesicht erschien uns sehr gütig und freundlich.

Es war ein kräftiger, stämmiger Bauer mit angegrautem Haar und Schnurrbart; auch sein Kinnbart begann schon grau zu werden. Sein Blick war lebhaft, rasch und ernst, aber auf seinen Lippen lag etwas, was einem Lächeln glich.

Nachdem er mit seinem Kittel den Schmutz und den Schlamm von unseren Füßen soweit wie möglich entfernt hatte, lächelte er sogar wirklich und sagte wieder:

»Nun, ihr ... habt keine Angst ...«

Er sah sich um und fuhr fort:

»Macht nichts, gleich kommt ein Guss ... (Der Guss hatte schon angefangen.) Zu Fuß könnt ihr jetzt nicht mehr heimkommen, Kinderchen.«

Wir sagten nichts und weinten nur stumm.

»Macht nichts, macht nichts, heult nur nicht. Ich werde euch zu mir bringen!«, sagte er und fuhr mit seiner Handfläche über das verweinte Gesicht des Bruders, was auf dessen Gesicht sogleich schmutzige Streifen erzeugte.

»Schau mal, wie schmutzig solche Bauernhände sind, sagte unser Befreier und fuhr dem Bruder noch einmal mit der Hand übers Gesicht in anderer Richtung, wodurch der Schmutz nicht vermindert wurde, sondern nur eine Schattierung nach der anderen Seite hin bekam.

»Gehen könnt ihr nicht ... Ich würde euch schon führen, aber ihr könnt gar nicht gehen, und eure Schuhchen bleiben im Schmutz stecken.«

»Könnt ihr reiten?«, begann der Bauer wieder.

Ich nahm meine ganze Kühnheit zusammen, um ein Wort hervorzubringen, und antwortete:

»Ich kann's.«

»Wenn du's kannst, ist's gut!«, sagte er, und im Augenblick hatte er mich auf die eine Schulter gehoben und meinen Bruder auf die andere. Dann befahl er uns, einander hinter seinem Nacken mit den Händen zu umfassen, deckte uns selbst mit seinem Kittel zu und trug uns schnell und weit ausschreitend über den Schmutz, der unter seinen fest dahinstapfenden, mit großen Bastschuhen bekleideten Füßen klatschend nachgab.

Wir saßen, mit dem Kittel zugedeckt, auf seinen Schultern. Wir alle zusammen bildeten wohl eine riesengroße Figur, aber wir hatten es sehr bequem: der Kittel war vom Regen nass und hart wie Rinde geworden, und wir saßen darunter trocken und warm. Wir schaukelten auf den Schultern unseres Trägers wie auf einem Kamel und verfielen bald in einen eigentümlichen kataleptischen Zustand, aus dem wir bei der Quelle unseres Gutes erwachten. Für mich war dieser Zustand ein wirklicher, tiefer Schlaf, aus dem das Erwachen nicht mit einem Male erfolgte. Ich erinnere mich, wie uns derselbe Bauer aus seinem Kittel wickelte; alle unsere Annuschkas umringten ihn, alle rissen uns aus seinen Händen und schimpften ihn dabei aus irgendeinem Grunde unbarmherzig aus. Seinen Kittel, unter dem wir so gut behütet gewesen waren, warfen sie ihm mit der größten Verachtung vor die Füße. Außerdem drohten sie ihm noch mit der Ankunft meines Vaters und damit, dass sie gleich ins Dorf laufen und die Weiber und Männer mit den Dreschflegeln rufen und die Hunde auf ihn loslassen würden.

Ich konnte die Ursache dieser grausamen Ungerechtigkeit unmöglich verstehen, was auch nicht verwunderlich war, da sich die gesamte provisorische Hausregierung verschworen hatte, uns nicht zu entdecken, wer der Mensch gewesen war, dem wir unsere Rettung zu verdanken hatten.

»Ihr habt ihm nichts zu danken«, sagten uns unsere Beschützerinnen, »im Gegenteil, er selbst hat alles angestiftet.«

Bei diesen Worten erriet ich sogleich, dass unser Retter niemand anders war als Seliwan selbst.

Elftes Kapitel

So war es auch. In Anbetracht der Rückkehr der Eltern enthüllte man es uns am anderen Tage und nahm uns den Schwur ab, weder Vater noch Mutter etwas von der Geschichte, die sich mit uns ereignet hatte, zu erzählen.

In der damaligen Zeit, wo es Leibeigene gab, kam es hin und wieder vor, dass die Gutsbesitzerskinder zu der leibeigenen Dienerschaft die zärtlichsten Gefühle hegten und deren Geheimnisse treulich bewahrten. So war es auch bei uns. Wir verheimlichten sogar, soweit wir es konnten, vor den Eltern die Sünden und Vergehen »unserer Leute«. Solche Beziehungen werden in vielen Werken, die das Gutsbesitzermilieu jener Zeit schildern, erwähnt. Was mich anbelangt, so ist für mich diese Kinderfreundschaft mit unseren ehemaligen Leibeigenen eine ungemein freundliche und warme Erinnerung. Durch sie kannten wir alle Nöte und alle Sorgen des armseligen Lebens ihrer Verwandten und Freunde im Dorfe und lernten *Mitleid mit dem Volke haben.* Leider war dieses gute Volk selbst nicht immer gerecht und neigte manchmal aus ganz nichtigen Ursachen dazu, seinen Nächsten anzuschwärzen, unbekümmert um den Schaden für diesen Nächsten. So verfuhr das »Volk« auch mit Seliwan, von dessen wahrem Charakter und dessen Sitten es gar nichts wissen wollte; die Leute verbreiteten vielmehr kühn und ohne Scheu, sich gegen die Gerechtigkeit zu versündigen, solche Gerüchte über ihn, die ihn für alle zu einem schrecklichen Waldteufel machten. Erstaunlicherweise erschien alles, was man über ihn erzählte, nicht nur wahrscheinlich, sondern hatte sogar gewisse sichtbare Anzeichen, nach denen man glauben musste, dass Seliwan in der Tat ein schlechter Mensch sei und dass in der Nähe seiner einsamen Behausung wirklich schreckliche Übeltaten geschähen.

Dasselbe geschah auch jetzt, als uns diejenigen ausschimpften, die die Pflicht gehabt hätten, uns zu schützen: sie schoben nicht nur die ganze Schuld auf Seliwan, der uns vor dem Unwetter gerettet hatte, sondern unternahmen sogar einen neuen Angriff gegen ihn. Apollinarij und alle Annuschkas erzählten uns, dass er im Walde einen anmutigen Hügel entdeckt hatte, der ihm zur Deklamation geeignet schien, durch den Hohlweg, der mit welkem vorjährigem Laub verschüttet war, zu diesem Hügel lief und plötzlich über etwas Weiches stolperte. Dieses »Weiche« wandte sich unter Apollinarijs Fuß um und brachte ihn zu Fall; als er aufstehen wollte, sah er, dass es der Körper einer jungen Bauernfrau war. Er sah genau, dass der Körper mit einem sauberen, weißen rot gestickten Sarafan bekleidet war und ... aus der durchschnittenen Kehle ... Blut floss.

Bei diesem unverhofften Schreck konnte man sich natürlich wohl entsetzen und aufschreien – was er auch tat. Unverständlich und erstaunlich aber blieb Folgendes: obwohl Apollinarij, wie ich schon erzählt habe, sich von den anderen entfernt hatte und allein über den Körper der Ermordeten gestolpert war, beteuerten und schworen alle unsere Annuschkas und Rosjkas, dass auch sie die Tote gesehen hätten ...

»Wären wir denn sonst so erschrocken?«, sagten sie.

Ich bin bis heute davon überzeugt, dass sie nicht logen, sondern fest daran glaubten, in Seliwans Wald eine ermordete Frau in reinlicher rot gestickter Bauerntracht, mit durchschnittener Kehle, aus der Blut strömte, gesehen zu haben ... Wie war das nur möglich?

Da ich hier nichts erfinde, sondern tatsächlich Geschehenes beschreibe, muss ich hier verweilen und beifügen, dass dies in unserem Hause für immer unaufgeklärt blieb. Niemand außer Apollinarij konnte die getötete und, nach seinen Worten, in einer Grube unter dem Laube liegende Frau gesehen haben, weil niemand außer Apollinarij dort gewesen war. Und doch schworen alle, dass auch sie sie wirklich gesehen hätten, als sei die tote Frau im gleichen Augenblick überall und vor jedermanns Augen erschienen. Hatte übrigens auch Apollinarij eine solche Frau wirklich gesehen? Es war kaum möglich, weil sich der Vorfall zur Zeit der ersten Schneeschmelze ereignete, als noch überall Schnee lag. Das Laub der Bäume lag seit dem Herbste unter dem Schnee, aber Apollinarij hatte den Körper in sauberer, weißer Tracht mit Stickerei gesehen, und das Blut strömte noch aus der Wunde ... So konnte es bestimmt nicht gewesen sein; aber alle schworen und bekreuzigten sich, dass sie die Frau genau so gesehen hätten, wie die Beschreibung lautete. Nachher fürchteten sich alle, nachts zu schlafen, und allen war es so unheimlich zumute, als wenn wir selbst das Verbrechen begangen hätten. Bald war auch ich davon überzeugt, dass ich und mein Bruder die hingeschlachtete Frau gesehen hätten. Damit begann bei uns eine allgemeine Angst, die damit endigte, dass man die ganze Angelegenheit den Eltern eröffnete und dass der Vater einen Brief an den Polizeikommissär schrieb. Dieser kam dann auch mit einem furchtbar langen Säbel zu uns gefahren und unterzog jeden einzelnen von uns einem heimlichen Verhör in Vaters Arbeitszimmer. Apollinarij wurde vom Kommissär sogar zweimal vernommen, und das zweite Mal drang er so heftig in ihn, dass, als er herauskam, seine beiden Ohren feuerrot waren und eines sogar blutete.

Das haben wir ebenfalls alle gesehen.

Aber wie dem auch gewesen sein mag, jedenfalls brachten unsere Aussagen viel Leid über Seliwan: man machte bei ihm eine Haussuchung, durchforschte den ganzen Wald und hielt ihn selber lange Zeit in Haft, fand jedoch bei ihm nichts Verdächtiges; ebenso wenig fanden sich auch Spuren von der getöteten Frau, die wir gesehen hatten. Seliwan kehrte wieder nach Hause zurück, aber in der allgemeinen Meinung nützte ihm das nicht: seit der Zeit wussten alle, dass er ein Übeltäter war, den man nur nicht erwischen konnte, und niemand wollte mit ihm auch nur das Geringste zu tun haben. Mich brachte man, damit ich nicht dem verstärkten Einfluss des poetischen Elements unterläge, in eine »Adelspension«, wo ich mir in voller Ruhe die Fächer der allgemeinen Bildung anzueignen begann, bis die Weihnachtsfeiertage nahten, wo es mir beschieden war, auf der Heimfahrt an Seliwans Hof vorbeizukommen und dort mit eigenen Augen große Schrecken zu sehen.

Zwölftes Kapitel

Seliwans schlimme Reputation gab mir ein großes Ansehen unter meinen Pensionskameraden, denen ich meine Kenntnisse über diesen entsetzlichen Menschen mitteilte. Von meinen Altersgenossen in der Pension hatte noch niemand so schreckliche Erlebnisse gehabt wie die, mit denen ich mich rühmen konnte, und nun stand es mir wieder bevor, bei Seliwan vorbeizufahren, wozu sich keiner meiner Kameraden gefühllos oder gleichgültig verhielt. Im Gegenteil, die meisten von ihnen bedauerten mich und sagten ganz offen, dass sie nicht an meiner Stelle sein wollten; zwei oder drei Wagehälse beneideten mich aber und brüsteten sich damit, dass sie Seliwan sehr gerne begegnen würden. Aber zwei von diesen waren als Aufschneider bekannt, und der dritte brauchte niemand zu fürchten, da seine Großmutter, wie er sagte, in einem alten venezianischen Ringe einen »Sylvester-Stein«[1] besaß, dessen Besitzer »vor jedem Unglück gefeit war«. In unserer Familie gab es dagegen keine derartige Kostbarkeit; zudem konnte ich meine Weihnachtsreise nicht mit den Pferden

---

[1] Der »Sylvester-Stein« ist ein heller Saphir mit der Tönung einer Pfauenfeder, der in alter Zeit als heilsamer Talisman galt. Anmerkung Ljesskows.

meiner Eltern zurücklegen, sondern musste mit denen der Tante fahren, die gerade vor den Feiertagen ihr Haus in Orjol für dreißigtausend Rubel verkauft hatte und nun zu uns fuhr, um sich in unserer Gegend ein Gut zu kaufen, das mein Vater schon lange für sie erhandelt hatte.

Zu meinem Ärger verzögerte sich die Abreise der Tante infolge irgendwelcher wichtiger geschäftlicher Umstände um volle zwei Tage, und so fuhren wir erst am Morgen vor dem ersten Feiertage aus Orjol ab.

Wir fuhren in einer geräumigen, mattengedeckten, dreispännigen Kibitka mit dem Kutscher Spiridon und dem jungen Lakai Boriska. In der Equipage befanden sich meine Tante, ich, mein Vetter, meine kleinen Cousinen und die Kinderfrau Ljubow Timofejewna.

Mit ordentlichen Pferden und auf einer guten Straße kann man unser Dörfchen von Orjol aus in fünf bis sechs Stunden erreichen. In zwei Stunden erreichten wir Kromy und machten dort bei einem uns bekannten Kaufmanne halt, um Tee zu trinken und die Pferde zu füttern. Dieser Aufenthalt war bei uns Usus, zudem erforderte ihn auch die Toilette meiner kleinen Cousine, die noch in den Windeln lag.

Das Wetter war schön, und es begann fast ein wenig zu tauen. Während wir aber die Pferde fütterten, begann es leicht zu frieren und dann zu »rauchen«, d. h. über die Erde fegte feiner Schnee.

Die Tante überlegte: soll man abwarten oder sich im Gegenteil beeilen und schneller fahren, um noch vor dem Unwetter nach Hause zu kommen.

Wir hatten noch etwas über zwanzig Werst zu fahren. Der Kutscher und der Lakai, die die Feiertage mit ihren Verwandten und Freunden begehen wollten, versicherten, dass wir wohlbehalten heimkommen würden, wenn wir nur nicht länger zögerten und möglichst schnell abführen.

Meine eigenen Wünsche und die der Tante entsprachen durchaus dem, was Spiridon und Boriska wollten. Niemand wollte die Feiertage in Kromy in einem fremden Hause verbringen. Außerdem war die Tante misstrauisch und argwöhnisch und hatte eine sehr bedeutende Geldsumme in einer Mahagonischatulle bei sich, die in einem Futteral aus dickem grünem Fries steckte.

Mit diesem Kapital in einem fremden Hause zu übernachten erschien der Tante durchaus nicht ungefährlich, und sie entschloss sich, auf den Rat unserer treuen Diener zu hören.

Etwas nach drei Uhr war unsere Kibitka angespannt, und wir fuhren von Kromy in die Richtung zum Altgläubigen-Dorfe Koltschewo; aber kaum waren wir über das Eis des Kromaflusses gefahren, als wir fühlten, wie uns die Luft ausging, um aus voller Brust zu atmen. Die Pferde liefen schnell, wieherten und wiegten die Köpfe, ein sicheres Zeichen, dass auch sie den Luftmangel spürten. Indessen flog die Equipage besonders leicht dahin, als würde sie von hinten geschoben. Der Wind war uns im Rücken und jagte uns mit verstärkter Geschwindigkeit irgendeinem Ziele zu. Bald jedoch begann die ausgefahrene Wegspur zu »stottern«; auf der Straße lagen schon weiche Schneewehen, die immer häufiger wurden; bis schließlich von der früheren Spur nichts mehr zu sehen war.

Die Tante schaute beunruhigt hinaus, um den Kutscher zu fragen, ob wir auch noch bestimmt auf der Straße wären, fuhr aber gleich zurück, da sie von feinem kaltem Schneestaub überschüttet war, noch bevor sie unseren Leuten auf dem Schlittenbock etwas zurufen konnte. Der Schnee fiel in dichten Flocken, der Himmel hatte sich verfinstert, und wir waren in der Gewalt eines wirklichen Schneesturms.

Dreizehntes Kapitel

Nach Kromy zurückzufahren war ebenso gefährlich wie weiterzufahren. Hinter uns lag sogar als eine fast noch größere Gefahr der Fluss, in dessen Eis sich unterhalb der Stadt einige Löcher befanden, und wir konnten sie bei dem Schneegestöber leicht übersehen und unter das Eis geraten. Vor uns lag bis zu unserem Dörfchen ebene Steppe; erst auf der siebenten Werst kam Seliwans Wald, der aber die Gefahr des Schneegestöbers nicht vergrößerte, da es im Walde sogar geschützter sein musste. Außerdem ging die Fahrstraße nicht durch die Waldtiefe, sondern hielt sich an seinem Saum. Der Wald konnte also uns nur ein nützliches Zeichen dafür sein, dass wir die Hälfte des Weges nach Hause hinter uns haben, und der Kutscher Spiridon trieb daher die Pferde zu noch größerer Eile an.

Der Weg wurde immer schwieriger und verschneiter. Von dem früheren fröhlichen Knirschen unter den Schlittenkufen war nichts mehr zu hören, im Gegenteil, der Schlitten kroch nun durch die lockeren Schneewehen und begann von der einen Seite auf die andere zu schwanken.

Wir verloren unsere ruhige Zuversicht und erkundigten uns immer häufiger beim Kutscher und beim Lakai über unsere Lage. Sie gaben uns aber nur unbestimmte und ausweichende Antworten. Sie bemühten sich, uns von der Gefahrlosigkeit der Lage zu überzeugen, während sie offensichtlich selbst nicht davon überzeugt waren.

Nach einer halben Stunde rascher Fahrt, während der Spiridons Peitsche immer häufiger auf die Pferde niedersauste, wurden wir durch den Ausruf erfreut:

»Dort wird Seliwans Wald sichtbar.«

»Ist er noch weit?«, fragte die Tante.

»Nein, wir sind schon ganz nahe.«

Es musste auch so sein, denn wir waren von Kromy schon eine Stunde unterwegs. Aber es verging noch eine gute halbe Stunde, wir hörten die Peitsche immer öfter auf die Rücken der Pferde klatschen, aber der Wald kam nicht.

»Was soll das bedeuten? Wo ist Seliwans Wald?«

Vom Bock kam keine Antwort.

»Wo ist der Wald?«, fragte die Tante wieder. »Sind wir schon durchgefahren?«

»Nein, wir sind noch nicht durchgefahren!«, antwortete Spiridon dumpf, wie unter einem Kissen hervor.

»Aber was soll das bedeuten?«

Schweigen.

»Kommt her! Haltet! Haltet!«

Die Tante sah zum Schlittenfenster hinaus und schrie verzweifelt mit ganzer Kraft: »Halt!« Dann fiel sie in den Schlitten zurück, wohin ihr als eine Wolke Schneeflocken nachflogen, die dem Luftzug folgten und sich nicht sofort setzten, sondern in der Luft wie Mücken schwärmten.

Der Kutscher hielt die Pferde an und tat gut daran, da sie sich nur mühsam aufrecht hielten und vor Müdigkeit taumelten. Hätte man sie nicht in diesem Augenblick rasten lassen, so wären die armen Tiere wahrscheinlich umgefallen.

»Wo bist du?«, fragte die Tante Boris, der vom Bocke gestiegen war.

Er war nicht zu erkennen. Vor uns stand kein Mensch, sondern eine Schneesäule. Boris hatte den Kragen aus Wolfspelz hochgeschlagen und mit irgendeinem Fetzen umgebunden. Alles war vom Schnee überschüttet und zu einem Klumpen zusammengeklebt.

Boris wusste nichts vom Wege und erwiderte schüchtern, dass wir uns anscheinend verirrt hätten.

»Ruf den Spiridon her!«

Rufen konnte man nicht. Der Sturm verstopfte einem den Mund und heulte und pfiff schrecklich über die Ebene.

Boriska kroch auf den Kutscherbock, um Spiridon mit der Hand zu zupfen, aber er brauchte lange, bis er wieder vor dem Schlage stand und erklärte:

»Spiridon ist nicht auf dem Bock.«

»Was? Nicht auf dem Bock? Wo ist er denn?«

»Ich weiß nicht. Er ist wohl abgestiegen, um den Weg zu suchen. Gestatten Sie, dass auch ich suchen gehe.«

»Oh Gott! Nein, es ist nicht nötig – geh nicht fort; sonst verlieren wir euch beide und erfrieren.«

Als ich und mein Vetter dieses Wort hörten, begannen wir zu weinen, aber in diesem Augenblick tauchte neben Boriska beim Schlitten eine andere, noch größere und schrecklichere Schneesäule auf.

Es war Spiridon, der sich in eine Reserve-Bastmatte eingehüllt hatte, die ganz mit Schnee bedeckt und vereist, seinen Kopf umstarrte.

»Wo hast du den Wald gesehen, Spiridon?«

»Ich habe ihn gesehen, gnädige Frau.«

»Wo ist er jetzt?«

»Auch jetzt ist er noch zu sehen.«

Die Tante wollte Ausschau halten, sah aber nichts, denn alles war finster. Spiridon versicherte, es komme daher, weil ihr Auge sich noch nicht an die Dunkelheit gewöhnt hätte; er habe den Wald schon längst dunkeln sehen und das wäre eben das Unglück: wir kämen nicht an ihn heran, sondern er entferne sich von uns.

»Sie können sagen, was Sie wollen, das macht alles Seliwan. Er führt uns irgendwo hin.«

Als ich und mein Vetter hörten, dass wir zu einer so schrecklichen Zeit in die Hände des Bösewichts Seliwan gefallen waren, fingen wir zu weinen an. Die Tante aber, die als Gutsfräulein aufgewachsen und dann Regimentsdame gewesen war, verlor nicht so leicht die Fassung, wie die Stadtdamen, die mit allerhand Unglück weniger vertraut sind. Die Tante hatte Erfahrung und Übung, und das rettete uns aus der Situation, die in der Tat sehr gefahrvoll war.

Vierzehntes Kapitel

Ich weiß nicht, ob die Tante an den bösen Zauber Seliwans glaubte oder nicht, aber sie hatte vortrefflich begriffen, dass es für unsere Rettung das Wichtigste sei, unsere Pferde bei Kräften zu erhalten. Blieben die Pferde erschöpft stehen und wurde der Frost noch stärker, so wäre unser Verderben besiegelt. Der Sturm würde uns ersticken und der Frost umbringen. Behielten die Pferde aber nur so viel Kraft, um den Wagen Schritt für Schritt dahinzuschleppen, so durfte man die Hoffnung hegen, dass die Pferde, die dem Winde nach gingen, von selbst auf den Weg herauskommen und uns zu irgendeiner Behausung bringen würden. Und wenn es auch eine ungeheizte Hütte »auf Hühnerfüßchen« in einer Schlucht wäre, der Schneesturm könnte doch nicht so wütend hereinpeitschen, und auch dieses Schütteln wäre zu Ende, das bei jeder Anstrengung der Pferde, ihre müden Füße vorwärts zu setzen, fühlbar wurde ... Dort könnte man einschlafen. Ich und mein Vetter wollten so schrecklich gern schlafen. In dieser Beziehung war bloß die Kleine glücklich, die am Busen ihrer Amme im warmen Hasenpelz schlief, während man uns beide nicht schlafen ließ. Die Tante wusste, wie gefährlich es war, da der Schlafende noch schneller erfriert. Unsere Lage verschlimmerte sich mit jedem Augenblick, weil die Pferde kaum mehr vorwärtskamen und der Kutscher und der Lakai auf dem Bocke zu erstarren und undeutlich zu sprechen anfingen. Die Tante hörte auf, auf mich und den Vetter zu achten, und wir schliefen sofort aneinander geschmiegt ein. Ich sah sogar heitere Traumbilder: Sommer, unser Garten, unsere Leute, Apollinarij, dann geht plötzlich alles auf jene Fahrt nach den Maiglöckchen und auf Seliwan über, von dem ich halb etwas höre, halb nur träume ... Alles verwirrte sich, so dass ich nicht mehr auseinanderhalten konnte, was Traum war und was im Wachen geschah. Mit einem Male spüre ich die Kälte wieder, höre das Heulen des Windes und wie die Bastmatten schwer auf das Dach des Schlittens klopfen: aber gerade vor meinen Augen steht Seliwan, den Kittel auf der einen Schulter, und hält in der gegen uns ausgestreckten Hand eine Laterne ... War dies ein Gesicht, ein Traum oder bloß Fantasie?

Es war weder Traum noch Fantasie, sondern dem Schicksal hatte es in der Tat gefallen, uns in dieser entsetzlichen Nacht in den entsetzlichen Hof Seliwans zu bringen. Wir konnten an keinem anderen Orte Zuflucht finden, da es ringsum keine andere Behausung gab. Aber wir hatten die Schatulle der Tante bei uns, in der sich die dreißigtausend Rubel, ihr ganzes Vermögen, befanden. Wie sollte man mit einem so verführerischen Reichtum bei einem so verdächtigen Menschen wie Seliwan bleiben?

Wir waren natürlich verloren. Im Übrigen hatten wir nur die Wahl, ob wir lieber im Schneesturm erfrieren, oder unter dem Messer Seliwans und seiner Spießgesellen fallen wollten.

Fünfzehntes Kapitel

Ebenso wie das Auge im Dunkeln bei dem kurzen Aufleuchten des Blitzes mit einem Male eine Menge Gegenstände unterscheidet, so sah auch ich jetzt mit einem Male beim Scheine von Seliwans Laterne, die uns beleuchtete, den Schrecken aller Insassen unserer Unglücksequipage. Der Kutscher und der Lakai fielen vor ihm schier auf die Knie und erstarrten in einer Verbeugung, und die Tante wich zurück, als wolle sie die Rückwand der Kibitka hinausdrücken. Die Amme presste ihr Gesicht auf das Kind und schrumpfte auf einmal so zusammen, dass sie selbst nicht größer als das Kind war.

Seliwan stand schweigend da, aber in seinem unschönen Gesicht sah ich keine Spur von Bosheit. Er schien mir jetzt nur ernster als damals, als er mich auf den Schultern trug. Er schaute uns an und fragte leise:

»Wollt ihr euch wärmen, wie?«

Die Tante erholte sich schneller als die anderen und erwiderte:

»Ja, wir sind ganz erstarrt. Rette uns.«

»Gott ist der Retter! Fahrt herein, die Hütte ist geheizt.«

Er stieg von der Schwelle herunter und leuchtete mit der Laterne in die Kibitka.

Zwischen der Dienerschaft, der Tante und Seliwan wurden nun einzelne kurze Worte gewechselt, die unsererseits Misstrauen und Furcht gegen den Wirt ausdrückten und seitens Seliwans eine heimliche bäuerliche Ironie und vielleicht gleichfalls Misstrauen.

Der Kutscher fragte: »Ist Futter für die Pferde da?«

Seliwan erwiderte: »Wir werden suchen.«

Der Lakai Boris wollte erfahren, ob noch andere Reisende da seien.

»Komm herein, dann siehst du's«, antwortete Seliwan.

Die Amme fragte: »Ist es nicht unheimlich, bei dir zu bleiben?«

Seliwan antwortete:

»Wenn es unheimlich ist, so geh nicht herein.«

Die Tante gebot ihnen Einhalt und sagte einem jeden so leise wie möglich:

»Hört auf, widersprecht ihm nicht. Es hilft nichts. Weiterfahren können wir nicht, bleiben wir da, wenn Gott es so will.«

Während diese Worte gewechselt wurden, traten wir in einen Bretterverschlag, der von der geräumigen Hütte abgeteilt war. Allen voran ging die Tante hinein, ihr folgte Boris mit der Schatulle. Dann kamen ich, der Vetter und die Amme.

Die Schatulle wurde auf den Tisch gestellt, und auf sie stellte man einen blechernen, talgtriefenden Leuchter mit einem kleinen Stummel, der höchstens für eine Stunde reichen konnte.

Der praktische Sinn der Tante wandte sich sogleich diesem Gegenstande, d. h. der Kerze zu.

»Väterchen«, sagte sie zu Seliwan, »bringe mir vor allem eine neue Kerze.«

»Hier ist die Kerze.«

»Nein, gib eine neue, ganze Kerze her!«

»Eine neue, ganze?«, fragte Seliwan wieder, sich mit der einen Hand auf den Tisch, mit der anderen auf die Schatulle stützend.

»Gib mir schnell eine neue, ganze Kerze!«

»Weshalb brauchst du eine ganze?«

»Das geht dich nichts an. Ich will mich noch nicht gleich schlafen legen. Vielleicht hört der Sturm auf, und wir fahren weiter.«

»Der Sturm hört nicht auf.«

»Nun einerlei, ich bezahle dir die Kerze.«

»Freilich würdest du die Kerze bezahlen, aber ich habe keine.«

»Such mal nach, Väterchen.«

»Es ist vergeblich etwas zu suchen, was ich nicht habe.«

In dieses Gespräch mischte sich unerwartet eine ganz schwache, dünne Stimme hinter dem Verschlage ein.

»Wir haben keine Kerzen, Mütterchen.«

»Wer spricht da?«, fragte die Tante.

»Meine Frau.«

Die Gesichter der Tante und der Amme erhellten sich ein wenig. Die nahe Anwesenheit einer Frau hatte anscheinend etwas Beruhigendes.

»Sie ist krank, wie?«

»Krank.«

»Was fehlt ihr?«

»Sie kränkelt eben. – Legt euch hin, ich brauche das Licht für die Laterne. Muss die Pferde hereinführen.«

Und wie man auch auf Seliwan einsprach, er beharrte dabei, dass er das Licht brauche und fertig. Er versprach, es wiederzubringen, inzwischen nahm er es aber mit und ging hinaus.

Ob Seliwan sein Versprechen, das Licht zurückzubringen, ausführte, habe ich nicht mehr gesehen, weil mein Vetter und ich wieder schliefen. Aber etwas beunruhigte mich: durch den Schlaf hindurch hörte ich die Tante hin und wieder mit der Amme flüstern, wobei das Wort »Schatulle« am häufigsten fiel.

Offenbar wussten die Amme und die anderen Leute, dass sich im Kästchen große Kostbarkeiten verbargen, und alle hatten bemerkt, dass die Schatulle vom ersten Augenblick an die gierige Aufmerksamkeit unseres verdächtigen Wirtes auf sich gezogen hatte.

Die Tante, die über große Lebenserfahrung verfügte, sah die klare Notwendigkeit ein, sich den Umständen zu fügen, traf aber dafür sofort ihre der gefahrvollen Situation entsprechenden Maßnahmen.

Damit uns Seliwan nicht abschlachten könne, wurde beschlossen, dass niemand einschlafen solle. Die Pferde sollten ausgespannt werden, aber im Kummet bleiben, und der Kutscher und der Lakai sollten beide im Schlitten sitzen: sie durften nicht getrennt werden, da Seliwan sie sonst einzeln erschlagen würde und wir dann ganz schutzlos wären. Dann würde er natürlich auch uns töten und uns alle unter dem Fußboden einscharren, wo schon ohnedies eine Menge Opfer seiner Grausamkeit lagen. Bei uns in der Stube konnten der Kutscher und der Lakai nicht bleiben, weil Seliwan die Schlingen am Kummet des Mittelpferdes abgeschnitten hätte, um es unmöglich zu machen, die Pferde anzuspannen, wie er überhaupt die ganze Troika seinen Spießgesellen, die vorerst noch irgendwo verborgen waren, ausgeliefert hätte. In diesem Falle hätte es für uns keine Rettung gegeben, während es sich leicht so fügen konnte, dass sich das Schneegestöber bald legen und der Kutscher einspannen würde. Boris sollte dann dreimal an die Wand klopfen, wir würden alle zur Türe stürzen, uns in den Schlitten setzen und davonfahren. Um beständig in Bereitschaft zu sein, sollte sich niemand von uns ausziehen.

Ich weiß nicht, ob für die Andern viel oder wenig Zeit verfloss, für uns schlafende Jungens war sie aber in einem Augenblick verflogen, der mit einem schrecklichen Erwachen endete.

Sechzehntes Kapitel

Ich wachte auf, weil mir das Atmen unerträglich schwer wurde. Ich schlug die Augen auf, sah aber nichts, da es um mich herum dunkel war; nur irgendwo in der Entfernung schimmerte ein grauer Fleck, der das Fenster bezeichnete. Als ich aber beim Schein von Seliwans Laterne mit einem Male alle Gesichter der bei dieser schrecklichen Szene Anwesenden sah, erinnerte ich mich sofort wieder an alles: wer ich war, wo ich war und weshalb ich hier war, an meine Lieben im väterlichen Hause – und alles und alle taten mir so leid, und es wurde mir so schmerzlich und schrecklich zumute, dass ich aufschreien wollte. Das war aber unmöglich. Meine Lippen waren fest von einer menschlichen Hand verschlossen, und dicht an meinem Ohr flüsterte die zitternde Stimme der Tante:

»Keinen Laut, sei still, keinen Laut! Sonst sind wir verloren, man bricht zu uns herein.«

Ich erkannte die Stimme der Tante und drückte ihr die Hand zum Zeichen, dass ich ihr Verlangen begriffen hatte.

Hinter der Türe, die nach dem Flur ging, war ein Geräusch hörbar: Jemand setzte dort leise Fuß vor Fuß und tastete mit den Händen an der Wand ... Offenbar suchte der Bösewicht die Türe und konnte sie nicht finden.

Die Tante drückte uns an sich und flüsterte, dass Gott uns noch retten könne, denn sie habe die Türe verbarrikadiert. Im selben Augenblick, vielleicht gerade weil wir uns durch unser Flüstern und Zittern verraten hatten, lief jemand hinter dem Bretterverschlag, wo die Stube war und woher beim Gespräch über die Kerze Seliwans Frau hereingerufen hatte, hinaus und geriet dort mit dem zusammen, der sich leise an unsere Türe heranschlich. Nun versuchten sie beide, zu uns hereinzubrechen. Die Tür barst, und zu unseren Füßen kollerten der Tisch, die Bänke und die Koffer, mit denen die Tante sie versperrt hatte. In der weit aufgerissenen Türe tauchte Boriskas Gesicht auf, dessen Hals die mächtigen Hände Seliwans umklammert hielten ...

Als die Tante dies sah, schrie sie Seliwan an und stürzte zu Boris.

»Mütterchen! – Gott hat uns gerettet!«, röchelte Boris.

Seliwan löste seine Hände und blieb stehen.

»Schnell, schnell, fort von hier!«, sagte die Tante. »Wo sind unsere Pferde?«

»Die Pferde stehen vor der Türe, Mütterchen. Ich wollte Sie eben herausrufen ... Aber dieser Räuber ... Gott hat uns gerettet, Mütterchen!« flüsterte Boris hastig. Dann nahm er mich und meinen Vetter bei der Hand und raffte alles zusammen, was ihm in die Hände fiel. Wir alle stürzten zur Tür und sprangen in den Schlitten, der, so schnell die Pferde laufen konnten, im Galopp davonfuhr. Seliwan war anscheinend furchtbar verstört und blickte uns nach. Offenbar wusste er, dass dies nicht ohne Folgen bleiben werde.

Draußen wurde es hell, und vor uns im Osten brannte das rote, frostige Morgenrot des Weihnachtstages.

Siebzehntes Kapitel

Wir fuhren bis zu unserem Hause nicht länger als eine halbe Stunde und sprachen die ganze Zeit unaufhörlich über die Schrecken, die wir erlebt hatten. Die Tante, die Amme, der Kutscher und Boris, alle überboten einander und bekreuzigten sich unaufhörlich, Gott für unsere wunderbare Rettung dankend. Die Tante erzählte, dass sie die ganze Nacht nicht geschlafen hätte, weil sie gehört habe, wie jemand einige Male an die Türe gekommen sei und versucht habe, sie zu öffnen. Das hatte sie auch veranlasst, vor dem Eingang alles aufzutürmen, was ihr in die Hände fiel. Ebenso hatte sie hinter der Bretterwand bei Seliwan ein verdächtiges Flüstern gehört, und es war ihr vorgekommen, als habe drüben jemand mehrmals leise die Türe nach dem Flur geöffnet und sich vorsichtig an der Klinke unserer Türe zu schaffen gemacht. Das alles hatte auch die Amme gehört, obwohl sie, wie sie selbst sagte, einige Male eingeschlafen war. Der Kutscher und Boris aber hatten mehr als alle gesehen. Spiridon fürchtete für die Pferde und ging keinen Augenblick von ihnen weg, aber Boris trat einige Male vor unsere Tür, und so oft er es tat, kam im selben Moment auch Seliwan aus seiner Türe heraus. Als sich vor Morgengrauen der Sturm legte, spannten der Kutscher und Boris leise die Pferde an, führten sie leise heraus und öffneten selber das Tor. Aber als Boris wieder leise vor unsere Türe gekommen war, um uns zu holen, sah Seliwan, dass die Beute seinen Händen entglitt; er warf sich auf Boris und begann ihn zu würgen. Gott sei Dank, glückte es ihm nicht, und nun wird er nicht mehr mit dem bloßen Verdacht davonkommen, wie bisher: Seine schlimmen Absichten waren allzu klar, und alles hatte sich nicht unter vier Augen mit seinem Opfer abgespielt, sondern vor sechs Zeugen, von denen die Tante allein infolge ihrer Bedeutung so viel wie mehrere andere bedeutete: sie galt nämlich in der ganzen Stadt als kluge Frau, empfing bei sich, obwohl sie gar nicht besonders reich war, den Gouverneur, und unser damaliger Polizeikommissär hatte ihr sein Familienglück zu verdanken. Auf ein Wort von ihr würde er sich natürlich gleich daran machen, die Sache auf frischer Spur zu untersuchen, und Seliwan würde der Schlinge nicht entgehen, die er um unsern Hals hatte werfen wollen.

Die Umstände selber fügten sich anscheinend so, dass alles zusammentraf, um an Seliwan für uns Rache zu nehmen und ihn für seinen bestialischen Anschlag auf unser Leben und Eigentum zu bestrafen.

Als wir uns unserem Hause näherten, begegneten wir hinter der Quelle am Berge einem berittenen Burschen, der, als er uns erblickte, die größte Freude zeigte, mit den Beinen an den Flanken seines Pferdes strampelte, schon aus der Ferne seine Mütze abnahm, mit strahlendem Gesicht zu uns heransprengte und der Tante zu berichten begann, in welche Unruhe wir alle zu Hause gestürzt hätten.

Es stellte sich heraus, dass Vater, Mutter und alle Hausgenossen die Nacht ebenfalls nicht geschlafen hatten. Man erwartete uns unaufhörlich, und seitdem am Abend der Schneesturm zu toben begonnen hatte, waren alle in großer Unruhe gewesen, ob wir nicht vom Wege abgekommen wären, oder ob uns nicht ein anderes Unglück zugestoßen sei: auf der schlechten Straße hätte die Deichselstange brechen, oder wir hätten von Wölfen überfallen werden können ... Der Vater hatte uns einige berittene Leute mit Laternen entgegengeschickt, aber der Sturm hatte ihnen die Laternen aus der Hand gerissen und ausgelöscht. Weder Leute noch Pferde konnten das Haus verlassen. Ein Mann trabt sehr lange, und immer scheint es ihm, als reite er gegen den Wind; plötzlich bleibt das Pferd stehen und geht nicht mehr von der Stelle. Der Reiter treibt es an, obwohl ihm selbst der Wind beinahe den Atem nimmt, aber das Pferd will nicht weiter. Er steigt herunter, um das verzagte Tier am Zügel zu nehmen und es zu führen, und entdeckt zu seinem Erstaunen, dass sein Pferd mit der Stirn gegen die Wand des Pferdestalls oder der Scheune steht ... Nur einer von den Kundschaftern kam etwas weiter und hatte ein wirkliches Abenteuer; und zwar war es der Sattler Prochor. Man hatte ihm ein Vorreiterpferd gegeben, das das Gebiss zwischen die Zähne zu nehmen pflegte, so dass das Eisen seine Lippen nicht berührte, wodurch es gegen jeden Zügelruck unempfindlich wurde. Es trug Prochor mitten in die Hölle des Schneetreibens hinein und sprengte so lange, mit den Hinterbeinen ausschlagend und den Kopf zu den Vorderbeinen gebeugt, bis der Sattler schließlich bei einer derartigen Volte über seinen Kopf flog und mit seinem ganzen Körper mitten in einen seltsamen Haufen lebender Menschen fuhr, die ihm übrigens im ersten Augenblick durchaus nicht freundschaftlich begegneten; im Gegenteil, der eine von ihnen versetzte ihm einen Faustschlag auf den Kopf, der andere gab ihm die Korrektur dazu in den Rücken, und der dritte begann ihn mit den Füßen zu treten und mit einem kalten, metallischen, für das Gefühl äußerst unangenehmen Gegenstand zu stoßen.

Prochor kannte sich aus, er begriff, dass er es mit besonderen Wesen zu tun hatte, und schrie wie rasend auf.

Der Schrecken gab seiner Stimme wahrscheinlich eine ganz besondere Kraft, und er wurde unverzüglich gehört. Zu seiner Rettung erschien drei Schritte von ihm entfernt ein Lichtschein. Es war das Licht, das man in das Fenster unserer Küche gestellt hatte, vor deren Wand der Polizeikommissär, der Schriftführer, der Ordonnanzsoldat und der Kutscher Zuflucht gefunden hatten, samt dem ganz in einem Schneehaufen versunkenen Dreigespann.

Sie waren ebenfalls vom Weg abgekommen, und als sie an unsere Küchenmauer gerieten, hatten sie geglaubt, sich irgendwo bei einem Heuschober auf einer Wiese zu befinden.

Man grub sie aus dem Schnee und brachte die einen in die Küche, die anderen ins Haus, wo der Kommissär Tee trank und sich anschickte, in die Stadt zu fahren, noch bevor die Seinigen aufwachten und sich nach einer derartigen Sturmnacht über seine Abwesenheit beunruhigten.

»Das ist ja vortrefflich«, sagte die Tante. »Wir brauchen jetzt niemand notwendiger als den Polizeikommissär.«

»Ja, er ist ein tüchtiger Herr. Der wird dem Seliwaschka ordentlich einheizen!«, fielen unsere Leute ein. Wir fuhren im Galopp weiter und langten vor unserem Hause an, während die Troika des Kommissärs noch vor unserer Freitreppe stand.

Nun wird man alles dem Polizeikommissär erzählen, und binnen einer halben Stunde wird der Räuber Seliwan in seinen Händen sein.

Achtzehntes Kapitel

Mein Vater und der Kommissär waren überrascht von dem, was wir unterwegs und vor allem im Räuberhause Seliwans durchgemacht hatten, der uns hatte töten und unsere Sachen und unser Geld sich aneignen wollen.

Übrigens, das Geld! Bei seiner Erwähnung schrie die Tante sofort auf:

»O Gott! Wo ist meine Schatulle?«

In der Tat, wo war die Schatulle mit den darin liegenden Tausenden?

Denken Sie sich nur: sie war nicht da! Ja ja, sie war weder in den Zimmern unter den hereingetragenen Sachen, noch im Schlitten zu finden ... mit einem Wort, nirgends ... Offenbar war die Schatulle dort zurückgeblieben und befand sich jetzt in den Händen Seliwans ... Oder ... vielleicht hatte er sie sogar noch in der Nacht gestohlen. Er hat es sehr gut machen können: als Hauswirt musste er alle Risse in seinem elenden Hause kennen, und deren gab es wahrlich nicht wenig. Er konnte auch ein versenkbares Dielenbrett haben, oder ein herausnehmbares Brettchen in der Wand.

Kaum hatte der in der Verfolgung von Verbrechern erfahrene Kommissär die Vermutung vom herausnehmbaren Brettchen ausgesprochen, das Seliwan nachts leise entfernen konnte, um durch die entstandene Öffnung die Schatulle herauszuholen, als die Tante mit den Händen ihr Gesicht bedeckte und in den Sessel fiel.

In der Sorge um ihre Schatulle hatte sie sie in einen Winkel unter die Bank an der Bretterwand gestellt, die unsere nächtliche Unterkunft von dem Teil der Stube trennte, in dem Seliwan selbst und seine Frau geblieben waren ...

»Nun, so ist es auch!«, rief der Kommissär, der sich über die Richtigkeit seiner klugen Vermutungen freute. »Sie haben ihm selbst die Schatulle hingestellt!.. Aber trotz alledem bin ich erstaunt, dass weder Sie, noch Ihre Leute, dass niemand sie mitgenommen hat, als es Zeit wurde, abzufahren.«

»Ja, Gott, wir befanden uns alle in einer derartigen Angst!«, stöhnte die Tante.

»Das ist richtig«, sagte der Kommissär, »ich glaube Ihnen, dass Sie erschrocken waren, aber trotzdem ... die große Summe ... das schöne Geld. Ich eile sofort, ich eile gleich hin ... Er hat sie bestimmt schon irgendwo versteckt, aber er wird mir nicht entgehen! Unser Glück ist es, dass alle ihn als Dieb kennen und nicht leiden mögen. So wird ihn auch niemand bei sich verbergen ... Übrigens ... er hat jetzt Geld in Händen ... Er kann es mit jemand teilen ... Man muss sich sputen ... Die Leute sind ja Spitzbuben ... Leben Sie wohl, ich fahre. Und Sie, beruhigen Sie sich, nehmen Sie Tropfen ... Ich kenne die Natur dieses Diebsgesindels und versichere Ihnen, dass man ihn fangen wird.«

Der Kommissär schnallte sich seinen Säbel um, als plötzlich unter den Leuten im Vorzimmer eine ungewöhnliche Bewegung entstand und ... über die Schwelle des Gastzimmers, in dem wir uns alle befanden, trat schwer atmend Seliwan, die Schatulle der Tante in den Händen.

Alle sprangen von ihren Plätzen auf und blieben wie angenagelt stehen ...

»Sie haben das Kästchen vergessen, nehmen Sie es«, brachte Seliwan dumpf hervor.

Mehr konnte er nicht sagen, weil er vom schnellen Laufen ganz atemlos war, und vielleicht auch infolge einer heftigen inneren Bewegung.

Er stellte die Schatulle auf den Tisch, setzte sich unaufgefordert auf einen Stuhl und ließ den Kopf und die Hände sinken.

Neunzehntes Kapitel

Die Schatulle war unversehrt. Die Tante nahm das Schlüsselchen von ihrem Halse, sperrte sie auf und rief:

»Alles, ganz wie es war!«

»Unversehrt«, sagte Seliwan leise. »Ich bin immer hinter Ihnen hergelaufen – wollte Sie einholen ... hab' es nicht fertig gebracht. Verzeihen Sie, dass ich vor Ihnen dasitze ... bin außer Atem.«

Der Vater ging als erster auf ihn zu, umarmte ihn und küsste ihn auf den Scheitel.

Seliwan rührte sich nicht.

Die Tante nahm zwei Hundertrubelscheine aus der Schatulle und wollte sie ihm in die Hand drücken.

»Nimm, was man dir gibt«, sagte der Kommissär.

»Wofür? Braucht's nicht.«

»Weil du das bei dir vergessene Geld ehrlich aufbewahrt und abgeliefert hast.«

»Aber wieso denn? Soll man denn nicht ehrlich sein?«

»Nun, du bist ein guter Mensch ... du hast fremdes Gut nicht unterschlagen wollen.«

»Fremdes Gut unterschlagen!« Seliwan schüttelte den Kopf und fügte hinzu: »Ich brauche kein fremdes Gut.«

»Aber du bist doch arm, nimm das zur Aufbesserung«, redete ihm die Tante freundlich zu.

»Nimm nur, nimm!«, suchte ihn mein Vater zu überreden. »Du hast ein Recht darauf.«

»Was für ein Recht?«

Man unterrichtete ihn vom Gesetz, nach dem jeder, der etwas Verlorenes findet und wieder zurückbringt, Anrecht auf den dritten Teil des Wertes hat.

»Was ist das für ein Gesetz«, erwiderte er und schob von Neuem die Hand der Tante mit den Geldscheinen weg.

»Durch fremdes Unglück wird man nicht reich! ... Braucht's nicht – Leben Sie wohl.«

Er stand von seinem Platze auf, um auf seinen viel gescholtenen Hof zurückzukehren, aber der Vater ließ ihn nicht fort: er nahm ihn in sein Arbeitszimmer mit und schloss sich dort mit ihm ein; nach einer Stunde ließ er den Schlitten anspannen und ihn nach Hause bringen.

Einen Tag später wussten alle in der Stadt und in der Umgegend von diesem Ereignis, und zwei Tage später fuhren der Vater und die Tante nach Kromy. Sie machten bei Seliwan Station, tranken in seiner Hütte Tee und ließen seiner Frau einen warmen Pelz zurück. Auf dem Rückwege fuhren sie wieder zu ihm und brachten ihm noch Geschenke: Tee, Zucker und Mehl.

Er nahm alles höflich, aber ungern an und sagte:

»Wofür? Jetzt kehren schon seit drei Tagen in einem fort bei mir Leute ein. Wir haben Verdienst gehabt ... und haben Kohlsuppe gekocht. Sie fürchten uns jetzt nicht mehr, wie sie uns bisher gefürchtet haben.«

Als man mich nach den Feiertagen in die Pension zurückbrachte, hatte ich ein Paket für Seliwan bei mir; ich trank bei ihm Tee, sah ihm in einem fort ins Gesicht und dachte:

»Was er für ein prächtiges und gütiges Gesicht hat! Weshalb ist er mir und den andern so lange als ein Waldteufel erschienen?«

Dieser Gedanke verfolgte mich und ließ mir keine Ruhe ... Es war doch derselbe Mensch, der allen so schrecklich vorgekommen war, den alle für einen Zauberer und Bösewicht gehalten hatten. Und es hatte so lange den Anschein, als beschäftige er sich nur damit, Übeltaten auszusinnen und anzustiften. Weshalb war er auf einmal so gut und freundlich geworden?

Zwanzigstes Kapitel

Ich hatte in meiner Kindheit das große Glück, dass ich meine ersten Religionsstunden von einem ausgezeichneten Christen erhielt. Es war der Orjoler Geistliche Ostromyslenskij, ein guter Freund meines Vaters und ein Freund aller Kinder, die er Wahrheit und Barmherzigkeit zu lehren wusste. Meinen Kameraden erzählte ich nichts davon, was wir in der Christnacht bei Seliwan erlebt hatten, weil dabei nichts für meine Tapferkeit Rühmliches geschehen war; im

Gegenteil, sie hätten über meine Furcht lachen können, aber ich eröffnete alle meine Abenteuer und Zweifel dem P. Jefim.

Er streichelte mich mit der Hand und sagte:

»Du bist sehr glücklich, deine Seele war in der Christnacht wie eine Krippe für das Heilige Kind, das auf die Erde kam, um für die Unglücklichen zu leiden. Christus hat das Dunkel erhellt, das deinen Sinn trübte infolge des hohlen Geredes der unverständigen Menschen. Der Waldteufel war nicht Seliwan, sondern ihr selber, euer Argwohn gegen ihn, der es niemand erlaubte, sein gutes Gewissen zu erkennen. Sein Gesicht erschien euch finster, weil euer Auge finster war. Wache darüber, dass du ein andermal nicht so blind seist.«

Das war ein verständiger und vortrefflicher Rat. In den weiteren Jahren meines Lebens wurde ich mit Seliwan näher bekannt und hatte das Glück zu sehen, wie er für alle ein lieber und geachteter Mensch wurde. Auf dem neuen Gute, das die Tante gekauft hatte, befand sich ein guter Gasthof an einer Landstraße mit lebhaftem Verkehr. Diesen Hof bot nun die Tante Seliwan unter günstigen Bedingungen an, er schlug ein und blieb bis zu seinem Lebensende auf dem Hofe. Hier gingen meine weit zurückliegenden Kinderträume in Erfüllung: ich wurde nicht nur mit Seliwan nahe bekannt, sondern wir hegten Freundschaft zueinander und volles Vertrauen. Ich sah, wie sich seine Lage zum Besseren wandte, wie bei ihm der Friede einkehrte und er sich allmählich auch ein Vermögen erwarb, wie alle, die Seliwan begegneten, statt der früheren finsteren Mienen Freude zeigten. Und es kam wirklich so, dass, als sich die Augen der Menschen um ihn aufheiterten, auch sein eigenes Gesicht heiter wurde.

Von den Leuten der Tante konnte Seliwan den Lakai Borissuschka, den er in jener denkwürdigen Christnacht beinahe erwürgt hätte, am wenigsten leiden.

Manchmal machte man sich noch über diese Geschichte lustig. Die Geschehnisse jener Nacht wurden auf die Weise erklärt, dass ebenso wie alle den Verdacht hegten, dass Seliwan die Tante berauben wollte, auch Seliwan selbst den bestimmten Argwohn hatte, der Kutscher und der Lakai wären absichtlich auf seinen Hof gefahren, um hier der Tante in der Nacht das Geld zu stehlen und dann alles auf die bequemste Weise auf den verdächtigen Seliwan abzuwälzen.

Das Misstrauen und der Argwohn auf der einen Seite riefen Misstrauen und Argwohn auf der anderen Seite hervor, und allen schien es, als seien sie Feinde und hätten Grund, einander für Leute zu halten, die zu allem Schlimmen geneigt sind.

So erzeugt immer das Böse wieder Böses und wird nur durch das Gute besiegt, das nach dem Worte des Evangeliums unsere Augen und unser Herz reinigt.

Einundzwanzigstes Kapitel

Es bleibt mir nur noch zu erklären, warum Seliwan, nachdem er den Brezelbäcker verlassen hatte, so mürrisch und verschlossen geworden war. Was hatte ihn damals derart verdrossen und abgestoßen?

Mein Vater, der diesem guten Menschen geneigt war, dachte trotzdem, dass Seliwan irgendein *Geheimnis* haben müsse, das er hartnäckig verberge.

So war es auch. Seliwan enthüllte sein Geheimnis einzig und allein meiner Tante, und auch das erst, als er einige Jahre auf ihrem Gute gelebt hatte und nachdem seine immer kränkelnde Frau gestorben war.

Als ich schon als Jüngling wieder einmal meine Tante besuchte und wir Seliwans gedachten, der vor Kurzem gestorben war, erzählte mir die Tante sein Geheimnis.

Es bestand darin, dass Seliwan in seiner Herzensgüte gerührt war vom bitteren Los der hilflosen Waise des entlassenen und in der Stadt gestorbenen Henkers. Niemand wollte die Kleine, als das Kind eines verachteten Menschen, bei sich aufnehmen. Seliwan war arm und konnte sich auch nicht entschließen, die Tochter des Henkers im Städtchen, in dem jeder sie und ihn kannte, bei sich zu behalten. Er musste vor allem ihre Herkunft verbergen, an der sie doch unschuldig war. Andernfalls wäre sie den schweren Vorwürfen der Menschen, die nichts von Milde und Gerechtigkeit wissen, nicht entgangen. Seliwan verbarg sie, weil er immer fürchtete, man könnte sie erkennen und beleidigen, und diese Verschlossenheit und Unruhe teilten sich seinem ganzen Wesen mit und gaben ihm zum Teil sein Gepräge.

So war jeder, der Seliwan »Waldteufel« nannte, in einem noch viel größeren Maße ein »Waldteufel« für ihn.

Die Epopöe von Wischnewskij und seiner Sippe

Erstes Kapitel

Im Perejaslawer Kreise des Poltawaschen Gouvernements lebte der Gutsbesitzer Iwan Gawrilowitsch Wischnewskij. Durch die Freigebigkeit der Kaiserin Jelisaweta Petrowna hatte er ein großes Gut an beiden Ufern des Flusses Supoi erhalten. (Die Flüsse Udai und Supoi werden in einem Lehrbuch der Geografie als *wegen ihrer vielen Mängel zur Schifffahrt ungeeignet* bezeichnet.) Das Gut bestand aus zwei großen Dörfern, von denen das eine Farbowanaja hieß, das andere Sosnowka.

Der alte Pan Iwan Wischnewskij lebte und starb auf diesem Gut. Nach seinem Tod gingen Farbowanaja und Sosnowka auf seinen Sohn, Stepan Iwanowitsch Wischnewskij, über, der eine heroische Berühmtheit erlangte. Es ist freilich möglich, dass die Fantasie sie durch Legenden ergänzt und ausgeschmückt hat.

Stepan Iwanowitsch war athletisch gebaut, ein Recke, dabei gastfreundlich, starrköpfig und ein schrecklicher Wüstling, aber er besaß Bildung. Er war einer der jungen Leute gewesen, die die Kaiserin Jekaterina nach England geschickt hatte, *zur Ausbildung des Verstands und des Herzens*. Nach seiner Rückkehr aus England trat er ins Garderegiment zu Pferd ein, aber als er den Rang eines Leutnants erhalten hatte, nahm er seinen Abschied, heiratete eine Adelige aus dem Twerschen Gouvernement, Stepanida Wassiljewna aus dem Geschlechte der Schubinskijs, und ließ sich in seinem eigenen Hause zu Moskau nieder. Zu tun hatte Wischnewskij hier nichts, und er begann *wunderlich* zu werden.

Vor allem gedachte er, den Moskowitern durch seine kosakische Nationalität zu imponieren. Er wollte mit niemand verkehren, kleidete sich kleinrussisch, trank viel *Gebrannten* und aß angeblich nur Bärenfleisch.

Der Kaiserin wurde berichtet, dass Wischnewskij *die gesellschaftlichen Sitten außer Acht lasse*, und dem Starrkopf wurde eine Rüge zuteil. Er beschloss, sich zu bessern, und ließ sich zu diesem Zweck aus Kleinrussland einen Kosakenwagen mit einem Ochsengespann nach Moskau bringen und dazu einen Burschen, der mit den Ochsen umzugehen verstand. Am Tage der üblichen und für alle angesehenen Personen der Residenz obligatorischen Visiten schickte sich Stepan Iwanowitsch an, *bei allen Respektspersonen Visite zu machen.* Aber er fuhr nicht etwa leichthin in einer Equipage aus, sondern mit einem ganzen Zuge. Voraus galoppierte ein Jockey auf einer stutzschwänzigen englischen Stute, ihm folgte eine prächtige mit Sechsen bespannte Kutsche, in der der Kammerdiener saß, und hinter ihr kam der Wagen oder die kleinrussische *Fuhre,* auf der Pan Wischnewskij thronte. Der Wagen war bespannt mit einem Paar schwarzgrauer krummhörniger Ochsen. Der Pan saß, wie die kleinrussischen Bauern zu sitzen pflegen – das heißt in der Mitte des Wagens auf einem Haufen Roggenstroh und rauchte phlegmatisch eine Weichselpfeife kleinrussischer Fasson. Der Kleinrusse, der die Ochsen lenkte, trug Pluderhosen *so weit wie Wolken,* ein geteertes Hemd, schwere Stiefel und eine hohe, zottige Mütze. Er ging mit einer Peitsche neben den Ochsen her, hielt sie mit einem Riemen am Nasenring, *damit sie in der lärmenden Stadt* nicht scheuen, und schrie ihnen bald »Zo-be« und bald »Zob« zu.

Der Jockey hatte die Liste der Personen, die dieser verwilderte Europäer besuchen sollte. Er sprengte voran, ritt in den Hof der hochmögenden Persönlichkeit und meldete laut: »Mein Pan kommt!« Wenn dann der Zug in Sicht kam, wendete sich ihm der Jockey mit dem Gesicht zu und rief wieder: »Da ist der Pan Wischnewskij selbst gekommen!«

Dann hielt die Kutsche vor der Freitreppe, ihr entstieg der Kammerdiener Stepan Iwanowitschs und trat ins Haus, um zu fragen, ob es den Herrschaften genehm sei, seinen Herrn zu empfangen.

Empfing man Wischnewskij, so fuhr die Kutsche weiter, und an der Freitreppe hielt die *Fuhre* mit dem Ochsengespann; Stepan Iwanowitsch stieg aus, begab sich in die Gemächer und beschenkte freigiebig die ihm unter die Augen kommende Dienerschaft. In den Appartements benahm er sich als vornehmer Herr und Europäer, prunkte mit prächtigen Manieren, vorzüglichen Sprachkenntnissen und der schlagfertigen Bissigkeit seines kleinrussischen Verstandes.

»Denn er war ein zu Scherzen aufgelegter Herr, sprach Französisch und Italienisch und vermochte in diesen Sprachen Gott zu preisen. Nur war er zu faul dazu.«

Zweites Kapitel

Wischnewskij aß, wie oben erwähnt, angeblich nur Bärenfleisch und hielt deshalb auf einem der Twerschen Güter seiner Frau einen Bärenzwinger. Man mästete dort die Bären und brachte sie nach Moskau zum Tisch Stepan Iwanowitschs. Gegen die Polizei hegte Wischnewskij einen eingeborenen und unbesiegbaren Hass, und kein Polizist durfte es wagen, seinen Hof zu betreten, ohne zu riskieren, allen möglichen Beleidigungen ausgesetzt zu sein, wenn ihn Stepan Iwanowitsch erblickte. Wischnewskijs Haus zu Moskau war für die Polizei unzugänglich, und aus diesem oder einem anderen Grunde stand es bald in einem sehr geheimnisvollen, aber wenig schmeichelhaften Rufe. Obendrein wurde auch noch durch die sittenlosen Instinkte Wischnewskijs in Bezug auf die Frauen, oder um es genauer zu bezeichnen, auf die Kinder weiblichen Geschlechts gefördert. Die Polizei hasste ihrerseits Stepan Iwanowitsch und suchte einen Anlass, um ihm seine Flegelhaftigkeit heimzuzahlen, fand aber lange keinen geeigneten Grund dafür. Schließlich stellte sich einer ein. Ein Hofhund hatte einen noch nicht ganz des Fleisches beraubten Knochen auf die Straße geschleppt und dort fallen lassen, und in diesem Knochen erkannte man das Gelenk eines kleinen menschlichen Fußes. Einige Tage später wiederholte sich dasselbe. Man beobachtete den Hund und sah, dass er diese Knochen aus der Abfallgrube holte. Die Dienerschaft der Nachbarhäuser begann davon zu reden, dass Wischnewskij mit seinen leibeigenen Mädchen Schändliches treibe und sie dann töte. Bald zählte man auch schon die spurlos verschwundenen Mädchen auf und nannte sogar ihre Namen.

Die Polizei erblickte hierin nicht nur einen hinreichenden Grund einzuschreiten, sondern hielt es geradezu für ihre Pflicht – was es in der Tat auch war. Zu diesem Zweck erschienen der Polizeikommissar und der Revieraufseher auf dem Hof Stepan Iwanowitschs und schritten zur Besichtigung der Grube, aus der der Hund die verdächtigen Knochen geholt hatte. Die treuen Diener Stepan Iwanowitschs ließen die Polizei nicht zur Besichtigung zu, ehe sie ihren *Pan* davon in Kenntnis gesetzt hatten. Stepan Iwanowitsch zog seinen Rock an, ging selbst zu den Polizisten hinaus und befahl ihnen, die Grube zu öffnen. Zur Freude der Polizisten fand sich dort eine ganze Menge dergleichen Knochen, die den Anlass zu dem Verdacht gegeben hatten. Aber zugleich stellte sich freilich heraus, dass sie keineswegs Überreste menschlicher Füße waren, sondern die Tatzen der jungen, für den Tisch Wischnewskijs getöteten Bären.

Die Polizisten gerieten in Verlegenheit und begannen sich bei Wischnewskij zu entschuldigen und erklärten, sie seien durch Verdächtigungen und verleumderische Gerüchte zu diesem Missgriff verleitet worden.

Wischnewskij verzieh ihnen und ... prügelte sie mit der Knute.

Dieser krasse Vorfall hatte zur Folge, dass ihm befohlen wurde, Moskau zu verlassen und auf seinen kleinrussischen Dörfern zu leben, die sein Vater durch die Freigebigkeit der Kaiserin Jelisaweta Petrowna erhalten hatte.

Wischnewskij musste sich dem Befehl unterwerfen und fuhr nach Farbowanaja im Perejaslawschen Kreis, um dort sein Treiben in noch größerer Freiheit fortzusetzen.

Der Vorfall mit den Bärentatzen wird nach Moskauer Darstellungen verschiedenen Personen zugeschrieben; Stepan Iwanowitsch Wischnewskij wird er nur in einigen kleinrussischen Überlieferungen zugeeignet, die vor allem in den vom Udai und Supoi befruchteten Tälern verbreitet sind. Bezüglich der Visiten mit dem Ochsengespann suchte ich in Moskauer Überlieferungen vergeblich nach einer Erinnerung an diese originelle Ausfahrt. Diese Erzählung muss man daher als zweifelhaft ansehen. Aber unter den Bewohnern der Täler von Udai und Supoi bestehen viele Liebhaber solcher Überlieferungen nachdrücklich auf die Wahrheit dieser Geschichte und weisen alle Einwände, dass sie in Moskau nicht bestätigt werde, mit Selbstvertrauen und voll Verachtung zurück, indem sie ihre dicken Kosakenlippen aufwerfen und sagen: »Ja, dort — wenn ihr die Wahrheit in Moskau suchen wollt!«

Drittes Kapitel

Als Stepan Iwanowitsch Wischnewskij auf seine kleinrussischen Dörfer übersiedelte, baute er sich in den beiden Orten, an den beiden Ufern des ruhmwürdigen Supoi, in Farbowanaja und in Sosnowka je ein Haus. In beiden in großherrschaftlichem Stil errichteten Häusern hielt er zahlreiche Dienerschaft, Jagdgefolge, Gestüte und Harems. Mit den Letzteren begnügte sich Stepan Iwanowitsch übrigens nicht, sondern machte überdies bei allen Frauen seiner Herrschaft ausgedehnten Gebrauch von den Rechten eines Padischah. Er lebte abwechselnd bald auf dem einen, bald auf dem anderen Gut und hielt überall die von ihm eingeführten willkürlichen Sitten aufrecht. Er hielt es für sein vollstes Recht, jeden, wie er sich ausdrückte, *zu seinem Christenglauben* zu bekehren, und erreichte frei und schrankenlos alles, was er zu erreichen wünschte.

Unter allen Launen seines Eigensinns nahm Wischnewskijs unbezähmbarer Hass gegen die Polizei die erste Stelle ein. Kaum war er angekommen, als er die Anordnung traf, dass weder der Kreischef noch der Polizeikommissar, noch überhaupt irgendein Beamter es wagen dürften, mit Schellen durch seine Herrschaft zu fahren. Den Bauern war befohlen, jeden, der mit Geläute durchs Dorf fuhr, anzuhalten und sich zu erkundigen, wer er sei. Wenn der Durchreisende ein Adeliger oder überhaupt eine Privatperson war, so mussten sie ihn weiterfahren lassen und ihm sagen, dass das Land, durch das er fahre, dem Pan Wischnewskij gehöre, und dass dieser Pan ehrliche Gäste *liebe und schätze*. Sie luden die Durchreisenden ein, zum Herrn zu kommen, um sich dort von den Reisemühen zu erholen und die Gastfreundschaft des Pan zu genießen. Wenn der Durchreisende Eile hatte und nicht *zu Gast* fahren wollte, sondern sich höflich bedankte, hielt man ihn nicht mit Gewalt zurück, sondern gestattete ihm ebenso höflich, weiterzufahren und ungehindert seine Schellen läuten zu lassen. Hatte dagegen der Reisende Zeit und erklärte er sich damit einverstanden, zum Pan zu fahren, so begleitete man ihn nach Farbowanaja oder nach Sosnowka, je nachdem, in welchem der beiden Dörfer der Pan Wischnewskij zur Zeit lebte.

Stepan Iwanowitsch empfing alle diese Gäste freundlich, fragte nicht nach Rang und Amt und bewirtete sie nach damaligem Brauch üppig und reichlich – manchmal allzu reichlich, so dass manchem seine Gastfreundschaft schlecht bekam. Doch es gab weder beim

Essen noch beim Trinken irgendeinen Zwang, es wurde nur alles im Übermaß aufgetragen, und wenn sich einer dadurch zur Unmäßigkeit verleiten ließ, so hatte es sich der unvorsichtige Gast selbst zuzuschreiben, wenn er für seine Völlerei büßen musste.

Vielen Gästen, die Not zu leiden schienen, gab Stepan Iwanowitsch beträchtliche Unterstützungen, Offizieren aber pflegte er stets etwas Wertvolles zum Andenken zu schenken. Gegen Beamte jedoch, besonders aber gegen die Polizei, zeigte sich Stepan Iwanowitsch als roher Tyrann, und die Forderungen, die er an diese unglücklichen Menschen stellte, waren derartig hart und erniedrigend, dass es schwer verständlich ist, wie sie sich ihnen unterwerfen konnten und keine Mittel fanden, sich vor dem Sonderling von Farbowanaja zu schützen.

Wenn der Kreischef oder der Revieraufseher an die Grenze der Wischnewskijschen Herrschaft kamen, mussten sie den Wagen halten lassen und die Schellen festbinden, damit sie nicht läuteten. Andernfalls mussten die Bauern sie anhalten, ihnen das Geläute wegnehmen und sie unverzüglich zum Pan selbst in das Herrenhaus führen. Widersprach der Polizeibeamte, so drohte ihm eine doppelte Gefahr; nämlich von den Bauern geprügelt zu werden, die das *auf den Kopf des Herrn* tun durften, das heißt auf Verantwortung des Gutsbesitzers selbst; und vor den Pan geführt zu werden, bei dem jeden Polizeibeamten ein ungeheuer erniedrigendes, aber mit unabänderlicher Strenge eingehaltenes Zeremoniell erwartete.

Ob der Polizeibeamte gefügig oder widerspenstig war, ehrlich oder anspruchsvoll, bei Pan Wischnewskij standen sie alle *auf ein und demselben Blatt*. An ihre Ehrenhaftigkeit glaubte er übrigens nicht im Mindesten, und es scheint, dass er sich darin nicht allzu sehr irrte. Er hatte den Grundsatz aufgestellt, dass kein Beamter die Schwelle seines Hauses überschreiten durfte, gleichgültig in welcher Angelegenheit oder unter welchem Vorwand. Hatten der Kreischef oder der Polizeikommissar dienstlich mit ihm zu tun, oder mussten sie mit einem Anliegen oder einer Bitte bei ihm erscheinen, so wussten sie genau, dass sie durch seine Besitzungen ohne Geläute und möglichst leise fahren und vor dem Tor haltmachen mussten; auf keinen Fall durften sie es wagen, in den Hof einzufahren. Auf dem Gut und auf dem Hof mussten sie zu Fuß gehen, am Tor die Mütze abnehmen und an den Fenstern des Hauses stets mit entblößtem Haupt vorübergehen.

Andernfalls, beim geringsten Verstoß gegen diese Regel, packte die darauf dressierte Hausdienerschaft den Betreffenden bei den Armen, stieß ihn vor das Tor und *versetzte ihm mehrere kräftige Nackenstöße*. Da dieses Verfahren genau und streng eingehalten wurde, wagte niemand, auch nur an Ungehorsam oder Widerstand zu denken. Damit war aber die Erniedrigung noch nicht zu Ende. Der Beamte durfte nur bis zur Freitreppe, unter der in einem Verlies die großen Madelanschen Hunde hausten. Dort musste er stehen bleiben und warten, bis Stepan Iwanowitsch seinen *Kammerkosaken* oder seinen Lakai zu ihm herausschickte. Den Lakai musste der Beamte *als seinesgleichen begrüßen*, das heißt ihm die Hand geben, und erst dann durfte er ihm den Zweck seines Besuches beim Pan auseinandersetzen.

Fand Wischnewskij, dass die Angelegenheit, in der der Beamte gekommen war, keine Beachtung verdiene, so befahl er, ihn davonzujagen. War es dagegen eine adelige Angelegenheit oder eine Mitteilung aus den höheren Sphären, so zog Stepan Iwanowitsch seine Pekesche an, setzte die Mütze auf, kam selbst auf die Freitreppe hinaus und hörte den Beamten an. Während der ganzen Zeit stand er seitwärts zu ihm und schaute ihn kein einziges Mal an.

Hierauf ging Wischnewskij schweigend ins Haus, und der Lakai brachte dem Beamten auf einem Teller ein Glas Schnaps und einen Fünfzigerschein. Der Beamte musste zuerst den Schnaps austrinken, dann durfte er die fünfzig Rubel *für den Imbiss nehmen*. Für Beamte gab es im Hause Wischnewskijs keine Gastfreundschaft. Hatte der Beamte wider Erwarten eine hohe Meinung von sich und weigerte sich, das ihm auf die Treppe hinausgebrachte Glas Schnaps zu trinken, so erhielt er auch das Geld für den Imbiss nicht. Der Lakai musste ihn in diesem Fall hinunterstoßen, ihm den Schnaps in den Rücken gießen, die fünfzig Rubel selbst einstecken und an einer Leine ziehen, die zu dem eisernen Fallgatter führte, hinter dem die Madelanschen Hunde unter der Treppe saßen.

Da die Beamten dies alles wussten, wagten sie niemals, auch nur den kleinsten Widerstand gegen die Einrichtungen Stepan Iwanowitschs zu zeigen; sie waren sogar erfreut, wenn sie eine Angelegenheit zur Freitreppe des Pans von Farbowanaja führte.

Wenn sich das alles wirklich so verhielt, wie es die Überlieferungen erzählen, so besaßen die fünfzig Rubel für den Imbiss wahrscheinlich einen hohen Wert.

Viertes Kapitel

In Bezug auf Moral und Keuschheit war Stepan Iwanowitsch ein sehr unzeremonieller und überdies naiver Mensch. Übrigens waren seine Erlebnisse dieser Art einander meist sehr ähnlich, doch schildert die heroische Epopöe die außerordentlich originelle Rolle, die seine Frau, Stepanida Wassiljewna, geborene Schubinskaja, dabei spielte. Anscheinend kann man auch sie mit vollem Recht als psychopathisch bezeichnen, wenn auch in einem anderen Sinn.

Sie war, wie bereits erwähnt, eine Twersche Adelige, eine gebildete Frau aus sehr guter Familie. Sie liebte ihren Gemahl und lebte mit ihm stets im besten Einvernehmen. Aus ihrer Ehe mit Stepan Iwanowitsch hatte sie zwei Töchter. Die Geburt der zweiten Tochter verlief so unglücklich, dass Stepanida Wassiljewna für ihr ganzes Leben *einen Schaden* davontrug. Stepan Iwanowitsch begann sich von ihr fernzuhalten: Wenn sie in Farbowanaja lebte, fuhr er nach Sosnowka, war sie in Sosnowka, so fuhr er nach Farbowanaja. Als Stepanida Wassiljewna dies sah und weil sie, wie sie sagte, ihren Mann liebte, begann sie Sorge dafür zu tragen, dass *er sich von ihr nicht fernhalte* und dass *ihm das Leben bei ihr nicht langweilig werde*. Zu diesem Zweck hielt sie an Abenden Spinnstunden ab, zu denen die Mädchen nur ungern und unter Tränen kamen, aber Stepanida Wassiljewna behandelte sie freundlich, bewirtete sie so lange, bis sie zutraulich wurden und nicht mehr weinten. Dann schrieb sie ihrem Gemahl und lud ihn ein zu kommen, *um sich an den Mädchen zu erfreuen*. Und er antwortete ihr: »Ich danke dir sehr und weiß deine Sorge für mich zu schätzen, im Übrigen habe ich bei der Auswahl zu deinem Geschmack mehr Vertrauen als zu meinem eigenen.«

Eine solche Antwort ihres Mannes freute Stepanida Wassiljewna nicht nur, sondern rührte sie. Ihre Gefühle für Stepan Iwanowitsch brannten mit doppelter Glut, und sie schrieb ihm unverzüglich in aller Eile zurück: »Für dein Vertrauen, mein teuerster Freund, danke ich dir vielmals, und ich hoffe, dass die Wahl meines Geschmacks, auf den du so vertraust, deinem Herzen gefallen wird. Nur bitte ich dich, Engel meiner Seele, komm so bald wie möglich zu mir, denn mein Herz sehnt sich nach dir, und du wirst sehen, dass ich über nichts gekränkt bin, sondern deinen Geschmack verstehe. Unsere Kinder sind beide gesund, grüßen dich und küssen deine Hände.« Unterschrift: »Deine treue Frau und Dienerin Stepanida.«

Wenn Stepan Iwanowitsch eine solche Nachricht erhielt, gab er sein Einzelleben auf und fuhr zu seiner Gemahlin, die damit ihren Zweck erreicht hatte, dass er *in ein und demselben Hause mit ihr lebe, ohne sich zu langweilen.*

Sie verhätschelte nicht nur die Favoritinnen, die sie für ihren Mann auswählte, sondern pflegte und versorgte auch seine Kinder, die sich bei der patriarchalischen Ordnung dieses Herrenlebens in Farbowanaja rasch vermehrten.

Wischnewskij war bei Weitem nicht so gutherzig und aufrichtig wie seine Frau: Wenn sich sein verderbtes Herz bei der Person, die die Obliegenheit hatte, ihm *das Leben kurzweilig zu machen,* zu langweilen begann, so schickte sich Wischnewskij an, wieder allein im anderen Dorf zu leben.

Stepanida Wassiljewna verstand dies sogleich und hinderte ihren Mann nicht daran, da für sie der Friede und das eheliche Einvernehmen, nach dem Vermächtnis der Vorfahren, am höchsten in der Welt standen; einige Zeit später traf sie wieder Vorbereitungen und schrieb ihm einen vorsichtigen und zärtlichen Brief, in dem sie sagte: »Deine List und deine Unaufrichtigkeit mir gegenüber in wichtigen Angelegenheiten kränken und quälen mich sehr, mein Freund, da ich sie durch nichts verdient habe. Gott sieht meine Wahrhaftigkeit, und dass ich dich über alles in der Welt liebe. Durch die Trennung von dir welkt mein Herz dahin wie Gras, und meine heißen Tränen versiegen nicht. Die Person, die dich durch ihre Reizlosigkeit ermüdet und gelangweilt hat, habe ich durch meine Bemühungen ohne viel Aufhebens versorgt; alle sind jetzt mit ihrer Lage vollkommen zufrieden und bedanken sich. Wenn du bald zu mir kommst, kannst du dich an einer sehr liebenswürdigen Person ergötzen. Unsere Kinder sind durch Gottes Gnade wohlbehalten und gesund und beten für ihren Vater.« Und wieder dieselbe Unterschrift: »Deine Frau und Dienerin.«

Wischnewskijs Antwort waren Grüße an seine Frau und die Versicherung seines vollen Vertrauens zu ihrem Geschmack, und bald darauf kehrte Stepan Iwanowitsch in den Schoß seiner Familie zurück. Man erwartete ihn natürlich und begrüßte ihn mit Zimbeln und Gesang, Zurufen und Schmeicheleien und allem, was notwendig war, um ihn so zufrieden zu stellen, wie er es sich selbst wünschte und seine zärtliche, überzärtliche Frau es einrichten konnte, die das Unglück gehabt hatte, aus einer lebhaften und reizenden Frau *auf Lebenszeit ein unbrauchbarer Mensch* zu werden.

Fünftes Kapitel

Nach dem beschriebenen Zwischenfall besserte sich Stepan Iwanowitsch in Bezug auf seine Verschlossenheit und sein Misstrauen und nahm nie mehr Zuflucht zum Separatleben.

Stepanida Wassiljewna sorgte für ihn, wie sich die Bauern ausdrückten, *wie eine Mutter für ihr Kind.*

Die unwahrscheinliche, primitive Einfachheit dieser Beziehungen, die an die biblische Erzählung von Sarah und Hagar erinnert, wird noch unwahrscheinlicher, wenn man den Einzelheiten Glauben schenken will, die die Bauern über das Leben dieser Ehegatten erzählen.

Stepan Iwanowitsch war ein reiner Türke. Seine mannigfaltigen Verbindungen umfassten alle Arten von Liebe, von einer flüchtigen Verirrung bis zur Anhänglichkeit eines Sultans an seine Odaliske oder an seine erste Sultanin. Die vorübergehenden Beziehungen kommen natürlich nicht in Betracht, die Stellung der ersten Sultanin nahm selbstverständlich seine gesetzliche Frau ein, die er vielleicht auf seine Weise liebte und auf jeden Fall, wie er versicherte, *hoch schätzte.*

»Wenn jemand etwas wider mich unternimmt«, pflegte er zu sagen, »so kann ich es vielleicht noch verzeihen, aber wenn es jemandem einfällt, Stepanida Wassiljewna zu beleidigen, so werde ich ihn zu erreichen wissen, wer es auch sei, und selbst Zar Iwan der

Grausame hat keine derartigen Marter ersonnen wie die, mit denen ich den Beleidiger meiner Frau strafen werde.«

Alle wussten das und wussten zudem, dass Stepan Iwanowitsch nicht scherzte, sondern alles, was er sagte, auch machte, und so kam es niemandem in den Sinn, Stepanida Wassiljewna gegenüber auch nur das geringste Anzeichen von Unehrerbietigkeit oder Ungehorsam zu äußern. Nicht alle dagegen verstanden diese eifrige Sorge Wischnewskijs für seine Frau, und während die einen sie seiner übergroßen Zärtlichkeit zuschrieben, sahen andere darin Verschlagenheit, wie sie ja dem kleinrussischen Charakter Wischnewskijs in der Tat in beträchtlichem Maße eigen war. Sie nahmen an, er wolle allen vor seiner Frau *Furcht einjagen*, damit er sich weiterhin, dank ihrer Bemühungen, an seinen leibeigenen Odalisken ergötzen könne, da er jeden Ungehorsam ihr gegenüber so bestrafen würde, dass Zar Iwan der Grausame in seinem Grab erzitterte.

Übrigens mag es sein, wie es will, Bestimmtes ist darüber nicht zu sagen; dagegen wird mit Bestimmtheit erzählt, dass Stepan Iwanowitsch, der in seinen sonstigen flüchtigen Romanen verderbt und rücksichtslos bis zur Grausamkeit war, es liebte, in seine Beziehungen zu den Odalisken, die ihm seine erste Sultanin nach ihrem Geschmack auswählte, eine eigenartige Poesie zu tragen. Das entsprach ganz seiner Natur, in der sich in solchen Fällen etwas Zartes und Gefühlvolles äußerte. Ähnlich wie Don Juan darf er sich rühmen, dass er diese jungen Wesen nie durch Rauheit kränkte, sie auch nie *mit kalter Leidenschaftslosigkeit* verführte. Nein, er kam immer mit zarter Aufmerksamkeit in das Haus seiner Frau, die für ihn liebevoll eine neue Freude bereithielt, und die beiden Gatten pflegten die Erwählte, *wie man ums Morgenrot einen Falken steigen lässt*. Sie liebkosten, schmückten und hätschelten sie, das Mädchen wohnte in den Gemächern Stepanida Wassiljewnas, war bunt gekleidet, mit Süßigkeiten übersättigt und versank in Genüssen, so dass sie selbst nicht merkte, wie sie von einer Rolle in die andere überging und lange Zeit nicht wusste, was mit ihr geschah und womit das enden würde. Alle diese Odalisken hatten das Kindesalter noch kaum überschritten, in dem der Kopf noch arm an Erfahrungen ist, die Vorstellungen über die Zukunft noch unentwickelt sind und nur das lusterfüllte Leben des Augenblicks lockt. So gaben sich viele aufrichtig mit Herz und Seele ihrem Gebieter hin oder empfanden ihre Rolle wenigstens nicht als Last; Stepanida Wassiljewna aber liebten sie wie eine Mutter. Und in der Tat, sie verhätschelte sie wie eine Mutter und ermunterte sie wie eine ältere Haremsgenossin, die sich über das Glück freut, das die jungen Odalisken ihrem geliebten Padischah bereiten. Frau, Mann und die diensthabende Favoritin trennten sich im Hause fast nie und verbrachten die meiste Zeit zu dritt. Einige seiner Odalisken aber liebte Stepan Iwanowitsch so sehr, dass er sich keinen Augenblick von ihnen trennen konnte. Wischnewskij war dann zu seiner Geliebten nicht nur gefühlvoll, sondern liebevoll wie ein feuriger Jüngling, und wenn er das Haus unbedingt verlassen musste, so nahm er sie in der Verkleidung eines Pagen oder Jägers, dem die Obhut seiner kostbaren Bernsteinpfeifen und seiner Tabaksbeutel anvertraut war, mit. Da Stepan Iwanowitsch stets, selbst nachts, rauchte, war ihm ein solcher *Pfeifenjunge* unentbehrlich, und er hatte immer einen bei sich.

Man schloss daraus, dass Stepan Iwanowitsch hier bis zu einem gewissen Grad von Eifersucht geleitet wurde, doch entbehrt diese Annahme jeder Grundlage, da er ja nichts riskierte, wenn er das Mädchen unter der Obhut Stepanida Wassiljewnas zurückließ. Man muss vielmehr annehmen, er habe, wie es diejenigen behaupten, die diesen kleinrussischen Psychopathen genauer kannten, seine Favoritinnen so leidenschaftlich geliebt, dass er sich von ihnen so lange nicht trennen konnte, bis seine Leidenschaft ihren gewöhnlichen Lauf genommen hatte und abgeflaut war.

Die Anhänglichkeit Stepan Iwanowitschs an die betreffende Odaliske war um so stärker, je größere Zärtlichkeit und Sorge sie in seiner Frau weckte. War Wischnewskijs Leidenschaft verflogen und fuhr er *hinter den Supoi*, so nahm Stepanida Wassiljewna die Sorge auf sich, die alte *Ergötzung* unterzubringen und eine neue vorzubereiten, die den Pan von Farbowanaja wieder vom anderen Ufer zurücklocken sollte.

Tragisch waren diese Trennungen nie. Dank der Taktik, der Güte und der Freigebigkeit Stepanida Wassiljewnas wurden alle diese Angelegenheiten friedlich und im Guten und zur allgemeinen Zufriedenheit sämtlicher Verwandten des Mädchens beigelegt. Eine einzige Ausnahme bildete der Fall eines fünfzehnjährigen Bauernmädchens, das das Herz Wischnewskijs besonders stark gefesselt und ihm einen Sohn und eine schmerzliche Spur in seinen Erinnerungen hinterlassen hatte.

Sechstes Kapitel

Die lokalen Überlieferungen berichten sogar den Namen des *wie ein Märchen* schönen, schwarzäugigen Mädchens, das zu dem Pan in ziemlich späten Jahren seines Lebens in Beziehungen trat. Es hieß Gapka Petrunenko. Sie war so schön, dass es *den Augen wohltat, sie zu schauen,* und hatte, wie die Geschichte erzählt, ein sanftes Herz und eine empfängliche Seele. Wischnewskij konnte ihre schlanke Taille mit seinen Fingern umspannen, und er liebte sie wie keine andere, die vor oder nach ihr seine Gunst genoss. Er kleidete sie in rosa Atlas und in Jacken aus kostbaren türkischen Schals, er trug sie auf den Händen und küsste ihre Füße.

Stepanida Wassiljewna, die diese heiße Liebe ihres Mannes zu dem Mädchen sah, widmete sich ihr in einem solchen Maße, dass sie sich selbst und ihre beiden Töchter zu vergessen schien, von denen die jüngere schon zwölf Jahre zählte. Am Morgen flocht Stepanida Wassiljewna selbst Gapkas schwarze Flechten, abends löste sie sie ihr und ließ ihre dichten Locken von aromatischem Rauch durchziehen. Sie gestattete keiner niedrigen Hand, ihren Körper zu berühren, und benetzte selbst mit rosenduftendem Wasser ihre Füße, auf die Stepan Iwanowitsch in leidenschaftlicher Selbstvergessenheit seine Lippen drückte. Mit einem Wort, dieses prächtige Mädchen war die Favoritin der Favoritinnen, und ihr Aufenthalt im Hause Wischnewskijs unterschied sich weit von dem aller anderen. Selbst wenn Stepan Iwanowitsch mit den Hunden auf die Jagd ritt, nahm er Gapka mit und begnügte sich nicht damit, dass sie als Tscherkessin gekleidet im ruhigen Jagdwagen mitfuhr, sondern nahm sie aus dem Wagen und setzte sie vor sich in den Sattel. Wenn das Mädchen von dieser unbequemen und anstrengenden Reise müde wurde und der Schlaf ihr Köpfchen neigte, überließ sie Wischnewskij keiner fremden Hand, sondern brach die Jagd ab und brachte Gapka vorsichtig mit eigenen Händen nach Hause. Und Gott mochte dem von seinem Gefolge gnädig sein, der durch ein Geräusch den kindlichen Schlaf der Geliebten des Pan störte! Dem Schuldigen waren die feuchte Grube und Peitschenhiebe sicher.

Ebenso sorgsam übergab Wischnewskij an der Freitreppe das Kind den Händen der Wartenden und begleitete sie dann selbst, wenn man Gapka in aller Stille in die Gemächer Stepanida Wassiljewnas trug.

Dort entkleidete man sie und legte sie auf die Atlaskissen des breiten türkischen Diwans, auf dessen Rand sich die Gatten setzten und ihren Tee tranken. Während der ganzen Zeit sprachen sie kein Wort, sondern ergötzten sich damit, das schlafende Mädchen anzuschauen. Wurde es Zeit, zur Ruhe zu gehen, so stand Stepanida Wassiljewna auf und ging mit leichtem Schritt über den Teppich in das anstoßende Zimmer, wo ihr Schlafgemach war. In dankbarem Schweigen küsste Stepan Iwanowitsch seiner Frau oftmals die Hand und flüsterte ihr zu: »Du bist mein Schutzengel – ich bete dich an!«

Stepanida Wassiljewna fühlte und teilte das Glück ihres Mannes mit einer unglaublichen, vielleicht nur ihr eigenen Hingabe.

Sie ging in ihr Schlafzimmer, betete dort lange vor dem Heiligenbild und ging dann wieder mit unhörbaren Schritten in das anstoßende Gemach, wo die schlafende rosige Gapka mit ihren jungen kräftigen Händen die Kissen umfing, während die athletische Gestalt Wischnewskijs zu Füßen des schlummernden Mädchens auf dem Teppich lag, den Kopf gegen den Diwan gelehnt.

Stepanida Wassiljewna schlug über die beiden das Kreuz, kehrte in ihr Witwenbett zurück, und ihr Schlaf war ruhig, friedlich und erquickend. In diesem ganzen seltsamen, scheinbar widersinnigen Gemenge von Gefühlen und Beziehungen erblickte sie nichts für sich Erniedrigendes, nicht einmal etwas Unpassendes; im Gegenteil, es schien ihr, als ob es gar nicht besser gehen könnte.

Die grenzenlose Liebe dieser Frau zu ihrem Mann und das große Unglück, das ihr Gesundheitszustand für sie bedeutete, hatten ihre moralischen Begriffe, die niemandem klar und verständlich schienen, derart verändert. Da ich diese Erzählungen nur als Sammlung einzelner Berichte aus dem Mund Verschiedener wiedergebe, werde ich mich nicht weiter bemühen, die Persönlichkeit Stepanida Wassiljewnas zu erklären. Ich glaube aber, dass man sie heute mit dem Begriff psychopathisch bezeichnen würde. Ich gebe nur die interessante Erzählung wieder, wie ich sie selbst gehört habe, ohne an den Charakteren und Sitten der Helden dieser legendären Berichte eigene Kritik üben.

Ich glaube, dass es sich hier in erster Linie nicht um Kritik handelt, zumal alle handelnden Personen schon ins Reich der Schatten gewandert sind, sondern darum, der Nachkommenschaft die Erinnerung an die erstaunliche Unmittelbarkeit ihrer Charaktere und an ihr originelles, launenhaftes Leben zu bewahren.

Wohlbekannt sind uns die stürmischen Naturen unserer großrussischen Adligen, deren Leben nach dem Ausspruch eines Dichters *unter Festen, sinnlosem Prahlen, kleinlichen Lastern und kleinlicher Tyrannei verlief, und bei denen der Chor der unterdrückten, zitternden Menschen das Leben der Hunde und Pferd beneidete.* Wir wissen, wie unsere *alten Weinschläuche* unter dem Gären des jungen in sie gegossenen Weines zitterten. Die gesunde realistische Richtung unserer großrussischen Literatur, die uns vielleicht den Vorwurf des übertriebenen Realismus eintragen wird, zeigt uns das wahre Gesicht unseres großrussischen Lebens. Die kleinrussischen Schriftsteller aber folgen dieser Richtung nicht. Das Leben des kleinrussischen Herrentums ist uns entweder durch die Romantik oder durch die primitive Volkstümlichkeit der kleinrussischen Schriftsteller verschleiert. Wird es einmal geschildert, so meist in schwülstigen Formen, die an die endlose polnische Historie vom *Pan Kochanko* erinnern. Aber das kleinrussische Herrenleben hat seine Originalität, die des Studiums wert ist und zugleich ein ziemlich helles Licht auf die Eigenheiten der kleinrussischen Charaktere wirft, die, nach der Bemerkung Schewtschenkos, der Welt *die gemeinen Enkel berühmter Großväter* liefern.

Es ist nutzlos, sich mit den Vertretern jener mittleren Generationen zu befassen, die wie eine Schicht zwischen den *Großvätern und den Enkeln* liegt; zwischen denen, die der nationale Poet als *große* rühmte, und jenen, die er zu den *gemeinen* rechnete. Vor uns stehen Gestalten, die an der Scheide jener beiden Strömungen stehen, deren eine das kleinrussische Land zu nie vermuteter Höhe getragen hatte, während es die andere zu nie wieder gutzumachender *Gemeinheit* führte.

Alles auf der Welt ist *begründet, folgerichtig und bedingt,* und so können die Glieder einer Kette nur ihre Form ändern, aber nichtsdestoweniger fasst ein Glied das andere, und jedes ist unabänderlich mit dem anderen verbunden.

Indem ich in diesen Aufzeichnungen alles vereine, was ich über Wischnewskij und seine Sippe gehört habe, glaube ich damit der Literatur ein vergessenes Kettenglied zu erhalten, das bisher nur in einzelnen Überlieferungen bewahrt wurde. Möglicherweise sind sie nicht alle zuverlässig, aber selbst in diesem Fall sind sie als Schöpfung des Volkes interessant, weil sie bezeichnend sind für das, was die Fantasie der Menschen in Erstaunen versetzte und begeisterte, oder was ihnen gefiel.

Ich fahre in meiner Erzählung über Wischnewskij fort.

Einige Zeilen weiter oben verließen wir den mächtigen Pan von Farbowanaja, wie er auf dem Teppich zu Füßen seiner ländlichen Nymphe schlief. Lassen wir ihn noch in dieser Stellung, wie sie schöner und poetischer in seinem willkürlichen und zügellosen Leben kaum je vorkam. Mögen sie süß weiterschlafen bis zur Morgenröte des Tages, der ihr Glück und ihre Ruhe trüben und in den Becher der Liebesfreuden des Pan den Tropfen des bitteren Schierlings träufeln wird.

Wir werden später auf das Ereignis zu sprechen kommen, das den Höhepunkt der Leidenschaften und der moralischen Verwirrung Wischnewskijs darstellt und nach dem seine Geliebten einander wieder in rascher Folge ablösten, ohne jene beschriebene Höhe zu erreichen; Wischnewskij aber ließ bis zu seinem Tode nicht von ihnen.

Zeichnen wir nun, so gut wir es verstehen und vermögen, die übrigen Seiten seiner Tätigkeit und seines Charakters.

Siebentes Kapitel

In keiner der Erzählungen, die ich über Wischnewskij hörte, nimmt er als Vater und Erzieher eine charakteristische Stellung ein; er wird ausschließlich als *Erzeuger* erwähnt. Im Übrigen wird berichtet, dass um jene Zeit, als in Petersburg *die Institute eingeführt wurden* und der eingesessene Adel auf Wunsch der Kaiserin die Aufforderung erhielt, seine Töchter zur Erziehung dorthin zu bringen, Wischnewskij nach Petersburg reiste und seine Töchter persönlich hinbrachte. Jedoch wird dieser Umstand nicht erwähnt, um die väterliche Fürsorge Wischnewskijs zu bezeugen, sondern weil diese Reise mit einem anderen interessanten Ereignis in Verbindung steht, von dem später berichtet werden wird. Auch als Gutsbesitzer, in seiner Eigenschaft als Herr, Richter und Züchtiger der ihm untergebenen Leibeigenen bewies Wischnewskij keine besondere Originalität, sondern führte die Herrschaft, *wie sie von alter Zeit her geführt wurde.* Alles wurde durch Leibeigene und gemietete rechtgläubige oder polnische Aufseher verrichtet. Wischnewskij hatte einige Polen in seinem Dienst, gegen die er keinerlei Feindschaft hegte, über die er sich aber gerne lustig machte. Auch einige Juden waren da, die der Psychopath auf verschiedene Weise zu erschrecken pflegte. Mehr als einen von ihnen hatte er zu Tode erschreckt, aber sie kamen immer wieder zu ihm, da Wischnewskij manchmal freigebig war und ihnen manchen Verdienst zukommen ließ. Im Übrigen benützte er die Juden als Kommissionäre. Aber Gott sei dem gnädig, der ihn betrog! Er ließ ihn mit Ruten und Peitschen schlagen und quälte ihn fast noch mehr durch Furcht.

Wischnewskij war auch Patriot, was sich à la longue in seiner Vorliebe für den kleinrussischen Kaftan und die kleinrussische Sprache äußerte, und obendrein – in seiner Verachtung für die Ausländer. Besonders wenig schätzte er die Deutschen, die er aus zwei Gründen nicht leiden konnte: erstens, weil sie *stockbeinig* sind, und zweitens, weil ihm ihr Glaube nicht gefiel – *sie verehren die Heiligen nicht.* Stepan Iwanowitsch nahm von sich an, dass er die *Heiligen verehre.* Er war in Glaubenssachen vollkommen unwissend und kritiklos und ließ sich auch nicht auf religionsphilosophische Fragen ein, da er fand, dass das eine *Sache der Popen* sei; er *beschützte und verteidigte nur als Ritter seinen Glauben vor allen Andersgläubigen.* Er sah in diesem Punkte mit den Augen des einfachen Volkes, das nur die Rechtgläubigen zu den Christen zählt, alle übrigen *anders betenden* Christen für Ungläubige, die Juden aber und *das ganze sonstige Pack* als unrein ansieht. Aber auch der Ausländer, ja sogar der Deutsche, konnte an den Tisch Stepan Iwanowitschs gelangen, und einer – gerade ein Deutscher – lebte sogar in seinem Hause und genoss sein Vertrauen; doch bevor sich der *Ungläubige* ihm nähern durfte, suchte sich das religiöse Gewissen Wischnewskijs Genugtuung und Frieden mit sich selbst zu verschaffen. Stepan Iwanowitsch, der nach seinem eigenen Geständnis *keinen Katechismus gelernt hatte*, hatte für den Empfang von Andersgläubigen eine sehr konkret formulierte Frageordnung aufgestellt.

Stepan Iwanowitsch fragte den Lutheraner oder Katholiken: »Nun, wenn du auch anders glaubst und betest als wir, den heiligen Wundertäter Nikola achtest du doch gewiss?«

Der so geprüfte Andersgläubige wusste aus zuverlässigen Quellen, was mit ihm geschehen würde, wenn er es wagen wollte zu sagen, dass er den Wundertäter nicht verehre, zu dem der Pan von Farbowanaja so sehr hielt. Er hätte sogleich erfahren, wie kräftig die Stühle sind, auf die Stepan Iwanowitsch seine Gäste setzte, und wie biegsam die Weiden, die ihre Zweige in das Wasser des Supoi tauchen. Aber da jeder Andersgläubige, der das Glück hatte, Wischnewskij so weit für sich einzunehmen, dass er schon mit ihm über den Glauben sprach, das genau wusste, so antwortete er ihm, wie es die Empfangsordnung verlangte.

»O ja«, erwiderte der also befragte *Andersbetende*, »wie sollte ich den Nikola nicht achten, wo ihn doch die ganze Welt verehrt!«

»Nun, ›die ganze Welt‹, Bruder, da hast du doch etwas zu viel gesagt«, versetzte Stepan Iwanowitsch, »du musst wissen, dass der heilige Nikola von Geburt Moskowite ist, du sollst aber unseren ›russischen‹ Jurka verehren.«

Das Wort *russisch* im Sinne des klein- oder südrussischen, wurde damals scharf dem *moskowitischen*, großrussischen entgegengesetzt. Moskowitisch und russisch waren zwei getrennte Begriffe, im Himmel und auf Erden. Die irdischen Unterschiede waren jedem sichtbar, die himmlischen dagegen wurden durch den Glauben erkannt. Dem Glauben nach obliegen aber die großrussischen Angelegenheiten der Sorge des wundertätigen Nikolai, des Patrons Russlands, die südrussischen aber finden Schutz und Hilfe in der Fürsorge des den Kleinrussen besonders geneigten heiligen Jurij, oder wie man ihn heute nennt, des heiligen Georg.

Jeder Andersgläubige, der die Prüfung über den heiligen Nikolai bestanden hatte, versicherte nun Wischnewskij noch bestimmter, dass er auch den heiligen Jurij verehre, *noch mehr als den Nikola*.

Das gefiel Stepan Iwanowitsch. Damit war die Katechisierung des Gastes beendet, und dem nun Aufgenommenen wurde der

Glaubensunterschied nie mehr vorgeworfen. Ja, wenn jemand zufällig diesen Unterschied erwähnte, so unterbrach ihn Stepan Iwanowitsch und sagte: »Es ist kein Unterschied da, er verehrt den Nikola, aber noch mehr den heiligen Jurka.«

Achtes Kapitel

Also genossen die Andersgläubigen, die sich gebessert hatten, das Vertrauen des Psychopathen, und ein Deutscher verwaltete sogar, beinahe ohne Rechenschaft abzulegen, eines seiner Güter und genoss eine so ausgedehnte Macht, dass er fast alles tun durfte, was Wischnewskij tat.

Nur in Bezug auf die Frauen erlaubte ihm Stepan Iwanowitsch nicht, sein Begehren auf den Gesindehof auszudehnen, damit niemand sähe, wie sich eine Frau des wahren, griechischen Glaubens *mit einem Deutschen einlasse*. Aus diesem Grund dachte er für ihn einen Schimpf aus, der den Mächtigen selbst in den Augen eines Kindes erniedrigen musste. Der Deutsche war verpflichtet, im Sommer leichte Kleidung und im Winter einen wattierten Schlafrock und Pantoffeln anzulegen, eine Laterne in die Hand zu nehmen und so in der Begleitung eines Aufsehers, der *für sein Leben verantwortlich war*, ins Dorf zu gehen. Dem Deutschen war dieses Verbot auferlegt, damit von ihm *keine Vermehrung des Deutschen käme, sondern alles zu Gunsten des Russischen ginge*.

In den Einzelheiten schienen es zwar nur teilweise Beschränkungen zu sein, aber im Zusammenhang hatten sie zur Folge, dass der Deutsche sich bei Stepan Iwanowitsch beklagte: »Keine Möglichkeit.«

»Aber warum denn?«

»Alle laufen davon.«

Das bedeutete, dass alle davonliefen und sich versteckten, sobald der Deutsche in seinem langen Schlafrock, mit seiner Laterne und in Begleitung *des für sein Leben Verantwortlichen* seinen nächtlichen Gang antrat.

Stepan Iwanowitsch tat, als ob er das bedaure, ließ aber keine Änderung an der von ihm eingeführten Ordnung zu.

»Ohne Laterne und ohne Begleiter werden sie dich packen und verprügeln, und ich habe dann niemanden, der mir für dich verantwortlich ist«, sagte er, als sei er aufrichtig von der Notwendigkeit seiner Einführung überzeugt; aber Leute, die ihn näher kannten, bemerkten, dass seine *eine Schnurrbartspitze lachte*, wenn er mit dem Deutschen über die Angelegenheit sprach.

Als wirklicher Psychopath vereinigte er in sich viel Sinnloses mit Schlauem so innig vermischt, dass man unmöglich ergründen konnte, was Ernst und was Scherz war.

Der Spaß mit dem Deutschen endete damit, dass er so lange mit seiner Laterne wie ein leuchtendes Johanniswürmchen im Gras einherging, bis ihm einmal im Schuppen einer Bauernhütte die Rippen eingedrückt wurden und der für sein Leben verantwortliche Begleiter ihn nach Hause trug, wo er seine deutsche Seele unverzüglich Gott empfahl, die Seele, die hier in Verehrung der Heiligen Nikolai und Georgij gelebt hatte.

Ungeachtet der freiwilligen Unterwerfung dieses Deutschen unter die genannten Heiligen, hielt es Stepan Iwanowitsch doch für unpassend, ihn innerhalb des Friedhofes zu beerdigen, *neben den Vorfahren wahren östlichen Glaubens*; er ordnete an, ihn außerhalb der Umfriedung zu begraben und auch kein Kreuz aufs Grab zu setzen, sondern einen großen Stein darauf zu legen, damit die Müden sich setzen und ausruhen können.

In allen Fällen hatte er einen eigenen, in seiner Art sehr originellen Ton, der von seinem Humor als auch vom Respekt vor dem heimatlichen Glauben zeugte, der sich weniger auf dem Katechismus als auf den Heiligen Nikola und Jurka gründete. Aber Gott allein weiß, ob sich wirklich alles so verhielt, wie er vorgab, oder ob ihn etwas anderes leitete.

Um die Religiosität Wischnewskijs vollkommen zu kennzeichnen, muss man hinzufügen, dass er es durchaus nicht jedem gestattete, den Heiligen Nikolai und Jurij anzurufen und zu verehren, sondern nur den Christen anderer Bekenntnisse. Diese befreiten sich durch den Respekt vor diesen Heiligen aus aller Not und empfingen die Gnade Stepan Iwanowitschs. Den Juden aber erlaubte er unter keinen Umständen, ihre Zuflucht zum Schutz dieser Heiligen zu nehmen, und jeden, der auch nur eine Neigung dazu verriet, unterwarf er einer Prüfung. Einmal hatte ihn ein Jude betrogen und sollte dafür geprügelt werden.

Als man ihn vor die Freitreppe schleppte, auf der Stepan Iwanowitsch sein Urteil verkündet hatte, begann der Jude sich jämmerlich zu krümmen und schrie: »Oi, wie ich sie verehre ... ich verehre den Nikola, verehre auch den Jurko ... «

Stepan Iwanowitsch befahl den Liktoren innezuhalten und fragte den zitternden Juden: »Was schreist du da?«

»Wie ich sie verehre, wie ich verehre ... «

»Lass das Stammeln – sage ruhig, wen du verehrst!«

»Oi, alle, oi, die beiden verehre ich, den Heiligen Nikola und den Heiligen Jurko.«

»Nun, das tust du vergeblich.«

»Oi, weswegen ... oi, weshalb vergeblich ... wenn sie doch gnädig sind, vielleicht, dass sie sich meiner erbarmen.«

»Ja, sie sind gnädig, das ist ganz richtig, aber mit den Juden, Bruder, haben sie nichts zu schaffen. Ihr habt euren Moses, den ruf an, wenn man dich prügelt. Aber dafür, dass du es gewagt hast, mit deinen Judenlippen so heilige Namen auszusprechen, gebt ihm ihr Jungens, noch zehn mit der Peitsche für den Nikola, und fünfundzwanzig für den heiligen Jurko, damit er sich nicht mehr erfrecht, sie anzutasten.«

Natürlich schleppte man den unglücklichen Juden fort und verabreichte ihm zuerst getreulich, was ihm für den Betrug zukam, und dann eine Zulage von weiteren fünfunddreißig Hieben für den nach der Meinung Wischnewskijs unangebrachten Versuch, sich beim Nikolai und beim heiligen Jurij einzuschmeicheln. Da aber der Rang der beiden Heiligen nicht gleich war, gab man ihm für den Nikolai nur zehn Hiebe, für den heiligen Jurij aber fünfundzwanzig.

Dies geschah, versteht sich, nicht ohne guten Grund, sondern infolge der größeren Liebe und Verehrung des Pan für den heiligen Jurij, *weil er ein Russe und kein Moskowite ist.*

Neuntes Kapitel

Ich habe mehrmals erwähnt, dass Stepan Iwanowitsch sichtlich das bevorzugte, was nicht *von den Moskowitern* herkam, und muss jetzt den Leser aufklären, damit er nicht voreilig schließe, Wischnewskij sei Politiker gewesen, Separatist, oder, wie man es jetzt nennt, Ukrainophile. Man nahm damals das Kleinrussentum leicht, man wollte von ihm sogar nichts wissen. Hätte jemand in die Seele Wischnewskijs eindringen können, so hätte er auch bei der strengsten Prüfung nichts Politisches in ihm gefunden. Wahrscheinlich hätte er sich darin wie in einem Schuppen gefühlt, in dem zwar vermutlich alles vorhanden ist, aber niemand etwas finden kann. Wischnewskij widersprach entschieden allen Menschen, mit Ausnahme seiner ersten Frau, der hier schon ziemlich eingehend geschilderten Stepanida Wassiljewna aus dem Twerschen Adelsgeschlecht der Schubinskijs. Wenn sein Gesprächspartner Ukrainophile war und alles Kleinrussische rühmte, so begann Wischnewskij sogleich, die Fehler des kleinrussischen Charakters in den Vordergrund zu stellen und tat dies mit großem Geschick und treffenden und bissigen Vergleichen. Er lobte dann eifrig die Polen, besonders Batur und Sobieski, nannte Bogdan Chmjelnicki einen Trunkenbold und schloss den Streit mit der seiner Ansicht nach entscheidenden Formel, *Polen sei zusammengestürzt und habe uns erdrückt*. Aber äußerte sich jemand mit Bedauern über Polen, so wechselte Stepan Iwanowitsch sogleich die Front, und seine Rede bewegte sich nach großrussischen Motiven.

»Das ist wahr«, sagte er, »sie waren frei und ehrgeizig, aber weil sie alle Könige sein wollten, schmiedeten sie gegen die Könige Ränke. Und so gingen sie zugrunde und mussten zugrunde gehen, weil sie darüber vergaßen, was die Wohlfahrt des ganzen Landes erforderte und jeder die unglückliche Freiheit nach Kräften auf seine Seite zog.«

Er winkte mit der Hand ab und schloss wegwerfend: »Dreck!«

Jedoch war Wischnewskij durchaus kein Verteidiger der Staatsgewalt, sondern im Gegenteil, wie schon oben erzählt, sehr oft, ja fast bei jeder Gelegenheit bereit, die Organe der gesetzlichen Macht herabzusetzen und zu beleidigen. Er war dabei weder Demokrat noch Nationalist in unserem jetzigen Sinn, so dass ihm sogar die bescheidene und anscheinend doch harmlose Einrichtung der Wahl der

Stadthäupter lächerlich erschien; er wollte sie auch durchaus nicht *Häupter* nennen, sondern nannte sie anders. Mit einem Wort, Wischnewskij war nach dem kurzen, aber treffenden Ausdruck des einfachen Volkes *ein Pan, wie ein Auerochs aus dem Forste von Bjelowesch,* das heißt ein Herr, wie er sein muss, ganz wie ein Auerochs aus der Bjelowescher Wildnis nichts mit einem gewöhnlichen Ochsen gemein hat, sondern in allem verwegener und stärker ist. Ohne unsere heutige Bildung besessen oder politische Betrachtungen, wie sie später von Toqueville und ähnlichen Leuten geschrieben wurden, gelesen zu haben, verstand Wischnewskij die kosmopolitischen Strömungen unserer heutigen Aristokratie, die auch der heutigen Demokratie eigen sind, sehr gut, da ihr gemeinsames Stimulans das Prinzip zu sein scheint, jede nationale Sympathie auf die Seite zu schieben. Wischnewskij liebte die Polen nicht, aber wenn die Rede auf berühmte Moskowiter kam, begann er gleich spöttische Grimassen zu schneiden, wartete, bis Stepanida Wassiljewna für einen Augenblick das Zimmer verließ, und sagte: »Nun, was ist denn so Großes bei ihnen los! Ihre Großväter und Großmütter wurden noch alle mit Stöcken geschlagen.«

Von diesem Gesichtspunkt aus rühmte Wischnewskij den polnischen Adel und sogar die livländischen Barone; geriet er aber mit einem von ihnen in Streit über Russland, so begann er sie mit allem Eifer zu bekämpfen, obwohl er sie im geheimen wegen ihres *reinen Blutes* beneidete. Aber er konnte ihren Hochmut und ihre Anmaßung nicht ertragen, die ihm widerwärtig erschienen, zumal er sich für einen einfachen, offenen Menschen hielt.

Wer kann sich wohl eine Vorstellung machen, was alles im Schädel dieses Psychopathen steckte! Stand er aber einmal zufällig vor einer außergewöhnlichen Frage oder Begebenheit, so war all der psychopathische *Unfug* verschwunden, und Stepan Iwanowitsch bewies eine geradezu erstaunliche, vielleicht sogar psychopathische Findigkeit. In schwierigen Umständen und Gefahren handelte er kühn und überlegt und befreite Menschen spielend aus Schwierigkeiten und großen Nöten, die sie zu erdrücken drohten.

Ein solcher Fall wird über die Offiziere eines Dragonerregiments berichtet, das entweder in Pirjatin im Poltawschen Gouvernement oder in Bjeschetzk im Twerschen Gouvernement gelegen hatte.

Die einen lassen diesen bemerkenswerten Vorfall im Twerschen Gebiet spielen, die anderen in Kleinrussland; was richtiger ist, lässt sich schwer entscheiden, es ist aber auch kaum der Mühe wert, sich darüber den Kopf zu zerbrechen. Der Fall liegt so, dass er sich mit der gleichen Wahrscheinlichkeit in einem beliebigen Städtchen ereignen konnte, aber den Charakteren der beiden hier erwähnten *Herrchen* nach zu urteilen, entspricht er mehr den Sitten eines kleinrussischen Kreisgerichts.

Es handelt sich übrigens nicht darum, den Ort genau zu bestimmen, sondern ein Bild der Ereignisse zu entwerfen und den Anteil zu zeigen, den unser psychopathischer Held an ihnen hatte.

Zehntes Kapitel

Die Dragoner lagen in Pirjatin – nehmen wir an, es sei dort gewesen. Teile des Regiments waren in anderen Ortschaften untergebracht. Der Regimentskommandeur hatte vielleicht in Perejaslaw Quartier genommen.

Die Offiziere langweilten sich natürlich in dem winzigen Städtchen vor Nichtstun; sie unterhielten sich, so gut sie konnten, und fuhren zu den Gutsbesitzern zu Gast. Blieb ihnen nichts anderes übrig, als einige Tage zu Hause zu sitzen, so zechten sie, spielten Karten oder tranken bei einem Weinhändler im kleinen Kellerlokal. Der Händler war ein Jude, der die Offiziere gern schröpfte und ihre Ausschweifungen unterstützte, sie aber doch fürchtete. Er hatte deshalb, um den Übermut seiner Gäste etwas zu dämpfen, in dem Raum, in dem sie zechten, ein Porträt aufgehängt, das seiner Meinung nach die Besucher seines Ausschanks an die Gesetze der Wohlanständigkeit gemahnen sollte. Vielleicht war es ganz klug gedacht, aber es führte zu einer Geschichte.

Einmal, in der langweiligsten Sommerzeit kam ein Jongleur in die Stadt und zeigte, wo man ihn aufforderte, seine einfachen Kunststücke, von denen eines ganz dem Geschmack der Herren Offiziere entsprach: Der Künstler setzte seine Tochter auf einen Stuhl, stellte ihn dicht mit dem Rücken an eine Wand, zog aus seiner Tasche einige Dolche und warf sie einen nach dem andern gegen die Wand, in der sie stecken blieben, das Gesicht des Mädchens von allen Seiten umrahmend, ohne es zu berühren.

Diese sichere und gewandte Handhabung der Waffe interessierte alle, die die Schwierigkeit dieses gewagten Kunststückes einsahen. Als die Offiziere wieder einmal im Kellerlokal, in dem sie zu trinken pflegten, zusammenkamen und ihren geriebenen Käse aßen, der wie verwitterte geschnittene Fingernägel aussah, sprachen sie über das Dolchwerfen, und als ihnen der Rausch in den Kopf stieg, kam es einem von ihnen in den Sinn, er könne es ebenso gut.

Dolche hatten sie zwar nicht, aber auf dem Tische lagen Gabeln, die die Dolche bei diesem Versuch annähernd ersetzen konnten. Wenn es auch nicht so leicht war, mit ihnen nach einem Ziel zu werfen, so blieben sie doch immerhin in der Wand stecken.

Es fehlte nur das menschliche Gesicht, das man mit den Gabeln umstecken könnte. Von den Offizieren wollte sich natürlich keiner zu diesem Versuche hergeben. Man musste eine Person niederen Ranges finden, am besten natürlich einen Juden. Die ausgelassenen Offiziere machten also den ihnen aufwartenden Juden diesen Vorschlag, aber sie waren so feig und hingen so sehr am Leben, dass sie sich nicht nur weigerten, sondern auch ihren Handel im Stich ließen, den ganzen Laden der Gewalt der Herren Offiziere überließen, davonliefen und sich versteckten. Natürlich beobachteten sie von ihren Verstecken aus, was jeder von ihnen nehmen und was die lärmende Gesellschaft weiter treiben würde.

Nun führte ein unglücklicher Zufall zwei junge Gerichtsschreiber oder, wie man sie am Orte nannte, *Gerichtsherrchen* her, die an diesem Tag wohl einen guten *Chabar* genommen, das heißt, einen guten Schnitt gemacht hatten und sich nun im Keller bei dem kalten Donschen, nach Wermut schmeckenden Wein gütlich tun wollten.

Den Offizieren kam der Gedanke, die beiden Herrchen zu ihrem Versuch zu verwenden; so luden sie die beiden zunächst ein, zusammen mit ihnen zu trinken, und dann drangen sie in sie, es möge sich einer von ihnen zu der Produktion hergeben.

Die Herrchen zeigten sich jetzt als sehr seltsame Leute von ganz verschiedener Gemütsart: Der eine war ein Heraklit, der andere ein Demokrit. Als sie aus der Hitze in den kalten Keller gekommen waren und dort den kalten Wein getrunken hatten, stieg er ihnen zu Kopf, und als dann die Offiziere anfingen, in sie zu dringen, rührten sie sich nicht von der Stelle, anstatt bescheiden fortzugehen. Sie glaubten sich, als Eingeborene, auf gleichem Fuß mit den Herren stehend und begannen ihren wahren Charakter zu zeigen. Der eine lachte über den Vorschlag und riss über die geärgerten Offiziere kleinrussische Witze, der andere zog ein saures Gesicht, begann zu weinen und schrie in einem fort, obwohl ihn niemand anrührte: »Rührt mich nicht an! Geht doch zum Teufel! Lasst mir meine heilige Ruhe!«

Die beiden Schreiber wurden schließlich den Offizieren so lästig, dass sie mit ihnen auf ihre Art verfuhren, das heißt ihnen mehrere Maulschellen verabreichten und sie dann unter den Tisch stießen, um sie dort *wie die Ferkel* zu halten, bis ihr Gelage zu Ende wäre. Das war ungefährlich und praktisch, da die Offiziere die Herrchen unter dem Tisch mit den Füßen festhielten und Mund und Hände frei hatten; zugleich war dadurch ein Skandal vermieden, der bei dem hässlichen Charakter, den die widerspenstigen Jungen zeigten, unausbleiblich schien. Der eine hätte sicher draußen auf dem Platz oder auf der Straße so geheult, dass man es in der ganzen Stadt hörte, und der andere hätte gar auf den Zaun klettern oder ans Fenster kommen und sie von dort aus verhöhnen können.

Dann müsste man ihm nachlaufen, ihn einholen und fangen, was einen Skandal gegeben und sicher einen Haufen Weiber und Juden herbeigelockt hätte. Mit einem Wort, es wäre ganz unvereinbar mit der Offiziersehre gewesen; so saßen aber die Jungen ganz friedlich unter dem Tisch, jammerten ein wenig und umfassten einander in ihrem engen Raum, der noch durch die Sporenstiefel der Offiziere verringert wurde.

Alles ging vortrefflich, aber da mischte sich der Teufel ein und verdarb alles. Die Offiziere wurden so betrunken, dass sie anfingen, mit den Gabeln nach dem Porträt zu werfen, weil sie meinten, sie könnten es ebenso geschickt umrahmen wie der Jongleur das Gesicht des lebendigen Menschen mit seinen Dolchen. Aber der Teufel war im Spiel: Als der erste Offizier die Gabel warf, stieß ihn der Schwarze in den Ellenbogen, und die Gabel blieb mitten in dem einen Auge des Porträts stecken. Der zweite Offizier warf, und der Teufel führte die Gabel in das andere Auge. In der betrunkenen Gesellschaft entwickelte sich jetzt der Wetteifer, die Gabeln flogen eine nach der anderen und verstümmelten das Gesicht des Porträts gänzlich.

In ihrer Trunkenheit, die schon in einen Zustand geistiger Umnachtung überging, maßen die Offiziere diesem Vorfall keine besondere Bedeutung bei. Sie hatten eben ein Bild verdorben – das war alles. Es wird nicht von Gott weiß was für einem Meister gewesen sein; kein Werk Raffaels und keine ungeheure Summen gekostet haben. Sie würden morgen den jüdischen Wirt rufen, ihn fragen, was das Bild koste, tüchtig herunterhandeln, dann bezahlen, und damit wäre die Sache erledigt; dafür war man lustig gewesen und hatte bei jedem ungeschickten Versuch, die Gabel so sicher wie der Jongleur zu werfen, viel gelacht und gescherzt.

»Nein, der Schelm hat es besser gemacht. Wir können es nicht so. Und Gott sei Dank, dass kein Mensch vor uns sitzen wollte, sonst hätten wir dem Lebendigen die Augen ausgestochen, da hätte Bezahlen nichts geholfen.«

Die wackeren Helden waren sehr froh, dass die Sache so gut mit Lachen und Scherzen geendet hatte, und begaben sich, einander stützend, in ihre Quartiere. Beim Weggehen hatten sie die Schreiber schon ganz vergessen, die still unter dem Tische saßen und keinen Laut von sich gaben.

Aber die Sache war durchaus nicht so einfach und stand durchaus nicht so gut, wie es sich diese braven Kinder dachten, als sie sich zur Ruhe begaben.

Elftes Kapitel

Kaum hatten die Offiziere den jüdischen Laden leer zurückgelassen, als die Gerichtsherrchen unter dem Tisch hervorkrochen, ihre von der langen Kniebeuge steif gewordenen Glieder streckten und sich ihre Lage besahen. Alles war still – im Laden und in der Kammer war keine Seele; durch die dichte Wolke von Tabaksrauch war das verstümmelte Porträt mit den ausgestochenen Augen und den vielen Rissen an anderen Stellen kaum zu sehen.

Zum Glück für die einen und zum Unglück für die anderen, waren die Schreiber viel nüchterner als die Offiziere, die sich immer mehr betrunken hatten, während die unter dem Tische eingeschlossenen Heraklit und Demokrit erheblich nüchterner geworden waren, wozu wohl die Angst, die Enthaltsamkeit und vor allem der Rachedurst, der in ihnen glühte, beitrugen. So hatten sie sich einen vortrefflichen Plan ausgedacht, um ihre Beleidiger zu strafen.

Die Schreiber überlegten nicht lange, nahmen das verwundete Porträt von der Wand, liefen damit auf das Freitreppchen des Ladens und schlugen Lärm: »Kommt her, ihr guten Leute! Wer an Gott glaubt und die Älteren ehrt, seht euch das Wunder an ... Schaut, wie die Offiziere das Porträt einer solchen Person entehrt haben!«

Auf dieses Geschrei tauchte sofort, wie aus der Erde gewachsen, der Wirt auf, der sich während des Gelages versteckt hatte; die Marktweiber von ihren Ständen liefen herbei, die Juden begannen zu schreien – und unsere Geschichte nahm ihren Lauf.

Der jüdische Wirt, der die größte Angst hatte und am meisten einen Skandal scheute, hielt sich mit seinen großen Fingern die Augen zu, wie es der Rabbiner beim Gebet tut, und schrie: »Ich habe nichts gesehen und sehe auch jetzt nichts, wer dieser Militär-Pan ist, der da gemalt ist. Geb Gott, dass er ein guter Mensch sei. Aber ich – ich brauche jetzt das Bild nicht mehr ... Ich verschenke es, nehme es, wer es will ... «

Doch Demokrit rief: »Aber wir wissen, wer diese Person ist, und wir protestieren. Schaut, ihr guten Leute – die Augen sind ihm ausgestochen. Wir wollen das Porträt zum Stadtvorsteher tragen.«

Demokrit trug das verwundete Porträt durch die Straßen vor das Stadthaus, und Heraklit begleitete ihn, machte unter der warmen Sonne wieder sein saures Gesicht und weinte, und alle, die ihnen folgten, wiesen lobend auf ihn hin und sagten: »Schaut nur, wie es ihn rührt!«

Aber die Offiziere schliefen und schliefen und ahnten nicht, dass man gegen sie *protestierte* und dass ihnen die Sache Unannehmlichkeiten bereiten würde, die sie nicht wüssten, wie loswerden. Wie schwer auch ihr trunkener Schlaf gewesen war, auch ihr Erwachen am nächsten Morgen war nicht leicht. In aller Frühe kam zu allen Zechgenossen des beschriebenen Gelages die Ordonnanz des schnurrbärtigen Majors oder Rittmeisters, der die Schwadron kommandierte und in seiner Person die oberste Befehlsgewalt am Standort darstellte.

268

Natürlich war der Rittmeister nicht Gott weiß was für eine hohe Obrigkeit, beinahe so ihr Bruder Hans, und machte manches Mal auch einen Tanz mit ihnen, aber die Offiziere erschraken.

Das Schlimmste war, dass ihnen der Kopf noch brummte und sie sich durchaus nicht mehr daran erinnern konnten, was gestern im Keller beim jüdischen Wirt vorgegangen war. Sie erinnerten sich noch, dass sie wohl tüchtig getrunken hatten, aber sie konnten sich nicht mehr auf alles der Reihe nach besinnen. Ein Stück war abgerissen, und es schien ihnen, als sei das Dazwischenliegende gar nicht gewesen. Sie besannen sich, dass sie die Juden verjagt hatten, aber das wäre durchaus nicht wichtig gewesen, war schon öfter geschehen, auch wenn der Rittmeister dabei gewesen war. Das Verjagen ist kein Unglück, besonders bei Juden nicht, denn sie sind ein Volk, das die Vorsehung selbst zur *Verstreuung* vorbestimmt hat. Der Jude schreibt ein Übriges auf, berechnet als getrunken, was nicht getrunken, als beschädigt und zerschlagen, was nicht beschädigt wurde; sie würden mit ihm verrechnen, und dann würde wieder alles gut sein, bis zu einer neuen Geschichte. Der Jude selbst würde ihnen den ersten *Friedenstrunk* umsonst anbieten, sie würden sich aussöhnen und ihn in seinem Handel unterstützen ... Es war ja unmöglich, dass er, der Jude, mit ihnen streiten wollte und dass er die Ursache dieser plötzlichen frühen Einladung zu ihrem ältesten Offizier war. Vielleicht diese Schreiber ... Es dünkt ihnen, als seien zwei Schreiber dabei gewesen ... *Gerichtsherrchen* ... Nun, das war auch keine besondere Sache! Die Soldaten haben sie noch überall gezaust! Sind auch nicht mehr wert, dieses bestechliche Unkraut! Wenn sie nur nicht einen von ihnen die Nase oder die Ohren abgehauen hatten! Das wäre garstig, was einmal abgehauen ist, kann man nicht wieder ansetzen ... Aber Gott ist gnädig, sie haben schon andere Dinge gemacht, so wird auch das vorübergehen. Wozu braucht auch ein Schreiber eine Nase? – Doch nur um Tabak zu schnupfen und das Aktenpapier damit zu bestreuen. Der *Chabar* ist doch kein Braten, er wird ihn auch so, ohne Nase riechen. Man wird sich natürlich zusammentun müssen und bezahlen, aber allen zusammen wird es nicht schwerfallen ...

Zwölftes Kapitel

In solchen oder ungefähr ähnlichen Erwägungen zogen die Offiziere ziemlich unbekümmert zum Quartier ihres ältesten Kameraden und betraten guten Mutes das geräumige, aber niedrige Zimmer in dem kleinrussischen Häuschen. Aber jetzt merkten sie mit einem Mal, dass die Sache durchaus nicht gutstand. Der Rittmeister kam ihnen nicht kameradschaftlich in seinem gestreiften Morgenrock, mit der Pfeife in den Zähnen entgegen, sondern die Tür zu seinem Kabinett war geschlossen – das heißt, er will warten, bis alle versammelt sind, dann kommt er heraus und spricht zu allen zusammen.

Diese offizielle Form versprach nichts Gutes, und die eingetretenen Offiziere schauten einander an, dämpften ihren Ton zu einem halben Flüstern, und einer fragte den andern: »Nun, was ist denn das? Was haben wir denn gestern angestellt?«

Einer von ihnen hatte auf der Straße etwas von einem Porträt sprechen hören.

»Porträt, Porträt? ... Was für ein Porträt?«

Keiner konnte sich erinnern.

Aber jetzt öffnete sich plötzlich die Tür, und aus dem Kabinett trat der Rittmeister, in Uniform mit Epauletten, mit fest geschlossenem Mund. Er begrüßte sie nicht und begann seine Rede mit Worten, wie sie Gogol viel später seinem Skwosnik-Dmuchanowskij in den Mund gelegt hat: »Ich habe Sie hieher gerufen, meine Herren, um Ihnen eine unangenehme Mitteilung zu machen: Gegen Sie ist bei der Zivilbehörde Klage eingereicht worden, und ich wurde vom Stadtamt davon benachrichtigt; ich muss Sie arretieren. Geben Sie mir bitte Ihre Säbel, und wollen Sie mir sofort aufrichtig erklären: Was haben Sie gestern Abend in dem Laden getan?«

Die Offiziere nahmen widerspruchslos ihre Säbel ab und übergaben sie dem Schwadronschef, aber bezüglich der *aufrichtigen Erklärung* antworteten sie, sie wären selber froh, wenn sie wüssten, was sie eigentlich getan hätten, aber sie könnten sich dessen nicht mehr entsinnen.

Der Rittmeister zog die Brauen zusammen und entgegnete noch schärfer: »Ich bitte Sie, nicht zu scherzen, ich spreche mit Ihnen dienstlich, als Ihr Ältester!«

»Das ist kein Scherz«, erwiderte einer der Angeklagten, »wir erinnern uns, bei Gott, nicht mehr.«

»Aber erlauben Sie!«

»Der Tag war gestern heiß, wir gingen zufällig hinein, ... und tranken dort im Kühlen Wermutwein ... hatten dann irgendeinen Streit mit den Juden ... haben aber nichts Böses im Sinn gehabt ... Es waren sogar noch zwei Schreiber dort, die alles sehen konnten... «

»Das ist es ... die zwei Schreiber! Darum handelt es sich auch. Diese beiden Schreiber konnten in der Tat alles sehen, und haben es auch gesehen. Wie werden Sie sich ihnen gegenüber rechtfertigen? Eine solche Schande für unseren Stand!«

»Aber worin rechtfertigen? ... Sagen Sie es uns bitte!«, erwiderten die Offiziere.

»Ja, Sie haben sich ihnen gegenüber zu rechtfertigen«, rief der Rittmeister, zog aus seiner Tasche ein vierfach zusammengefaltetes Blatt Papier und begann die ihm von der Stadtverwaltung amtlich zugestellte Kopie des Berichtes der Schreiber zu verlesen, in dem stand, wie die Herren Offiziere das Porträt durch das Werfen von Gabeln beschädigt hatten, während die am Ort des Vergehens anwesenden Gerichtsschreiber, *die in ihren Herzen Gottesfurcht und Liebe zum Allerhöchsten hatten,* die ganze Zeit auf den Knien lagen, so dass sie sich auf dem Fußboden ihre einzigen Hosen durchscheuerten, weshalb sie jetzt der Möglichkeit beraubt seien, ihren dienstlichen Obliegenheiten nachzugehen. Sie protestierten daher amtlich gegen den ganzen beschriebenen Unfug der Offiziere und bäten, für die Beschädigung der Hosen von den Angeklagten für jeden von ihnen zwanzig Rubel in Assignaten zu erheben.

Der Rittmeister hatte zu Ende gelesen, pfiff der Ordonnanz und befahl, das Porträt aus seinem Schlafzimmer herzubringen, damit die Offiziere mit eigenen Augen die Spuren ihres gestrigen Zeitvertreibes sehen könnten. – Nun wurden sie starr.

Inzwischen hatte der Rittmeister seinen Waffenrock ausgezogen und nur die Halsbinde anbehalten, setzte sich an den Tisch, steckte die Hände in die Hosenträger aus Kamelgarn und sagte in verändertem Ton: »Meine Herren, die Sache steht schlecht. Sie sieht sehr hässlich aus, weil man aus ihr weiß der Teufel was alles machen kann. Diese elenden Federfuchser, diese dreckigen Gerichtsschreiber wagen es, gegen Offiziere aufzutreten. Ich habe mit Ihnen soeben als Ihr Dienstältester gesprochen, aber jetzt spreche ich als Kamerad. Der Sache ihren Lauf zu lassen, ist unmöglich, man muss ihr durch Schnelligkeit und militärisch aufrichtige Offenheit zuvorkommen, wie es sich für Edelleute geziemt. Ob es hilft oder nicht, jedenfalls muss man offen und ehrenhaft handeln. Setzen Sie sich bitte, rauchen Sie eine Pfeife, und lassen Sie uns nachdenken. Meine Meinung ist die: Das Unheil ist einmal geschehen, daran lässt sich nichts ändern. Man muss den Umstand ausnützen, dass die Post nach Perejaslaw gestern abgegangen ist und erst in drei Tagen wieder geht. Das ist Ihr Glück. Ich habe Ihnen Ihre Säbel abgenommen; wählen Sie nun zwei Kameraden, die möglichst schnell zum Oberst reiten und ihm alles aufrichtig erzählen. Er ist mit dem Gouverneur gut bekannt und kann Ihnen helfen.«

Einen besseren Plan vermochten sie gar nicht auszudenken, und zwei Stunden später sprengten zwei Offiziere aus Pirjatin nach Perejaslaw; auf dem Wege lag Farbowanaja. Nach der Hitze und Schwüle war ein Gewitter losgebrochen, und es schüttete vom Himmel wie mit Kübeln, als auf einmal vor den Offizieren in den Strömen Wassers wie eine Blase aus dem Boden ein Kleinrusse auftauchte.

»Was fahren da für Leute mit Schellen und was wollt ihr?«

»Wir sind Offiziere und reisen in eigenen Angelegenheiten.«

»Wenn ihr in eigenen Angelegenheiten reist, so kommt zu unserem Pan Wischnewskij.«

Die Offiziere wollten nicht, aber der Kleinrusse redete ihnen zu: »Es ist einmal so ... So ist der Brauch!«

Sie fuhren hin, um den Regen und das Gewitter abzuwarten, und Stepan Iwanowitsch empfing sie erfreut, bewirtete sie mit Essen und Trinken und fragte: »Eilen Sie, meine Herrn, wohl oder übel oder zu Ihrem Vergnügen bei diesem Wetter weiter?«

Die Offiziere antworteten im Stile der Märchen, dass sie wohl oder übel reisten, und auch zu ihrem Vergnügen.

»Nun, was ist es für eine Sache? Vielleicht kann ich Ihnen behilflich sein, dass Ihre Reise nicht mehr notwendig ist.«

Sie seufzten und sagten: »Nein, unsere Angelegenheit ist so schwerwiegend, dass nur noch der Oberst beim Gouverneur vielleicht Fürbitte einlegen kann.«

»Nun, wenn schon – was hat der Gouverneur zu sagen? Ich frage doch nicht aus leerer Neugier.«

Die Offiziere erzählten ihm alles.

Wischnewskij fuhr sich mit gespreizten Fingern über den Scheitel, räusperte sich und sagte: »Der Gouverneur hat mit der Sache gar nichts zu tun, und Sie brauchen deshalb nicht nach Perejaslaw. Niemand kann Ihnen helfen, wenn man der Sache nicht eine richtige Wendung gibt.«

»Aber wie kann man ihr eine richtige Wendung geben?«

Stepan Iwanowitsch fuhr sich wieder mit den Fingern über den Scheitel, räusperte sich und sagte: »Ja, ich sehe, dass Sie zwar alle Moskowiter sind und eine Lektion verdienen, aber Sie haben die Sache unrichtig angefangen und können sie ganz verderben, wenn Sie zu Ihrem Vorgesetzten reisen. Sie nützen sich selbst durch Ihre Offenheit nichts und machen Ihrer Obrigkeit nur Schwierigkeiten; deshalb verhafte ich Sie bis morgen. Ich habe das Recht, Sie zu verhaften, da Sie mir selbst gestanden haben, dass Sie entflohen sind und auch keine Säbel haben. Ich bitte Sie, sich in den Flügel zu begeben, dort ist alles für Sie bereit, und schlafen Sie gut. Morgen früh werden wir dann Ihrer Angelegenheit die Wendung geben, die sie braucht.«

Dreizehntes Kapitel

Die Offiziere sagten zu, dachten, es sei kein großes Unglück, bis zum Morgen zu warten, und fügten sich ihrem eigenwilligen Gastgeber. Sie gingen in den Flügel, aber der Pan von Farbowanaja rief den Haiduken Prokop, befahl ihm, sich in den Wagen zu setzen und nach Pirjatin zu fahren, dort die beiden Gerichtsherrchen aufzufinden und sie um jeden Preis am Morgen nach Farbowanaja zu bringen.

Der Haiduk eilte davon, suchte die Schreiber auf und sagte: »Mit meinem Pan Wischnewskij steht es schlecht. Es geht ihm so elend, dass ich nicht weiß, ob er den Abend noch erlebt. Jetzt will er sein Testament machen und hat mich hergeschickt, um euch zu bitten, dass ihr gleich euer Schreibzeug nehmt und mit mir fahrt, um als Zeugen zu unterschreiben. Ihr bekommt ein gutes Chabar dafür.«

Die Schreiber wussten, dass Wischnewskij noch nie krank war, aber wenn solche Leute krank werden, so geht es auf den Tod.

Sie dachten: »Sicher stirbt er, und wir verschreiben uns etwas im Testament. Er ist so krank, dass er es nicht merkt.«

So nahmen sie mit Freuden ihre Sachen und fuhren ab. Als Stepan Iwanowitsch eben erwachte, standen sie schon auf seiner Freitreppe.

Stepan Iwanowitsch machte für diese Gäste eine kleine Abweichung von seiner Empfangsetikette. Ins Haus ließ er sie natürlich nicht ein, aber er befahl, ihnen ein kleines Tischchen und für die beiden nur einen Stuhl hinauszubringen, damit sie nicht wagen sollten, vor ihm zu sitzen.

Dann ging er in einer Mütze mit großem Schirm zu ihnen hinaus und begann die Unterhandlung.

»Mein Haiduk«, sagte er, »hat euch vorgemacht, dass ich sterbe. Aber, so Gott will, hat es damit noch Zeit, und dann werde ich mir für mein Testament andere, ehrlichere Zeugen als euch holen. Ich habe euch aber zu eurem eigenen Wohl herbringen lassen ... «

Sie machten große Augen.

»Was habt ihr, Verfluchte, vorgestern beim Juden im Keller getrieben? He?« Das Staunen der Schreiber wuchs.

»Erlauben Sie, wer hat es Ihnen erzählt? ... Wir haben nichts getrieben, sondern die Offiziere ... «

»Ja, ja, ich weiß alles. Darum tut ihr mir auch leid: Ihr Dummköpfe habt euch ausgedacht, eure Schuld auf die Offiziere abzuwälzen, als ob euch das etwas nützen würde. Ihr habt nur das eine nicht bedacht, dass die Offiziere sieben Leute sind, die bezeugen, dass ihr das Porträt beschädigt habt und dass ihr gegen sie nur zwei seid ... Wer wird euch da Glauben schenken?«

»Erlauben Sie, aber wir ... «

»Nichts, keine Dummheiten reden ... «, unterbrach sie Wischnewskij, »ich weiß alles – ich bin über alles unterrichtet. Ihr habt euch ausgeheckt, eine Anzeige zu schreiben, und während eure Denunziation noch unterwegs ist, sind die Offiziere schon nach Perejaslaw, nach Poltawa und Kiew geritten. Ich habe sie, Gott sei Dank, abgefangen und bei mir festgehalten. Sie sind ihrer sieben Mann, und alle haben gesehen, wie ihr die Gabeln geworfen habt.«

»Aber erlauben Sie, wann haben wir die Gabeln geworfen?«

»Nichts da«, schnitt ihnen Wischnewskij das Wort ab. »Ihr seid zwei, und sie sind sieben, und ihr könnt euch nicht herauswinden. Zudem sind sie angesehenere Leute als ihr, sind hochgeborene Adelige, und was seid ihr? – Dahergelaufene Schreiber, Unkraut.«

»Aber wir sind doch im Recht ... «

»Tja, was heißt das, Recht haben gegen Moskowiter! Sie sind ihrer sieben, und ihr seid zwei. Und wisst ihr vielleicht nicht, dass bei uns die ganze hohe Obrigkeit moskowitisch ist? Zudem werden die Teufelsjuden sie bestimmt unterstützen und sagen, sie hätten gesehen, wie ihr die Messer geworfen habt.«

»Aber bedenken Sie doch, Pan, die Juden sind ja Schelme.«

»Wer sagt denn, sie seien keine Schelme? Aber sie werden gegen euch aussagen. Und deshalb ist es mir auch um euch leid, dass ihr in solche Drangsal geraten seid.«

Die Schreiber, die in den Formen der Rechtsprechung bewandert waren, sahen, dass ihre Sache, hol's der Teufel, in der Tat schlecht stand, dass sie durchaus keine Chancen für sich hatten, ja, dass vielleicht sogar die ganze Schuld auf sie fallen könnte.

»Sie sind sieben ... und wir sind zwei ... «

»Ja, und dazu die Juden ... es kann wohl sein ... «

»Was sollen wir nun tun, Euer Gnaden?«

»Was ich euch lehren werde. Setze sich einer von euch her und schreibe, was ich ihm sage.«

Stepan Iwanowitsch diktierte, und das Schreiben begann: »Da wir von Natur aus unverständig sind und unser Gewissen durch die Schmiergelder verfinstert ist ... «

Der Schreibende hielt inne, aber Wischnewskij fuhr ihn an: »Schreibe, schreibe! Das ist notwendig so.«

... »verfinstert ist, gingen wir Gerichtskopisten in den Keller bei dem jüdischen Laden, betranken uns bis zur Bewusstlosigkeit und fingen an, uns über die Verteilung der Schmiergelder zu streiten. Wir warfen aufeinander mit Gabeln, aber weil wir sehr betrunken waren, fuhren sie aus Unvorsichtigkeit in das Porträt ... «

Der Schreibende zögerte wieder, aber Stepan Iwanowitsch gab ihm einen Stoß in den Rücken. Jener fuhr sogleich fort und schrieb den ganzen Akt zu Ende, in dem er jene Schuld bekannte und gestand, sie hätten aus Furcht beschlossen, ihre Schuld auf die Offiziere zu schieben, in der Annahme, dass ihnen als Kriegsleuten nichts geschehen werde. Aber jetzt, im Gefühl ihrer Versündigung und im Gedanken an ihre dereinstige Todesstunde, bereuten sie es und bäten die Offiziere, ihnen zu verzeihen und von der Anzeige Abstand zu nehmen. Aber für ihre in betrunkenem Zustand begangene Verfehlung bäten sie selbst den Pan Wischnewskij, sie auf seinem Gute Farbowanaja väterlich mit Ruten züchtigen lassen zu wollen, worauf dann Wischnewskij die Güte haben werde, sich zu verwenden, dass die Sache keine weiteren Folgen habe.

»Aber wofür, Euer Gnaden, wofür uns züchtigen?«

»Das steht nur so auf dem Papier.«

Sie unterschrieben es, dann unterschrieb Wischnewskij und ließ die Offiziere rufen.

»Und Sie, meine Herren«, sagte er, »unterschreiben Sie es auch, dass Sie einverstanden sind, ihnen, auch im Namen Ihrer Kameraden, zu verzeihen, und dass Sie als Soldaten großmütig sein wollen und die Angelegenheit nicht weiter verfolgen werden.«

Die Offiziere unterschrieben.

»Jetzt ist alles erledigt«, sagte Stepan Iwanowitsch und steckte das Papier in die Tasche. »Und nun«, wandte er sich an seine Leute, »führt diese Herrchen in den Pferdestall und gebt ihnen dort eine tüchtige Portion Ruten.«

»Erlauben Sie, was heißt denn das?«

»Was das heißt? Das heißt, dass es hier geschrieben ist. Ihr wollt jetzt schon das Geschriebene anfechten? Eh! Feine Herrchen. Gebt ihnen ihre Ruten, Jungens!«

Und man züchtigte sie mit Ruten.

Es wird erzählt, dass man diese Schreiber später noch lange fragte, wie es ihnen zumute war, als sie in Farbowanaja *gefarbowalkt* wurden.

Der Kommandeur kam selbst zu Stepan Iwanowitsch nach Farbowanaja gefahren, und wenn er es auch nicht aussprach, so drückte er doch indirekt seine Anerkennung für diese Findigkeit und *die richtige Wendung der Angelegenheit* aus.

Vierzehntes Kapitel

Auch in seinen eigenen Angelegenheiten war Stepan weitblickend und verfiel nur dann in Fehler, wenn die Liebesleidenschaft seinen Blick trübte. Die größte Torheit beging er in einem Fall, der mit jener schlanken, zierlichen Gapka Petrunenko zusammenhing, zu deren Füßen wir ihn verlassen haben.

In der Zeit, als Wischnewskij dieses Mädchen liebte, stand der Kirche im Dorf Farbowanaja ein Priester namens Platon vor. Er hatte die den Russen ziemlich gemeinsame Schwäche, dass er zwar im nüchternen Zustand *zu allem wohlweislich schwieg*, betrunken jedoch gern plauderte und sogar die ungeschminkte Wahrheit sagte.

Als sich Wischnewskij am nächsten Morgen vom Teppich erhoben hatte, teilte er voller Freude Stepanida Wassiljewna eine wichtige Neuigkeit mit.

Gapka spürte in sich ein neues Leben pochen.

»Und was sie gebiert, soll nicht mehr leibeigen, sondern frei sein«, sagte Wischnewskij.

Dies war ein ungewöhnliches Liebesgeschenk seitens Stepan Iwanowitschs, denn die große Menge seiner Kinder war sämtlich unter seine *leibeigenen Seelen* eingetragen worden und arbeitete rechtschaffen auf den Feldern seines Herrengutes.

Auch Gapka freute sich darüber.

Eine Stunde später ging sie aus, um Himbeeren zu pflücken. Am Gartenzaun begegnete ihr der Priester P. Platon, der gerade in seiner aufrichtigen Stimmung war. Als er das Mädchen erblickte, sagte er ihr in priesterlichem Tone: »Was bist du so froh, Mädel? Bist froh und vergnügt, pflückst süße Himbeerchen, aber wenn du dein Kindchen geboren hast, kriegst du auch deinen Stoß in den Rücken.«

»Warum denn?«, Gapka sah ihn von der Seite an und wurde mit einem Mal verwirrt und traurig, weil sie Wischnewskij, wie viele Frauen, die anfangs nur widerstrebend seine Geliebten geworden waren, lieb gewonnen hatte. Gapka fragte, warum man sie denn absetzen werde, wenn sie das Kind geboren haben würde.

»Darum«, antwortete der Geistliche, »weil man auf dem Herrenhof ein Kühlein nicht bis zum zweiten Kalb behält.«

Das war die einzige Begründung des P. Platon, aber Gapotschka wurde traurig, besonders infolge des neuen ungewohnten Zustandes ihres Organismus, und begann bitterlich zu weinen. Aber als verschlossene Kleinrussin wollte sie um nichts in der Welt sagen, warum sie weinte. Stepan Iwanowitsch brachte es schließlich selbst heraus: Leute hatten gesehen, wie der Geistliche mit Gapka sprach, und hinterbrachten es dem Pan, der sogleich seinen geistlichen Vater zur Beichte vor sich rufen ließ und ihn fragte: »Was hast du Gapka gesagt?«

Der Geistliche konnte sich nicht entschließen, zu wiederholen, was er zu dem Mädchen gesprochen hatte, und sagte: »Ich erinnere mich nicht mehr.«

Wischnewskij wurde wütend und schrie ihn an: »Aha, jetzt kenne ich dich: Du hast dich an sie herangemacht ... Hast geglaubt, sie werde mich mit dir vertauschen?«

»Was denken Sie, Euer Gnaden ... «

»Nichts ›Euer Gnaden‹, meine Gnaden sind dir nur soweit gnädig, dass ich dich, als dein geistlicher Sohn, nicht prügeln lasse. Aber du sollst fort von hier, und ich lasse dich durchs Dorf führen, damit die Leute wissen, was für ein Taugenichts du bist.«

Man packte den Unglücklichen, zog ihn aus, steckte ihn in einen alten Getreidesack, aus dessen Schlitz nur der Kopf herausschaute, schüttete ihm Flaumfedern über den Kopf und führte ihn in diesem Aufzug durch das ganze Dorf.

Der Geistliche fuhr in die Stadt, reichte eine Klage ein und bat um seine Versetzung, die er auch erhielt. Für Stepan Iwanowitsch blieb dieser Vorfall im Übrigen ohne alle unangenehmen Folgen.

Eine gewisse Vergeltung übte der beleidigte Geistliche selbst, aber seine Rache war lächerlich und kam sehr spät. Sie wurde erst viele Jahre später offenbar, als Stepan Iwanowitsch eine seiner Töchter verheiraten wollte. Er forderte damals einen Auszug aus dem Taufregister, wo man unerwarteterweise die dumme und ganz sinnlos hineinkorrigierte Eintragung fand, dass dem Stepan Iwanowitsch und seiner *ehelichen* Gattin eine *uneheliche* Tochter geboren wurde.

Es war sinnlos und konnte Stepan Iwanowitsch keinen ernstlichen Schaden verursachen, aber es brachte ihn schrecklich auf. Wie durfte man sich mit ihm einen solchen Scherz erlauben! Und wer? – Der Pope! Zudem konnte er es nicht mehr heimzahlen, weil der Pope P. Platon nach Gottes Ratschluss schon früher gestorben war.

Sonst hätte ihn Stepan Iwanowitsch auch in einem anderen Kirchspiel zu finden gewusst ...

Fünfzehntes Kapitel

Dergestalt waren die wilden Taten dieses Originals, die jetzt, in unserer viel gescholtenen Zeit unmöglich wären oder die man heute bestimmt seiner Psychopathie zugeschrieben hätte. Selbst Wischnewskijs Geschmack und seine Gefühle spiegelten seine seelische Anormalität wieder. So hatte er zum Beispiel für die Schönheit der Natur nichts übrig und liebte ausschließlich die Nacht und die Effekte der Gewitter. In der Tierwelt liebte er nur Tauben und Pferde. Die Tauben liebte er, weil sie sich *küssen*, und die Pferde, weil sie Schnelligkeit und eine Stimme haben ... ja, so außerordentlich liebte er die *Pferdestimme*, das heißt ihr Wiehern. Um sich das eine seiner Vergnügen zu verschaffen, hielt er sich vor seinen Fenstern einen großen Taubenschlag und ergötzte sich oft ganze Stunden daran, zuzusehen, *wie sie sich küssten*. Dann rief er Stepanida Wassiljewna zu diesem Schauspiel herbei: »Schau – sie küssen sich!«

Des Wieherns halber ritt Stepan Iwanowitsch stets Hengste und blieb ganz gleichmütig, wenn sie ein Gespann in Unordnung brachten. Daran lag ihm nicht viel, wo er aber Pferde wiehern hörte, auf der Straße oder aus einem Haus, blieb er sogleich stehen, hielt den Finger vor sich und erstarrte ... Kein Musiknarr hat vielleicht so leidenschaftlich der Calzolari, Tamberlik oder der Patti gelauscht.

Der Lieblingsanblick Wischnewskijs war seine prachtvolle Pferdeherde, unter der ein mächtiger, schöner Hengst einhergaloppierte. Hörte Stepan Iwanowitsch sein Wiehern selbst nur aus der Ferne, so hielt er an, und sein Gesicht hatte den Ausdruck vollsten Glückes. Es schien, als ob seine Augen, ungeachtet der räumlichen Entfernung, sahen, wie sich das Pferd aufbäumte, die Luft durch Nüstern und Zähne einzog und in Leidenschaft glühend dahinstürmte.

»Hörst du es, Stepanida Wassiljewna?«

»Ja, mein Freund, ich höre.«

Alles, was ihren Mann erfreute, machte auch sie glücklich, und so zeigte sie auch hier Freude ... Und Stepan Iwanowitsch wusste es zu schätzen.

Er war sechzig Jahre alt, als Stepanida Wassiljewna starb. Er beweinte sie sehr, ging dann aber, trotz seines schon vorgerückten Alters eine zweite Ehe mit einem hübschen achtzehnjährigen kleinrussischen Mädchen aus der Familie Gordienko ein. Auch mit dieser Gemahlin lebte er glücklich, aber ... er gedachte immer Stepanida Wassiljewnas. Trotz ihrer vielen Vorzüge, verstand es seine zweite junge Gemahlin nicht, auf all seine Schwächen und Sonderlichkeiten einzugehen. Stepan Iwanowitsch zeigte ihr die küssenden Tauben nicht und wollte sie auch nicht fragen, ob sie es höre, wie der Sultan der Herde seine schmetternde Stimme ertönen ließ, sie in Triller auflöste und sie dann um eine Oktav senkte ...

Wischnewskij hatte einmal versucht, die Aufmerksamkeit seiner neuen Frau darauf zu lenken, aber sie hatte sich gefühllos gezeigt – war nicht einmal aufgestanden und hatte nicht gelächelt, sondern nur kalt gesagt: »Ja, ich höre, da hat ein Pferd irgendwo gewiehert.« Und damit nahm sie ihre Arbeit wieder auf ...

Stepan Iwanowitsch sah ein, dass seiner neuen Frau das mangelte, was der ersten eigen gewesen war, und zog sie nie mehr in den Kreis von Begriffen hinein, die ihr unzugänglich waren.

In Augenblicken seelischer Wallungen seufzte er nur auf, suchte mit den Augen das Bildnis Stepanida Wassiljewnas und lächelte ihr zu.

Sechzehntes Kapitel

Mit seiner zweiten Gemahlin lebte Wischnewskij noch rund zwanzig Jahre, im Genusse unveränderlicher Gesundheit, und starb zu Beginn seines neunten Jahrzehntes. Im ganzen war er zweiundachtzig Jahre alt geworden. Hinfälliges Greisentum oder ein langsames, allmähliches Dahinsterben blieben ihm erspart. Als seine Stunde gekommen war, ging er ganz plötzlich dahin, wie eine überreife Himbeere vom Stiel fällt.

An einem Morgen seines dreiundachtzigsten Jahres, im Frühling, wenn in Kleinrussland verschwenderisch der Flieder blüht, ritt Stepan Iwanowitsch eine wilde nogaische Stute zu, die sonst niemanden im Sattel duldete.

Mit Hilfe seiner ungewöhnlichen Kraft und seiner ungewöhnlichen Schwere brachte er die wilde Stute zur Erschöpfung. Vom Sattel steigend, übergab er die Zügel den Pferdeknechten, trat auf den Balkon und blieb plötzlich stehen ...

Es schien Wischnewskij, als *falle sein Herz* . Er sei lange geritten, hätte sich im Sattel geschüttelt, und nun sei das Herz abgerissen ... So ganz ohne Schmerz, ohne Beschädigung, wie eine überreife Beere fällt. Um ihn war es leer, und plötzlich begann sich alles zu verschieben, wie Uhrgewichte, deren Seil vom Rad geglitten ist.

Wischnewskij setzte sich schnell in einen Sessel und wollte etwas sagen, aber über seine Lippen kam kein Laut. Alles war so schön, ringsum Blüten und Duft. Er sieht und hört alles und begreift ... Da haben eben die Pferdeknechte der schweißigen Stute den Sattel abgenommen und führen sie längs der schattigen Mauer. Sie ruht aus, schüttelt sich, und von dem weißen Schaum, der sie bedeckt, fliegen leichte Flocken durch die Luft. Hinter der Mauer des Pferdestalls hallt das Stampfen kräftiger Vorderhufe auf den Fliesen wider, und es tönt laut und wohlklingend wie ein Fagott: I-ha-ha!

Stepan Iwanowitsch ließ die Augen nach rechts und links schweifen ... Sie suchten das Bildnis Stepanida Wassiljewnas, aber dann blieben sie an einem blühenden Fliederstrauch haften, und er lächelte ...

Es ist anzunehmen, dass er dort Stepanida Wassiljewna selbst mit ihrem länglichen Schubinskij-Gesicht sah – er fiel vom Stuhl zu ihren Füßen nieder – als Toter. In jenem anderen Leben haben sich die beiden wohl wiedererkannt.